LE TOUR DU MONDE
EN QUATRE-VINGTS JOURS

POCKET CLASSIQUES

collection dirigée par Claude AZIZA

JULES VERNE

LE TOUR DU MONDE EN QUATRE-VINGTS JOURS

Dessins par
MM. DE NEUVILLE et L. BENETT

Préface et commentaires de
Jean DELABROY

© Pocket, 1990, pour la préface, les commentaires
et le dossier historique et littéraire.

© Pocket, 1998, pour « Au fil du texte » *in* « Les clés de l'œuvre ».

ISBN : 978-2-266-08267-9

SOMMAIRE

* Pour approfondir votre lecture, *Au fil du texte* vous propose une sélection commentée :
- de morceaux « classiques » devenus incontournables, signalés par ●◆ (droit au but).
- d'extraits représentatifs de l'œuvre, signalés par ❍◆ (en flânant).

PRÉFACE

Étant donné : premièrement, le monde, deuxièmement, les moyens de transport dont l'humanité s'est dotée, démontrez que la Terre peut être parcourue de part en part dans le minimum de temps, soit quatre-vingts jours.

C'est le pari insensé qu'un gentleman sans histoire relève un beau jour, c'est dans cette course effrénée, de *steamboat* en *railroad*, qu'il entraîne, non seulement son valet de chambre, Passepartout,... mais toutes les polices d'Angleterre, persuadées de tenir en lui le génial cambrioleur qui vient de dévaliser la Banque de Sa Majesté ! Équipée transcontinentale, où se croise le destin de la belle Indienne promise au bûcher et sauvée des flammes, où se fracassent les ponts, où se brûlent les navires — en vain, car ni l'amour, ni la vitesse, ni la dépense ne suffisent à favoriser le gentleman, à lui permettre de boucler son prodigieux programme au jour dit.

C'est alors que... Mais tout le monde, n'est-ce pas, connaît la fin, la merveilleuse, simplissime ruse de romancier qui, grâce à l'expédient du départ par l'est, et à la faveur de l'imperceptible décalage horaire qui fournit à Fogg, sans qu'il le sache, un « crédit » d'heures précieuses, finit par retourner le *challenger* (beau) perdant en formidable gagnant.

Ce scénario-là, c'est celui d'un *best-seller*.

Le feuilleton, qui court du 6 novembre au 22 décembre 1872 dans les numéros 4225 à 4771 du journal *Le Temps*, puis le livre, qui sort en librairie en janvier 1873, puis (et surtout) l'adaptation pour la scène, qui fait la rentrée théâtrale de 1874 à la Porte-Saint-Martin, sont un triomphe. La « féerie », comme dit Mallarmé ? 150 000 francs d'investissement au départ, mais 415 représentations d'une seule traite, la millième atteinte au Châtelet début 1887, un canevas sans cesse rouvert à l'invention de nouveaux tableaux, des reprises jusqu'à la Seconde Guerre mondiale, en France et à l'étranger : qui n'a pas, à cette époque, gardé mémoire de tel ou tel des « clous » de ce fastueux « grand spectacle » ? Et le roman lui-même : avec ses presque 110 000 exemplaires, si l'on en croit le dernier relevé de comptes, concernant seulement les volumes in-18, reçu par Jules Verne avant sa mort, en 1904, *Le Tour du monde en quatre-vingts jours* se taille incontestablement la part du lion du million et demi auquel correspondent les tirages de la série intégrale des *Voyages extraordinaires*. A titre de comparaison : 30 000 de mieux que ces *Cinq semaines en ballon* (1863) qui avaient marqué l'entrée fracassante de Verne dans l'équipe du génial éditeur Hetzel et son embauche pour la stratégie éditoriale du *Magasin d'éducation et de récréation* [1] ; deux fois plus que ces sommets que constituent le *Voyage au centre de la Terre* (1865), les *Vingt Mille Lieues sous les mers* (1869) ou *Michel Strogoff* (1876) ; quatre fois plus que *Autour de la Lune* (1870), cinq fois plus que *Les Cinq Cents Millions de la Begum* (1879), dix fois plus que toute la production d'après 1880...

Pour Verne, cela fait beaucoup d'argent — de quoi desserrer l'étreinte du labeur acharné à laquelle il est

---

1. Revue créée par Jules Hetzel en 1864, à destination des publics enfant, adolescent, et généralement familial. Ce magazine illustré, publié sans interruption jusqu'en 1906, était animé notamment par P.-J. Stahl (pseudonyme d'écrivain de J. Hetzel lui-même) pour la partie récréative et littéraire, et par Jean Macé, le futur fondateur de la Ligue de l'enseignement, pour la partie éducative.

soumis ; un yacht, d'occasion mais tout de même, et un nouveau contrat, qui baisse de trois à deux volumes la production qu'il doit fournir annuellement, et qui fait passer, quoique non rétroactivement, leur auteur du régime mensualisé aux droits par pourcentage sur les ventes. Une célébrité qui ne suffit peut-être pas à satisfaire son anxiété de se faire reconnaître comme écrivain à part entière, ni à le libérer des limites où son invention, qui a certes appris d'elles un professionnalisme à toute épreuve, doit cependant jouer.

Un *best-seller* suppose, par définition, la rencontre d'un livre avec un public, c'est-à-dire avec une attente collective. Attente diffuse, et surtout complexe, qui demande d'abord à être satisfaite en ce qu'elle a de plus manifeste.

Pour qu'un livre triomphe, il faut qu'il soit nécessaire. Aucun doute, le *Tour du monde* a, c'est-à-dire : construit, cette nécessité-là. Parce qu'il est un hymne à la régularité. Chant des machines, chant du monde. Les machines, qui, avec la puissance qu'elles développent, la multiplication qu'elles connaissent, les connexions qu'elles établissent, les complémentarités qu'elles offrent, permettent d'imaginer de supprimer la hantise du « trou » dans l'emploi d'un temps et d'un espace quelconques. Le monde, qui, dans ces conditions, peut être proclamé clos, pour la première fois dans l'histoire des hommes : mathématique, ce qui veut dire intégralement connaissable, et disponible, ce qui signifie totalement parcourable. C'est ce que l'histoire du pari de Fogg donne à lire : un exploit moins personnel (et donc héroïque) que collectif (et donc historique), au cours duquel, face à l'incrédulité persistante d'une société en retard sur elle-même, n'ayant tout à fait ni la conscience ni le bénéfice psychologique de sa capacité réelle, il suffit, pour prouver le mouvement, et son impeccabilité acquise, de courir, le Chaix (plutôt le *Bradshaw* [1]) sous le bras, et, quand même, une liasse convaincante de livres sterling à la main. Pèlerin mécanique du monde occidental, Fogg est l'instrument d'un exercice de style moderne : démontrer que, le maximum de complications conjoncturelles étant donné, rien n'empêchera cependant la marche des choses à leur terme. Le *Tour du monde* représente ainsi la mise à l'épreuve (la plus apparemment retorse) de l'image (la plus actuelle) de la civilisation : celle de sa souveraineté. Aussi le désordre n'est-il là qu'au titre de fiction théorique : le lecteur sait que rien ne pourra faire que Fogg ne gagne pas son pari, il feint aussi et simultanément de penser à chaque instant que tout est conjuré pour le lui faire perdre. Les succès se font de l'organisation de pareilles complicités. L'immaîtrisable (l'*autre* temps : celui de la météorologie, dont M. « Brouillard [2] » ne porte les couleurs que par antiphrase) est en définitive une apparence, bonne à faire bavarder les bavards, et promise à dissolution. La vérité est qu'il n'y a plus d'accident sous le règne de Sa Majesté Chronologie. « Tout compris », même les obstacles prévisibles, naturels et autres, et même l'imprévu ? Oui, et c'est bien sur cette conviction que Fogg part, une conviction que rien en effet ne démentira. De sorte qu'à la fête que le *Tour du monde* célèbre, pour l'ouverture du Grand Magasin de l'Espace et de son Agence du Temps, les clients, usufruitiers du monde moderne, peuvent sans crainte se précipiter sur ces périples « tout compris » que la technique est à même désormais de leur proposer.

Il n'y aurait pour ainsi dire plus besoin de vivre, à pareil compte, ni tout simplement d'être, autant qu'il est vrai qu'on ne bouge, qu'on ne se risque dehors, que pour qu'il soit dit une bonne fois que l'on a vérifié ce que l'on pouvait affirmer, assis à une table de bridge,

---

1. L'équivalent anglais de notre indicateur général des horaires de transport et de leurs possibles interconnexions. Voir p. 41.
2. C'est le sens du mot *fog* en anglais.

au-dedans d'une chaude coquille de club. Fogg a tout droit pris pied parmi le petit nombre des figures universelles, à proportion de l'antiphrase violente que son nom représente et que son périple supporte. Rien de brouillé en lui, mais tout de calculé, prévu, chronométré ; rien de bougé chez lui, dirait-on, entre le départ et l'arrivée : type le plus abouti de ces hommes-horloges que Verne n'a cessé d'inventer et d'assaisonner de caricature. Inutile aussi bien de chercher à le dépeindre, remarquez, puisqu'il n'est rien, et qu'on ne parviendrait à le définir que par des formules négatives. Il faut des arêtes, des angles, bref des résistances, à la description d'un personnage. Or il n'y a pas grand-chose à dire d'un « colimaçon »... Cette espèce d'homme est si dénuée de qualités qu'elle ne se hausse pas jusqu'au niveau du personnage, par exemple jusqu'à la possession d'une psychologie. Mais ce défaut est aussi sa chance : faute d'être comme tout le monde, cette espèce d'homme peut être davantage. Lisse, abstraite, elle peut accéder à la légende.

Légende de l'individu de l'âge industriel et de l'économie fermée : une organicité entièrement réglée, une énergie tout emmaillotée de repos. Le coureur fou est le contemporain de l'âge de la statique. Plus de désir, plus de déplacement, plus rien des « frottements » du social : on dirait la chambre d'anesthésie où naguère Raphaël venait se cloîtrer pour tenter de dérober son destin à la Peau de chagrin [1]... Fogg, ou l'être exempt de l'être. Tout cela, avec un peu d'ironie, bien entendu, mais sans que l'ironie aille au bout de ses ravages possibles, ou construise une alternative éthique à l'impassibilité.

Pourtant, si l'on regarde un peu par-derrière, quelle complexité ! Et cela aussi fait le *best-seller* : la capacité de rencontrer le public non seulement dans son attente la plus claire, mais dans ses plus secrètes attentes.

---

1. Voir Balzac, *La Peau de chagrin*, dans la même collection.

Ne vient-on pas de dire que, dans cet homme-légende, il s'en fallait somme toute de peu pour que quelque chose se mette à protester ? Mais c'est ce peu-là qui fait l'essentiel. Tout se passe comme si Jules Verne s'était empêché de donner carrière à cette protestation possible, comme s'il s'était contenté, et imposé, dans le *Tour du monde*, de l'esquisser, simplement. D'où l'idée que le lectorat lui en aurait été reconnaissant, et serait venu en masse remercier un auteur qui choisissait de partager avec lui le souci de faire sourde oreille et bouche cousue, à l'heure où il le fallait, sur certaines vérités pas trop bonnes à entendre ou à dire. Quitte pour Jules Verne, c'était son droit, à rapidement, mais ailleurs, aller mettre en scène toutes les inquiétudes exclues du *Tour du monde* — voyez le *Chancellor* (1875), si vous êtes curieux de savoir ce qui se passe quand les violences humaines profitent d'une panne dans les techniques modernes,... Où sont-elles, ces violences, dans le *Tour du monde* ? Justement, elles n'y sont *plus*. Malgré tout, suivez du doigt les cernes sur le visage de ces champions de la vapeur, mais ne les manquez pas, elles ne reviendront plus, une fois l'aventure lancée.

Il y a Passepartout. Que lui est-il arrivé, à ce clown pas triste, à ce ludion de l'existence, pour aspirer ainsi au repos ? Quels vagabondages lui ont donc donné si fort envie de l'immobilité des coquillages ? Étrange fable : le voltigeur qui voulait se faire moine. De quels incendies l'ex-pompier sort-il pour éprouver pareil désir de se ranger, qu'est-ce que ce Parigot bon teint qui vient rêver outre-Manche du calme anglo-saxon ? Il y a donc eu un jour où le nomade n'a plus voulu que devenir sédentaire, où il a été prêt pour cela à renier jusqu'à son nom, la mémoire de lui-même. Enfouissez, refoulez — il n'est pas certain qu'il n'en restera pas toujours quelque chose, et ce Passepartout qui ne veut plus passer nulle part n'a-t-il donc tant quitté ses incendies de jeunesse que pour laisser le gaz ouvert derrière lui ?

Prenez Phileas Fogg. Lui, ce n'est pas enfouir qui

lui importe, mais raturer, ce n'est pas sa propre mémoire qui lui pèse, c'est la mémoire des siècles. Comment expliquer autrement que ce soit dans la propre maison de Sheridan[1], ce « temple du désordre », que Verne le mette à faire son trou ? Flambeur, flamboyant, prodigue, une langue à vous retourner les sangs, réformiste à vous renverser les bastilles — Sheridan a vécu, Sheridan est mort. N'empêche : c'est mieux qu'il meure deux fois, et qu'il souffre *post mortem* que son scandale, sa véhémence, son « bazar » deviennent l'antre mort, taciturne d'un zombie impeccable. Et semblablement pour Byron le « Philhellas » : que plus rien ne cloche chez lui, ni le pied (du diable), ni la passion (du soufre), ni l'exaltation (de la liberté), et Fogg accepte d'endosser son froc, ou ce qu'il en reste.

Allons ! Maître et serviteur, ils veulent la paix. La mécanique du monde, le calme des morts. Ce sera tout comme indices semés par Verne, mais ils suffisent. Pour en finir avec la nuit et ses ivresses, la politique et ses envolées, l'histoire et ses flammes, avec les frottements et les fracas, les protagonistes du *Tour du monde* s'accordent sur le prix : celui d'un billet d'entrée au musée des figures de cire.

S'enterrer, pour enterrer, mais quoi ? Ne sommes-nous pas juste au lendemain de 1870-1871 ? Alors, cette chose enterrée, ne serait-ce pas la « farce horrible et grotesque » (c'est Verne qui l'écrit) de la guerre, avec ses suites épouvantables, et dans ce besoin de paix, ce qui parlerait, ne serait-ce pas une horreur du désordre, à donner envie de massacrer (les « chiens de socialistes ») et de restaurer (la République de l'ordre) ? Il y aura bientôt les funérailles du prodigieux Nemo[2], et le *mea culpa* à lui arracher sur l'anachronisme des révoltes. Il vient d'y avoir l'enterrement de la Lune,

---

1. Richard B. Sheridan (1751-1816), auteur et directeur dramatique anglais, rendu célèbre par *L'École de la médisance*, puis passé en politique, ardent défenseur aux Communes, des politiques réformistes.
2. Il meurt dans *L'Île mystérieuse* (1874).

de ses fastes inatteignables. Encore un peu de poésie, messieurs les calculateurs, chante Ardan-Nadar, dans *De la Terre à la Lune* (1865). Encore un peu de liberté, messieurs les ingénieurs, murmure Nemo. Oui, bien sûr. Mais cela n'empêche pas qu'il faut *achever* l'aventure, son temps et son espace de folies. D'où ce mince liséré de deuil, au commencement du *Tour du monde* : le deuil du passé n'a pas besoin d'y être explicite ni grandiose, puisque, par consensus, il y est présupposé, indiscuté. Qu'il soit loin, le temps (celui de *Maître Zacharius*) où être homme-horloge voulait dire : s'enflammer d'une ambition titanesque, rivaliser avec Dieu, s'enorgueillir d'accoucher du monde neuf, mourir de cette transgression-là ! Au lendemain de la Commune, pour les lecteurs de M. Thiers, il est bon qu'être une horloge veuille dire : s'écarter des grands brûlés du passé, donner congé à leur légende, et vivre d'un univers tout entier médiocre.

Mais gare : Verne se rattrape ailleurs, tout près du *Tour du monde*. Voyez le *Docteur Ox*, cette fantaisie (?) sur la galvanisation des sociétés moribondes, sur la vie à « éclairer », à incendier... Le vrai excentrique, le vrai membre d'un idéal Reform-Club, c'est lui, le docteur en chimiothérapie sociale, qui se prend une ville inerte, végétative, pour lui réapprendre *allegro vivace* ce que frénésie et passion veulent dire !

Entre l'effroi panique qu'inspire le dehors et la mort vivante qu'implique le dedans, entre la répulsion pour les événements et l'éternel présent vide de Londres ou de Quiquendone, il y a cependant une voie étroite dans laquelle le *Tour du monde* a choisi d'engager ses personnages et ses lecteurs. Risquons l'hypothèse que le succès n'a pas tenu seulement à la simple photographie d'un monde facile, ni aux adieux faits en sous-main à un monde douloureux. Mais qu'il est venu, considérable, de ce que Verne a offert en plus une porte de sortie à l'entropie moderne. Comment se réconcilier avec le mouvement, se raccommoder avec l'espace et ses obstacles, avec la durée et ses aléas : condition *sine qua non* de la profonde question du roman, les retrouvailles de la personne avec elle-même. Ce serait un roman humaniste que le *Tour du monde*, au plein sens du terme. Entendons : un récit qui prendrait un non-homme pour en faire un homme, presque contre son gré, à tout le moins contre son attente. Le périple-défi, autosuffisant et suffisant, d'un moderne est doublé par un parcours existentiel, plus exactement par un parcours, accompli sans le savoir, vers une existence qu'il n'aura pas été possible de programmer, pour une fois.

Fogg perd et gagne. Certainement, il a perdu la compétition dans laquelle il s'était engagé. Il rate la preuve, qu'il prétendait initialement apporter, de la communicabilité idéale du monde. De peu, mais en matière de calcul, un moins que rien est encore quelque chose de trop, et le compte n'y est pas. Mais en perdant, il a gagné. Et c'était bon qu'il perde sa démonstration à vide, pour gagner ce plein-là. Le gain de la partie s'appelle, bien sûr, Aouda, plus ce qui vient avec elle, sentiment et désir (aussi tu qu'il soit). Plus largement, Fogg a gagné de rejoindre une économie généreuse, la dépense où on brûle sans compter ses vaisseaux (ou ses trains), et une réalité exubérante, tout en surprises et surgissements. Il conquiert ainsi une identité — qu'il est plaisant de le voir tâcher vite fait de réintégrer dans les marques anonymes du passé. C'est qu'il a dû, et non pas vraiment su, sortir du même, pour aller vers l'autre.

Le quiproquo de Fix à son endroit, qui alimente la légère trame policière du récit, n'est pas insignifiant. Voleur, certes, Fogg ne l'est pas, mais l'étrangeté de ses agissements finit par parler pour lui et à sa place, par devenir sa vérité. Il rejoint une fiction de lui-même. Ce qui vaut pour lui vaut pour le réel : échappé d'entre les lignes du *Bradshaw*, le voilà devenir péripétie, catastrophe, curiosité, c'est-à-dire théâtre. Une prise de rôle, une réouverture de théâtre : Fogg aurait-il jamais imaginé se mettre en retard pour entrer dans la peau d'un sauveur ? Aurait-on encore jamais cru voir dans les coulisses se lever un panorama rutilant, pittoresque, exotique, de prodiges ? Si texte a jamais eu une vocation à l'adaptation théâtrale, c'est bien celui-là, parce qu'il affirme avec gaieté que l'existence sera un théâtre, ou ne sera pas.

Gaieté à la Mozart — que Verne aimait tant —, de malice et d'allégement. Parce que le plus fort, comme nul ne l'ignore, c'est que Fogg gagne aussi son pari. Victoire qui lui vient en retard et par surcroît, une fois qu'elle est inutile, comme la grâce, purement gratuite, peut venir à la rencontre d'une liberté qui la mérite enfin, dès lors qu'elle s'est décidée à naître à l'aventure et à se reconnaître en elle. La ruse du « jour fantôme », elle et rien d'autre, fera partir Cocteau pour son tour du monde à lui : comment s'en étonner ? « Trou » de temps impondérable, démarcation sans territoire, pli ambigu (quelques heures en trop-en moins, selon), surface d'échanges équivoque : le ciel, *deus ex machina*, sourit à Fogg, supporte sa vaillance et sa défaillance d'homme, le récompense d'une apothéose gardée, tout au long des quatre-vingts jours, dans la manche pour mieux être jouée *in extremis*. Il y a donc un Jeu suprême qui gouverne les paris humains, qui les laisse s'empêtrer, pour, d'un coup de pouce, d'une pichenette, les remettre à sa table à l'instant de la banqueroute. Quand la nécessité s'avoue vaincue, désorganisée par les hasards, le Hasard entre en scène, supplément royal, pour lui donner raison, mais à la condition impérative qu'elle épouse l'accidentel dont elle avait prétendu divorcer.

Alors, est-ce vraiment l'homme mécanique qui entre dans la légende ? Le mémorable « Me voici, Messieurs » pourrait le faire croire, s'il n'y avait pas ce tremblement, inouï d'invention romanesque, qui fait que ce qui a l'air de glorifier l'exactitude ne l'énonce qu'une fois qu'elle est devenue proprement irréelle, et que Fogg ouvrant la porte du Reform-Club feint seulement d'être celui-là même qui l'avait fermée naguère derrière lui. S'il vient, à cet instant fantastique, recoller à sa propre image, c'est pour l'exhiber telle qu'elle lui apparaît sans doute au premier chef à lui-même, au sortir de son immense et accélérée traversée des réalités : une fiction invraisemblable, librement acceptée, et mise avec gourmandise en représentation, face aux sceptiques sédentaires.

On comprend peut-être dans ces conditions que ce roman d'« éducation positive » ait été si largement débordé par ses lecteurs. Car c'est vrai que bien des enfants et adultes, lecteurs du *Tour du monde*, ont « visionné », dans ce roman de l'espace et du temps soi-disant maîtrisables, une tout autre scène — celle-là même dont devait profiter le Châtelet —, une scène où chantent les grands espaces toujours ouverts, où croulent les formidables accidents : bisons en travers des rails, Pawnies à l'attaque, pont qui s'effondre dans le vide, etc.

D'une certaine façon, on pourrait dire que cette mémoire à grand spectacle fait contresens. Elle n'a plus grand rapport avec l'apprentissage géographique ou cosmographique. Mais celui que Tolstoï nommait le « maître surprenant » de l'aventure pouvait-il l'ignorer ? Est-il vraiment inimaginable qu'il n'ait pas laissé faire cette liberté-là de la lecture, songeant non sans raison qu'elle, et elle seule au total, pouvait vivifier la connaissance, celle-ci dût-elle y perdre en qualité d'information distribuée ? Voici donc une consommation qui prend tant d'aises avec le roman qu'à la limite, on peut même dire qu'elle s'en moque, pourvu qu'elle soit libre d'en rajouter *ad libitum* en épisodes mouvementés. C'est que l'ordre, la règle, l'imperturbabilité n'ont pas capacité à faire contrepoids aux prestiges de la vision, et que, somme toute, il n'y a pas d'image flegmatique.

Aussi, d'une autre façon, cette mémoire fait-elle vérité, tant il est d'ailleurs notoire qu'un « malentendu », ce n'est jamais que de l'écoute flottante. Qu'un roman puisse libérer un imaginaire qui, en lui contrevenant (un peu), lui soit (beaucoup) fidèle, voilà la profonde signature du *best-seller*.

Rappelons-nous Sartre, qui raconte dans *Les Mots* son enfance de lecteur revisitée par sa maturité d'écrivain. Ces livres de Jules Verne, n'est-ce pas que leur savoir devenait fiction, son ingestion gourmandise, que la contrainte drastique de l'éducation se muait en désir récréatif de recréation, et qu'enfin écrire pouvait venir à l'enfant, comme une liberté traçant son chemin, à travers les lignes, entre elles, vers le réel ? Il se peut par conséquent que tout lecteur du *Tour du monde* soit en train de faire pour son compte un parcours analogue à celui que, dans la fiction, Fogg fait pour le sien. Au départ, un programme, à la fin, paraît-il, son exécution. Entre les deux, immiscés, les méandres du hasard, les délices du temps perdu : une différence, qui laisse à un désir individuel, d'abord amorphe et même quelquefois absent, place et temps nécessaires afin qu'il trouve son objet et sa forme (Aouda pour Fogg, le monde pour le lecteur), et qu'il puisse fermer le ban, né à lui-même, pour passer à cet ailleurs.

Oh, tout cela, puisque ce roman est tellement anglais, dans l'*understatement* [1], avec une courtoisie très *british* en effet à l'égard de l'ordre des choses, qu'il ne faut pas plus déranger derrière soi qu'une vieille dame, mais aussi avec une dévotion, une révérence, qui ne sont pas moins britanniques, pour les folies enfantines où se fabriquent les adultes.

C'est là qu'est le génie de ce *Tour du monde* : un roman qui aurait pu être un roman de vieux, et qui finit par se muer, triomphalement, en roman de la jeunesse réinventée.

---

1. C'est-à-dire, en en disant le moins possible, et même en parlant exprès en dessous de la vérité.

LE TOUR DU MONDE
EN QUATRE-VINGTS JOURS

I

En l'année 1872, la maison portant le numéro 7 de Saville-row, Burlington Gardens — maison dans laquelle Sheridan mourut en 1814 —, était habitée par Phileas Fogg, esq., l'un des membres les plus singuliers et les plus remarqués du Reform-Club de Londres, bien qu'il semblât prendre à tâche de ne rien faire qui pût attirer l'attention.

À l'un des plus grands orateurs qui honorent l'Angleterre, succédait donc ce Phileas Fogg, personnage énigmatique, dont on ne savait rien, sinon que c'était un fort galant homme et l'un des plus beaux gentlemen de la haute société anglaise.

On disait qu'il ressemblait à Byron — par la tête, car il était irréprochable quant aux pieds —, mais un Byron à moustaches et à favoris, un Byron impassible, qui aurait vécu mille ans sans vieillir.

Anglais, à coup sûr, Phileas Fogg n'était peut-être pas Londonner. On ne l'avait jamais vu ni à la Bourse, ni à la Banque, ni dans aucun des comptoirs de la Cité. Ni les bassins ni les docks de Londres n'avaient jamais reçu un navire ayant pour armateur Phileas Fogg. Ce gentleman ne figurait dans aucun comité d'administration. Son nom n'avait jamais retenti dans un collège d'avocats, ni au Temple, ni à Lincoln's-inn,

ni à Gray's-inn. Jamais il ne plaida ni à la Cour du chancelier, ni au Banc de la Reine, ni à l'Échiquier, ni en Cour ecclésiastique. Il n'était ni industriel, ni négociant, ni marchand, ni agriculteur. Il ne faisait partie ni de l'*Institution royale de la Grande-Bretagne*, ni de l'*Institution de Londres*, ni de l'*Institution des Artisans*, ni de l'*Institution Russell*, ni de l'*Institution littéraire de l'Ouest*, ni de l'*Institution du Droit*, ni de cette *Institution des Arts et des Sciences réunis*, qui est placée sous le patronage direct de Sa Gracieuse Majesté. Il n'appartenait enfin à aucune des nombreuses sociétés qui pullulent dans la capitale de l'Angleterre, depuis la *Société de l'Armonica* jusqu'à la *Société entomologique*, fondée principalement dans le but de détruire les insectes nuisibles.

Phileas Fogg était membre du Reform-Club, et voilà tout.

À qui s'étonnerait de ce qu'un gentleman aussi mystérieux comptât parmi les membres de cette honorable association, on répondra qu'il passa sur la recommandation de MM. Baring frères, chez lesquels il avait un crédit ouvert. De là une certaine « surface », due à ce que ses chèques étaient régulièrement payés à vue par le débit de son compte courant invariablement créditeur.

Ce Phileas Fogg était-il riche ? Incontestablement. Mais comment il avait fait fortune, c'est ce que les mieux informés ne pouvaient dire, et Mr. Fogg était le dernier auquel il convînt de s'adresser pour l'apprendre. En tout cas, il n'était prodigue de rien, mais non avare, car partout où il manquait un appoint pour une chose noble, utile ou généreuse, il l'apportait silencieusement et même anonymement.

En somme, rien de moins communicatif que ce gentleman. Il parlait aussi peu que possible, et semblait d'autant plus mystérieux qu'il était silencieux. Cependant sa vie était à jour, mais ce qu'il faisait était si mathématiquement toujours la même chose, que l'imagination, mécontente, cherchait au-delà.

Avait-il voyagé ? C'était probable, car personne ne

possédait mieux que lui la carte du monde. Il n'était endroit si reculé dont il ne parût avoir une connaissance spéciale. Quelquefois, mais en peu de mots, brefs et clairs, il redressait les mille propos qui circulaient dans le club au sujet des voyageurs perdus ou égarés ; il indiquait les vraies probabilités, et ses paroles s'étaient trouvées souvent comme inspirées par une seconde vue, tant l'événement finissait toujours par les justifier. C'était un homme qui avait dû voyager partout, — en esprit, tout au moins.

Ce qui était certain toutefois, c'est que, depuis de longues années, Phileas Fogg n'avait pas quitté Londres. Ceux qui avaient l'honneur de le connaître un peu plus que les autres attestaient que — si ce n'est sur ce chemin direct qu'il parcourait chaque jour pour venir de sa maison au club — personne ne pouvait prétendre l'avoir jamais vu ailleurs. Son seul passe-temps était de lire les journaux et de jouer au whist. À ce jeu du silence, si bien approprié à sa nature, il gagnait souvent, mais ses gains n'entraient jamais dans sa bourse et figuraient pour une somme importante à son budget de charité. D'ailleurs, il faut le remarquer, Mr. Fogg jouait évidemment pour jouer, non pour gagner. Le jeu était pour lui un combat, une lutte contre une difficulté, mais une lutte sans mouvement, sans déplacement, sans fatigue, et cela allait à son caractère.

On ne connaissait à Phileas Fogg ni femme ni enfants, — ce qui peut arriver aux gens les plus honnêtes, — ni parents ni amis, — ce qui est plus rare en vérité. Phileas Fogg vivait seul dans sa maison de Saville-row, où personne ne pénétrait. De son intérieur, jamais il n'était question. Un seul domestique suffisait à le servir. Déjeunant, dînant au club à des heures chronométriquement déterminées, dans la même salle, à la même table, ne traitant point ses collègues, n'invitant aucun étranger, il ne rentrait chez lui que pour se coucher, à minuit précis, sans jamais user de ces chambres confortables que le Reform-Club tient à la disposition des membres du cercle. Sur vingt-quatre heures, il en passait dix à son domicile, soit qu'il dormît, soit qu'il s'occupât de sa toilette. S'il se promenait, c'était invariablement, d'un pas égal, dans la salle d'entrée parquetée en marqueterie, ou sur la galerie circulaire, au-dessus de laquelle s'arrondit un dôme à vitraux bleus, que supportent vingt colonnes ioniques en porphyre rouge. S'il dînait ou déjeunait, c'étaient les cuisines, le garde-manger, l'office, la poissonnerie, la laiterie du club, qui fournissaient à sa table leurs succulentes réserves ; c'étaient les domestiques du club, graves personnages en habit noir, chaussés de souliers à semelles de molleton, qui le servaient dans une porcelaine spéciale et sur un admirable linge en toile de Saxe ; c'étaient les cristaux à moule perdu du club qui contenaient son sherry, son porto ou son claret mélangé de cannelle, de capillaire et de cinnamome ; c'était enfin la glace du club — glace venue à grands frais des lacs d'Amérique — qui entretenait ses boissons dans un satisfaisant état de fraîcheur.

Si vivre dans ces conditions, c'est être un excentrique, il faut convenir que l'excentricité a du bon !

La maison de Saville-row, sans être somptueuse, se ❖ recommandait par un extrême confort. D'ailleurs, avec les habitudes invariables du locataire, le service s'y réduisait à peu. Toutefois, Phileas Fogg exigeait de son unique domestique une ponctualité, une régularité extraordinaires. Ce jour-là même, 2 octobre, Phileas Fogg avait donné son congé à James Forster — ce garçon s'étant rendu coupable de lui avoir apporté pour sa barbe de l'eau à quatre-vingt-quatre degrés Fahrenheit au lieu de quatre-vingt-six —, et il attendait son successeur, qui devait se présenter entre onze heures et onze heures et demie.

Phileas Fogg, carrément assis dans son fauteuil, les deux pieds rapprochés comme ceux d'un soldat à la parade, les mains appuyées sur les genoux, le corps droit, la tête haute, regardait marcher l'aiguille de la pendule, — appareil compliqué qui indiquait les heures, les minutes, les secondes, les jours, les quantièmes et

❖❖ Voir *Au fil du texte*, p. IX.

l'année. A onze heures et demie sonnantes, Mr. Fogg devait, suivant sa quotidienne habitude, quitter la maison et se rendre au Reform-Club.

En ce moment, on frappa à la porte du petit salon dans lequel se tenait Phileas Fogg.

James Forster, le congédié, apparut.

« Le nouveau domestique », dit-il.

Un garçon âgé d'une trentaine d'années se montra et salua.

« Vous êtes Français et vous vous nommez John ? lui demanda Phileas Fogg.

— Jean, n'en déplaise à monsieur, répondit le nouveau venu, Jean Passepartout, un surnom qui m'est resté, et que justifiait mon aptitude naturelle à me tirer d'affaire. Je crois être un honnête garçon, monsieur, mais, pour être franc, j'ai fait plusieurs métiers. J'ai été chanteur ambulant, écuyer dans un cirque, faisant de la voltige comme Léotard, et dansant sur la corde comme Blondin ; puis je suis devenu professeur de gymnastique, afin de rendre mes talents plus utiles, et, en dernier lieu, j'étais sergent de pompiers, à Paris. J'ai même dans mon dossier des incendies remarquables. Mais voilà cinq ans que j'ai quitté la France et que, voulant goûter de la vie de famille, je suis valet de chambre en Angleterre. Or, me trouvant sans place et ayant appris que M. Phileas Fogg était l'homme le plus exact et le plus sédentaire du Royaume-Uni, je me suis présenté chez monsieur avec l'espérance d'y vivre tranquille et d'oublier jusqu'à ce nom de Passepartout...

— Passepartout me convient, répondit le gentleman. Vous m'êtes recommandé. J'ai de bons renseignements sur votre compte. Vous connaissez mes conditions ?

— Oui, monsieur.

— Bien. Quelle heure avez-vous ?

— Onze heures vingt-deux, répondit Passepartout, en tirant des profondeurs de son gousset une énorme montre d'argent.

— Vous retardez, dit Mr. Fogg.

— Que monsieur me pardonne, mais c'est impossible.

JEAN PASSEPARTOUT

— Vous retardez de quatre minutes. N'importe. Il suffit de constater l'écart. Donc, à partir de ce moment, onze heures vingt-neuf du matin, ce mercredi 2 octobre 1872, vous êtes à mon service. »

Cela dit, Phileas Fogg se leva, prit son chapeau de la main gauche, le plaça sur sa tête avec un mouvement d'automate et disparut sans ajouter une parole.

Passepartout entendit la porte de la rue se fermer une première fois : c'était son nouveau maître qui sortait ; puis une seconde fois : c'était son prédécesseur, James Forster, qui s'en allait à son tour.

Passepartout demeura seul dans la maison de Saville-row.

II

OÙ PASSEPARTOUT EST CONVAINCU QU'IL A ENFIN
TROUVÉ SON IDÉAL

« Sur ma foi, se dit Passepartout, un peu ahuri tout d'abord, j'ai connu chez Mme Tussaud des bonshommes aussi vivants que mon nouveau maître ! »

Il convient de dire ici que les « bonshommes » de Mme Tussaud sont des figures de cire, fort visitées à Londres, et auxquelles il ne manque vraiment que la parole.

Pendant les quelques instants qu'il venait d'entrevoir Phileas Fogg, Passepartout avait rapidement, mais soigneusement examiné son futur maître. C'était un homme qui pouvait avoir quarante ans, de figure noble et belle, haut de taille, que ne déparait pas un léger embonpoint, blond de cheveux et de favoris, front uni sans apparences de rides aux tempes, figure plutôt pâle que colorée, dents magnifiques. Il paraissait posséder au plus haut degré ce que les physionomistes appellent « le repos dans l'action », faculté commune à tous ceux qui font plus de besogne que de bruit. Calme, flegmatique, l'œil pur, la paupière immobile, c'était le type achevé de ces Anglais à sang-froid qui se rencontrent assez fréquemment dans le Royaume-Uni, et dont Angelica Kauffmann a merveilleusement rendu sous son pinceau l'attitude un peu académique. Vu dans les divers actes de son existence, ce gentleman donnait l'idée d'un être bien équilibré dans toutes ses parties, justement pondéré, aussi parfait qu'un chronomètre de Leroy ou de Earnshaw. C'est qu'en effet, Phileas Fogg était l'exactitude personnifiée, ce qui se voyait claire-ment à « l'expression de ses pieds et de ses mains », car chez l'homme, aussi bien que chez les animaux, les membres eux-mêmes sont des organes expressifs des passions.

Phileas Fogg était de ces gens mathématiquement exacts, qui, jamais pressés et toujours prêts, sont éco-nomes de leurs pas et de leurs mouvements. Il ne fai-sait pas une enjambée de trop, allant toujours par le plus court. Il ne perdait pas un regard au plafond. Il ne se permettait aucun geste superflu. On ne l'avait jamais vu ému ni troublé. C'était l'homme le moins hâté du monde, mais il arrivait toujours à temps. Tou-tefois, on comprendra qu'il vécût seul et pour ainsi dire en dehors de toute relation sociale. Il savait que dans la vie il faut faire la part des frottements, et comme les frottements retardent, il ne se frottait à personne.

Quant à Jean, dit Passepartout, un vrai Parisien de Paris, depuis cinq ans qu'il habitait l'Angleterre et y faisait à Londres le métier de valet de chambre, il avait cherché vainement un maître auquel il pût s'attacher.

Passepartout n'était point un de ces Frontins ou Mas-carilles qui, les épaules hautes, le nez au vent, le regard assuré, l'œil sec, ne sont que d'impudents drôles. Non. Passepartout était un brave garçon, de physionomie aimable, aux lèvres un peu saillantes, toujours prêtes à goûter ou à caresser, un être doux et serviable, avec une de ces bonnes têtes rondes que l'on aime à voir sur les épaules d'un ami. Il avait les yeux bleus, le teint animé, la figure assez grasse pour qu'il pût lui-même voir les pommettes de ses joues, la poitrine large, la taille forte, une musculature vigoureuse, et il possédait une force herculéenne que les exercices de sa jeunesse avaient admirablement développée. Ses cheveux bruns étaient un peu rageurs. Si les sculpteurs de l'Antiquité connaissaient dix-huit façons d'arranger la chevelure de Minerve, Passepartout n'en connaissait qu'une pour disposer la sienne : trois coups de démêloir, et il était coiffé.

De dire si le caractère expansif de ce garçon s'accorderait avec celui de Phileas Fogg, c'est ce que la prudence la plus élémentaire ne permet pas. Passepartout serait-il ce domestique foncièrement exact qu'il fallait à son maître ? On ne le verrait qu'à l'user. Après avoir eu, on le sait, une jeunesse assez vagabonde, il aspirait au repos. Ayant entendu vanter le méthodisme anglais et la froideur proverbiale des gentlemen, il vint chercher fortune en Angleterre. Mais, jusqu'alors, le sort l'avait mal servi. Il n'avait pu prendre racine nulle part. Il avait fait dix maisons. Dans toutes, on était fantasque, inégal, coureur d'aventures ou coureur de pays, — ce qui ne pouvait plus convenir à Passepartout. Son dernier maître, le jeune Lord Longsferry, membre du Parlement, après avoir passé ses nuits dans les « oysters-rooms » d'Hay-Market, rentrait trop souvent au logis sur les épaules des policemen. Passepartout, voulant avant tout pouvoir respecter son maître, risqua quelques respectueuses observations qui furent mal reçues, et il rompit. Il apprit, sur les entrefaites, que Phileas Fogg, esq., cherchait un domestique. Il prit des renseignements sur ce gentleman. Un personnage dont l'existence était si régulière, qui ne découchait pas, qui ne voyageait pas, qui ne s'absentait jamais, pas même un jour, ne pouvait que lui convenir. Il se présenta et fut admis dans les circonstances que l'on sait.

Passepartout — onze heures et demie étant sonnées — se trouvait donc seul dans la maison de Saville-row. Aussitôt il en commença l'inspection. Il la parcourut de la cave au grenier. Cette maison propre, rangée, sévère, puritaine, bien organisée pour le service, lui plut. Elle lui fit l'effet d'une belle coquille de colimaçon, mais d'une coquille éclairée et chauffée au gaz, car l'hydrogène carburé y suffisait à tous les besoins de lumière et de chaleur. Passepartout trouva sans peine, au second étage, la chambre qui lui était destinée. Elle lui convint. Des timbres électriques et des tuyaux acoustiques la mettaient en communication avec les appartements de l'entresol et du premier étage. Sur la cheminée, une pendule électrique correspondait avec la pendule de la chambre à coucher de Phileas Fogg, et les deux appareils battaient au même instant la même seconde.

« Cela me va, cela me va ! » se dit Passepartout.

Il remarqua aussi, dans sa chambre, une notice affichée au-dessus de la pendule. C'était le programme du service quotidien. Il comprenait — depuis huit heures du matin, heure réglementaire à laquelle se levait Phileas Fogg, jusqu'à onze heures et demie, heure à laquelle il quittait sa maison pour aller déjeuner au Reform-Club — tous les détails du service, le thé et les rôties de huit heures vingt-trois, l'eau pour la barbe de neuf heures trente-sept, la coiffure de dix heures moins vingt, etc. Puis de onze heures et demie du matin à minuit — heure à laquelle se couchait le méthodique gentleman —, tout était noté, prévu, régularisé. Passepartout se fit une joie de méditer ce programme et d'en graver les divers articles dans son esprit.

Quant à la garde-robe de monsieur, elle était fort bien montée et merveilleusement comprise. Chaque pantalon, habit ou gilet portait un numéro d'ordre reproduit sur un registre d'entrée et de sortie, indiquant la date à laquelle, suivant la saison, ces vêtements devaient être tour à tour portés. Même réglementation pour les chaussures.

En somme, dans cette maison de Saville-row — qui devait être le temple du désordre à l'époque de l'illustre mais dissipé Sheridan —, ameublement confortable, annonçant une belle aisance. Pas de bibliothèque, pas de livres, qui eussent été sans utilité pour Mr. Fogg, puisque le Reform-Club mettait à sa disposition deux bibliothèques, l'une consacrée aux lettres, l'autre au droit et à la politique. Dans la chambre à coucher, un coffre-fort de moyenne grandeur, que sa construction défendait aussi bien de l'incendie que du vol. Point d'armes dans la maison, aucun ustensile de chasse ou de guerre. Tout y dénotait les habitudes les plus pacifiques.

Après avoir examiné ccttc demeure en détail, Passepartout se frotta les mains, sa large figure s'épanouit, et il répéta joyeusement :

« Cela me va ! voilà mon affaire ! Nous nous entendrons parfaitement, Mr. Fogg et moi ! Un homme casanier et régulier ! Une véritable mécanique ! Eh bien, je ne suis pas fâché de servir une mécanique ! »

III

OÙ S'ENGAGE UNE CONVERSATION QUI POURRA COÛTER CHER À PHILEAS FOGG

Phileas Fogg avait quitté sa maison de Saville-row à onze heures et demie, et, après avoir placé cinq cent soixante-quinze fois son pied droit devant son pied gauche et cinq cent soixante-seize fois son pied gauche devant son pied droit, il arriva au Reform-Club, vaste édifice, élevé dans Pall-Mall, qui n'a pas coûté moins de trois millions à bâtir.

Phileas Fogg se rendit aussitôt à la salle à manger, dont les neuf fenêtres s'ouvraient sur un beau jardin aux arbres déjà dorés par l'automne. Là, il prit place à la table habituelle où son couvert l'attendait. Son déjeuner se composait d'un hors-d'œuvre, d'un poisson bouilli relevé d'une « reading sauce » de premier choix, d'un roastbeef écarlate agrémenté de condiments « mushroom », d'un gâteau farci de tiges de rhubarbe et de groseilles vertes, d'un morceau de chester, — le tout arrosé de quelques tasses de cet excellent thé, spécialement recueilli pour l'office du Reform-Club.

À midi quarante-sept, ce gentleman se leva et se dirigea vers le grand salon, somptueuse pièce, ornée de peintures richement encadrées. Là, un domestique lui remit le *Times* non coupé, dont Phileas Fogg opéra le laborieux dépliage avec une sûreté de main qui dénotait une grande habitude de cette difficile opération. La lecture de ce journal occupa Phileas Fogg jusqu'à trois heures quarante-cinq, et celle du *Standard* — qui lui succéda — dura jusqu'au dîner. Ce repas s'accomplit dans les mêmes conditions que le déjeuner, avec adjonction de « royal british sauce ».

À six heures moins vingt, le gentleman reparut dans le grand salon et s'absorba dans la lecture du *Morning Chronicle*.

Une demi-heure plus tard, divers membres du Reform-Club faisaient leur entrée et s'approchaient de la cheminée, où brûlait un feu de houille. C'étaient les partenaires habituels de Mr. Phileas Fogg, comme lui enragés joueurs de whist : l'ingénieur Andrew Stuart, les banquiers John Sullivan et Samuel Fallentin, le brasseur Thomas Flanagan, Gauthier Ralph, un des administrateurs de la Banque d'Angleterre, — personnages riches et considérés, même dans ce club qui compte parmi ses membres les sommités de l'industrie et de la finance.

« Eh bien, Ralph, demanda Thomas Flanagan, où en est cette affaire de vol ?

— Eh bien, répondit Andrew Stuart, la Banque en sera pour son argent.

— J'espère, au contraire, dit Gauthier Ralph, que nous mettrons la main sur l'auteur du vol. Des inspecteurs de police, gens fort habiles, ont été envoyés en Amérique et en Europe, dans tous les principaux ports d'embarquement et de débarquement, et il sera difficile à ce monsieur de leur échapper.

— Mais on a donc le signalement du voleur ? demanda Andrew Stuart.

— D'abord, ce n'est pas un voleur, répondit sérieusement Gauthier Ralph.

— Comment, ce n'est pas un voleur, cet individu qui a soustrait cinquante-cinq mille livres en bank-notes (1 million 375 000 francs) ?

— Non, répondit Gauthier Ralph.

— C'est donc un industriel ? dit John Sullivan.

— Le *Morning Chronicle* assure que c'est un gentleman. »

Celui qui fit cette réponse n'était autre que Phileas Fogg, dont la tête émergeait alors du flot de papier amassé autour de lui. En même temps, Phileas Fogg salua ses collègues, qui lui rendirent son salut.

Le fait dont il était question, que les divers journaux du Royaume-Uni discutaient avec ardeur, s'était accompli trois jours auparavant, le 29 septembre. Une liasse de bank-notes, formant l'énorme somme de cinquante-cinq mille livres, avait été prise sur la tablette du caissier principal de la Banque d'Angleterre.

À qui s'étonnait qu'un tel vol eût pu s'accomplir aussi facilement, le sous-gouverneur Gauthier Ralph se bornait à répondre qu'à ce moment même, le caissier s'occupait d'enregistrer une recette de trois shillings six pence, et qu'on ne saurait avoir l'œil à tout.

Mais il convient de faire observer ici — ce qui rend le fait plus explicable — que cet admirable établissement de « Bank of England » paraît se soucier extrêmement de la dignité du public. Point de gardes, point d'invalides, point de grillages ! L'or, l'argent, les billets sont exposés librement et pour ainsi dire à la merci du premier venu. On ne saurait mettre en suspicion l'honorabilité d'un passant quelconque. Un des meilleurs observateurs des usages anglais raconte même ceci : Dans une des salles de la Banque où il se trouvait un jour, il eut la curiosité de voir de plus près un lingot d'or pesant sept à huit livres, qui se trouvait exposé sur la tablette du caissier ; il prit ce lingot, l'examina, le passa à son voisin, celui-ci à un autre, si bien que le lingot, de main en main, s'en alla jusqu'au fond d'un corridor obscur, et ne revint qu'une demi-heure après reprendre sa place, sans que le caissier eût seulement levé la tête.

Mais, le 29 septembre, les choses ne se passèrent pas tout à fait ainsi. La liasse de bank-notes ne revint pas, et quand la magnifique horloge, posée au-dessus du « drawing-office », sonna à cinq heures la fermeture des bureaux, la Banque d'Angleterre n'avait plus qu'à passer cinquante-cinq mille livres par le compte de profits et pertes.

Le vol bien et dûment reconnu, des agents, des « détectives », choisis parmi les plus habiles, furent envoyés dans les principaux ports, à Liverpool, à Glasgow, au Havre, à Suez, à Brindisi, à New York, etc., avec promesse, en cas de succès, d'une prime de deux mille livres (50 000 F) et cinq pour cent de la somme qui serait retrouvée. En attendant les renseignements que devait fournir l'enquête immédiatement commencée, ces inspecteurs avaient pour mission d'observer scrupuleusement tous les voyageurs en arrivée ou en partance.

Or, précisément, ainsi que le disait le *Morning Chronicle*, on avait lieu de supposer que l'auteur du vol ne faisait partie d'aucune des sociétés de voleurs d'Angleterre. Pendant cette journée du 29 septembre, un gentleman bien mis, de bonnes manières, l'air distingué, avait été remarqué, qui allait et venait dans la salle des paiements, théâtre du vol. L'enquête avait permis de refaire assez exactement le signalement de ce gentleman, signalement qui fut aussitôt adressé à tous les détectives du Royaume-Uni et du continent. Quelques bons esprits — et Gauthier Ralph était du nombre — se croyaient donc fondés à espérer que le voleur n'échapperait pas.

Comme on le pense, ce fait était à l'ordre du jour à Londres et dans toute l'Angleterre. On discutait, on se passionnait pour ou contre les probabilités du succès de la police métropolitaine. On ne s'étonnera donc pas d'entendre les membres du Reform-Club traiter la même question, d'autant plus que l'un des sous-gouverneurs de la Banque se trouvait parmi eux.

L'honorable Gauthier Ralph ne voulait pas douter du résultat des recherches, estimant que la prime offerte devrait singulièrement aiguiser le zèle et l'intelligence des agents. Mais son collègue, Andrew Stuart, était loin de partager cette confiance. La discussion continua donc entre les gentlemen, qui s'étaient assis à une table de whist, Stuart devant Flanagan, Fallentin devant Phileas Fogg. Pendant le jeu, les joueurs ne parlaient pas, mais entre les robres, la conversation interrompue reprenait de plus belle.

« Je soutiens, dit Andrew Stuart, que les chances sont en faveur du voleur, qui ne peut manquer d'être un habile homme !

— Allons donc ! répondit Ralph, il n'y a plus un seul pays dans lequel il puisse se réfugier.

— Par exemple !

— Où voulez-vous qu'il aille ?

— Je n'en sais rien, répondit Andrew Stuart, mais, après tout, la terre est assez vaste.

— Elle l'était autrefois... », dit à mi-voix Phileas Fogg. Puis : « À vous de couper, monsieur », ajouta-t-il en présentant les cartes à Thomas Flanagan.

La discussion fut suspendue pendant le robre. Mais bientôt Andrew Stuart la reprenait, disant :

« Comment, autrefois ! Est-ce que la terre a diminué, par hasard ?

— Sans doute, répondit Gauthier Ralph. Je suis de l'avis de Mr. Fogg. La terre a diminué, puisqu'on la parcourt maintenant dix fois plus vite qu'il y a cent ans. Et c'est ce qui, dans le cas dont nous nous occupons, rendra les recherches plus rapides.

— Et rendra plus facile aussi la fuite du voleur !

— À vous de jouer, monsieur Stuart ! » dit Phileas Fogg.

Mais l'incrédule Stuart n'était pas convaincu, et, la partie achevée :

« Il faut avouer, monsieur Ralph, reprit-il, que vous avez trouvé là une manière plaisante de dire que la terre a diminué ! Ainsi parce qu'on en fait maintenant le tour en trois mois...

— En quatre-vingts jours seulement, dit Phileas Fogg.

— En effet, messieurs, ajouta John Sullivan, quatre-vingts jours, depuis que la section entre Rothal et Allahabad a été ouverte sur le « Great-Indian peninsular railway », et voici le calcul établi par le *Morning Chronicle* :

De Londres à Suez par le Mont-Cenis et Brindisi, railways et paquebots	7 jours
De Suez à Bombay, paquebot	13 —
De Bombay à Calcutta, railway	3 —
De Calcutta à Hong-Kong (Chine), paquebot	13 —
De Hong-Kong à Yokohama (Japon), paquebot	6 —
De Yokohama à San Francisco, paquebot	22 —
De San Francisco à New York, railroad	7 —
De New York à Londres, paquebot et railway	9 —
Total	80 jours

— Oui, quatre-vingts jours ! s'écria Andrew Stuart, qui, par inattention, coupa une carte maîtresse, mais non compris le mauvais temps, les vents contraires, les naufrages, les déraillements, etc.

— Tout compris, répondit Phileas Fogg en continuant de jouer, car, cette fois, la discussion ne respectait plus le whist.

— Même si les Indous ou les Indiens enlèvent les rails ! s'écria Andrew Stuart, s'ils arrêtent les trains, pillent les fourgons, scalpent les voyageurs !

— Tout compris », répondit Phileas Fogg, qui, abattant son jeu, ajouta : « Deux atouts maîtres. »

Andrew Stuart, à qui c'était le tour de « faire », ramassa les cartes en disant :

« Théoriquement, vous avez raison, monsieur Fogg, mais dans la pratique...

— Dans la pratique aussi, monsieur Stuart.

— Je voudrais bien vous y voir.

— Il ne tient qu'à vous. Partons ensemble.

— Le Ciel m'en préserve ! s'écria Stuart, mais je parierais bien quatre mille livres (100 000 F) qu'un tel voyage, fait dans ces conditions, est impossible.

— Très possible, au contraire, répondit Mr. Fogg.

— Eh bien, faites-le donc !

— Le tour du monde en quatre-vingts jours ?

— Oui.

— Je le veux bien.

— Quand ?

— Tout de suite.

— C'est de la folie ! s'écria Andrew Stuart, qui commençait à se vexer de l'insistance de son partenaire. Tenez ! jouons plutôt.

— Refaites alors, répondit Phileas Fogg, car il y a maldonne. »

Andrew Stuart reprit les cartes d'une main fébrile ; puis, tout à coup, les posant sur la table :

« Eh bien, oui, monsieur Fogg, dit-il, oui, je parie quatre mille livres !...

— Mon cher Stuart, dit Fallentin, calmez-vous. Ce n'est pas sérieux.

— Quand je dis : je parie, répondit Andrew Stuart, c'est toujours sérieux.

— Soit ! » dit Mr. Fogg. Puis, se tournant vers ses collègues :

« J'ai vingt mille livres (500 000 F) déposées chez Baring frères. Je les risquerai volontiers..

— Vingt mille livres ! s'écria John Sullivan. Vingt mille livres qu'un retard imprévu peut vous faire perdre !

— L'imprévu n'existe pas, répondit simplement Phileas Fogg.

« Eh bien oui, monsieur Fogg, je parie 4 000 livres ! » (p. 36).

— Mais, monsieur Fogg, ce laps de quatre-vingts jours n'est calculé que comme un minimum de temps !

— Un minimum bien employé suffit à tout.

— Mais pour ne pas le dépasser, il faut sauter mathématiquement des railways dans les paquebots, et des paquebots dans les chemins de fer !

— Je sauterai mathématiquement.

— C'est une plaisanterie !

— Un bon Anglais ne plaisante jamais, quand il s'agit d'une chose aussi sérieuse qu'un pari, répondit Phileas Fogg. Je parie vingt mille livres contre qui voudra que je ferai le tour de la Terre en quatre-vingts jours ou moins, soit dix-neuf cent vingt heures ou cent quinze mille deux cents minutes. Acceptez-vous ?

— Nous acceptons, répondirent MM. Stuart, Fallentin, Sullivan, Flanagan et Ralph, après s'être entendus.

— Bien, dit Mr. Fogg. Le train de Douvres part à huit heures quarante-cinq. Je le prendrai.

— Ce soir même ? demanda Stuart.

— Ce soir même, répondit Phileas Fogg. Donc, ajouta-t-il en consultant un calendrier de poche, puisque c'est aujourd'hui mercredi 2 octobre, je devrai être de retour à Londres, dans ce salon même du Reform-Club, le samedi 21 décembre, à huit heures quarante-cinq du soir, faute de quoi les vingt mille livres déposées actuellement à mon crédit chez Baring frères vous appartiendront de fait et de droit, messieurs. — Voici un chèque de pareille somme. »

Un procès-verbal du pari fut fait et signé sur-le-champ par les six co-intéressés. Phileas Fogg était demeuré froid. Il n'avait certainement pas parié pour gagner, et n'avait engagé ces vingt mille livres — la moitié de sa fortune — que parce qu'il prévoyait qu'il pourrait avoir à dépenser l'autre pour mener à bien ce difficile, pour ne pas dire inexécutable projet. Quant à ses adversaires, eux, ils paraissaient émus, non pas à cause de la valeur de l'enjeu, mais parce qu'ils se faisaient une sorte de scrupule de lutter dans ces conditions.

Sept heures sonnaient alors. On offrit à Mr. Fogg de suspendre le whist afin qu'il pût faire ses préparatifs de départ.

« Je suis toujours prêt ! » répondit cet impassible gentleman, et donnant les cartes :

« Je retourne carreau, dit-il. À vous de jouer, monsieur Stuart. »

IV

DANS LEQUEL PHILEAS FOGG
STUPÉFIE PASSEPARTOUT, SON DOMESTIQUE

À sept heures vingt-cinq, Phileas Fogg, après avoir gagné une vingtaine de guinées au whist, prit congé de ses honorables collègues, et quitta le Reform-Club. À sept heures cinquante, il ouvrait la porte de sa maison et rentrait chez lui.

Passepartout, qui avait consciencieusement étudié son programme, fut assez surpris en voyant Mr. Fogg, coupable d'inexactitude, apparaître à cette heure insolite. Suivant la notice, le locataire de Saville-row ne devait rentrer qu'à minuit précis.

Phileas Fogg était tout d'abord monté à sa chambre, puis il appela :

« Passepartout. »

Passepartout ne répondit pas. Cet appel ne pouvait s'adresser à lui. Ce n'était pas l'heure.

« Passepartout », reprit Mr. Fogg sans élever la voix davantage.

Passepartout se montra.

« C'est la deuxième fois que je vous appelle, dit Mr. Fogg.

— Mais il n'est pas minuit, répondit Passepartout, sa montre à la main.

— Je le sais, reprit Phileas Fogg, et je ne vous fais

pas de reproche. Nous partons dans dix minutes pour Douvres et Calais. »

Une sorte de grimace s'ébaucha sur la ronde face du Français. Il était évident qu'il avait mal entendu.

« Monsieur se déplace ? demanda-t-il.

— Oui, répondit Phileas Fogg. Nous allons faire le tour du monde. »

Passepartout, l'œil démesurément ouvert, la paupière et le sourcil surélevés, les bras détendus, le corps affaissé, présentait alors tous les symptômes de l'étonnement poussé jusqu'à la stupeur.

« Le tour du monde ! murmura-t-il.

— En quatre-vingts jours, répondit Mr. Fogg. Ainsi, nous n'avons pas un instant à perdre.

— Mais les malles ?... dit Passepartout, qui balançait inconsciemment sa tête de droite et de gauche.

— Pas de malles. Un sac de nuit seulement. Dedans, deux chemises de laine, trois paires de bas. Autant pour vous. Nous achèterons en route. Vous descendrez mon mackintosh et ma couverture de voyage. Ayez de bonnes chaussures. D'ailleurs, nous marcherons peu ou pas. Allez. »

Passepartout aurait voulu répondre. Il ne put. Il quitta la chambre de Mr. Fogg, monta dans la sienne, tomba sur une chaise, et employant une phrase assez vulgaire de son pays :

« Ah ! bien, se dit-il, elle est forte, celle-là ! Moi qui voulais rester tranquille !... »

Et, machinalement, il fit ses préparatifs de départ. Le tour du monde en quatre-vingts jours ! Avait-il affaire à un fou ? Non... C'était une plaisanterie ? On allait à Douvres, bien. À Calais, soit. Après tout, cela ne pouvait notablement contrarier le brave garçon, qui, depuis cinq ans, n'avait pas foulé le sol de la patrie. Peut-être même irait-on jusqu'à Paris, et, ma foi, il reverrait avec plaisir la grande capitale. Mais, certainement, un gentleman aussi ménager de ses pas s'arrêterait là... Oui, sans doute, mais il n'en était pas moins vrai qu'il partait, qu'il se déplaçait, ce gentleman, si casanier jusqu'alors !

À huit heures, Passepartout avait préparé le modeste sac qui contenait sa garde-robe et celle de son maître ; puis, l'esprit encore troublé, il quitta sa chambre, dont il ferma soigneusement la porte, et il rejoignit Mr. Fogg.

Mr. Fogg était prêt. Il portait sous son bras le *Bradshaw's continental railway steam transit and general guide*, qui devait lui fournir toutes les indications nécessaires à son voyage. Il prit le sac des mains de Passepartout, l'ouvrit et y glissa une forte liasse de ces belles bank-notes qui ont cours dans tous les pays.

« Vous n'avez rien oublié ? demanda-t-il.

— Rien, monsieur.

— Mon mackintosh et ma couverture ?

— Les voici.

— Bien, prenez ce sac. »

Mr. Fogg remit le sac à Passepartout.

« Et ayez-en soin, ajouta-t-il. Il y a vingt mille livres dedans (500 000 F). »

Le sac faillit s'échapper des mains de Passepartout, comme si les vingt mille livres eussent été en or et pesé considérablement.

Le maître et le domestique descendirent alors, et la porte de la rue fut fermée à double tour.

Une station de voitures se trouvait à l'extrémité de Saville-row. Phileas Fogg et son domestique montèrent dans un cab, qui se dirigea rapidement vers la gare de Charing-Cross, à laquelle aboutit un des embranchements du South-Eastern-railway.

À huit heures vingt, le cab s'arrêta devant la grille de la gare. Passepartout sauta à terre. Son maître le suivit et paya le cocher.

En ce moment, une pauvre mendiante, tenant un enfant à la main, pieds nus dans la boue, coiffée d'un chapeau dépenaillé auquel pendait une plume lamentable, un châle en loques sur ses haillons, s'approcha de Mr. Fogg et lui demanda l'aumône.

Mr. Fogg tira de sa poche les vingt guinées qu'il

Une pauvre mendiante (p. 41).

venait de gagner au whist, et, les présentant à la mendiante :

« Tenez, ma brave femme, dit-il, je suis content de
vous avoir rencontrée ! »

Puis il passa.

Passepartout eut comme une sensation d'humidité
autour de la prunelle. Son maître avait fait un pas dans
son cœur.

Mr. Fogg et lui entrèrent aussitôt dans la grande salle
de la gare. Là, Phileas Fogg donna à Passepartout
l'ordre de prendre deux billets de première classe pour
Paris. Puis, se retournant, il aperçut ses cinq collègues
du Reform-Club.

« Messieurs, je pars, dit-il, et les divers visas apposés
sur un passeport que j'emporte à cet effet vous per-
mettront, au retour, de contrôler mon itinéraire.

— Oh ! monsieur Fogg, répondit poliment Gauthier
Ralph, c'est inutile. Nous nous en rapporterons à votre
honneur de gentleman !

— Cela vaut mieux ainsi, dit Mr. Fogg.

— Vous n'oubliez pas que vous devez être revenu ?...
fit observer Andrew Stuart.

— Dans quatre-vingts jours, répondit Mr. Fogg, le
samedi 21 décembre 1872, à huit heures quarante-cinq
minutes du soir. Au revoir, messieurs. »

À huit heures quarante, Phileas Fogg et son domestique prirent place dans le même compartiment. À huit
heures quarante-cinq, un coup de sifflet retentit, et le
train se mit en marche.

La nuit était noire. Il tombait une pluie fine. Phileas
Fogg, accoté dans son coin, ne parlait pas. Passepartout, encore abasourdi, pressait machinalement contre
lui le sac aux bank-notes.

Mais le train n'avait pas dépassé Sydenham, que Passepartout poussait un véritable cri de désespoir !

« Qu'avez-vous ? demanda Mr. Fogg.

— Il y a... que... dans ma précipitation... mon
trouble... j'ai oublié...

— Quoi ?

— D'éteindre le bec de gaz de ma chambre !
— Eh bien, mon garçon, répondit froidement
Mr. Fogg, il brûle à votre compte ! »

V

DANS LEQUEL UNE NOUVELLE VALEUR APPARAÎT SUR LA PLACE DE LONDRES

Phileas Fogg, en quittant Londres, ne se doutait guère, sans doute, du grand retentissement qu'allait provoquer son départ. La nouvelle du pari se répandit d'abord dans le Reform-Club, et produisit une véritable émotion parmi les membres de l'honorable cercle. Puis, du club, cette émotion passa aux journaux par la voie des reporters, et des journaux au public de Londres et de tout le Royaume-Uni.

Cette « question du tour du monde » fut commentée, discutée, disséquée, avec autant de passion et d'ardeur que s'il se fût agi d'une nouvelle affaire de l'*Alabama*. Les uns prirent parti pour Phileas Fogg, les autres — et ils formèrent bientôt une majorité considérable — se prononcèrent contre lui. Ce tour du monde à accomplir, autrement qu'en théorie et sur le papier, dans ce minimum de temps, avec les moyens de communication actuellement en usage, ce n'était pas seulement impossible, c'était insensé !

Le *Times*, le *Standard*, l'*Evening Star*, le *Morning Chronicle*, et vingt autres journaux de grande publicité, se déclarèrent contre Mr. Fogg. Seul, le *Daily Telegraph* le soutint dans une certaine mesure. Phileas Fogg fut généralement traité de maniaque, de fou, et ses collègues du Reform-Club furent blâmés d'avoir tenu ce pari, qui accusait un affaiblissement dans les facultés mentales de son auteur.

Des articles extrêmement passionnés, mais logiques, parurent sur la question. On sait l'intérêt que l'on porte en Angleterre à tout ce qui touche à la géographie. Aussi n'était-il pas un lecteur, à quelque classe qu'il appartînt, qui ne dévorât les colonnes consacrées au cas de Phileas Fogg.

Pendant les premiers jours, quelques esprits audacieux — les femmes principalement — furent pour lui, surtout quand l'*Illustrated London News* eut publié son portrait d'après sa photographie déposée aux archives du Reform-Club. Certains gentlemen osaient dire : « Hé ! hé ! pourquoi pas, après tout ? On a vu des choses plus extraordinaires ! » C'étaient surtout les lecteurs du *Daily Telegraph*. Mais on sentit bientôt que ce journal lui-même commençait à faiblir.

En effet, un long article parut le 7 octobre dans le Bulletin de la Société royale de géographie. Il traita la question à tous les points de vue, et démontra clairement la folie de l'entreprise. D'après cet article, tout était contre le voyageur, obstacles de l'homme, obstacles de la nature. Pour réussir dans ce projet, il fallait admettre une concordance miraculeuse des heures de départ et d'arrivée, concordance qui n'existait pas, qui ne pouvait pas exister. À la rigueur, et en Europe, où il s'agit de parcours d'une longueur relativement médiocre, on peut compter sur l'arrivée des trains à heure fixe ; mais quand ils emploient trois jours à traverser l'Inde, sept jours à traverser les États-Unis, pouvait-on fonder sur leur exactitude les éléments d'un tel problème ? Et les accidents de machine, les déraillements, les rencontres, la mauvaise saison, l'accumulation des neiges, est-ce que tout n'était pas contre Phileas Fogg ? Sur les paquebots, ne se trouverait-il pas, pendant l'hiver, à la merci des coups de vent ou des brouillards ? Est-il donc si rare que les meilleurs marcheurs des lignes transocéaniennes éprouvent des retards de deux ou trois jours ? Or, il suffisait d'un retard, un seul, pour que la chaîne de communications fût irréparablement brisée. Si Phileas Fogg manquait, ne fût-ce que de quelques heures, le départ d'un paquebot, il serait forcé

Aussi n'était-il pas un lecteur... (p. 45).

d'attendre le paquebot suivant, et par cela même son voyage était compromis irrévocablement.

L'article fit grand bruit. Presque tous les journaux le reproduisirent, et les actions de Phileas Fogg baissèrent singulièrement.

Pendant les premiers jours qui suivirent le départ du gentleman, d'importantes affaires s'étaient engagées sur « l'aléa » de son entreprise. On sait ce qu'est le monde des parieurs en Angleterre, monde plus intelligent, plus relevé que celui des joueurs. Parier est dans le tempérament anglais. Aussi, non seulement les divers membres du Reform-Club établirent-ils des paris considérables pour ou contre Phileas Fogg, mais la masse du public entra dans le mouvement. Phileas Fogg fut inscrit comme un cheval de course, à une sorte de studbook. On en fit aussi une valeur de bourse, qui fut immédiatement cotée sur la place de Londres. On demandait, on offrait du « Phileas Fogg » ferme ou à prime, et il se fit des affaires énormes. Mais cinq jours après son départ, après l'article du Bulletin de la Société de géographie, les offres commencèrent à affluer. Le Phileas Fogg baissa. On l'offrit par paquets. Pris d'abord à cinq, puis à dix, on ne le prit plus qu'à vingt, à cinquante, à cent !

Un seul partisan lui resta. Ce fut le vieux paralytique, Lord Albermale. L'honorable gentleman, cloué sur son fauteuil, eût donné sa fortune pour pouvoir faire le tour du monde, même en dix ans ! et il paria cinq mille livres (100 000 F) en faveur de Phileas Fogg. Et quand, en même temps que la sottise du projet, on lui en démontrait l'inutilité, il se contentait de répondre : « Si la chose est faisable, il est bon que ce soit un Anglais qui le premier l'ait faite ! »

Or, on en était là, les partisans de Phileas Fogg se raréfiaient de plus en plus ; tout le monde, et non sans raison, se mettait contre lui ; on ne le prenait plus qu'à cent cinquante, à deux cents contre un, quand, sept jours après son départ, un incident, complètement inattendu, fit qu'on ne le prit plus du tout.

En effet, pendant cette journée, à neuf heures du soir, le directeur de la police métropolitaine avait reçu une dépêche télégraphique ainsi conçue :

Suez à Londres.

Rowan, directeur police, administration centrale, Scotland place.

Je file voleur de Banque, Phileas Fogg. Envoyez sans retard mandat d'arrestation à Bombay (Inde anglaise).

Fix, *détective.*

L'effet de cette dépêche fut immédiat. L'honorable gentleman disparut pour faire place au voleur de banknotes. Sa photographie, déposée au Reform-Club avec celles de tous ses collègues, fut examinée. Elle reproduisait trait pour trait l'homme dont le signalement avait été fourni par l'enquête. On rappela ce que l'existence de Phileas Fogg avait de mystérieux, son isolement, son départ subit, et il parut évident que ce personnage, prétextant un voyage autour du monde et l'appuyant sur un pari insensé, n'avait eu d'autre but que de dépister les agents de la police anglaise.

VI

DANS LEQUEL L'AGENT FIX MONTRE UNE IMPATIENCE BIEN LÉGITIME

Voici dans quelles circonstances avait été lancée cette dépêche concernant le sieur Phileas Fogg.

Le mercredi 9 octobre, on attendait pour onze heures du matin, à Suez, le paquebot *Mongolia*, de la Compagnie péninsulaire et orientale, steamer en fer à hélice et à spardeck, jaugeant deux mille huit cents tonnes et possédant une force nominale de cinq cents chevaux.

Le *Mongolia* faisait régulièrement les voyages de Brindisi à Bombay par le canal de Suez. C'était un des plus rapides marcheurs de la Compagnie, et les vitesses réglementaires, soit dix milles à l'heure entre Brindisi et Suez, et neuf milles cinquante-trois centièmes entre Suez et Bombay, il les avait toujours dépassées.

En attendant l'arrivée du *Mongolia*, deux hommes se promenaient sur le quai au milieu de la foule d'indigènes et d'étrangers qui affluent dans cette ville, naguère une bourgade, à laquelle la grande œuvre de M. de Lesseps assure un avenir considérable.

De ces deux hommes, l'un était l'agent consulaire du ❖ Royaume-Uni, établi à Suez, qui — en dépit des fâcheux pronostics du gouvernement britannique et des sinistres prédictions de l'ingénieur Stephenson — voyait chaque jour des navires anglais traverser ce canal, abrégeant ainsi de moitié l'ancienne route de l'Angleterre aux Indes par le cap de Bonne-Espérance.

L'autre était un petit homme maigre, de figure assez intelligente, nerveux, qui contractait avec une persistance remarquable ses muscles sourciliers. À travers ses longs cils brillait un œil très vif, mais dont il savait à volonté éteindre l'ardeur. En ce moment, il donnait certaines marques d'impatience, allant, venant, ne pouvant tenir en place.

Cet homme se nommait Fix, et c'était un de ces « détectives » ou agents de police anglais, qui avaient été envoyés dans les divers ports, après le vol commis à la Banque d'Angleterre. Ce Fix devait surveiller avec le plus grand soin tous les voyageurs prenant la route de Suez, et si l'un d'eux lui semblait suspect, le « filer » en attendant un mandat d'arrestation.

Précisément, depuis deux jours, Fix avait reçu du directeur de la police métropolitaine le signalement de l'auteur présumé du vol. C'était celui de ce personnage distingué et bien mis que l'on avait observé dans la salle des paiements de la Banque.

Le détective, très alléché évidemment par la forte

❖ Voir *Au fil du texte*, p. IX.

L'inspecteur de police (p. 49).

prime promise en cas de succès, attendait donc avec une impatience facile à comprendre l'arrivée du *Mongolia*.

« Et vous dites, monsieur le consul, demanda-t-il pour la dixième fois, que ce bateau ne peut tarder ?

— Non, monsieur Fix, répondit le consul. Il a été signalé hier au large de Port-Saïd, et les cent soixante kilomètres du canal ne comptent pas pour un tel marcheur. Je vous répète que le *Mongolia* a toujours gagné la prime de vingt-cinq livres que le gouvernement accorde pour chaque avance de vingt-quatre heures sur les temps réglementaires.

— Ce paquebot vient directement de Brindisi ? demanda Fix.

— De Brindisi même, où il a pris la malle des Indes, de Brindisi qu'il a quitté samedi à cinq heures du soir. Ainsi ayez patience, il ne peut tarder à arriver. Mais je ne sais vraiment pas comment, avec le signalement que vous avez reçu, vous pourrez reconnaître votre homme, s'il est à bord du *Mongolia*.

— Monsieur le consul, répondit Fix, ces gens-là, on les sent plutôt qu'on ne les reconnaît. C'est du flair qu'il faut avoir, et le flair est comme un sens spécial auquel concourent l'ouïe, la vue et l'odorat. J'ai arrêté dans ma vie plus d'un de ces gentlemen, et pourvu que mon voleur soit à bord, je vous réponds qu'il ne me glissera pas entre les mains.

— Je le souhaite, monsieur Fix, car il s'agit d'un vol important.

— Un vol magnifique, répondit l'agent enthousiasmé. Cinquante-cinq mille livres ! Nous n'avons pas souvent de pareilles aubaines ! Les voleurs deviennent mesquins ! La race des Sheppard s'étiole ! On se fait pendre maintenant pour quelques shillings !

— Monsieur Fix, répondit le consul, vous parlez d'une telle façon que je vous souhaite vivement de réussir ; mais, je vous le répète, dans les conditions où vous êtes, je crains que ce ne soit difficile. Savez-vous bien que, d'après le signalement que vous avez reçu, ce voleur ressemble absolument à un honnête homme.

— Monsieur le consul, répondit dogmatiquement l'inspecteur de police, les grands voleurs ressemblent toujours à d'honnêtes gens. Vous comprenez bien que ceux qui ont des figures de coquins n'ont qu'un parti à prendre, c'est de rester probes, sans cela ils se feraient arrêter. Les physionomies honnêtes, ce sont celles-là qu'il faut dévisager surtout. Travail difficile, j'en conviens, et qui n'est plus du métier, mais de l'art. »

On voit que ledit Fix ne manquait pas d'une certaine dose d'amour-propre.

Cependant le quai s'animait peu à peu. Marins de diverses nationalités, commerçants, courtiers, portefaix, fellahs, y affluaient. L'arrivée du paquebot était évidemment prochaine.

Le temps était assez beau, mais l'air froid, par ce vent d'est. Quelques minarets se dessinaient au-dessus de la ville sous les pâles rayons du soleil. Vers le sud, une jetée longue de deux mille mètres s'allongeait comme un bras sur la rade de Suez. À la surface de la mer Rouge roulaient plusieurs bateaux de pêche ou de cabotage, dont quelques-uns ont conservé dans leurs façons l'élégant gabarit de la galère antique.

Tout en circulant au milieu de ce populaire, Fix, par une habitude de sa profession, dévisageait les passants d'un rapide coup d'œil.

Il était alors dix heures et demie.

« Mais il n'arrivera pas, ce paquebot ! s'écria-t-il en entendant sonner l'horloge du port.

— Il ne peut être éloigné, répondit le consul.

— Combien de temps stationnera-t-il à Suez ? demanda Fix.

— Quatre heures. Le temps d'embarquer son charbon. De Suez à Aden, à l'extrémité de la mer Rouge, on compte treize cent dix milles, et il faut faire provision de combustible.

— Et de Suez, ce bateau va directement à Bombay ? demanda Fix.

— Directement, sans rompre charge.

— Eh bien, dit Fix, si le voleur a pris cette route et

ce bateau, il doit entrer dans son plan de débarquer à Suez, afin de gagner par une autre voie les possessions hollandaises ou françaises de l'Asie. Il doit bien savoir qu'il ne serait pas en sûreté dans l'Inde, qui est une terre anglaise.

— À moins que ce ne soit un homme très fort, répondit le consul. Vous le savez, un criminel anglais est toujours mieux caché à Londres qu'il ne le serait à l'étranger. »

Sur cette réflexion, qui donna fort à réfléchir à l'agent, le consul regagna ses bureaux, situés à peu de distance. L'inspecteur de police demeura seul, pris d'une impatience nerveuse, avec ce pressentiment assez bizarre que son voleur devait se trouver à bord du *Mongolia*, — et en vérité, si ce coquin avait quitté l'Angleterre avec l'intention de gagner le Nouveau Monde, la route des Indes, moins surveillée ou plus difficile à surveiller que celle de l'Atlantique, devait avoir obtenu sa préférence.

Fix ne fut pas longtemps livré à ses réflexions. De vifs coups de sifflet annoncèrent l'arrivée du paquebot. Toute la horde des portefaix et des fellahs se précipita vers le quai dans un tumulte un peu inquiétant pour les membres et les vêtements des passagers. Une dizaine de canots se détachèrent de la rive et allèrent au-devant du *Mongolia*.

Bientôt on aperçut la gigantesque coque du *Mongolia*, passant entre les rives du canal, et onze heures sonnaient quand le steamer vint mouiller en rade, pendant que sa vapeur fusait à grand bruit par les tuyaux d'échappement.

Les passagers étaient assez nombreux à bord. Quelques-uns restèrent sur le spardeck à contempler le panorama pittoresque de la ville ; mais la plupart débarquèrent dans les canots qui étaient venus accoster le *Mongolia*.

Fix examinait scrupuleusement tous ceux qui mettaient pied à terre.

Après avoir vigoureusement repoussé... (p. 55).

En ce moment, l'un d'eux s'approcha de lui, après avoir vigoureusement repoussé les fellahs qui l'assaillaient de leurs offres de service, et il lui demanda fort poliment s'il pouvait lui indiquer les bureaux de l'agent consulaire anglais. Et en même temps ce passager présentait un passeport sur lequel il désirait sans doute faire apposer le visa britannique.

Fix, instinctivement, prit le passeport, et, d'un rapide coup d'œil, il en lut le signalement.

Un mouvement involontaire faillit lui échapper. La feuille trembla dans sa main. Le signalement libellé sur le passeport était identique à celui qu'il avait reçu du directeur de la police métropolitaine.

« Ce passeport n'est pas le vôtre ? dit-il au passager.

— Non, répondit celui-ci, c'est le passeport de mon maître.

— Et votre maître ?

— Il est resté à bord.

— Mais, reprit l'agent, il faut qu'il se présente en personne aux bureaux du consulat afin d'établir son identité.

— Quoi ! cela est nécessaire ?

— Indispensable.

— Et où sont ces bureaux ?

— Là, au coin de la place, répondit l'inspecteur en indiquant une maison éloignée de deux cents pas.

— Alors, je vais aller chercher mon maître, à qui pourtant cela ne plaira guère de se déranger ! »

Là-dessus, le passager salua Fix et retourna à bord du steamer.

VII

QUI TÉMOIGNE UNE FOIS DE PLUS DE L'INUTILITÉ DES PASSEPORTS EN MATIÈRE DE POLICE

L'inspecteur redescendit sur le quai et se dirigea rapidement vers les bureaux du consul. Aussitôt, et sur sa demande pressante, il fut introduit près de ce fonctionnaire.

« Monsieur le consul, lui dit-il sans autre préambule, j'ai de fortes présomptions de croire que notre homme a pris passage à bord du *Mongolia*. »

Et Fix raconta ce qui s'était passé entre ce domestique et lui à propos du passeport.

« Bien, monsieur Fix, répondit le consul, je ne serais pas fâché de voir la figure de ce coquin. Mais peut-être ne se présentera-t-il pas à mon bureau, s'il est ce que vous supposez. Un voleur n'aime pas à laisser derrière lui des traces de son passage, et d'ailleurs la formalité des passeports n'est plus obligatoire.

— Monsieur le consul, répondit l'agent, si c'est un homme fort comme on doit le penser, il viendra !

— Faire viser son passeport ?

— Oui. Les passeports ne servent jamais qu'à gêner les honnêtes gens et à favoriser la fuite des coquins. Je vous affirme que celui-ci sera en règle, mais j'espère bien que vous ne le viserez pas...

— Et pourquoi pas ? Si ce passeport est régulier, répondit le consul, je n'ai pas le droit le refuser mon visa.

— Cependant, monsieur le consul, il faut bien que je retienne ici cet homme jusqu'à ce que j'aie reçu de Londres un mandat d'arrestation.

— Ah ! cela, monsieur Fix, c'est votre affaire, répondit le consul, mais moi, je ne puis... »

Le consul n'acheva pas sa phrase. En ce moment, on frappait à la porte de son cabinet, et le garçon de bureau introduisit deux étrangers, dont l'un était précisément ce domestique qui s'était entretenu avec le détective.

C'étaient, en effet, le maître et le serviteur. Le maître présenta son passeport, en priant laconiquement le consul de vouloir bien y apposer son visa.

Celui-ci prit le passeport et le lut attentivement, tandis que Fix, dans un coin du cabinet, observait ou plutôt dévorait l'étranger des yeux.

Quand le consul eut achevé sa lecture :

« Vous êtes Phileas Fogg, esquire ? demanda-t-il.

— Oui, monsieur, répondit le gentleman.

— Et cet homme est votre domestique ?

— Oui. Un Français nommé Passepartout.

— Vous venez de Londres ?

— Oui.

— Et vous allez ?

— À Bombay.

— Bien, monsieur. Vous savez que cette formalité du visa est inutile, et que nous n'exigeons plus la présentation du passeport ?

— Je le sais, monsieur, répondit Phileas Fogg, mais je désire constater par votre visa mon passage à Suez.

— Soit, monsieur. »

Et le consul, ayant signé et daté le passeport, y apposa son cachet. Mr. Fogg acquitta les droits de visa, et, après avoir froidement salué, il sortit, suivi de son domestique.

« Eh bien ? demanda l'inspecteur.

— Eh bien, répondit le consul, il a l'air d'un parfait honnête homme !

— Possible, répondit Fix, mais ce n'est point ce dont il s'agit. Trouvez-vous, monsieur le consul, que ce flegmatique gentleman ressemble trait pour trait au voleur dont j'ai reçu le signalement ?

— J'en conviens, mais vous le savez, tous les signalements…

— J'en aurai le cœur net, répondit Fix. Le domestique me paraît être moins indéchiffrable que le maître.

De plus, c'est un Français, qui ne pourra se retenir de parler. À bientôt, monsieur le consul. »

Cela dit, l'agent sortit et se mit à la recherche de Passepartout.

Cependant, Mr. Fogg, en quittant la maison consulaire, s'était dirigé vers le quai. Là, il donna quelques ordres à son domestique ; puis il s'embarqua dans un canot, revint à bord du *Mongolia* et rentra dans sa cabine. Il prit alors son carnet, qui portait les notes suivantes :

« Quitté Londres, mercredi 2 octobre, 8 heures 45 soir.

« Arrivé à Paris, jeudi 3 octobre, 7 heures 20 matin.

« Quitté Paris, jeudi, 8 heures 40 matin.

« Arrivé par le Mont-Cenis à Turin, vendredi 4 octobre, 6 heures 35 matin.

« Quitté Turin, vendredi, 7 heures 20 matin.

« Arrivé à Brindisi, samedi 5 octobre, 4 heures soir.

« Embarqué sur le *Mongolia*, samedi, 5 heures soir.

« Arrivé à Suez, mercredi 9 octobre, 11 heures matin.

« Total des heures dépensées : 158 1/2, soit en jours : 6 jours 1/2. »

Mr. Fogg inscrivit ces dates sur un itinéraire disposé par colonnes, qui indiquait — depuis le 2 octobre jusqu'au 21 décembre — le mois, le quantième, le jour, les arrivées réglementaires et les arrivées effectives en chaque point principal, Paris, Brindisi, Suez, Bombay, Calcutta, Singapore, Hong-Kong, Yokohama, San Francisco, New York, Liverpool, Londres, et qui permettait de chiffrer le gain obtenu ou la perte éprouvée à chaque endroit du parcours.

Ce méthodique itinéraire tenait ainsi compte de tout, et Mr. Fogg savait toujours s'il était en avance ou en retard.

Il inscrivit donc, ce jour-là, mercredi 9 octobre, son arrivée à Suez, qui, concordant avec l'arrivée réglementaire, ne le constituait ni en gain ni en perte.

Puis il se fit servir à déjeuner dans sa cabine. Quant à voir la ville, il n'y pensait même pas, étant de cette race d'Anglais qui font visiter par leur domestique les pays qu'ils traversent.

VIII

DANS LEQUEL PASSEPARTOUT PARLE UN PEU PLUS PEUT-ÊTRE QU'IL NE CONVIENDRAIT

Fix avait en peu d'instants rejoint sur le quai Passepartout, qui flânait et regardait, ne se croyant pas, lui, obligé à ne point voir.

« Eh bien, mon ami, lui dit Fix en l'abordant, votre passeport est-il visé ?

— Ah ! c'est vous, monsieur, répondit le Français. Bien obligé. Nous sommes parfaitement en règle.

— Et vous regardez le pays ?

— Oui, mais nous allons si vite qu'il me semble que je voyage en rêve. Et comme cela, nous sommes à Suez ?

— À Suez.

— En Égypte ?

— En Égypte, parfaitement.

— Et en Afrique ?

— En Afrique.

— En Afrique ! répéta Passepartout. Je ne peux y croire. Figurez-vous, monsieur, que je m'imaginais ne pas aller plus loin que Paris, et cette fameuse capitale, je l'ai revue tout juste de sept heures vingt du matin à huit heures quarante, entre la gare du Nord et la gare de Lyon, à travers les vitres d'un fiacre et par une pluie battante ! Je le regrette ! J'aurais aimé à revoir le Père-Lachaise et le Cirque des Champs-Élysées !

— Vous êtes donc bien pressé ? demanda l'inspecteur de police.

— Moi, non, mais c'est mon maître. À propos, il faut que j'achète des chaussettes et des chemises ! Nous sommes partis sans malles, avec un sac de nuit seulement.

— Je vais vous conduire à un bazar où vous trouverez tout ce qu'il faut.

— Monsieur, répondit Passepartout, vous êtes vraiment d'une complaisance !... »

Et tous deux se mirent en route. Passepartout causait toujours.

« Surtout, dit-il, que je prenne bien garde de ne pas manquer le bateau !

— Vous avez le temps, répondit Fix, il n'est encore que midi ! »

Passepartout tira sa grosse montre.

« Midi, dit-il. Allons donc ! il est neuf heures cinquante-deux minutes !

— Votre montre retarde, répondit Fix.

— Ma montre ! Une montre de famille, qui vient de mon arrière-grand-père ! Elle ne varie pas de cinq minutes par an. C'est un vrai chronomètre !

— Je vois ce que c'est, répondit Fix. Vous avez gardé l'heure de Londres, qui retarde de deux heures environ sur Suez. Il faut avoir soin de remettre votre montre au midi de chaque pays.

— Moi ! toucher à ma montre ! s'écria Passepartout, jamais !

— Eh bien, elle ne sera plus d'accord avec le soleil.

— Tant pis pour le soleil, monsieur ! C'est lui qui aura tort ! »

Et le brave garçon remit sa montre dans son gousset avec un geste superbe.

Quelques instants après, Fix lui disait :

« Vous avez donc quitté Londres précipitamment ?

— Je le crois bien ! Mercredi dernier, à huit heures du soir, contre toutes ses habitudes, Mr. Fogg revint de son cercle, et trois quarts d'heure après nous étions partis.

— Mais où va-t-il donc, votre maître ?

— Toujours devant lui ! Il fait le tour du monde !

— Le tour du monde ? s'écria Fix.

« Ma montre ! une montre de famille ! » (p. 60).

— Oui, en quatre-vingts jours ! Un pari, dit-il, mais, entre nous, je n'en crois rien. Cela n'aurait pas le sens commun. Il y a autre chose.

— Ah ! c'est un original, ce Mr. Fogg ?

— Je le crois.

— Il est donc riche ?

— Évidemment, et il emporte une jolie somme avec lui, en bank-notes toutes neuves ! Et il n'épargne pas l'argent en route ! Tenez ! il a promis une prime magnifique à Bombay au mécanicien du *Mongolia*, si nous arrivions à Bombay avec une belle avance !

— Et vous le connaissez depuis longtemps, votre maître ?

— Moi ! répondit Passepartout, je suis entré à son service le jour même de notre départ. »

On s'imagine aisément l'effet que ces réponses devaient produire sur l'esprit déjà surexcité de l'inspecteur de police.

Ce départ précipité de Londres, peu de temps après le vol, cette grosse somme emportée, cette hâte d'arriver en des pays lointains, ce prétexte d'un pari excentrique, tout confirmait et devait confirmer Fix dans ses idées. Il fit encore parler le Français et acquit la certitude que ce garçon ne connaissait aucunement son maître, que celui-ci vivait isolé à Londres, qu'on le disait riche sans savoir l'origine de sa fortune, que c'était un homme impénétrable, etc. Mais, en même temps, Fix put tenir pour certain que Phileas Fogg ne débarquait point à Suez, et qu'il allait réellement à Bombay.

« Est-ce loin Bombay ? demanda Passepartout.

— Assez loin, répondit l'agent. Il vous faut encore une dizaine de jours de mer.

— Et où prenez-vous Bombay ?

— Dans l'Inde.

— En Asie ?

— Naturellement.

— Diable ! C'est que je vais vous dire... il y a une chose qui me tracasse... c'est mon bec !

— Quel bec ?

— Mon bec de gaz que j'ai oublié d'éteindre et qui brûle à mon compte. Or, j'ai calculé que j'en avais pour deux shillings par vingt-quatre heures, juste six pence de plus que je ne gagne, et vous comprenez que pour peu que le voyage se prolonge... »

Fix comprit-il l'affaire du gaz ? C'est peu probable. Il n'écoutait plus et prenait un parti. Le Français et lui étaient arrivés au bazar. Fix laissa son compagnon y faire ses emplettes, il lui recommanda de ne pas manquer le départ du *Mongolia*, et il revint en toute hâte aux bureaux de l'agent consulaire.

Fix, maintenant que sa conviction était faite, avait repris tout son sang-froid.

« Monsieur, dit-il au consul, je n'ai plus aucun doute. Je tiens mon homme. Il se fait passer pour un excentrique qui veut faire le tour du monde en quatre-vingts jours.

— Alors c'est un malin, répondit le consul, et il compte revenir à Londres, après avoir dépisté toutes les polices des deux continents !

— Nous verrons bien, répondit Fix.

— Mais ne vous trompez-vous pas ? demanda encore une fois le consul.

— Je ne me trompe pas.

— Alors, pourquoi ce voleur a-t-il tenu à faire constater par un visa son passage à Suez ?

— Pourquoi ?... je n'en sais rien, monsieur le consul, répondit le détective, mais écoutez-moi. »

Et, en quelques mots, il rapporta les points saillants de sa conversation avec le domestique dudit Fogg.

« En effet, dit le consul, toutes les présomptions sont contre cet homme. Et qu'allez-vous faire ?

— Lancer une dépêche à Londres avec demande instante de m'adresser un mandat d'arrestation à Bombay, m'embarquer sur le *Mongolia*, filer mon voleur jusqu'aux Indes, et là, sur cette terre anglaise, l'accoster poliment, mon mandat à la main et la main sur l'épaule. »

Ces paroles prononcées froidement, l'agent prit

congé du consul et se rendit au bureau télégraphique. De là, il lança au directeur de la police métropolitaine cette dépêche que l'on connaît.

Un quart d'heure plus tard, Fix, son léger bagage à la main, bien muni d'argent, d'ailleurs, s'embarquait à bord du *Mongolia*, et bientôt le rapide steamer filait à toute vapeur sur les eaux de la mer Rouge.

IX

OÙ LA MER ROUGE ET LA MER DES INDES SE MONTRENT PROPICES AUX DESSEINS DE PHILEAS FOGG

La distance entre Suez et Aden est exactement de treize cent dix milles, et le cahier des charges de la Compagnie alloue à ses paquebots un laps de temps de cent trente-huit heures pour la franchir. Le *Mongolia*, dont les feux étaient activement poussés, marchait de manière à devancer l'arrivée réglementaire.

La plupart des passagers embarqués à Brindisi avaient presque tous l'Inde pour destination. Les uns se rendaient à Bombay, les autres à Calcutta, mais via Bombay, car depuis qu'un chemin de fer traverse dans toute sa largeur la péninsule indienne, il n'est plus nécessaire de doubler la pointe de Ceylan.

Parmi ces passagers du *Mongolia*, on comptait divers fonctionnaires civils et des officiers de tout grade. De ceux-ci, les uns appartenaient à l'armée britannique proprement dite, les autres commandaient les troupes indigènes de cipayes, tous chèrement appointés, même à présent que le gouvernement s'est substitué aux droits et aux charges de l'ancienne Compagnie des Indes : sous-lieutenants à 7 000 F, bigadiers à 60 000, généraux à 100 000 [1].

1. Le traitement des fonctionnaires civils est encore plus élevé. Les simples assistants, au premier degré de la hiérarchie, ont 12 000 F ; les juges, 60 000 F ; les présidents de cour, 250 000 F ; les gouverneurs, 300 000 F, et le gouverneur général, plus de 600 000 F. (Note de l'auteur.)

On vivait donc bien à bord du *Mongolia*, dans cette société de fonctionnaires, auxquels se mêlaient quelques jeunes Anglais, qui, le million en poche, allaient fonder au loin des comptoirs de commerce. Le « purser », l'homme de confiance de la Compagnie, l'égal du capitaine à bord, faisait somptueusement les choses. Au déjeuner du matin, au lunch de deux heures, au dîner de cinq heures et demie, au souper de huit heures, les tables pliaient sous les plats de viande fraîche et les entremets fournis par la boucherie et les offices du paquebot. Les passagères — il y en avait quelques-unes — changeaient de toilette deux fois par jour. On faisait de la musique, on dansait même, quand la mer le permettait.

Mais la mer Rouge est fort capricieuse et trop souvent mauvaise, comme tous ces golfes étroits et longs. Quand le vent soufflait soit de la côte d'Asie, soit de la côte d'Afrique, le *Mongolia*, long fuseau à hélice, pris par le travers, roulait épouvantablement. Les dames disparaissaient alors ; les pianos se taisaient ; chants et danses cessaient à la fois. Et pourtant, malgré la rafale, malgré la houle, le paquebot, poussé par sa puissante machine, courait sans retard vers le détroit de Bab-el-Mandeb.

Que faisait Phileas Fogg pendant ce temps ? On pourrait croire que, toujours inquiet et anxieux, il se préoccupait des changements de vent nuisibles à la marche du navire, des mouvements désordonnés de la houle qui risquaient d'occasionner un accident à la machine, enfin de toutes les avaries possibles qui, en obligeant le *Mongolia* à relâcher dans quelque port, auraient compromis son voyage ?

Aucunement, ou tout au moins, si ce gentleman songeait à ces éventualités, il n'en laissait rien paraître. C'était toujours l'homme impassible, le membre imperturbable du Reform-Club, qu'aucun incident ou accident ne pouvait surprendre. Il ne paraissait pas plus ému que les chronomètres du bord. On le voyait rarement sur le pont. Il s'inquiétait peu d'observer cette mer Rouge, si féconde en souvenirs, ce théâtre des premières scènes historiques de l'humanité. Il ne venait pas reconnaître les curieuses villes semées sur ses bords, et dont la pittoresque silhouette se découpait quelquefois à l'horizon. Il ne rêvait même pas aux dangers de ce golfe Arabique, dont les anciens historiens, Strabon, Arrien, Arthémidore, Edrisi, ont toujours parlé avec épouvante, et sur lequel les navigateurs ne se hasardaient jamais autrefois sans avoir consacré leur voyage par des sacrifices propitiatoires.

Que faisait donc cet original, emprisonné dans le *Mongolia* ? D'abord il faisait ses quatre repas par jour, sans que jamais ni roulis ni tangage pussent détraquer une machine si merveilleusement organisée. Puis il jouait au whist.

Oui ! il avait rencontré des partenaires, aussi enragés que lui : un collecteur de taxes qui se rendait à son poste à Goa, un ministre, le révérend Décimus Smith, retournant à Bombay, et un brigadier général de l'armée anglaise, qui rejoignait son corps à Bénarès. Ces trois passagers avaient pour le whist la même passion que Mr. Fogg, et ils jouaient pendant des heures entières, non moins silencieusement que lui.

Quant à Passepartout, le mal de mer n'avait aucune prise sur lui. Il occupait une cabine à l'avant et mangeait, lui aussi, consciencieusement. Il faut dire que, décidément, ce voyage, fait dans ces conditions, ne lui déplaisait plus. Il en prenait son parti. Bien nourri, bien logé, il voyait du pays et d'ailleurs il s'affirmait à lui-même que toute cette fantaisie finirait à Bombay.

Le lendemain du départ de Suez, le 10 octobre, ce ne fut pas sans un certain plaisir qu'il rencontra sur le pont l'obligeant personnage auquel il s'était adressé en débarquant en Égypte.

« Je ne me trompe pas, dit-il en l'abordant avec son plus aimable sourire, c'est bien vous, monsieur, qui m'avez si complaisamment servi de guide à Suez ?

— En effet, répondit le détective, je vous reconnais ! Vous êtes le domestique de cet Anglais original...

— Précisément, monsieur... ?

— Fix.

— Monsieur Fix, répondit Passepartout. Enchanté de vous retrouver à bord. Et où allez-vous donc ?

— Mais, ainsi que vous, à Bombay.

— C'est au mieux ! Est-ce que vous avez déjà fait ce voyage ?

— Plusieurs fois, répondit Fix. Je suis un agent de la Compagnie péninsulaire.

— Alors vous connaissez l'Inde ?

— Mais... oui..., répondit Fix, qui ne voulait pas trop s'avancer.

— Et c'est curieux, cette Inde-là ?

— Très curieux ! Des mosquées, des minarets, des temples, des fakirs, des pagodes, des tigres, des serpents, des bayadères ! Mais il faut espérer que vous aurez le temps de visiter le pays ?

— Je l'espère, monsieur Fix. Vous comprenez bien qu'il n'est pas permis à un homme sain d'esprit de passer sa vie à sauter d'un paquebot dans un chemin de fer et d'un chemin de fer dans un paquebot, sous prétexte de faire le tour du monde en quatre-vingts jours ! Non. Toute cette gymnastique cessera à Bombay, n'en doutez pas.

— Et il se porte bien, Mr. Fogg ? demanda Fix du ton le plus naturel.

— Très bien, monsieur Fix. Moi aussi, d'ailleurs. Je mange comme un ogre qui serait à jeun. C'est l'air de la mer.

— Et votre maître, je ne le vois jamais sur le pont.

— Jamais. Il n'est pas curieux.

— Savez-vous, monsieur Passepartout, que ce prétendu voyage en quatre-vingts jours pourrait bien cacher quelque mission secrète... une mission diplomatique, par exemple !

— Ma foi, monsieur Fix, je n'en sais rien, je vous l'avoue, et, au fond, je ne donnerais pas une demicouronne pour le savoir. »

Depuis cette rencontre, Passepartout et Fix causèrent

souvent ensemble. L'inspecteur de police tenait à se lier avec le domestique du sieur Fogg. Cela pouvait le servir à l'occasion. Il lui offrait donc souvent, au bar-room du *Mongolia*, quelques verres de whisky ou de pale-ale, que le brave garçon acceptait sans cérémonie et rendait même pour ne pas être en reste, — trouvant, d'ailleurs, ce Fix un gentleman bien honnête.

Cependant le paquebot s'avançait rapidement. Le 13, on eut connaissance de Moka, qui apparut dans sa ceinture de murailles ruinées, au-dessus desquelles se détachaient quelques dattiers verdoyants. Au loin, dans les montagnes, se développaient de vastes champs de caféiers. Passepartout fut ravi de contempler cette ville célèbre, et il trouva même qu'avec ces murs circulaires et un fort démantelé qui se dessinait comme une anse, elle ressemblait à une énorme demi-tasse.

Pendant la nuit suivante, le *Mongolia* franchit le détroit de Bab-el-Mandeb, dont le nom arabe signifie *la Porte des Larmes*, et le lendemain, 14, il faisait escale à Steamer-Point, au nord-ouest de la rade d'Aden. C'est là qu'il devait se réapprovisionner de combustible.

Grave et importante affaire que cette alimentation du foyer des paquebots à de telles distances des centres de production. Rien que pour la Compagnie péninsulaire, c'est une dépense annuelle qui se chiffre par huit cent mille livres (20 millions de francs). Il a fallu, en effet, établir des dépôts en plusieurs ports, et, dans ces mers éloignées, le charbon revient à quatre-vingts francs la tonne.

Le *Mongolia* avait encore seize cent cinquante milles à faire avant d'atteindre Bombay, et il devait rester quatre heures à Steamer-Point, afin de remplir ses soutes.

Mais ce retard ne pouvait nuire en aucune façon au programme de Phileas Fogg. Il était prévu. D'ailleurs le *Mongolia*, au lieu d'arriver à Aden le 15 octobre seulement au matin, y entrait le 14 au soir. C'était un gain de quinze heures.

Mr. Fogg et son domestique descendirent à terre. Le gentleman voulait faire viser son passeport. Fix le suivit

Il faisait escale à Steamer-Point (p. 68).

Passepartout, lui, flâna suivant sa coutume (p. 71).

sans être remarqué. La formalité du visa accomplie, Phileas Fogg revint à bord reprendre sa partie interrompue.

Passepartout, lui, flâna, suivant sa coutume, au milieu de cette population de Somanlis, de Banians, de Parsis, de Juifs, d'Arabes, d'Européens, composant les ving-cinq mille habitants d'Aden. Il admira les fortifications qui font de cette ville le Gibraltar de la mer des Indes, et de magnifiques citernes auxquelles travaillaient encore les ingénieurs anglais, deux mille ans après les ingénieurs du roi Salomon.

« Très curieux, très curieux ! se disait Passepartout en revenant à bord. Je m'aperçois qu'il n'est pas inutile de voyager, si l'on veut voir du nouveau. »

À six heures du soir, le *Mongolia* battait des branches de son hélice les eaux de la rade d'Aden et courait bientôt sur la mer des Indes. Il lui était accordé cent soixante-huit heures pour accomplir la traversée entre Aden et Bombay. Du reste, cette mer indienne lui fut favorable. Le vent tenait dans le nord-ouest. Les voiles vinrent en aide à la vapeur.

Le navire, mieux appuyé, roula moins. Les passagères, en fraîches toilettes, reparurent sur le pont. Les chants et les danses recommencèrent.

Le voyage s'accomplit donc dans les meilleures conditions. Passepartout était enchanté de l'aimable compagnon que le hasard lui avait procuré en la personne de Fix.

Le dimanche 20 octobre, vers midi, on eut connaissance de la côte indienne. Deux heures plus tard, le pilote montait à bord du *Mongolia*. À l'horizon, un arrière-plan de collines se profilait harmonieusement sur le fond du ciel. Bientôt, les rangs de palmiers qui couvrent la ville se détachèrent vivement. Le paquebot pénétra dans cette rade formée par les îles Salcette, Colaba, Éléphanta, Butcher, et à quatre heures et demie il accostait les quais de Bombay.

Phileas Fogg achevait alors le trente-troisième robre de la journée, et son partenaire et lui, grâce à une manœuvre audacieuse, ayant fait les treize levées, terminèrent cette belle traversée par un chelem admirable.

Le *Mongolia* ne devait arriver que le 22 octobre à Bombay. Or, il y arrivait le 20. C'était donc, depuis son départ de Londres, un gain de deux jours, que Phileas Fogg inscrivit méthodiquement sur son itinéraire à la colonne des bénéfices.

X

OÙ PASSEPARTOUT EST TROP HEUREUX
D'EN ÊTRE QUITTE EN PERDANT SA CHAUSSURE

Personne n'ignore que l'Inde — ce grand triangle renversé dont la base est au nord et la pointe au sud — comprend une superficie de quatorze cent mille milles carrés, sur laquelle est inégalement répandue une population de cent quatre-vingts millions d'habitants. Le gouvernement britannique exerce une domination réelle sur une certaine partie de cet immense pays. Il entretient un gouverneur général à Calcutta, des gouverneurs à Madras, à Bombay, au Bengale, et un lieutenant-gouverneur à Agra.

Mais l'Inde anglaise proprement dite ne compte qu'une superficie de sept cent mille milles carrés et une population de cent à cent dix millions d'habitants. C'est assez dire qu'une notable partie du territoire échappe encore à l'autorité de la reine ; et, en effet, chez certains rajahs de l'intérieur, farouches et terribles, l'indépendance indoue est encore absolue.

Depuis 1756 — époque à laquelle fut fondé le premier établissement anglais sur l'emplacement aujourd'hui occupé par la ville de Madras — jusqu'à cette année dans laquelle éclata la grande insurrection des cipayes, la célèbre Compagnie des Indes fut toute-puissante. Elle s'annexait peu à peu les diverses provinces, achetées aux rajahs au prix de rentes qu'elle payait peu ou point ; elle nommait son gouverneur général et tous ses employés civils ou militaires ; mais maintenant elle n'existe plus, et les possessions anglaises de l'Inde relèvent directement de la couronne.

Aussi l'aspect, les mœurs, les divisions ethnographiques de la péninsule tendent à se modifier chaque jour. Autrefois, on y voyageait par tous les antiques moyens de transport, à pied, à cheval, en charrette, en brouette, en palanquin, à dos d'homme, en coach, etc. Maintenant, des steamboats parcourent à grande vitesse l'Indus, le Gange, et un chemin de fer, qui traverse l'Inde dans toute sa largeur en se ramifiant sur son parcours, met Bombay à trois jours seulement de Calcutta.

Le tracé de ce chemin de fer ne suit pas la ligne droite à travers l'Inde. La distance à vol d'oiseau n'est que de mille à onze cents milles, et des trains, animés d'une vitesse moyenne seulement, n'emploieraient pas trois jours à la franchir ; mais cette distance est accrue d'un tiers, au moins, par la corde que décrit le railway en s'élevant jusqu'à Allahabad dans le nord de la péninsule.

Voici, en somme, le tracé à grands points du « Great Indian peninsular railway ». En quittant l'île de Bombay, il traverse Salcette, saute sur le continent en face de Tannah, franchit la chaîne des Ghâtes-Occidentales, court au nord-est jusqu'à Burhampour, sillonne le territoire à peu près indépendant du Bundelkund, s'élève jusqu'à Allahabad, s'infléchit vers l'est, rencontre le Gange à Bénarès, s'en écarte légèrement, et, redescendant au sud-est par Burdivan et la ville française de Chandernagor, il fait tête de ligne à Calcutta.

C'était à quatre heures et demie du soir que les passagers du *Mongolia* avaient débarqué à Bombay, et le train de Calcutta partait à huit heures précises.

Mr. Fogg prit donc congé de ses partenaires, quitta le paquebot, donna à son domestique le détail de quelques emplettes à faire, lui recommanda expressément de se trouver avant huit heures à la gare, et, de son pas régulier qui battait la seconde comme le pendule d'une horloge astronomique, il se dirigea vers le bureau des passeports.

Ainsi donc, des merveilles de Bombay, il ne songeait à rien voir, ni l'hôtel de ville, ni la magnifique bibliothèque, ni les forts, ni les docks, ni le marché au coton, ni les bazars, ni les mosquées, ni les synagogues, ni les églises arméniennes, ni la splendide pagode de Malebar-Hill, ornée de deux tours polygones. Il ne contemplerait ni les chefs-d'œuvre d'Éléphanta, ni ses mystérieux hypogées, cachés au sud-est de la rade, ni les grottes Kanhérie de l'île Salcette, ces admirables restes de l'architecture bouddhiste !

Non ! rien. En sortant du bureau des passeports, Phileas Fogg se rendit tranquillement à la gare, et là il se fit servir à dîner. Entre autres mets, le maître d'hôtel crut devoir lui recommander une certaine gibelotte de « lapin du pays », dont il lui dit merveille.

Phileas Fogg accepta la gibelotte et la goûta consciencieusement ; mais, en dépit de sa sauce épicée, il la trouva détestable.

Il sonna le maître d'hôtel.

« Monsieur, lui dit-il en le regardant fixement, c'est du lapin, cela ?

— Oui, mylord, répondit effrontément le drôle, du lapin des jungles.

— Et ce lapin-là n'a pas miaulé quand on l'a tué ?

— Miaulé ! Oh ! mylord ! un lapin ! Je vous jure...

— Monsieur le maître d'hôtel, reprit froidement Mr. Fogg, ne jurez pas et rappelez-vous ceci : autrefois, dans l'Inde, les chats étaient considérés comme des animaux sacrés. C'était le bon temps.

— Pour les chats, mylord ?

— Et peut-être aussi pour les voyageurs ! »

Cette observation faite, Mr. Fogg continua tranquillement à dîner.

Quelques instants après Mr. Fogg, l'agent Fix avait, lui aussi, débarqué du *Mongolia* et couru chez le directeur de la police de Bombay. Il fit reconnaître sa qualité de détective, la mission dont il était chargé, sa situation vis-à-vis de l'auteur présumé du vol. Avait-on reçu de Londres un mandat d'arrêt ?... On n'avait rien reçu. Et, en effet, le mandat, parti après Fogg, ne pouvait être encore arrivé.

Fix resta fort décontenancé. Il voulut obtenir du directeur un ordre d'arrestation contre le sieur Fogg. Le directeur refusa. L'affaire regardait l'administration métropolitaine, et celle-ci seule pouvait légalement délivrer un mandat. Cette sévérité de principes, cette observance rigoureuse de la légalité est parfaitement explicable avec les mœurs anglaises, qui, en matière de liberté individuelle, n'admettent aucun arbitraire.

Fix n'insista pas et comprit qu'il devait se résigner à attendre son mandat. Mais il résolut de ne point perdre de vue son impénétrable coquin, pendant tout le temps que celui-ci demeurerait à Bombay. Il ne doutait pas que Phileas Fogg n'y séjournât, — et, on le sait, c'était aussi la conviction de Passepartout, — ce qui laisserait au mandat d'arrêt le temps d'arriver.

Mais depuis les derniers ordres que lui avait donnés son maître en quittant le *Mongolia*, Passepartout avait bien compris qu'il en serait de Bombay comme de Suez et de Paris, que le voyage ne finirait pas ici, qu'il se poursuivrait au moins jusqu'à Calcutta, et peut-être plus loin. Et il commença à se demander si ce pari de Mr. Fogg n'était pas absolument sérieux, et si la fatalité ne l'entraînait pas, lui qui voulait vivre en repos, à accomplir le tour du monde en quatre-vingts jours !

En attendant, et après avoir fait acquisition de quelques chemises et chaussettes, il se promenait dans les rues de Bombay. Il y avait grand concours de populaire, et, au milieu d'Européens de toutes nationalités, des Persans à bonnets pointus, des Bunhyas à turbans ronds, des Sindes à bonnets carrés, des Arméniens en longues robes, des Parsis à mitre noire. C'était précisément une fête célébrée par ces Parsis ou Guèbres, descendants directs des sectateurs de Zoroastre, qui sont les plus industrieux, les plus civilisés, les plus intelligents, les plus austères des Indous, — race à laquelle

Les bayadères à Bombay (p. 77).

appartiennent actuellement les riches négociants indigènes de Bombay. Ce jour-là, ils célébraient une sorte de carnaval religieux, avec processions et divertissements, dans lesquels figuraient des bayadères vêtues de gazes roses brochées d'or et d'argent, qui, au son des violes et au bruit des tam-tams, dansaient merveilleusement, et avec une décence parfaite, d'ailleurs.

Si Passepartout regardait ces curieuses cérémonies, si ses yeux et ses oreilles s'ouvraient démesurément pour voir et entendre, si son air, sa physionomie était bien celle du « booby » le plus neuf qu'on pût imaginer, il est superflu d'y insister ici.

Malheureusement pour lui et pour son maître, dont il risqua de compromettre le voyage, sa curiosité l'entraîna plus loin qu'il ne convenait.

En effet, après avoir entrevu ce carnaval parsi, Passepartout se dirigeait vers la gare, quand, passant devant l'admirable pagode de Malebar-Hill, il eut la malencontreuse idée d'en visiter l'intérieur.

Il ignorait deux choses : d'abord que l'entrée de certaines pagodes indoues est formellement interdite aux chrétiens, et ensuite que les croyants eux-mêmes ne peuvent y pénétrer sans avoir laissé leurs chaussures à la porte. Il faut remarquer ici que, par raison de saine politique, le gouvernement anglais, respectant et faisant respecter jusque dans ses plus insignifiants détails la religion du pays, punit sévèrement quiconque en viole les pratiques.

Passepartout, entré là, sans penser à mal, comme un simple touriste, admirait, à l'intérieur de Malebar-Hill, ce clinquant éblouissant de l'ornementation brahmanique, quand soudain il fut renversé sur les dalles sacrées. Trois prêtres, le regard plein de fureur, se précipitèrent sur lui, arrachèrent ses souliers et ses chaussettes, et commencèrent à le rouer de coups, en proférant des cris sauvages.

Le Français, vigoureux et agile, se releva vivement. D'un coup de poing et d'un coup de pied, il renversa deux de ses adversaires, fort empêtrés dans leurs longues

Il renversa deux de ses adversaires (p. 77).

robes, et, s'élançant hors de la pagode de toute la vitesse de ses jambes, il eut bientôt distancé le troisième Indou, qui s'était jeté sur ses traces, en ameutant la foule.

À huit heures moins cinq, quelques minutes seulement avant le départ du train, sans chapeau, pieds nus, ayant perdu dans la bagarre le paquet contenant ses emplettes, Passepartout arrivait à la gare du chemin de fer.

Fix était là, sur le quai d'embarquement. Ayant suivi le sieur Fogg à la gare, il avait compris que ce coquin allait quitter Bombay. Son parti fut aussitôt pris de l'accompagner jusqu'à Calcutta et plus loin s'il le fallait. Passepartout ne vit pas Fix, qui se tenait dans l'ombre, mais Fix entendit le récit de ses aventures, que Passepartout narra en peu de mots à son maître.

« J'espère que cela ne vous arrivera plus », répondit simplement Phileas Fogg, en prenant place dans un des wagons du train.

Le pauvre garçon, pieds nus et tout déconfit, suivit son maître sans mot dire.

Fix allait monter dans un wagon séparé, quand une pensée le retint et modifia subitement son projet de départ.

« Non, je reste, se dit-il. Un délit commis sur le territoire indien... Je tiens mon homme. »

En ce moment, la locomotive lança un vigoureux sifflet, et le train disparut dans la nuit.

XI

OÙ PHILEAS FOGG ACHÈTE UNE MONTURE
À UN PRIX FABULEUX

Le train était parti à l'heure réglementaire. Il emportait un certain nombre de voyageurs, quelques officiers, des fonctionnaires civils et des négociants en opium et en indigo, que leur commerce appelait dans la partie orientale de la péninsule.

Passepartout occupait le même compartiment que son maître. Un troisième voyageur se trouvait placé dans le coin opposé.

C'était le brigadier général, Sir Francis Cromarty, l'un des partenaires de Mr. Fogg pendant la traversée de Suez à Bombay, qui rejoignait ses troupes cantonnées auprès de Bénarès.

Sir Francis Cromarty, grand, blond, âgé de cinquante ans environ, qui s'était fort distingué pendant la dernière révolte des cipayes, eût véritablement mérité la qualification d'indigène. Depuis son jeune âge, il habitait l'Inde et n'avait fait que de rares apparitions dans son pays natal. C'était un homme instruit, qui aurait volontiers donné des renseignements sur les coutumes, l'histoire, l'organisation du pays indou, si Phileas Fogg eût été homme à les demander. Mais ce gentleman ne demandait rien. Il ne voyageait pas, il décrivait une circonférence. C'était un corps grave, parcourant une orbite autour du globe terrestre, suivant les lois de la mécanique rationnelle. En ce moment, il refaisait dans son esprit le calcul des heures dépensées depuis son départ de Londres, et il se fût frotté les mains, s'il eût été dans sa nature de faire un mouvement inutile.

Sir Francis Cromarty n'était pas sans avoir reconnu l'originalité de son compagnon de route, bien qu'il ne l'eût étudié que les cartes à la main et entre deux robres. Il était donc fondé à se demander si un cœur humain battait sous cette froide enveloppe, si Phileas Fogg avait une âme sensible aux beautés de la nature, aux aspirations morales. Pour lui, cela faisait question. De tous les originaux que le brigadier général avait rencontrés, aucun n'était comparable à ce produit des sciences exactes.

Phileas Fogg n'avait point caché à Sir Francis Cromarty son projet de voyage autour du monde, ni dans quelles conditions il l'opérait. Le brigadier général ne vit dans ce pari qu'une excentricité sans but utile et à laquelle manquerait nécessairement le *transire benefaciendo* qui doit guider tout homme raisonnable. Au train dont marchait le bizarre gentleman, il passerait évidemment sans « rien faire », ni pour lui, ni pour les autres.

Une heure après avoir quitté Bombay, le train, franchissant les viaducs, avait traversé l'île Salcette et courait sur le continent. À la station de Callyan, il laissa sur la droite l'embranchement qui, par Kandallah et Pounah, descend vers le sud-est de l'Inde, et il gagna la station de Pauwell. À ce point, il s'engagea dans les montagnes très ramifiées des Ghâtes-Occidentales, chaînes à base de trapp et de basalte, dont les plus hauts sommets sont couverts de bois épais.

De temps à autre, Sir Francis Cromarty et Phileas Fogg échangeaient quelques paroles, et, à ce moment, le brigadier général, relevant une conversation qui tombait souvent, dit :

« Il y a quelques années, monsieur Fogg, vous auriez éprouvé en cet endroit un retard qui eût probablement compromis votre itinéraire.

— Pourquoi cela, Sir Francis ?

— Parce que le chemin de fer s'arrêtait à la base de ces montagnes, qu'il fallait traverser en palanquin ou à dos de poney jusqu'à la station de Kandallah, située sur le versant opposé.

— Ce retard n'eût aucunement dérangé l'économie de mon programme, répondit Mr. Fogg. Je ne suis pas sans avoir prévu l'éventualité de certains obstacles.

— Cependant, monsieur Fogg, reprit le brigadier général, vous risquiez d'avoir une fort mauvaise affaire sur les bras avec l'aventure de ce garçon. »

Passepartout, les pieds entortillés dans sa couverture de voyage, dormait profondément et ne rêvait guère que l'on parlât de lui.

« Le gouvernement anglais est extrêmement sévère et avec raison pour ce genre de délit, reprit Sir Francis Cromarty. Il tient par-dessus tout à ce que l'on respecte les coutumes religieuses des Indous, et si votre domestique eût été pris...

— Eh bien, s'il eût été pris, Sir Francis, répondit

Mr. Fogg, il aurait été condamné, il aurait subi sa peine, et puis il serait revenu tranquillement en Europe. Je ne vois pas en quoi cette affaire eût pu retarder son maître ! »

Et, là-dessus, la conversation tomba. Pendant la nuit, le train franchit les Ghâtes, passa à Nassik, et le lendemain, 21 octobre, il s'élançait à travers un pays relativement plat, formé par le territoire du Khandeish. La campagne, bien cultivée, était semée de bourgades, audessus desquelles le minaret de la pagode remplaçait le clocher de l'église européenne. De nombreux petits cours d'eau, la plupart affluents ou sous-affluents du Godavery, irriguaient cette contrée fertile.

Passepartout, réveillé, regardait, et ne pouvait croire qu'il traversait le pays des Indous dans un train du « Great peninsular railway ». Cela lui paraissait invraisemblable. Et cependant rien de plus réel ! La locomotive, dirigée par le bras d'un mécanicien anglais et chauffée de houille anglaise, lançait sa fumée sur les plantations de cotonniers, de caféiers, de muscadiers, de girofliers, de poivriers rouges. La vapeur se contournait en spirales autour des groupes de palmiers, entre lesquels apparaissaient de pittoresques bungalows, quelques viharis, sortes de monastères abandonnés, et des temples merveilleux qu'enrichissait l'inépuisable ornementation de l'architecture indienne. Puis, d'immenses étendues de terrain se dessinaient à perte de vue, des jungles où ne manquaient ni les serpents ni les tigres qu'épouvantaient les hennissements du train, et enfin des forêts, fendues par le tracé de la voie, encore hantées d'éléphants, qui, d'un œil pensif, regardaient passer le convoi échevelé.

Pendant cette matinée, au-delà de la station de Malligaum, les voyageurs traversèrent ce territoire funeste, qui fut si souvent ensanglanté par les sectateurs de la déesse Kâli. Non loin s'élevaient Ellora et ses pagodes admirables, non loin la célèbre Aurungabad, la capitale du farouche Aureng-Zeb, maintenant simple chef-lieu de l'une des provinces détachées du royaume du Nizam.

La vapeur se contournait en spirales (p. 82).

C'était sur cette contrée que Feringhea, le chef des Thugs, le roi des Étrangleurs, exerçait sa domination. Ces assassins, unis dans une association insaisissable, étranglaient, en l'honneur de la déesse de la Mort, des victimes de tout âge, sans jamais verser de sang, et il fut un temps où l'on ne pouvait fouiller un endroit quelconque de ce sol sans y trouver un cadavre. Le gouvernement anglais a bien pu empêcher ces meurtres dans une notable proportion, mais l'épouvantable association existe toujours et fonctionne encore.

À midi et demi, le train s'arrêta à la station de Burhampour, et Passepartout put s'y procurer à prix d'or une paire de babouches, agrémentées de perles fausses, qu'il chaussa avec un sentiment d'évidente vanité.

Les voyageurs déjeunèrent rapidement, et repartirent pour la station d'Assurghur, après avoir un instant côtoyé la rive du Tapty, petit fleuve qui va se jeter dans le golfe de Cambaye, près de Surate.

Il est opportun de faire connaître quelles pensées occupaient alors l'esprit de Passepartout. Jusqu'à son arrivée à Bombay, il avait cru et pu croire que les choses en resteraient là. Mais maintenant, depuis qu'il filait à toute vapeur à travers l'Inde, un revirement s'était fait dans son esprit. Son naturel lui revenait au galop. Il retrouvait les idées fantaisistes de sa jeunesse, il prenait au sérieux les projets de son maître, il croyait à la réalité du pari, conséquemment à ce tour du monde et à ce maximum de temps, qu'il ne fallait pas dépasser. Déjà même, il s'inquiétait des retards possibles, des accidents qui pouvaient survenir en route. Il se sentait comme intéressé dans cette gageure, et tremblait à la pensée qu'il avait pu la compromettre la veille par son impardonnable badauderie. Aussi, beaucoup moins flegmatique que Mr. Fogg, il était beaucoup plus inquiet. Il comptait et recomptait les jours écoulés, maudissait les haltes du train, l'accusait de lenteur et blâmait *in petto* Mr. Fogg de n'avoir pas promis une prime au mécanicien. Il ne savait pas, le brave garçon, que ce qui était possible sur un paquebot ne l'était plus sur un chemin de fer, dont la vitesse est réglementée.

Vers le soir, on s'engagea dans les défilés des montagnes de Sutpour, qui séparent le territoire du Khandeish de celui du Bundelkund.

Le lendemain, 22 octobre, sur une question de Sir Francis Cromarty, Passepartout, ayant consulté sa montre, répondit qu'il était trois heures du matin. Et, en effet, cette fameuse montre, toujours réglée sur le méridien de Greenwich, qui se trouvait à près de soixante-dix-sept degrés dans l'ouest, devait retarder et retardait en effet de quatre heures.

Sir Francis rectifia donc l'heure donnée par Passepartout, auquel il fit la même observation que celui-ci avait déjà reçue de la part de Fix. Il essaya de lui faire comprendre qu'il devait se régler sur chaque nouveau méridien, et que, puisqu'il marchait constamment vers l'est, c'est-à-dire au-devant du soleil, les jours étaient plus courts d'autant de fois quatre minutes qu'il y avait de degrés parcourus. Ce fut inutile. Que l'entêté garçon eût compris ou non l'observation du brigadier général, il s'obstina à ne pas avancer sa montre, qu'il maintint invariablement à l'heure de Londres. Innocente manie, d'ailleurs, et qui ne pouvait nuire à personne.

À huit heures du matin et à quinze milles en avant de la station de Rothal, le train s'arrêta au milieu d'une vaste clairière, bordée de quelques bungalows et de cabanes d'ouvriers. Le conducteur du train passa devant la ligne des wagons en disant :

« Les voyageurs descendent ici. »

Phileas Fogg regarda Sir Francis Cromarty, qui parut ne rien comprendre à cette halte au milieu d'une forêt de tamarins et de khajours.

Passepartout, non moins surpris, s'élança sur la voie et revint presque aussitôt, s'écriant :

« Monsieur, plus de chemin de fer ! »

« — Que voulez-vous dire ? demanda Sir Francis Cromarty.

— Je veux dire que le train ne continue pas ! »

Le brigadier général descendit aussitôt de wagon. Phileas Fogg le suivit, sans se presser. Tous deux s'adressèrent au conducteur :

« Où sommes-nous ? demanda Sir Francis Cromarty.

— Au hameau de Kholby, répondit le conducteur.

— Nous nous arrêtons ici ?

— Sans doute. Le chemin de fer n'est point achevé...

— Comment ! il n'est point achevé ?

— Non ! il y a encore un tronçon d'une cinquantaine de milles à établir entre ce point et Allahabad, où la voie reprend.

— Les journaux ont pourtant annoncé l'ouverture complète du railway !

— Que voulez-vous, mon officier, les journaux se sont trompés.

— Et vous donnez des billets de Bombay à Calcutta ! reprit Sir Francis Cromarty, qui commençait à s'échauffer.

— Sans doute, répondit le conducteur, mais les voyageurs savent bien qu'ils doivent se faire transporter de Kholby jusqu'à Allahabad. »

Sir Francis Cromarty était furieux. Passepartout eût volontiers assommé le conducteur, qui n'en pouvait mais. Il n'osait regarder son maître.

« Sir Francis, dit simplement Mr. Fogg, nous allons, si vous le voulez bien, aviser au moyen de gagner Allahabad.

— Monsieur Fogg, il s'agit ici d'un retard absolument préjudiciable à vos intérêts ?

— Non, Sir Francis, cela était prévu.

— Quoi ! vous saviez que la voie...

— En aucune façon, mais je savais qu'un obstacle quelconque surgirait tôt ou tard sur ma route. Or, rien n'est compromis. J'ai deux jours d'avance à sacrifier. Il y a un steamer qui part de Calcutta pour Hong-Kong le 25 à midi. Nous ne sommes qu'au 22, et nous arriverons à temps à Calcutta. »

Il n'y avait rien à dire à une réponse faite avec une si complète assurance.

Il n'était que trop vrai que les travaux du chemin de fer s'arrêtaient à ce point. Les journaux sont comme certaines montres qui ont la manie d'avancer, et ils avaient prématurément annoncé l'achèvement de la ligne. La plupart des voyageurs connaissaient cette interruption de la voie, et, en descendant du train, ils s'étaient emparés des véhicules de toutes sortes que possédait la bourgade, palkigharis à quatre roues, charrettes traînées par des zébus, sortes de bœufs à bosses, chars de voyage ressemblant à des pagodes ambulantes, palanquins, poneys, etc. Aussi Mr. Fogg et Sir Francis Cromarty, après avoir cherché dans toute la bourgade, revinrent-ils sans avoir rien trouvé.

« J'irai à pied », dit Phileas Fogg.

Passepartout, qui rejoignait alors son maître, fit une grimace significative, en considérant ses magnifiques mais insuffisantes babouches. Fort heureusement, il avait été de son côté à la découverte, et en hésitant un peu :

« Monsieur, dit-il, je crois que j'ai trouvé un moyen de transport.

— Lequel ?

— Un éléphant ! Un éléphant qui appartient à un Indien logé à cent pas d'ici.

— Allons voir l'éléphant », répondit Mr. Fogg.

Cinq minutes plus tard, Phileas Fogg, Sir Francis Cromarty et Passepartout arrivaient près d'une hutte qui attenait à un enclos fermé de hautes palissades. Dans la hutte, il y avait un Indien, et dans l'enclos, un éléphant. Sur leur demande, l'Indien introduisit Mr. Fogg et ses deux compagnons dans l'enclos.

Là, ils se trouvèrent en présence d'un animal, à demi domestiqué, que son propriétaire élevait, non pour en faire une bête de somme, mais une bête de combat. Dans ce but, il avait commencé à modifier le caractère naturellement doux de l'animal, de façon à le conduire graduellement à ce paroxysme de rage appelé « mutsh » dans la langue indoue, et cela, en le nourrissant pendant trois mois de sucre et de beurre. Ce traitement peut

Là, ils se trouvèrent en présence d'un animal... (p. 87).

paraître impropre à donner un tel résultat, mais il n'en est pas moins employé avec succès par les éleveurs. Très heureusement pour Mr. Fogg, l'éléphant en question venait à peine d'être mis à ce régime, et le « mutsh » ne s'était point encore déclaré.

Kiouni — c'était le nom de la bête — pouvait, comme tous ses congénères, fournir pendant longtemps une marche rapide, et, à défaut d'autre monture, Phileas Fogg résolut de l'employer.

Mais les éléphants sont chers dans l'Inde, où ils commencent à devenir rares. Les mâles, qui seuls conviennent aux luttes des cirques, sont extrêmement recherchés. Ces animaux ne se reproduisent que rarement, quand ils sont réduits à l'état de domesticité, de telle sorte qu'on ne peut s'en procurer que par la chasse. Aussi sont-ils l'objet de soins extrêmes, et lorsque Mr. Fogg demanda à l'Indien s'il voulait lui louer son éléphant, l'Indien refusa net.

Fogg insista et offrit de la bête un prix excessif, dix livres (250 F) l'heure. Refus. Vingt livres ? Refus encore. Quarante livres ? Refus toujours. Passepartout bondissait à chaque surenchère. Mais l'Indien ne se laissait pas tenter.

La somme était belle, cependant. En admettant que l'éléphant employât quinze heures à se rendre à Allahabad, c'était six cents livres (15 000 F) qu'il rapporterait à son propriétaire.

Phileas Fogg, sans s'animer en aucune façon, proposa alors à l'Indien de lui acheter sa bête et lui en offrit tout d'abord mille livres (25 000 F).

L'Indien ne voulait pas vendre ! Peut-être le drôle flairait-il une magnifique affaire.

Sir Francis Cromarty prit Mr. Fogg à part et l'engagea à réfléchir avant d'aller plus loin. Phileas Fogg répondit à son compagnon qu'il n'avait pas l'habitude d'agir sans réflexion, qu'il s'agissait en fin de compte d'un pari de vingt mille livres, que cet éléphant lui était nécessaire, et que, dût-il le payer vingt fois sa valeur, il aurait cet éléphant.

Mr. Fogg revint trouver l'Indien, dont les petits yeux, allumés par la convoitise, laissaient bien voir que pour lui ce n'était qu'une question de prix. Phileas Fogg offrit successivement douze cents livres, puis quinze cents, puis dix-huit cents, enfin deux mille (50 000 F). Passepartout, si rouge d'ordinaire, était pâle d'émotion.

À deux mille livres, l'Indien se rendit.

« Par mes babouches, s'écria Passepartout, voilà qui met à un beau prix la viande d'éléphant ! »

L'affaire conclue, il ne s'agissait plus que de trouver un guide. Ce fut plus facile. Un jeune Parsi, à la figure intelligente, offrit ses services. Mr. Fogg accepta et lui promit une forte rémunération, qui ne pouvait que doubler son intelligence.

L'éléphant fut amené et équipé sans retard. Le Parsi connaissait parfaitement le métier de « mahout » ou cornac. Il couvrit d'une sorte de housse le dos de l'éléphant et disposa, de chaque côté sur ses flancs, deux espèces de cacolets assez peu confortables.

Phileas Fogg paya l'Indien en bank-notes qui furent extraites du fameux sac. Il semblait vraiment qu'on les tirât des entrailles de Passepartout. Puis Mr. Fogg offrit à Sir Francis Cromarty de le transporter à la station d'Allahabad. Le brigadier général accepta. Un voyageur de plus n'était pas pour fatiguer le gigantesque animal.

Des vivres furent achetés à Kholby. Sir Francis Cromarty prit place dans l'un des cacolets, Phileas Fogg dans l'autre. Passepartout se mit à califourchon sur la housse entre son maître et le brigadier général. Le Parsi se jucha sur le cou de l'éléphant, et à neuf heures l'animal, quittant la bourgade, s'enfonçait par le plus court dans l'épaisse forêt de lataniers.

XII

OÙ PHILEAS FOGG ET SES COMPAGNONS S'AVENTURENT
À TRAVERS LES FORÊTS DE L'INDE, ET CE QUI S'ENSUIT

Le guide, afin d'abréger la distance à parcourir, laissa sur sa droite le tracé de la voie dont les travaux étaient en cours d'exécution. Ce tracé, très contrarié par les capricieuses ramifications des monts Vindhias, ne suivait pas le plus court chemin, que Phileas Fogg avait intérêt à prendre. Le Parsi, très familiarisé avec les routes et sentiers du pays, prétendait gagner une vingtaine de milles en coupant à travers la forêt, et on s'en rapporta à lui.

Phileas Fogg et Sir Francis Cromarty, enfouis jusqu'au cou dans leurs cacolets, étaient fort secoués par le trot raide de l'éléphant, auquel son mahout imprimait une allure rapide. Mais ils enduraient la situation avec le flegme le plus britannique, causant peu d'ailleurs, et se voyant à peine l'un l'autre.

Quant à Passepartout, posté sur le dos de la bête et directement soumis aux coups et aux contrecoups, il se gardait bien, sur une recommandation de son maître, de tenir sa langue entre ses dents, car elle eût été coupée net. Le brave garçon, tantôt lancé sur le cou de l'éléphant, tantôt rejeté sur la croupe, faisait de la voltige, comme un clown sur un tremplin. Mais il plaisantait, il riait au milieu de ses sauts de carpe, et, de temps en temps, il tirait de son sac un morceau de sucre, que l'intelligent Kiouni prenait du bout de sa trompe, sans interrompre un instant son trot régulier.

Après deux heures de marche, le guide arrêta l'éléphant et lui donna une heure de repos. L'animal dévora des branchages et des arbrisseaux, après s'être d'abord désaltéré à une mare voisine. Sir Francis Cromarty ne se plaignit pas de cette halte. Il était brisé. Mr. Fogg paraissait être aussi dispos que s'il fût sorti de son lit.

Il riait au milieu de ses sauts de carpe (p. 91).

« Mais il est donc de fer ! dit le brigadier général en le regardant avec admiration.

— De fer forgé », répondit Passepartout, qui s'occupa de préparer un déjeuner sommaire.

À midi, le guide donna le signal du départ. Le pays prit bientôt un aspect très sauvage. Aux grandes forêts succédèrent des taillis de tamarins et de palmiers nains, puis de vastes plaines arides, hérissées de maigres arbrisseaux et semées de gros blocs de syénites. Toute cette partie du haut Bundelkund, peu fréquentée des voyageurs, est habitée par une population fanatique, endurcie dans les pratiques les plus terribles de la religion indoue. La domination des Anglais n'a pu s'établir régulièrement sur un territoire soumis à l'influence des rajahs, qu'il eût été difficile d'atteindre dans leurs inaccessibles retraites des Vindhias.

Plusieurs fois, on aperçut des bandes d'Indiens farouches, qui faisaient un geste de colère en voyant passer le rapide quadrupède. D'ailleurs, le Parsi les évitait autant que possible, les tenant pour des gens de mauvaise rencontre. On vit peu d'animaux pendant cette journée, à peine quelques singes, qui fuyaient avec mille contorsions et grimaces dont s'amusait fort Passepartout.

Une pensée au milieu de bien d'autres inquiétait ce garçon. Qu'est-ce que Mr. Fogg ferait de l'éléphant, quand il serait arrivé à la station d'Allahabad ? L'emmènerait-il ? Impossible ! Le prix du transport ajouté au prix d'acquisition en ferait un animal ruineux. Le vendrait-on, le rendrait-on à la liberté ? Cette estimable bête méritait bien qu'on eût des égards pour elle. Si, par hasard, Mr. Fogg lui en faisait cadeau, à lui, Passepartout, il en serait très embarrassé. Cela ne laissait pas de le préoccuper.

À huit heures du soir, la principale chaîne des Vindhias avait été franchie, et les voyageurs firent halte au pied du versant septentrional, dans un bungalow en ruine.

La distance parcourue pendant cette journée était

d'environ vingt-cinq milles, et il en restait autant à faire pour atteindre la station d'Allahabad.

La nuit était froide. À l'intérieur du bungalow, le Parsi alluma un feu de branches sèches, dont la chaleur fut très appréciée. Le souper se composa des provisions achetées à Kholby. Les voyageurs mangèrent en gens harassés et moulus. La conversation, qui commença par quelques phrases entrecoupées, se termina bientôt par des ronflements sonores. Le guide veilla près de Kiouni, qui s'endormit debout, appuyé au tronc d'un gros arbre.

Nul incident ne signala cette nuit. Quelques rugissements de guépards et de panthères troublèrent parfois le silence, mêlés à des ricanements aigus de singes. Mais les carnassiers s'en tinrent à des cris et ne firent aucune démonstration hostile contre les hôtes du bungalow. Sir Francis Cromarty dormit lourdement comme un brave militaire rompu de fatigues. Passepartout, dans un sommeil agité, recommença en rêve les culbutes de la veille. Quant à Mr. Fogg, il reposa aussi paisiblement que s'il eût été dans sa tranquille maison de Saville-row.

À six heures du matin, on se remit en marche. Le guide espérait arriver à la station d'Allahabad le soir même. De cette façon, Mr. Fogg ne perdrait qu'une partie des quarante-huit heures économisées depuis le commencement du voyage.

On descendit les dernières rampes des Vindhias. Kiouni avait repris son allure rapide. Vers midi, le guide tourna la bourgade de Kallenger, située sur le Cani, un des sous-affluents du Gange. Il évitait toujours les lieux habités, se sentant plus en sûreté dans ces campagnes désertes, qui marquent les premières dépressions du bassin du grand fleuve. La station d'Allahabad n'était pas à douze milles dans le nord-est. On fit halte sous un bouquet de bananiers, dont les fruits, aussi sains que le pain, « aussi succulents que la crème », disent les voyageurs, furent extrêmement appréciés.

À deux heures, le guide entra sous le couvert d'une épaisse forêt, qu'il devait traverser sur un espace de plusieurs milles. Il préférait voyager ainsi à l'abri des bois. En tout cas, il n'avait fait jusqu'alors aucune rencontre fâcheuse, et le voyage semblait devoir s'accomplir sans accident, quand l'éléphant, donnant quelques signes d'inquiétude, s'arrêta soudain.

Il était quatre heures alors.

« Qu'y a-t-il ? demanda Sir Francis Cromarty, qui releva la tête au-dessus de son cacolet.

— Je ne sais, mon officier », répondit le Parsi, en prêtant l'oreille à un murmure confus qui passait sous l'épaisse ramure.

Quelques instants après, ce murmure devint plus définissable. On eût dit un concert, encore fort éloigné, de voix humaines et d'instruments de cuivre.

Passepartout était tout yeux, tout oreilles. Mr. Fogg attendait patiemment, sans prononcer une parole.

Le Parsi sauta à terre, attacha l'éléphant à un arbre et s'enfonça au plus épais du taillis. Quelques minutes plus tard, il revint, disant :

« Une procession de brahmanes qui se dirige de ce côté. S'il est possible, évitons d'être vus. »

Le guide détacha l'éléphant et le conduisit dans un fourré, en recommandant aux voyageurs de ne point mettre pied à terre. Lui-même se tint prêt à enfourcher rapidement sa monture, si la fuite devenait nécessaire. Mais il pensa que la troupe des fidèles passerait sans l'apercevoir, car l'épaisseur du feuillage le dissimulait entièrement.

Le bruit discordant des voix et des instruments se rapprochait. Des chants monotones se mêlaient au son des tambours et des cymbales. Bientôt la tête de la procession apparut sous les arbres, à une cinquantaine de pas du poste occupé par Mr. Fogg et ses compagnons. Ils distinguaient aisément à travers les branches le curieux personnel de cette cérémonie religieuse.

En première ligne s'avançaient des prêtres, coiffés de mitres et vêtus de longues robes chamarrées. Ils étaient entourés d'hommes, de femmes, d'enfants, qui faisaient entendre une sorte de psalmodie funèbre, interrompue à intervalles égaux par des coups de tam-tams et de cymbales. Derrière eux, sur un char aux larges roues dont les rayons et la jante figuraient un entrelacement de serpents, apparut une statue hideuse, traînée par deux couples de zébus richement capara-çonnés. Cette statue avait quatre bras ; le corps colorié d'un rouge sombre, les yeux hagards, les cheveux emmêlés, la langue pendante, les lèvres teintes de henné et de bétel. À son cou s'enroulait un collier de têtes de mort, à ses flancs une ceinture de mains coupées. Elle se tenait debout sur un géant terrassé auquel le chef manquait.

Sir Francis Cromarty reconnut cette statue.

« La déesse Kâli, murmura-t-il, la déesse de l'amour et de la mort.

— De la mort, j'y consens, mais de l'amour, jamais ! dit Passepartout. La vilaine bonne femme ! »

Le Parsi lui fit signe de se taire.

Autour de la statue s'agitait, se démenait, se convul-sionnait un groupe de vieux fakirs, zébrés de bandes d'ocre, couverts d'incisions cruciales qui laissaient échapper leur sang goutte à goutte, énergumènes stu-pides qui, dans les grandes cérémonies indoues, se pré-cipitent encore sous les roues du char de Jaggernaut.

Derrière eux, quelques brahmanes, dans toute la somptuosité de leur costume oriental, traînaient une femme qui se soutenait à peine.

Cette femme était jeune, blanche comme une Euro-péenne. Sa tête, son cou, ses épaules, ses oreilles, ses bras, ses mains, ses orteils étaient surchargés de bijoux, colliers, bracelets, boucles et bagues. Une tunique lamée d'or, recouverte d'une mousseline légère, dessinait les contours de sa taille.

Derrière cette jeune femme — contraste violent pour les yeux —, des gardes, armés de sabres nus passés à leur ceinture et de longs pistolets damasquinés, por-taient un cadavre sur un palanquin.

C'était le corps d'un vieillard, revêtu de ses opulents habits de rajah, ayant, comme en sa vie, le turban brodé de perles, la robe tissue de soie et d'or, la ceinture de cachemire diamanté, et ses magnifiques armes de prince indien.

Puis des musiciens et une arrière-garde de fanatiques, dont les cris couvraient parfois l'assourdissant fracas des instruments, fermaient le cortège.

Sir Francis Cromarty regardait toute cette pompe d'un air singulièrement attristé, et se tournant vers le guide :

« Un sutty ! » dit-il.

Le Parsi fit un signe affirmatif et mit un doigt sur ses lèvres. La longue procession se déroula lentement sous les arbres, et bientôt ses derniers rangs disparurent dans la profondeur de la forêt.

Peu à peu, les chants s'éteignirent. Il y eut encore quelques éclats de cris lointains, et enfin à tout ce tumulte succéda un profond silence.

Phileas Fogg avait entendu ce mot, prononcé par Sir Francis Cromarty, et aussitôt que la procession eut disparu :

« Qu'est-ce qu'un sutty ? demanda-t-il.

— Un sutty, monsieur Fogg, répondit le brigadier général, c'est un sacrifice humain, mais un sacrifice volontaire. Cette femme que vous venez de voir sera brûlée demain aux premières heures du jour.

— Ah ! les gueux ! s'écria Passepartout, qui ne put retenir ce cri d'indignation.

— Et ce cadavre ? demanda Mr. Fogg.

— C'est celui du prince, son mari, répondit le guide, un rajah indépendant du Bundelkund.

— Comment ! reprit Phileas Fogg, sans que sa voix trahît la moindre émotion, ces barbares coutumes subsistent encore dans l'Inde, et les Anglais n'ont pu les détruire ?

— Dans la plus grande partie de l'Inde, répondit Sir Francis Cromarty, ces sacrifices ne s'accomplissent plus, mais nous n'avons aucune influence sur ces contrées sauvages, et principalement sur ce territoire du Bundelkund. Tout le revers septentrional des Vindhias est le théâtre de meurtres et de pillages incessants.

— La malheureuse ! murmurait Passepartout, brûlée vive !

— Oui, reprit le brigadier général, brûlée, et si elle ne l'était pas, vous ne sauriez croire à quelle misérable condition elle se verrait réduite par ses proches. On lui raserait les cheveux, on la nourrirait à peine de quelques poignées de riz, on la repousserait, elle serait considérée comme une créature immonde et mourrait dans quelque coin comme un chien galeux. Aussi la perspective de cette affreuse existence pousse-t-elle souvent ces malheureuses au supplice, bien plus que l'amour ou le fanatisme religieux. Quelquefois, cependant, le sacrifice est réellement volontaire, et il faut l'intervention énergique du gouvernement pour l'empêcher. Ainsi, il y a quelques années, je résidais à Bombay, quand une jeune veuve vint demander au gouverneur l'autorisation de se brûler avec le corps de son mari. Comme vous le pensez bien, le gouverneur refusa. Alors la veuve quitta la ville, se réfugia chez un rajah indépendant, et là elle consomma son sacrifice. »

Pendant le récit du brigadier général, le guide secouait la tête, et, quand le récit fut achevé :

« Le sacrifice qui aura lieu demain au lever du jour n'est pas volontaire, dit-il.

— Comment le savez-vous ?

— C'est une histoire que tout le monde connaît dans le Bundelkund, répondit le guide.

— Cependant cette infortunée ne paraissait faire aucune résistance, fit observer Sir Francis Cromarty.

— Cela tient à ce qu'on l'a enivrée de la fumée du chanvre et de l'opium.

— Mais où la conduit-on ?

— À la pagode de Pillaji, à deux milles d'ici. Là, elle passera la nuit en attendant l'heure du sacrifice.

— Et ce sacrifice aura lieu ?...

— Demain, dès la première apparition du jour. »

... Cette infortunée ne paraissait faire aucune résistance
(p. 98).

Après cette réponse, le guide fit sortir l'éléphant de l'épais fourré et se hissa sur le cou de l'animal. Mais au moment où il allait l'exciter par un sifflement particulier, Mr. Fogg l'arrêta, et, s'adressant à Sir Francis Cromarty :

« Si nous sauvions cette femme ? dit-il.

— Sauver cette femme, monsieur Fogg !... s'écria le brigadier général.

— J'ai encore douze heures d'avance. Je puis les consacrer à cela.

— Tiens ! Mais vous êtes un homme de cœur ! dit Sir Francis Cromarty.

— Quelquefois, répondit simplement Phileas Fogg. Quand j'ai le temps. »

XIII

DANS LEQUEL PASSEPARTOUT PROUVE UNE FOIS DE PLUS QUE LA FORTUNE SOURIT AUX AUDACIEUX

Le dessein était hardi, hérissé de difficultés, impraticable peut-être. Mr. Fogg allait risquer sa vie, ou tout au moins sa liberté, et par conséquent la réussite de ses projets, mais il n'hésita pas. Il trouva, d'ailleurs, dans Sir Francis Cromarty, un auxiliaire décidé.

Quant à Passepartout, il était prêt, on pouvait disposer de lui. L'idée de son maître l'exaltait. Il sentait un cœur, une âme sous cette enveloppe de glace. Il se prenait à aimer Phileas Fogg.

Restait le guide. Quel parti prendrait-il dans l'affaire ? Ne serait-il pas porté pour les Indous ? À défaut de son concours, il fallait au moins s'assurer sa neutralité.

Sir Francis Cromarty lui posa franchement la question.

« Mon officier, répondit le guide, je suis Parsi, et cette femme est Parsie. Disposez de moi.

— Bien, guide, répondit Mr. Fogg.

— Toutefois, sachez-le bien, reprit le Parsi, non seulement nous risquons notre vie, mais des supplices horribles, si nous sommes pris. Ainsi, voyez.

— C'est vu, répondit Mr. Fogg. Je pense que nous devrons attendre la nuit pour agir ?

— Je le pense aussi », répondit le guide.

Ce brave Indou donna alors quelques détails sur la victime. C'était une Indienne d'une beauté célèbre, de race parsie, fille de riches négociants de Bombay. Elle avait reçu dans cette ville une éducation absolument anglaise, et à ses manières, à son instruction, on l'eût crue Européenne. Elle se nommait Aouda.

Orpheline, elle fut mariée malgré elle à ce vieux rajah du Bundelkund. Trois mois après, elle devint veuve. Sachant le sort qui l'attendait, elle s'échappa, fut reprise aussitôt, et les parents du rajah, qui avaient intérêt à sa mort, la vouèrent à ce supplice auquel il ne semblait pas qu'elle pût échapper.

Ce récit ne pouvait qu'enraciner Mr. Fogg et ses compagnons dans leur généreuse résolution. Il fut décidé que le guide dirigerait l'éléphant vers la pagode de Pillaji, dont il se rapprocherait autant que possible.

Une demi-heure après, halte fut faite sous un taillis, à cinq pas de la pagode, que l'on ne pouvait apercevoir ; mais les hurlements des fanatiques se laissaient entendre distinctement.

Les moyens de parvenir jusqu'à la victime furent alors discutés. Le guide connaissait cette pagode de Pillaji, dans laquelle il affirmait que la jeune femme était emprisonnée. Pourrait-on y pénétrer par une des portes, quand toute la bande serait plongée dans le sommeil de l'ivresse, ou faudrait-il pratiquer un trou dans une muraille ? C'est ce qui ne pourrait être décidé qu'au moment et au lieu mêmes. Mais ce qui ne fit aucun doute, c'est que l'enlèvement devait s'opérer cette nuit même, et non quand, le jour venu, la victime serait conduite au supplice. À cet instant, aucune intervention humaine n'eût pu la sauver.

Mr. Fogg et ses compagnons attendirent la nuit. Dès que l'ombre se fit, vers six heures du soir, ils résolurent d'opérer une reconnaissance autour de la pagode. Les derniers cris des fakirs s'éteignaient alors. Suivant leur habitude, ces Indiens devaient être plongés dans l'épaisse ivresse du « hang » — opium liquide, mélangé d'une infusion de chanvre —, et il serait peut-être possible de se glisser entre eux jusqu'au temple.

Le Parsi, guidant Mr. Fogg, Sir Francis Comarty et Passepartout, s'avança sans bruit à travers la forêt. Après dix minutes de reptation sous les ramures, ils arrivèrent au bord d'une petite rivière, et là, à la lueur de torches de fer à la pointe desquelles brûlaient des résines, ils aperçurent un monceau de bois empilé. C'était le bûcher, fait de précieux santal, et déjà imprégné d'une huile parfumée. À sa partie supérieure reposait le corps embaumé du rajah, qui devait être brûlé en même temps que sa veuve. À cent pas de ce bûcher s'élevait la pagode, dont les minarets perçaient dans l'ombre la cime des arbres.

« Venez ! » dit le guide à voix basse.

Et, redoublant de précaution, suivi de ses compagnons, il se glissa silencieusement à travers les grandes herbes.

Le silence n'était plus interrompu que par le murmure du vent dans les branches.

Bientôt le guide s'arrêta à l'extrémité d'une clairière. Quelques résines éclairaient la place. Le sol était jonché de groupes de dormeurs, appesantis par l'ivresse. On eût dit un champ de bataille couvert de morts. Hommes, femmes, enfants, tout était confondu. Quelques ivrognes râlaient encore çà et là.

À l'arrière-plan, entre la masse des arbres, le temple de Pillaji se dressait confusément. Mais au grand désappointement du guide, les gardes des rajahs, éclairés par des torches fuligineuses, veillaient aux portes et se

Les gardes des rajahs, éclairés par des torches... (p. 102).

promenaient, le sabre nu. On pouvait supposer qu'à l'intérieur les prêtres veillaient aussi.

Le Parsi ne s'avança pas plus loin. Il avait reconnu l'impossibilité de forcer l'entrée du temple, et il ramena ses compagnons en arrière.

Phileas Fogg et Sir Francis Cromarty avaient compris comme lui qu'ils ne pouvaient rien tenter de ce côté.

Ils s'arrêtèrent et s'entretinrent à voix basse.

« Attendons, dit le brigadier général, il n'est que huit heures encore, et il est possible que ces gardes succombent aussi au sommeil.

— Cela est possible, en effet », répondit le Parsi.

Phileas Fogg et ses compagnons s'étendirent donc au pied d'un arbre et attendirent.

Le temps leur parut long ! Le guide les quittait parfois et allait observer la lisière du bois. Les gardes du rajah veillaient toujours à la lueur des torches, et une vague lumière filtrait à travers les fenêtres de la pagode.

On attendit ainsi jusqu'à minuit. La situation ne changea pas. Même surveillance au-dehors. Il était évident qu'on ne pouvait compter sur l'assoupissement des gardes. L'ivresse du « hang » leur avait été probablement épargnée. Il fallait donc agir autrement et pénétrer par une ouverture pratiquée aux murailles de la pagode. Restait la question de savoir si les prêtres veillaient auprès de leur victime avec autant de soin que les soldats à la porte du temple.

Après une dernière conversation, le guide se dit prêt à partir. Mr. Fogg, Sir Francis et Passepartout le suivirent. Ils firent un détour assez long, afin d'atteindre la pagode par son chevet.

Vers minuit et demi, ils arrivèrent au pied des murs sans avoir rencontré personne. Aucune surveillance n'avait été établie de ce côté, mais il est vrai de dire que fenêtres et portes manquaient absolument.

La nuit était sombre. La lune, alors dans son dernier quartier, quittait à peine l'horizon, encombré de gros nuages. La hauteur des arbres accroissait encore l'obscurité.

Mais il ne suffisait pas d'avoir atteint le pied des murailles, il fallait encore y pratiquer une ouverture. Pour cette opération, Phileas Fogg et ses compagnons n'avaient absolument que leurs couteaux de poche. Très heureusement, les parois du temple se composaient d'un mélange de briques et de bois qui ne pouvait être difficile à percer. La première brique une fois enlevée, les autres viendraient facilement.

On se mit à la besogne, en faisant le moins de bruit possible. Le Parsi, d'un côté, Passepartout, de l'autre, travaillaient à desceller les briques, de manière à obtenir une ouverture large de deux pieds.

Le travail avançait, quand un cri se fit entendre à l'intérieur du temple, et presque aussitôt d'autres cris lui répondirent du dehors.

Passepartout et le guide interrompirent leur travail. Les avait-on surpris ? L'éveil était-il donné ? La plus vulgaire prudence leur commandait de s'éloigner, — ce qu'ils firent en même temps que Phileas Fogg et Sir Francis Cromarty. Ils se blottirent de nouveau sous le couvert du bois, attendant que l'alerte, si c'en était une, se fût dissipée, et prêts, dans ce cas, à reprendre leur opération.

Mais — contretemps funeste — des gardes se montrèrent au chevet de la pagode, et s'y installèrent de manière à empêcher toute approche.

Il serait difficile de décrire le désappointement de ces quatre hommes, arrêtés dans leur œuvre. Maintenant qu'ils ne pouvaient plus parvenir jusqu'à la victime, comment la sauveraient-ils ? Sir Francis Cromarty se rongeait les poings. Passepartout était hors de lui, et le guide avait quelque peine à le contenir. L'impassible Fogg attendait sans manifester ses sentiments.

« N'avons-nous plus qu'à partir ? demanda le brigadier général à voix basse.

— Nous n'avons plus qu'à partir, répondit le guide.

— Attendez, dit Fogg. Il suffit que je sois demain à Allahabad avant midi.

— Mais qu'espérez-vous ? répondit Sir Francis Cromarty. Dans quelques heures le jour va paraître, et...

— La chance qui nous échappe peut se représenter au moment suprême. »

Le brigadier général aurait voulu pouvoir lire dans les yeux de Phileas Fogg.

Sur quoi comptait donc ce froid Anglais ? Voulait-il, au moment du supplice, se précipiter vers la jeune femme et l'arracher ouvertement à ses bourreaux ?

C'eût été une folie, et comment admettre que cet homme fût fou à ce point ? Néanmoins, Sir Francis Cromarty consentit à attendre jusqu'au dénouement de cette terrible scène. Toutefois, le guide ne laissa pas ses compagnons à l'endroit où ils s'étaient réfugiés, et il les ramena vers la partie antérieure de la clairière. Là, abrités par un bouquet d'arbres, ils pouvaient observer les groupes endormis.

Cependant Passepartout, juché sur les premières branches d'un arbre, ruminait une idée qui avait d'abord traversé son esprit comme un éclair, et qui finit par s'incruster dans son cerveau.

Il avait commencé par se dire : « Quelle folie ! » et maintenant il répétait : « Pourquoi pas, après tout ! C'est une chance, peut-être la seule, et avec de tels abrutis !... »

En tout cas, Passepartout ne formula pas autrement sa pensée, mais il ne tarda pas à se glisser avec la souplesse d'un serpent sur les basses branches de l'arbre dont l'extrémité se courbait vers le sol.

Les heures s'écoulaient, et bientôt quelques nuances moins sombres annoncèrent l'approche du jour. Cependant l'obscurité était profonde encore.

●◆ C'était le moment. Il se fit comme une résurrection dans cette foule assoupie. Les groupes s'animèrent. Des coups de tam-tam retentirent. Chants et cris éclatèrent de nouveau. L'heure était venue à laquelle l'infortunée allait mourir.

En effet, les portes de la pagode s'ouvrirent. Une lumière plus vive s'échappa de l'intérieur. Mr. Fogg et

●◆ Voir *Au fil du texte*, p. X.

Sir Francis Cromarty purent apercevoir la victime, vivement éclairée, que deux prêtres traînaient au-dehors. Il leur sembla même que, secouant l'engourdissement de l'ivresse par un suprême instinct de conservation, la malheureuse tentait d'échapper à ses bourreaux. Le cœur de Sir Francis Cromarty bondit, et par un mouvement convulsif, saisissant la main de Phileas Fogg, il sentit que cette main tenait un couteau ouvert.

En ce moment, la foule s'ébranla. La jeune femme était retombée dans cette torpeur provoquée par les fumées du chanvre. Elle passa à travers les fakirs, qui l'escortaient de leurs vociférations religieuses.

Phileas Fogg et ses compagnons, se mêlant aux derniers rangs de la foule, la suivirent.

Deux minutes après, ils arrivaient sur le bord de la rivière et s'arrêtaient à moins de cinquante pas du bûcher, sur lequel était couché le corps du rajah. Dans la demi-obscurité, ils virent la victime absolument inerte, étendue auprès du cadavre de son époux.

Puis une torche fut approchée, et le bois, imprégné d'huile, s'enflamma aussitôt.

À ce moment, Sir Francis Cromarty et le guide retinrent Phileas Fogg, qui, dans un moment de folie généreuse, s'élançait vers le bûcher...

Mais Phileas Fogg les avait déjà repoussés, quand la scène changea soudain. Un cri de terreur s'éleva. Toute cette foule se précipita à terre, épouvantée.

Le vieux rajah n'était donc pas mort, qu'on le vît se redresser tout à coup, comme un fantôme, soulever la jeune femme dans ses bras, descendre du bûcher au milieu des tourbillons de vapeurs qui lui donnaient une apparence spectrale ?

Les fakirs, les gardes, les prêtres, pris d'une terreur subite, étaient là, face à terre, n'osant lever les yeux et regarder un tel prodige !

La victime inanimée passa entre les bras vigoureux qui la portaient, et sans qu'elle parût leur peser. Mr. Fogg et Sir Francis Cromarty étaient demeurés

Un cri de terreur s'éleva (p. 107).

debout. Le Parsi avait courbé la tête, et Passepartout, sans doute, n'était pas moins stupéfié !...

Ce ressuscité arriva ainsi près de l'endroit où se tenaient Mr. Fogg et Sir Francis Cromarty, et là, d'une voix brève :

« Filons !... » dit-il.

C'était Passepartout lui-même qui s'était glissé vers le bûcher au milieu de la fumée épaisse ! C'était Passepartout qui, profitant de l'obscurité profonde encore, avait arraché la jeune femme à la mort ! C'était Passepartout qui, jouant son rôle avec un audacieux bonheur, passait au milieu de l'épouvante générale !

Un instant après, tous quatre disparaissaient dans le bois, et l'éléphant les emportait d'un trot rapide. Mais des cris, des clameurs et même une balle, perçant le chapeau de Phileas Fogg, leur apprirent que la ruse était découverte.

En effet, sur le bûcher enflammé se détachait alors le corps du vieux rajah. Les prêtres, revenus de leur frayeur, avaient compris qu'un enlèvement venait de s'accomplir.

Aussitôt ils s'étaient précipités dans la forêt. Les gardes les avaient suivis. Une décharge avait eu lieu, mais les ravisseurs fuyaient rapidement, et, en quelques instants, ils se trouvaient hors de la portée des balles et des flèches.

XIV

DANS LEQUEL PHILEAS FOGG
DESCEND TOUTE L'ADMIRABLE VALLÉE DU GANGE
SANS MÊME SONGER À LA VOIR

Le hardi enlèvement avait réussi. Une heure après, Passepartout riait encore de son succès. Sir Francis Cromarty avait serré la main de l'intrépide garçon. Son maître lui avait dit : « Bien », ce qui, dans la bouche

de ce gentleman, équivalait à une haute approbation.
À quoi Passepartout avait répondu que tout l'honneur
de l'affaire appartenait à son maître. Pour lui, il n'avait
eu qu'une idée « drôle », et il riait en songeant que,
pendant quelques instants, lui, Passepartout, ancien
gymnaste, ex-sergent de pompiers, avait été le veuf
d'une charmante femme, un vieux rajah embaumé !

Quant à la jeune Indienne, elle n'avait pas eu conscience de ce qui s'était passé. Enveloppée dans les couvertures de voyage, elle reposait sur l'un des cacolets.

Cependant l'éléphant, guidé avec une extrême sûreté
par le Parsi, courait rapidement dans la forêt encore
obscure. Une heure après avoir quitté la pagode de
Pillaji, il se lançait à travers une immense plaine. À sept
heures, on fit halte. La jeune femme était toujours dans
une prostration complète. Le guide lui fit boire quelques gorgées d'eau et de brandy, mais cette influence
stupéfiante qui l'accablait devait se prolonger quelque
temps encore.

Sir Francis Cromarty, qui connaissait les effets de
l'ivresse produite par l'inhalation des vapeurs du chanvre, n'avait aucune inquiétude sur son compte.

Mais si le rétablissement de la jeune Indienne ne fit
pas question dans l'esprit du brigadier général, celui-
ci se montrait moins rassuré pour l'avenir. Il n'hésita
pas à dire à Phileas Fogg que si Mrs. Aouda restait dans
l'Inde, elle retomberait inévitablement entre les mains
de ses bourreaux. Ces énergumènes se tenaient dans
toute la péninsule, et certainement, malgré la police
anglaise, ils sauraient reprendre leur victime, fût-ce à
Madras, à Bombay, à Calcutta. Et Sir Francis Cromarty
citait, à l'appui de ce dire, un fait de même nature qui
s'était passé récemment. À son avis, la jeune femme
ne serait véritablement en sûreté qu'après avoir quitté
l'Inde.

Phileas Fogg répondit qu'il tiendrait compte de ces
observations et qu'il aviserait.

Vers dix heures, le guide annonçait la station d'Allahabad. Là reprenait la voie interrompue du chemin de

fer, dont les trains franchissent, en moins d'un jour et d'une nuit, la distance qui sépare Allahabad de Calcutta.

Phileas Fogg devait donc arriver à temps pour prendre un paquebot qui ne partait que le lendemain seulement, 25 octobre, à midi, pour Hong-Kong.

La jeune femme fut déposée dans une chambre de la gare. Passepartout fut chargé d'aller acheter pour elle divers objets de toilette, robe, châle, fourrures, etc., ce qu'il trouverait. Son maître lui ouvrait un crédit illimité.

Passepartout partit aussitôt et courut les rues de la ville. Allahabad, c'est la cité de Dieu, l'une des plus vénérées de l'Inde, en raison de ce qu'elle est bâtie au confluent de deux fleuves sacrés, le Gange et la Jumna, dont les eaux attirent les pèlerins de toute la péninsule. On sait d'ailleurs que, suivant les légendes du Ramayana, le Gange prend sa source dans le ciel, d'où, grâce à Brahma, il descend sur la terre.

Tout en faisant ses emplettes, Passepartout eut bientôt vu la ville, autrefois défendue par un fort magnifique qui est devenu une prison d'État. Plus de commerce, plus d'industrie dans cette cité, jadis industrielle et commerçante. Passepartout, qui cherchait vainement un magasin de nouveautés, comme s'il eût été dans Regent-street à quelques pas de Farmer et Co., ne trouva que chez un revendeur, vieux juif difficultueux, les objets dont il avait besoin, une robe en étoffe écossaise, un vaste manteau, et une magnifique pelisse en peau de loutre qu'il n'hésita pas à payer soixante-quinze livres (1 875 F). Puis, tout triomphant, il retourna à la gare.

Mrs. Aouda commençait à revenir à elle. Cette influence à laquelle les prêtres de Pillaji l'avaient soumise se dissipait peu à peu, et ses beaux yeux reprenaient toute leur douceur indienne.

Lorsque le roi-poète, Uçaf Uddaul, célèbre les charmes de la reine d'Ahméhnagara, il s'exprime ainsi :

« Sa luisante chevelure, régulièrement divisée en deux

parts, encadre les contours harmonieux de ses joues délicates et blanches, brillantes de poli et de fraîcheur. Ses sourcils d'ébène ont la forme et la puissance de l'arc de Kama, dieu d'amour, et sous ses longs cils soyeux, dans la pupille noire de ses grands yeux limpides, nagent comme dans les lacs sacrés de l'Himalaya les reflets les plus purs de la lumière céleste. Fines, égales et blanches, ses dents resplendissent entre ses lèvres souriantes, comme des gouttes de rosée dans le sein mi-clos d'une fleur de grenadier. Ses oreilles mignonnes aux courbes symétriques, ses mains vermeilles, ses petits pieds bombés et tendres comme les bourgeons du lotus, brillent de l'éclat des plus belles perles de Ceylan, des plus beaux diamants de Golconde. Sa mince et souple ceinture, qu'une main suffit à enserrer, rehausse l'élégante cambrure de ses reins arrondis et la richesse de son buste où la jeunesse en fleur étale ses plus parfaits trésors, et, sous les plis soyeux de sa tunique, elle semble avoir été modelée en argent pur de la main divine de Vicvacarma, l'éternel statuaire. »

Mais, sans toute cette amplification, il suffit de dire que Mrs. Aouda, la veuve du rajah du Bundelkund, était une charmante femme dans toute l'acception européenne du mot. Elle parlait l'anglais avec une grande pureté, et le guide n'avait point exagéré en affirmant que cette jeune Parsie avait été transformée par l'éducation.

Cependant le train allait quitter la station d'Allahabad. Le Parsi attendait. Mr. Fogg lui régla son salaire au prix convenu, sans le dépasser d'un farthing. Ceci étonna un peu Passepartout, qui savait tout ce que son maître devait au dévouement du guide. Le Parsi avait, en effet, risqué volontairement sa vie dans l'affaire de Pillaji, et si, plus tard, les Indous l'apprenaient, il échapperait difficilement à leur vengeance.

Restait aussi la question de Kiouni. Que ferait-on d'un éléphant acheté si cher ?

Mais Phileas Fogg avait déjà pris une résolution à cet égard.

« Parsi, dit-il au guide, tu as été serviable et dévoué. J'ai payé ton service, mais non ton dévouement. Veux-tu cet éléphant ? Il est à toi. »

Les yeux du guide brillèrent.

« C'est une fortune que Votre Honneur me donne ! s'écria-t-il.

— Accepte, guide, répondit Mr. Fogg, et c'est moi qui serai encore ton débiteur.

— À la bonne heure ! s'écria Passepartout. Prends, ami ! Kiouni est un brave et courageux animal ! »

Et, allant à la bête, il lui présenta quelques morceaux de sucre, disant :

« Tiens, Kiouni, tiens, tiens ! »

L'éléphant fit entendre quelques grognements de satisfaction. Puis, prenant Passepartout par la ceinture et l'enroulant de sa trompe, il l'enleva jusqu'à la hauteur de sa tête. Passepartout, nullement effrayé, fit une bonne caresse à l'animal, qui le replaça doucement à terre, et, à la poignée de trompe de l'honnête Kiouni, répondit une vigoureuse poignée de main de l'honnête garçon.

Quelques instants après, Phileas Fogg, Sir Francis Cromarty et Passepartout, installés dans un confortable wagon dont Mrs. Aouda occupait la meilleure place, couraient à toute vapeur vers Bénarès.

Quatre-vingts milles au plus séparent cette ville d'Allahabad, et ils furent franchis en deux heures.

Pendant ce trajet, la jeune femme revint complètement à elle ; les vapeurs assoupissantes du hang se dissipèrent.

Quel fut son étonnement de se trouver sur le railway, dans ce compartiment, recouverte de vêtements européens, au milieu de voyageurs qui lui étaient absolument inconnus !

Tout d'abord, ses compagnons lui prodiguèrent leurs soins et la ranimèrent avec quelques gouttes de liqueur ; puis le brigadier général lui raconta son histoire. Il insista sur le dévouement de Phileas Fogg, qui n'avait pas hésité à jouer sa vie pour la sauver, et sur le dénoue-

Passepartout, nullement effrayé... (p. 113).

ment de l'aventure, dû à l'audacieuse imagination de Passepartout.

Mr. Fogg laissa dire sans prononcer une parole. Passepartout, tout honteux, répétait que « ça n'en valait pas la peine » !

Mrs. Aouda remercia ses sauveurs avec effusion, par ses larmes plus que par ses paroles. Ses beaux yeux, mieux que ses lèvres, furent les interprètes de sa reconnaissance. Puis, sa pensée la reportant aux scènes du sutty, ses regards revoyant cette terre indienne où tant de dangers l'attendaient encore, elle fut prise d'un frisson de terreur.

Phileas Fogg comprit ce qui se passait dans l'esprit de Mrs. Aouda, et, pour la rassurer, il lui offrit, très froidement d'ailleurs, de la conduire à Hong-Kong, où elle demeurerait jusqu'à ce que cette affaire fût assoupie.

Mrs. Aouda accepta l'offre avec reconnaissance. Précisément, à Hong-Kong, résidait un de ses parents, Parsi comme elle, et l'un des principaux négociants de cette ville, qui est absolument anglaise, tout en occupant un point de la côte chinoise.

À midi et demi, le train s'arrêtait à la station de Bénarès. Les légendes brahmaniques affirment que cette ville occupe l'emplacement de l'ancienne Casi, qui était autrefois suspendue dans l'espace, entre le zénith et le nadir, comme la tombe de Mahomet. Mais, à cette époque plus réaliste, Bénarès, l'Athènes de l'Inde au dire des orientalistes, reposait tout prosaïquement sur le sol, et Passepartout put un instant entrevoir ses maisons de briques, ses huttes en clayonnage, qui lui donnaient un aspect absolument désolé, sans aucune couleur locale.

C'était là que devait s'arrêter Sir Francis Cromarty. Les troupes qu'il rejoignait campaient à quelques milles au nord de la ville. Le brigadier général fit donc ses adieux à Phileas Fogg, lui souhaitant tout le succès possible, et exprimant le vœu qu'il recommençât ce voyage d'une façon moins originale, mais plus profitable.

Mr. Fogg pressa légèrement les doigts de son compagnon. Les compliments de Mrs. Aouda furent plus affectueux. Jamais elle n'oublierait ce qu'elle devait à Sir Francis Cromarty. Quant à Passepartout, il fut honoré d'une vraie poignée de main de la part du brigadier général. Tout ému, il se demanda où et quand il pourrait bien se dévouer pour lui. Puis on se sépara.

À partir de Bénarès, la voie ferrée suivait en partie la vallée du Gange. À travers les vitres du wagon, par un temps assez clair, apparaissait le paysage varié du Béhar, puis des montagnes couvertes de verdure, des champs d'orge, de maïs et de froment, des rios et des étangs peuplés d'alligators verdâtres, des villages bien entretenus, des forêts encore verdoyantes. Quelques éléphants, des zébus à grosse bosse venaient se baigner dans les eaux du fleuve sacré, et aussi, malgré la saison avancée et la température déjà froide, des bandes d'Indous des deux sexes, qui accomplissaient pieusement leurs saintes ablutions. Ces fidèles, ennemis acharnés du bouddhisme, sont sectateurs fervents de la religion brahmanique, qui s'incarne en ces trois personnes : Whisnou, la divinité solaire, Shiva, la personnification divine des forces naturelles, et Brahma, le maître suprême des prêtres et des législateurs. Mais de quel œil Brahma, Shiva et Whisnou devaient-ils considérer cette Inde, maintenant « britannisée », lorsque quelque steam-boat passait en hennissant et troublait les eaux consacrées du Gange, effarouchant les mouettes qui volaient à sa surface, les tortues qui pullulaient sur ses bords, et les dévots étendus au long de ses rives !

Tout ce panorama défila comme un éclair, et souvent un nuage de vapeur blanche en cacha les détails. À peine les voyageurs purent-ils entrevoir le fort de Chunar, à vingt milles au sud-est de Bénarès, ancienne forteresse des rajahs du Béhar, Ghazepour et ses importantes fabriques d'eau de rose, le tombeau de Lord Cornwallis qui s'élève sur la rive gauche du Gange, la ville fortifiée de Buxar, Patna, grande cité industrielle et commerçante, où se tient le principal marché d'opium

Des bandes d'Indous des deux sexes (p. 116).

de l'Inde, Monghir, ville plus qu'européenne, anglaise comme Manchester ou Birmingham, renommée pour ses fonderies de fer, ses fabriques de taillanderie et d'armes blanches, et dont les hautes cheminées encrassaient d'une fumée noire le ciel de Brahma, — un véritable coup de poing dans le pays du rêve !

Puis la nuit vint et, au milieu des hurlements des tigres, des ours, des loups qui fuyaient devant la locomotive, le train passa à toute vitesse, et on n'aperçut plus rien des merveilles du Bengale, ni Golgonde, ni Gour en ruine, ni Mourshedabad, qui fut autrefois capitale, ni Burdwan, ni Hougly, ni Chandernagor, ce point français du territoire indien sur lequel Passepartout eût été fier de voir flotter le drapeau de sa patrie !

Enfin, à sept heures du matin, Calcutta était atteint. Le paquebot, en partance pour Hong-Kong, ne levait l'ancre qu'à midi. Phileas Fogg avait donc cinq heures devant lui.

D'après son itinéraire, ce gentleman devait arriver dans la capitale des Indes le 25 octobre, vingt-trois jours après avoir quitté Londres, et il y arrivait au jour fixé. Il n'avait donc ni retard ni avance. Malheureusement, les deux jours gagnés par lui entre Londres et Bombay avaient été perdus, on sait comment, dans cette traversée de la péninsule indienne, — mais il est à supposer que Phileas Fogg ne les regrettait pas.

XV

OÙ LE SAC AUX BANK-NOTES S'ALLÈGE ENCORE DE QUELQUES MILLIERS DE LIVRES

Le train s'était arrêté en gare. Passepartout descendit le premier du wagon, et fut suivi de Mr. Fogg, qui aida sa jeune compagne à mettre pied sur le quai. Phileas Fogg comptait se rendre directement au paquebot de Hong-Kong, afin d'y installer confortablement

Mrs. Aouda, qu'il ne voulait pas quitter, tant qu'elle serait en ce pays si dangereux pour elle.

Au moment où Mr. Fogg allait sortir de la gare, un policeman s'approcha de lui et dit :

« Monsieur Phileas Fogg ?

— C'est moi.

— Cet homme est votre domestique ? ajouta le policeman en désignant Passepartout.

— Oui.

— Veuillez me suivre tous les deux. »

Mr. Fogg ne fit pas un mouvement qui pût marquer en lui une surprise quelconque. Cet agent était un représentant de la loi, et, pour tout Anglais, la loi est sacrée. Passepartout, avec ses habitudes françaises, voulut raisonner, mais le policeman le toucha de sa baguette, et Phileas Fogg lui fit signe d'obéir.

« Cette jeune dame peut nous accompagner ? demanda Mr. Fogg.

— Elle le peut », répondit le policeman.

Le policeman conduisit Mr. Fogg, Mrs. Aouda et Passepartout vers un palki-ghari, sorte de voiture à quatre roues et à quatre places, attelée de deux chevaux. On partit. Personne ne parla pendant le trajet, qui dura vingt minutes environ.

La voiture traversa d'abord la « ville noire », aux rues étroites, bordées de cahutes dans lesquelles grouillait une population cosmopolite, sale et déguenillée ; puis elle passa à travers la ville européenne, égayée de maisons de briques, ombragée de cocotiers, hérissée de mâtures, que parcouraient déjà, malgré l'heure matinale, des cavaliers élégants et de magnifiques attelages.

Le palki-ghari s'arrêta devant une habitation d'apparence simple, mais qui ne devait pas être affectée aux usages domestiques. Le policeman fit descendre ses prisonniers — on pouvait vraiment leur donner ce nom —, et il les conduisit dans une chambre aux fenêtres grillées, en leur disant :

« C'est à huit heures et demie que vous comparaîtrez devant le juge Obadiah. »

Puis il se retira et ferma la porte.

« Allons ! nous sommes pris ! » s'écria Passepartout, en se laissant aller sur une chaise.

Mrs. Aouda, s'adressant aussitôt à Mr. Fogg, lui dit d'une voix dont elle cherchait en vain à déguiser l'émotion :

« Monsieur, il faut m'abandonner ! C'est pour moi que vous êtes poursuivi ! C'est pour m'avoir sauvée ! »

Phileas Fogg se contenta de répondre que cela n'était pas possible. Poursuivi pour cette affaire du sutty ! Inadmissible ! Comment les plaignants oseraient-ils se présenter ? Il y avait méprise. Mr. Fogg ajouta que, dans tous les cas, il n'abandonnerait pas la jeune femme, et qu'il la conduirait à Hong-Kong.

« Mais le bateau part à midi ! fit observer Passepartout.

— Avant midi nous serons à bord », répondit simplement l'impassible gentleman.

Cela fut affirmé si nettement, que Passepartout ne put s'empêcher de se dire à lui-même :

« Parbleu ! cela est certain ! avant midi nous serons à bord ! » Mais il n'était pas rassuré du tout.

À huit heures et demie, la porte de la chambre s'ouvrit. Le policeman reparut, et il introduisit les prisonniers dans la salle voisine. C'était une salle d'audience, et un public assez nombreux, composé d'Européens et d'indigènes, en occupait déjà le prétoire.

Mr. Fogg, Mrs. Aouda et Passepartout s'assirent sur un banc en face des sièges réservés au magistrat et au greffier.

Ce magistrat, le juge Obadiah, entra presque aussitôt, suivi du greffier. C'était un gros homme tout rond. Il décrocha une perruque pendue à un clou et s'en coiffa lestement.

« La première cause », dit-il.

Mais, portant la main à sa tête :

« Hé ! ce n'est pas ma perruque !

— En effet, monsieur Obadiah, c'est la mienne, répondit le greffier.

— Cher monsieur Oysterpuf, comment voulez-vous qu'un juge puisse rendre une bonne sentence avec la perruque d'un greffier ! »

L'échange des perruques fut fait. Pendant ces préliminaires, Passepartout bouillait d'impatience, car l'aiguille lui paraissait marcher terriblement vite sur le cadran de la grosse horloge du prétoire.

« La première cause, reprit alors le juge Obadiah.

— Phileas Fogg ? dit le greffier Oysterpuf.

— Me voici, répondit Mr. Fogg.

— Passepartout ?

— Présent ! répondit Passepartout.

— Bien ! dit le juge Obadiah. Voilà deux jours, accusés, que l'on vous guette à tous les trains de Bombay.

— Mais de quoi nous accuse-t-on ? s'écria Passepartout, impatienté.

— Vous allez le savoir, répondit le juge.

— Monsieur, dit alors Mr. Fogg, je suis citoyen anglais, et j'ai droit...

— Vous a-t-on manqué d'égards ? demanda Mr. Obadiah.

— Aucunement.

— Bien ! faites entrer les plaignants. »

Sur l'ordre du juge, une porte s'ouvrit, et trois prêtres indous furent introduits par un huissier.

« C'est bien cela ! murmura Passepartout, ce sont ces coquins qui voulaient brûler notre jeune dame ! »

Les prêtres se tinrent debout devant le juge, et le greffier lut à haute voix une plainte en sacrilège, formulée contre le sieur Phileas Fogg et son domestique, accusés d'avoir violé un lieu consacré par la religion brahmanique.

« Vous avez entendu ? demanda le juge à Phileas Fogg.

— Oui, monsieur, répondit Mr. Fogg en consultant sa montre, et j'avoue.

— Ah ! vous avouez ?...

— J'avoue et j'attends que ces trois prêtres avouent

à leur tour ce qu'ils voulaient faire à la pagode de Pillaji. »

Les prêtres se regardèrent. Ils semblaient ne rien comprendre aux paroles de l'accusé.

« Sans doute ! s'écria impétueusement Passepartout, à cette pagode de Pillaji, devant laquelle ils allaient brûler leur victime ! »

Nouvelle stupéfaction des prêtres, et profond étonnement du juge Obadiah.

« Quelle victime ? demanda-t-il. Brûler qui ! En pleine ville de Bombay ?

— Bombay ? s'écria Passepartout.

— Sans doute. Il ne s'agit pas de la pagode de Pillaji, mais de la pagode de Malebar-Hill, à Bombay.

— Et comme pièce de conviction, voici les souliers du profanateur, ajouta le greffier, en posant une paire de chaussures sur son bureau.

— Mes souliers ! » s'écria Passepartout, qui, surpris au dernier chef, ne put retenir cette involontaire exclamation.

On devine la confusion qui s'était opérée dans l'esprit du maître et du domestique. Cet incident de la pagode de Bombay, ils l'avaient oublié, et c'était celui-là même qui les amenait devant le magistrat de Calcutta.

En effet, l'agent Fix avait compris tout le parti qu'il pouvait tirer de cette malencontreuse affaire. Retardant son départ de douze heures, il s'était fait le conseil des prêtres de Malebar-Hill ; il leur avait promis des dommages-intérêts considérables, sachant bien que le gouvernement anglais se montrait très sévère pour ce genre de délit ; puis, par le train suivant, il les avait lancés sur les traces du sacrilège. Mais, par suite du temps employé à la délivrance de la jeune veuve, Fix et les Indous arrivèrent à Calcutta avant Phileas Fogg et son domestique, que les magistrats, prévenus par dépêche, devaient arrêter à leur descente du train. Que l'on juge du désappointement de Fix, quand il apprit que Phileas Fogg n'était point encore arrivé dans la capitale de l'Inde. Il dut croire que son voleur,

« Mes souliers ! » s'écria Passepartout (p. 122).

s'arrêtant à une des stations du Peninsular-railway, s'était réfugié dans les provinces septentrionales. Pendant vingt-quatre heures, au milieu de mortelles inquiétudes, Fix le guetta à la gare. Quelle fut donc sa joie quand, ce matin même, il le vit descendre du wagon, en compagnie, il est vrai, d'une jeune femme dont il ne pouvait s'expliquer la présence. Aussitôt il lança sur lui un policeman, et voilà comment Mr. Fogg, Passepartout et la veuve du rajah du Bundelkund furent conduits devant le juge Obadiah.

Et si Passepartout eût été moins préoccupé de son affaire, il aurait aperçu, dans un coin du prétoire, le détective, qui suivait le débat avec un intérêt facile à comprendre, — car à Calcutta, comme à Bombay, comme à Suez, le mandat d'arrestation lui manquait encore !

Cependant le juge Obadiah avait pris acte de l'aveu échappé à Passepartout, qui aurait donné tout ce qu'il possédait pour reprendre ses imprudentes paroles.

« Les faits sont avoués ? dit le juge.

— Avoués, répondit froidement Mr. Fogg.

— Attendu, reprit le juge, attendu que la loi anglaise entend protéger également et rigoureusement toutes les religions des populations de l'Inde, le délit étant avoué par le sieur Passepartout, convaincu d'avoir violé d'un pied sacrilège le pavé de la pagode de Malebar-Hill, à Bombay, dans la journée du 20 octobre, condamne ledit Passepartout à quinze jours de prison et à une amende de trois cents livres (7 500 F).

— Trois cents livres ? s'écria Passepartout, qui n'était véritablement sensible qu'à l'amende.

— Silence ! fit l'huissier d'une voix glapissante.

— Et, ajouta le juge Obadiah, attendu qu'il n'est pas matériellement prouvé qu'il n'y ait pas eu connivence entre le domestique et le maître, qu'en tout cas celui-ci doit être tenu responsable des faits et gestes d'un serviteur à ses gages, retient ledit Phileas Fogg et le condamne à huit jours de prison et cent cinquante livres d'amende. Greffier, appelez une autre cause ! »

Fix, dans son coin, éprouvait une indicible satisfaction. Phileas Fogg retenu huit jours à Calcutta, c'était plus qu'il n'en fallait pour donner au mandat le temps de lui arriver.

Passepartout était abasourdi. Cette condamnation ruinait son maître. Un pari de vingt mille livres perdu, et tout cela parce que, en vrai badaud, il était entré dans cette maudite pagode !

Phileas Fogg, aussi maître de lui que si cette condamnation ne l'eût pas concerné, n'avait pas même froncé le sourcil. Mais au moment où le greffier appelait une autre cause, il se leva et dit :

« J'offre caution.

— C'est votre droit », répondit le juge.

Fix se sentit froid dans le dos, mais il reprit son assurance, quand il entendit le juge, « attendu la qualité d'étrangers de Phileas Fogg et de son domestique », fixer la caution pour chacun d'eux à la somme énorme de mille livres (25 000 F).

C'était deux mille livres qu'il en coûterait à Mr. Fogg, s'il ne purgeait pas sa condamnation.

« Je paie », dit ce gentleman.

Et du sac que portait Passepartout, il retira un paquet de bank-notes qu'il déposa sur le bureau du greffier.

« Cette somme vous sera restituée à votre sortie de prison, dit le juge. En attendant, vous êtes libres sous caution.

— Venez, dit Phileas Fogg à son domestique.

— Mais, au moins, qu'ils rendent les souliers ! » s'écria Passepartout avec un mouvement de rage.

On lui rendit ses souliers.

« En voilà qui coûtent cher ! murmura-t-il. Plus de mille livres chacun ! Sans compter qu'ils me gênent ! »

Passepartout, absolument piteux, suivit Mr. Fogg, qui avait offert son bras à la jeune femme. Fix espérait encore que son voleur ne se déciderait jamais à abandonner cette somme de deux mille livres et qu'il ferait ses huit jours de prison. Il se jeta donc sur les traces de Fogg.

Mr. Fogg prit une voiture, dans laquelle Mrs. Aouda, Passepartout et lui montèrent aussitôt. Fix courut derrière la voiture, qui s'arrêta bientôt sur l'un des quais de la ville.

À un demi-mille en rade, le *Rangoon* était mouillé, son pavillon de partance hissé en tête de mât. Onze heures sonnaient. Mr. Fogg était en avance d'une heure. Fix le vit descendre de voiture et s'embarquer dans un canot avec Mrs. Aouda et son domestique. Le détective frappa la terre du pied.

« Le gueux ! s'écria-t-il, il part ! Deux mille livres sacrifiées ! Prodigue comme un voleur ! Ah ! je le filerai jusqu'au bout du monde s'il le faut ; mais du train dont il va, tout l'argent du vol y aura passé ! »

L'inspecteur de police était fondé à faire cette réflexion. En effet, depuis qu'il avait quitté Londres, tant en frais de voyage qu'en primes, en achat d'éléphant, en cautions et en amendes, Phileas Fogg avait déjà semé plus de cinq mille livres (125 000 F) sur sa route, et le tant pour cent de la somme recouvrée, attribué aux détectives, allait diminuant toujours.

XVI

OÙ FIX N'A PAS L'AIR DE CONNAÎTRE DU TOUT LES CHOSES DONT ON LUI PARLE

Le *Rangoon*, l'un des paquebots que la Compagnie péninsulaire et orientale emploie au service des mers de la Chine et du Japon, était un steamer en fer, à hélice, jaugeant brut dix-sept cent soixante-dix tonnes, et d'une force nominale de quatre cents chevaux. Il égalait le *Mongolia* en vitesse, mais non en confortable. Aussi Mrs. Aouda ne fut-elle point aussi bien installée que l'eût désiré Phileas Fogg. Après tout, il ne s'agissait que d'une traversée de trois mille cinq cents milles,

Elle lui témoignait la plus vive reconnaissance (p. 128).

soit de onze à douze jours, et la jeune femme ne se montra pas une difficile passagère.

Pendant les premiers jours de cette traversée, Mrs. Aouda fit plus ample connaissance avec Phileas Fogg. En toute occasion, elle lui témoignait la plus vive reconnaissance. Le flegmatique gentleman l'écoutait, en apparence au moins, avec la plus extrême froideur, sans qu'une intonation, un geste décelât en lui la plus légère émotion. Il veillait à ce que rien ne manquât à la jeune femme. À de certaines heures il venait régulièrement, sinon causer, du moins l'écouter. Il accomplissait envers elle les devoirs de la politesse la plus stricte, mais avec la grâce et l'imprévu d'un automate dont les mouvements auraient été combinés pour cet usage. Mrs. Aouda ne savait trop que penser, mais Passepartout lui avait un peu expliqué l'excentrique personnalité de son maître. Il lui avait appris quelle gageure entraînait ce gentleman autour du monde. Mrs. Aouda avait souri ; mais après tout, elle lui devait la vie, et son sauveur ne pouvait perdre à ce qu'elle le vît à travers sa reconnaissance.

Mrs. Aouda confirma le récit que le guide indou avait fait de sa touchante histoire. Elle était, en effet, de cette race qui tient le premier rang parmi les races indigènes. Plusieurs négociants parsis ont fait de grandes fortunes aux Indes, dans le commerce des cotons. L'un d'eux, Sir James Jejeebhoy, a été anobli par le gouvernement anglais, et Mrs. Aouda était parente de ce riche personnage qui habitait Bombay. C'était même un cousin de Sir Jejeebhoy, l'honorable Jejeeh, qu'elle comptait rejoindre à Hong-Kong. Trouverait-elle près de lui refuge et assistance ? Elle ne pouvait l'affirmer. À quoi Mr. Fogg répondait qu'elle n'eût pas à s'inquiéter, et que tout s'arrangerait mathématiquement ! Ce fut son mot.

La jeune femme comprenait-elle cet horrible adverbe ? On ne sait. Toutefois, ses grands yeux se fixaient sur ceux de Mr. Fogg, ses grands yeux « limpides comme les lacs sacrés de l'Himalaya » ! Mais l'intraitable Fogg, aussi boutonné que jamais, ne semblait point homme à se jeter dans ce lac.

Cette première partie de la traversée du *Rangoon* s'accomplit dans des conditions excellentes. Le temps était maniable. Toute cette portion de l'immense baie que les marins appellent « les brasses du Bengale » se montra favorable à la marche du paquebot. Le *Rangoon* eut bientôt connaissance du Grand-Andaman, la principale du groupe, que sa pittoresque montagne de Saddle-Peak, haute de deux mille quatre cents pieds, signale de fort loin aux navigateurs.

La côte fut prolongée d'assez près. Les sauvages Papouas de l'île ne se montrèrent point. Ce sont des êtres placés au dernier degré de l'échelle humaine, mais dont on fait à tort des anthropophages.

Le développement panoramique de ces îles était superbe. D'immenses forêts de lataniers, d'arecs, de bambousiers, de muscadiers, de tecks, de gigantesques mimosées, de fougères arborescentes, couvraient le pays en premier plan, et en arrière se profilait l'élégante silhouette des montagnes. Sur la côte pullulaient par milliers ces précieuses salanganes, dont les nids comestibles forment un mets recherché dans le Céleste Empire. Mais tout ce spectacle varié, offert aux regards par le groupe des Andaman, passa vite, et le *Rangoon* s'achemina rapidement vers le détroit de Malacca, qui devait lui donner accès dans les mers de la Chine.

Que faisait pendant cette traversée l'inspecteur Fix, si malencontreusement entraîné dans un voyage de circumnavigation ? Au départ de Calcutta, après avoir laissé des instructions pour que le mandat, s'il arrivait enfin, lui fût adressé à Hong-Kong, il avait pu s'embarquer à bord du *Rangoon* sans avoir été aperçu de Passepartout, et il espérait bien dissimuler sa présence jusqu'à l'arrivée du paquebot. En effet, il lui eût été difficile d'expliquer pourquoi il se trouvait à bord, sans éveiller les soupçons de Passepartout, qui devait le croire à Bombay. Mais il fut amené à renouer connaissance avec l'honnête garçon par la logique même des circonstances. Comment ? On va le voir.

Toutes les espérances, tous les désirs de l'inspecteur de police, étaient maintenant concentrés sur un unique point du monde, Hong-Kong, car le paquebot s'arrêtait trop peu de temps à Singapore pour qu'il pût opérer en cette ville. C'était donc à Hong-Kong que l'arrestation du voleur devait se faire, ou le voleur lui échappait, pour ainsi dire, sans retour.

En effet, Hong-Kong était encore une terre anglaise, mais la dernière qui se rencontrât sur le parcours. Au-delà, la Chine, le Japon, l'Amérique offraient un refuge à peu près assuré au sieur Fogg. À Hong-Kong, s'il y trouvait enfin le mandat d'arrestation qui courait évidemment après lui, Fix arrêtait Fogg et le remettait entre les mains de la police locale. Nulle difficulté. Mais après Hong-Kong, un simple mandat d'arrestation ne suffirait plus. Il faudrait un acte d'extradition. De là retards, lenteurs, obstacles de toute nature, dont le coquin profiterait pour échapper définitivement. Si l'opération manquait à Hong-Kong, il serait, sinon impossible, du moins bien difficile, de la reprendre avec quelque chance de succès.

« Donc, se répétait Fix pendant ces longues heures qu'il passait dans sa cabine, donc, ou le mandat sera à Hong-Kong, et j'arrête mon homme, ou il n'y sera pas, et cette fois il faut à tout prix que je retarde son départ ! J'ai échoué à Bombay, j'ai échoué à Calcutta ! Si je manque mon coup à Hong-Kong, je suis perdu de réputation ! Coûte que coûte, il faut réussir. Mais quel moyen employer pour retarder, si cela est nécessaire, le départ de ce maudit Fogg ? »

En dernier ressort, Fix était bien décidé à tout avouer à Passepartout, à lui faire connaître ce maître qu'il servait et dont il n'était certainement pas le complice. Passepartout, éclairé par cette révélation, devant craindre d'être compromis, se rangerait sans doute à lui, Fix. Mais enfin c'était un moyen hasardeux, qui ne pouvait être employé qu'à défaut de tout autre. Un mot de

Passepartout à son maître eût suffi à compromettre irrévocablement l'affaire.

L'inspecteur de police était donc extrêmement embarrassé, quand la présence de Mrs. Aouda à bord du *Rangoon*, en compagnie de Phileas Fogg, lui ouvrit de nouvelles perspectives.

Quelle était cette femme ? Quel concours de circonstances en avait fait la compagne de Fogg ? C'était évidemment entre Bombay et Calcutta que la rencontre avait eu lieu. Mais en quel point de la péninsule ? Était-ce le hasard qui avait réuni Phileas Fogg et la jeune voyageuse ? Ce voyage à travers l'Inde, au contraire, n'avait-il pas été entrepris par ce gentleman dans le but de rejoindre cette charmante personne ? car elle était charmante ! Fix l'avait bien vu dans la salle d'audience du tribunal de Calcutta.

On comprend à quel point l'agent devait être intrigué. Il se demanda s'il n'y avait pas dans cette affaire quelque criminel enlèvement. Oui ! cela devait être ! Cette idée s'incrusta dans le cerveau de Fix, et il reconnut tout le parti qu'il pouvait tirer de cette circonstance. Que cette jeune femme fût mariée ou non, il y avait enlèvement, et il était possible, à Hong-Kong, de susciter au ravisseur des embarras tels, qu'il ne pût s'en tirer à prix d'argent.

Mais il ne fallait pas attendre l'arrivée du *Rangoon* à Hong-Kong. Ce Fogg avait la détestable habitude de sauter d'un bateau dans un autre, et, avant que l'affaire fût entamée, il pouvait être déjà loin.

L'important était donc de prévenir les autorités anglaises et de signaler le passage du *Rangoon* avant son débarquement. Or, rien n'était plus facile, puisque le paquebot faisait escale à Singapore, et que Singapore est reliée à la côte chinoise par un fil télégraphique.

Toutefois, avant d'agir et pour opérer plus sûrement, Fix résolut d'interroger Passepartout. Il savait qu'il n'était pas très difficile de faire parler ce garçon, et il se décida à rompre l'incognito qu'il avait gardé jusqu'alors. Or, il n'y avait pas de temps à perdre. On

était au 30 octobre, et le lendemain même le *Rangoon*
devait relâcher à Singapore.

Donc, ce jour-là, Fix, sortant de sa cabine, monta
sur le pont, dans l'intention d'aborder Passepartout
« le premier » avec les marques de la plus extrême surprise. Passepartout se promenait à l'avant, quand l'inspecteur se précipita vers lui, s'écriant :

« Vous, sur le *Rangoon* !

— Monsieur Fix à bord ! répondit Passepartout,
absolument surpris, en reconnaissant son compagnon
de traversée du *Mongolia*. Quoi ! je vous laisse à Bombay, et je vous retrouve sur la route de Hong-Kong !
Mais vous faites donc, vous aussi, le tour du monde ?

— Non, non, répondit Fix, et je compte m'arrêter
à Hong-Kong, — au moins quelques jours.

— Ah ! dit Passepartout, qui parut un instant
étonné. Mais comment ne vous ai-je pas aperçu à bord
depuis notre départ de Calcutta ?

— Ma foi, un malaise... un peu de mal de mer... Je
suis resté couché dans ma cabine... Le golfe du Bengale ne me réussit pas aussi bien que l'océan Indien.
Et votre maître, Mr. Phileas Fogg ?

— En parfaite santé, et aussi ponctuel que son itinéraire ! Pas un jour de retard ! Ah ! monsieur Fix,
vous ne savez pas cela, vous, mais nous avons aussi une
jeune dame avec nous.

— Une jeune dame ? » répondit l'agent, qui avait
parfaitement l'air de ne pas comprendre ce que son
interlocuteur voulait dire.

Mais Passepartout l'eut bientôt mis au courant de
son histoire. Il raconta l'incident de la pagode de Bombay, l'acquisition de l'éléphant au prix de deux mille
livres, l'affaire du sutty, l'enlèvement d'Aouda, la
condamnation du tribunal de Calcutta, la liberté sous
caution. Fix, qui connaissait la dernière partie de ces
incidents, semblait les ignorer tous, et Passepartout se
laissait aller au charme de narrer ses aventures devant
un auditeur qui lui marquait tant d'intérêt.

« Mais, en fin de compte, demanda Fix, est-ce que

votre maître a l'intention d'emmener cette jeune femme en Europe ?

— Non pas, monsieur Fix, non pas ! Nous allons tout simplement la remettre aux soins de l'un de ses parents, riche négociant de Hong-Kong. »

« Rien à faire ! » se dit le détective en dissimulant son désappointement. « Un verre de gin, monsieur Passepartout ?

— Volontiers, monsieur Fix. C'est bien le moins que nous buvions à notre rencontre à bord du *Rangoon* ! »

XVII

OÙ IL EST QUESTION DE CHOSES ET D'AUTRES PENDANT LA TRAVERSÉE DE SINGAPORE À HONG-KONG

Depuis ce jour, Passepartout et le détective se rencontrèrent fréquemment, mais l'agent se tint dans une extrême réserve vis-à-vis de son compagnon, et il n'essaya point de le faire parler. Une ou deux fois seulement, il entrevit Mr. Fogg, qui restait volontiers dans le grand salon du *Rangoon*, soit qu'il tînt compagnie à Mrs. Aouda, soit qu'il jouât au whist, suivant son invariable habitude.

Quant à Passepartout, il s'était pris très sérieusement à méditer sur le singulier hasard qui avait mis, encore une fois, Fix sur la route de son maître. Et, en effet, on eût été étonné à moins. Ce gentleman, très aimable, très complaisant à coup sûr, que l'on rencontre d'abord à Suez, qui s'embarque sur le *Mongolia*, qui débarque à Bombay, où il dit devoir séjourner, que l'on retrouve sur le *Rangoon*, faisant route pour Hong-Kong, en un mot, suivant pas à pas l'itinéraire de Mr. Fogg, cela valait la peine qu'on y réfléchît. Il y avait là une concordance au moins bizarre. À qui en avait ce Fix ? Passepartout était prêt à parier ses babouches — il les avait précieusement conservées — que le

Une ou deux fois seulement, il entrevit... (p. 133).

Fix quitterait Hong-Kong en même temps qu'eux, et probablement sur le même paquebot.

Passepartout eût réfléchi pendant un siècle, qu'il n'aurait jamais deviné de quelle mission l'agent avait été chargé. Jamais il n'eût imaginé que Phileas Fogg fût « filé », à la façon d'un voleur, autour du globe terrestre. Mais comme il est dans la nature humaine de donner une explication à toute chose, voici comment Passepartout, soudainement illuminé, interpréta la présence permanente de Fix, et, vraiment, son interprétation était fort plausible. En effet, suivant lui, Fix n'était et ne pouvait être qu'un agent lancé sur les traces de Mr. Fogg par ses collègues du Reform-Club, afin de constater que ce voyage s'accomplissait régulièrement autour du monde, suivant l'itinéraire convenu.

« C'est évident ! c'est évident ! se répétait l'honnête garçon, tout fier de sa perspicacité. C'est un espion que ces gentlemen ont mis à nos trousses ! Voilà qui n'est pas digne ! Mr. Fogg si probe, si honorable ! Le faire épier par un agent ! Ah ! messieurs du Reform-Club, cela vous coûtera cher ! »

Passepartout, enchanté de sa découverte, résolut cependant de n'en rien dire à son maître, craignant que celui-ci ne fût justement blessé de cette défiance que lui montraient ses adversaires. Mais il se promit bien de gouailler Fix à l'occasion, à mots couverts et sans se compromettre.

Le mercredi 30 octobre, dans l'après-midi, le *Rangoon* embouquait le détroit de Malacca, qui sépare la presqu'île de ce nom des terres de Sumatra. Des îlots montagneux très escarpés, très pittoresques, dérobaient aux passagers la vue de la grande île.

Le lendemain, à quatre heures du matin, le *Rangoon*, ayant gagné une demi-journée sur sa traversée réglementaire, relâchait à Singapore, afin d'y renouveler sa provision de charbon.

Phileas Fogg inscrivit cette avance à la colonne des gains, et, cette fois, il descendit à terre, accompagnant

Mrs. Aouda, qui avait manifesté le désir de se promener pendant quelques heures.

Fix, à qui toute action de Fogg paraissait suspecte, le suivit sans se laisser apercevoir. Quant à Passepartout, qui riait *in petto* à voir la manœuvre de Fix, il alla faire ses emplettes ordinaires.

L'île de Singapore n'est ni grande ni imposante d'aspect. Les montagnes, c'est-à-dire les profils, lui manquent. Toutefois, elle est charmante dans sa maigreur. C'est un parc coupé de belles routes. Un joli équipage, attelé de ces chevaux élégants qui ont été importés de la Nouvelle-Hollande, transporta Mrs. Aouda et Phileas Fogg au milieu des massifs de palmiers à l'éclatant feuillage, et de girofliers dont les clous sont formés du bouton même de la fleur entrouverte. Là, les buissons de poivriers remplaçaient les haies épineuses des campagnes européennes ; des sagoutiers, de grandes fougères avec leur ramure superbe, variaient l'aspect de cette région tropicale ; des muscadiers au feuillage verni saturaient l'air d'un parfum pénétrant. Les singes, bandes alertes et grimaçantes, ne manquaient pas dans les bois, ni peut-être les tigres dans les jungles. À qui s'étonnerait d'apprendre que dans cette île, si petite relativement, ces terribles carnassiers ne fussent pas détruits jusqu'au dernier, on répondra qu'ils viennent de Malacca, en traversant le détroit à la nage.

Après avoir parcouru la campagne pendant deux heures, Mrs. Aouda et son compagnon — qui regardait un peu sans voir — rentrèrent dans la ville, vaste agglomération de maisons lourdes et écrasées, qu'entourent de charmants jardins où poussent des mangoustes, des ananas et tous les meilleurs fruits du monde.

À dix heures, ils revenaient au paquebot, après avoir été suivis, sans s'en douter, par l'inspecteur, qui avait dû lui aussi se mettre en frais d'équipage.

Passepartout les attendait sur le pont du *Rangoon*. Le brave garçon avait acheté quelques douzaines de mangoustes, grosses comme des pommes moyennes,

Toutefois, l'île est charmante dans sa maigreur (p. 136).

d'un brun foncé au-dehors, d'un rouge éclatant au-dedans, et dont le fruit blanc, en fondant entre les lèvres, procure aux vrais gourmets une jouissance sans pareille. Passepartout fut trop heureux de les offrir à Mrs. Aouda, qui le remercia avec beaucoup de grâce.

À onze heures, le *Rangoon*, ayant son plein de charbon, larguait ses amarres, et, quelques heures plus tard, les passagers perdaient de vue ces hautes montagnes de Malacca, dont les forêts abritent les plus beaux tigres de la terre.

Treize cents milles environ séparent Singapore de l'île de Hong-Kong, petit territoire anglais détaché de la côte chinoise. Phileas Fogg avait intérêt à les franchir en six jours au plus, afin de prendre à Hong-Kong le bateau qui devait partir le 6 novembre pour Yokohama, l'un des principaux ports du Japon.

Le *Rangoon* était fort chargé. De nombreux passagers s'étaient embarqués à Singapore, des Indous, des Ceylandais, des Chinois, des Malais, des Portugais, qui, pour la plupart, occupaient les secondes places.

Le temps, assez beau jusqu'alors, changea avec le dernier quartier de la lune. Il y eut grosse mer. Le vent souffla quelquefois en grande brise, mais très heureusement de la partie du sud-est, ce qui favorisait la marche du steamer. Quand il était maniable, le capitaine faisait établir la voilure. Le *Rangoon*, gréé en brick, navigua souvent avec ses deux huniers et sa misaine, et sa rapidité s'accrut sous la double action de la vapeur et du vent. C'est ainsi que l'on prolongea, sur une lame courte et parfois très fatigante, les côtes d'Annam et de Cochinchine.

Mais la faute en était plutôt au *Rangoon* qu'à la mer, et c'est à ce paquebot que les passagers, dont la plupart furent malades, durent s'en prendre de cette fatigue.

En effet, les navires de la Compagnie péninsulaire, qui font le service des mers de Chine, ont un sérieux défaut de construction. Le rapport de leur tirant d'eau en charge avec leur creux a été mal calculé, et, par suite, ils n'offrent qu'une faible résistance à la mer. Leur volume, clos, impénétrable à l'eau, est insuffisant. Ils sont « noyés », pour employer l'expression maritime, et, en conséquence de cette disposition, il ne faut que quelques paquets de mer, jetés à bord, pour modifier leur allure. Ces navires sont donc très inférieurs — sinon par le moteur et l'appareil évaporatoire, du moins par la construction, — aux types des Messageries françaises, tels que l'*Impératrice* et le *Cambodge*. Tandis que, suivant les calculs des ingénieurs, ceux-ci peuvent embarquer un poids d'eau égal à leur propre poids avant de sombrer, les bateaux de la Compagnie péninsulaire, le *Golgonda*, le *Corea*, et enfin le *Rangoon*, ne pourraient pas embarquer le sixième de leur poids sans couler par le fond.

Donc, par le mauvais temps, il convenait de prendre de grandes précautions. Il fallait quelquefois mettre à la cape sous petite vapeur. C'était une perte de temps qui ne paraissait affecter Phileas Fogg en aucune façon, mais dont Passepartout se montrait extrêmement irrité. Il accusait alors le capitaine, le mécanicien, la Compagnie, et envoyait au diable tous ceux qui se mêlent de transporter des voyageurs. Peut-être aussi la pensée de ce bec de gaz qui continuait de brûler à son compte dans la maison de Saville-row entrait-elle pour beaucoup dans son impatience.

« Mais vous êtes donc bien pressé d'arriver à Hong-Kong ? lui demanda un jour le détective.

— Très pressé ! répondit Passepartout.

— Vous pensez que Mr. Fogg a hâte de prendre le paquebot de Yokohama ?

— Une hâte effroyable.

— Vous croyez donc maintenant à ce singulier voyage autour du monde ?

— Absolument. Et vous, monsieur Fix ?

— Moi ? je n'y crois pas !

— Farceur ! » répondit Passepartout en clignant de l'œil.

Ce mot laissa l'agent rêveur. Ce qualificatif l'inquiéta, sans qu'il sût trop pourquoi. Le Français l'avait-il deviné ? Il ne savait trop que penser. Mais sa qualité de détective, dont seul il avait le secret, comment Passepartout aurait-il pu la reconnaître ? Et cependant, en lui parlant ainsi, Passepartout avait certainement eu une arrière-pensée.

Il arriva même que le brave garçon alla plus loin, un autre jour, mais c'était plus fort que lui. Il ne pouvait tenir sa langue.

« Voyons, monsieur Fix, demanda-t-il à son compagnon d'un ton malicieux, est-ce que, une fois arrivés à Hong-Kong, nous aurons le malheur de vous y laisser ?

— Mais, répondit Fix assez embarrassé, je ne sais !... Peut-être que...

— Ah ! dit Passepartout, si vous nous accompagniez, ce serait un bonheur pour moi ! Voyons ! un agent de la Compagnie péninsulaire ne saurait s'arrêter en route ! Vous n'alliez qu'à Bombay, et vous voici bientôt en Chine ! L'Amérique n'est pas loin, et de l'Amérique à l'Europe il n'y a qu'un pas ! »

Fix regardait attentivement son interlocuteur, qui lui montrait la figure la plus aimable du monde, et il prit le parti de rire avec lui. Mais celui-ci, qui était en veine, lui demanda si « ça lui rapportait beaucoup, ce métier-là ? ».

« Oui et non, répondit Fix sans sourciller. Il y a de bonnes et de mauvaises affaires. Mais vous comprenez bien que je ne voyage pas à mes frais !

— Oh ! pour cela, j'en suis sûr ! » s'écria Passepartout, riant de plus belle.

La conversation finie, Fix rentra dans sa cabine et se mit à réfléchir. Il était évidemment deviné. D'une façon ou d'une autre, le Français avait reconnu sa qualité de détective. Mais avait-il prévenu son maître ? Quel rôle jouait-il dans tout ceci ? Était-il complice ou non ? L'affaire était-elle éventée, et par conséquent manquée ? L'agent passa là quelques heures difficiles, tantôt croyant tout perdu, tantôt espérant que Fogg ignorait la situation, enfin ne sachant quel parti prendre.

Cependant le calme se rétablit dans son cerveau, et il résolut d'agir franchement avec Passepartout. S'il ne se trouvait pas dans les conditions voulues pour arrêter Fogg à Hong-Kong, et si Fogg se préparait à quitter définitivement cette fois le territoire anglais, lui, Fix, dirait tout à Passepartout. Ou le domestique était le complice de son maître — et celui-ci savait tout, et dans ce cas l'affaire était définitivement compromise — ou le domestique n'était pour rien dans le vol, et alors son intérêt serait d'abandonner le voleur.

Telle était donc la situation respective de ces deux hommes, et au-dessus d'eux Phileas Fogg planait dans sa majestueuse indifférence. Il accomplissait rationnellement son orbite autour du monde, sans s'inquiéter des astéroïdes qui gravitaient autour de lui.

Et cependant, dans le voisinage, il y avait — suivant l'expression des astronomes — un astre troublant qui aurait dû produire certaines perturbations sur le cœur de ce gentleman. Mais non ! Le charme de Mrs. Aouda n'agissait point, à la grande surprise de Passepartout, et les perturbations, si elles existaient, eussent été plus difficiles à calculer que celles d'Uranus qui ont amené la découverte de Neptune.

Oui ! c'était un étonnement de tous les jours pour Passepartout, qui lisait tant de reconnaissance envers son maître dans les yeux de la jeune femme ! Décidément Phileas Fogg n'avait de cœur que ce qu'il en fallait pour se conduire héroïquement, mais amoureusement, non ! Quant aux préoccupations que les chances de ce voyage pouvaient faire naître en lui, il n'y en avait pas trace. Mais Passepartout, lui, vivait dans des transes continuelles. Un jour, appuyé sur la rambarde de l'« engine-room », il regardait la puissante machine qui s'emportait parfois, quand, dans un violent mouvement de tangage, l'hélice s'affolait hors des flots. La vapeur fusait alors par les soupapes, ce qui provoqua la colère du digne garçon.

« Elles ne sont pas assez chargées, ces soupapes ! s'écria-t-il. On ne marche pas ! Voilà bien ces Anglais !

Ah ! si c'était un navire américain, on sauterait peut-être, mais on irait plus vite ! »

XVIII

DANS LEQUEL PHILEAS FOGG, PASSEPARTOUT, FIX, CHACUN DE SON CÔTÉ, VA À SES AFFAIRES

Pendant les derniers jours de la traversée, le temps fut assez mauvais. Le vent devint très fort. Fixé dans la partie du nord-ouest, il contraria la marche du paquebot. Le *Rangoon*, trop instable, roula considérablement, et les passagers furent en droit de garder rancune à ces longues lames affadissantes que le vent soulevait du large.

Pendant les journées du 3 et du 4 novembre, ce fut une sorte de tempête. La bourrasque battit la mer avec véhémence. Le *Rangoon* dut mettre à la cape pendant un demi-jour, se maintenant avec dix tours d'hélice seulement, de manière à biaiser avec les lames. Toutes les voiles avaient été serrées, et c'était encore trop de ces agrès qui sifflaient au milieu des rafales.

La vitesse du paquebot, on le conçoit, fut notablement diminuée, et l'on put estimer qu'il arriverait à Hong-Kong avec vingt heures de retard sur l'heure réglementaire, et plus même, si la tempête ne cessait pas.

Phileas Fogg assistait à ce spectacle d'une mer furieuse, qui semblait lutter directement contre lui, avec son habituelle impassibilité. Son front ne s'assombrit pas un instant, et, cependant, un retard de vingt heures pouvait compromettre son voyage en lui faisant manquer le départ du paquebot de Yokohama. Mais cet homme sans nerfs ne ressentait ni impatience ni ennui. Il semblait vraiment que cette tempête rentrât dans son programme, qu'elle fût prévue. Mrs. Aouda, qui s'entretint avec son compagnon de ce contretemps, le trouva aussi calme que par le passé.

Fix, lui, ne voyait pas ces choses du même œil. Bien au contraire. Cette tempête lui plaisait. Sa satisfaction aurait même été sans bornes, si le *Rangoon* eût été obligé de fuir devant la tourmente. Tous ces retards lui allaient, car ils obligeraient le sieur Fogg à rester quelques jours à Hong-Kong. Enfin, le ciel, avec ses rafales et ses bourrasques, entrait dans son jeu. Il était bien un peu malade, mais qu'importe ! Il ne comptait pas ses nausées, et, quand son corps se tordait sous le mal de mer, son esprit s'ébaudissait d'une immense satisfaction.

Quant à Passepartout, on devine dans quelle colère peu dissimulée il passa ce temps d'épreuve. Jusqu'alors tout avait si bien marché ! La terre et l'eau semblaient être à la dévotion de son maître. Steamers et railways lui obéissaient. Le vent et la vapeur s'unissaient pour favoriser son voyage. L'heure des mécomptes avait-elle donc enfin sonné ? Passepartout, comme si les vingt mille livres du pari eussent dû sortir de sa bourse, ne vivait plus. Cette tempête l'exaspérait, cette rafale le mettait en fureur, et il eût volontiers fouetté cette mer désobéissante ! Pauvre garçon ! Fix lui cacha soigneusement sa satisfaction personnelle, et il fit bien, car si Passepartout eût deviné le secret contentement de Fix, Fix eût passé un mauvais quart d'heure.

Passepartout, pendant toute la durée de la bourrasque, demeura sur le pont du *Rangoon*. Il n'aurait pu rester en bas ; il grimpait dans la mâture ; il étonnait l'équipage et aidait à tout avec une adresse de singe. Cent fois il interrogea le capitaine, les officiers, les matelots, qui ne pouvaient s'empêcher de rire en voyant un garçon si décontenancé. Passepartout voulait absolument savoir combien de temps durerait la tempête. On le renvoyait alors au baromètre, qui ne se décidait pas à remonter. Passepartout secouait le baromètre, mais rien n'y faisait, ni les secousses, ni les injures dont il accablait l'irresponsable instrument.

Il étonnait l'équipage et aidait à tout... (p. 143).

Enfin la tourmente s'apaisa. L'état de la mer se modifia dans la journée du 4 novembre. Le vent sauta de deux quarts dans le sud et redevint favorable.

Passepartout se rasséréna avec le temps. Les huniers et les basses voiles purent être établis, et le *Rangoon* reprit sa route avec une merveilleuse vitesse.

Mais on ne pouvait regagner tout le temps perdu. Il fallait bien en prendre son parti, et la terre ne fut signalée que le 6, à cinq heures du matin. L'itinéraire de Phileas Fogg portait l'arrivée du paquebot au 5. Or, il n'arrivait que le 6. C'était donc vingt-quatre heures de retard, et le départ pour Yokohama serait nécessairement manqué.

À six heures, le pilote monta à bord du *Rangoon* et prit place sur la passerelle, afin de diriger le navire à travers les passes jusqu'au port de Hong-Kong.

Passepartout mourait du désir d'interroger cet homme, de lui demander si le paquebot de Yokohama avait quitté Hong-Kong. Mais il n'osait pas, aimant mieux conserver un peu d'espoir jusqu'au dernier instant. Il avait confié ses inquiétudes à Fix, qui — le fin renard — essayait de le consoler, en lui disant que Mr. Fogg en serait quitte pour prendre le prochain paquebot. Ce qui mettait Passepartout dans une colère bleue.

Mais si Passepartout ne se hasarda pas à interroger le pilote, Mr. Fogg, après avoir consulté son *Bradshaw*, demanda de son air tranquille audit pilote s'il savait quand il partirait un bateau de Hong-Kong pour Yokohama.

« Demain, à la marée du matin, répondit le pilote.

— Ah ! » fit Mr. Fogg, sans manifester aucun étonnement.

Passepartout, qui était présent, eût volontiers embrassé le pilote, auquel Fix aurait voulu tordre le cou.

« Quel est le nom de ce steamer ? demanda Mr. Fogg.

— Le *Carnatic*, répondit le pilote.

— N'était-ce pas hier qu'il devait partir ?

— Oui, monsieur, mais on a dû réparer une de ses chaudières, et son départ a été remis à demain.

— Je vous remercie », répondit Mr. Fogg, qui de son pas automatique redescendit dans le salon du *Rangoon*.

Quant à Passepartout, il saisit la main du pilote et l'étreignit vigoureusement en disant :

« Vous, pilote, vous êtes un brave homme ! »

Le pilote ne sut jamais, sans doute, pourquoi ses réponses lui valurent cette amicale expansion. À un coup de sifflet, il remonta sur la passerelle et dirigea le paquebot au milieu de cette flottille de jonques, de tankas, de bateaux-pêcheurs, de navires de toutes sortes, qui encombraient les pertuis de Hong-Kong.

À une heure, le *Rangoon* était à quai, et les passagers débarquaient.

En cette circonstance, le hasard avait singulièrement servi Phileas Fogg, il faut en convenir. Sans cette nécessité de réparer ses chaudières, le *Carnatic* fût parti à la date du 5 novembre, et les voyageurs pour le Japon auraient dû attendre pendant huit jours le départ du paquebot suivant. Mr. Fogg, il est vrai, était en retard de vingt-quatre heures, mais ce retard ne pouvait avoir de conséquences fâcheuses pour le reste du voyage.

En effet, le steamer qui fait de Yokohama à San Francisco la traversée du Pacifique était en correspondance directe avec le paquebot de Hong-Kong, et il ne pouvait partir avant que celui-ci fût arrivé. Évidemment il y aurait vingt-quatre heures de retard à Yokohama, mais, pendant les vingt-deux jours que dure la traversée du Pacifique, il serait facile de les regagner. Phileas Fogg se trouvait donc, à vingt-quatre heures près, dans les conditions de son programme, trente-cinq jours après avoir quitté Londres.

Le *Carnatic* ne devant partir que le lendemain matin à cinq heures, Mr. Fogg avait devant lui seize heures pour s'occuper de ses affaires, c'est-à-dire de celles qui concernaient Mrs. Aouda. Au débarqué du bateau, il offrit son bras à la jeune femme et la conduisit vers un palanquin. Il demanda aux porteurs de lui indiquer un hôtel, et ceux-ci lui désignèrent l'*Hôtel du Club*. Le palanquin se mit en route, suivi de Passepartout, et vingt minutes après il arrivait à destination.

Un appartement fut retenu pour la jeune femme, et Phileas Fogg veilla à ce qu'elle ne manquât de rien. Puis il dit à Mrs. Aouda qu'il allait immédiatement se mettre à la recherche de ce parent aux soins duquel il devait la laisser à Hong-Kong. En même temps il donnait à Passepartout l'ordre de demeurer à l'hôtel jusqu'à son retour, afin que la jeune femme n'y restât pas seule.

Le gentleman se fit conduire à la Bourse. Là, on connaîtrait immanquablement un personnage tel que l'honorable Jejeeh, qui comptait parmi les plus riches commerçants de la ville.

Le courtier auquel s'adressa Mr. Fogg connaissait en effet le négociant parsi. Mais, depuis deux ans, celui-ci n'habitait plus la Chine. Sa fortune faite, il s'était établi en Europe — en Hollande, croyait-on —, ce qui s'expliquait par suite de nombreuses relations qu'il avait eues avec ce pays pendant son existence commerciale.

Phileas Fogg revint à l'*Hôtel du Club*. Aussitôt il fit demander à Mrs. Aouda la permission de se présenter devant elle, et, sans autre préambule, il lui apprit que l'honorable Jejeeh ne résidait plus à Hong-Kong, et qu'il habitait vraisemblablement la Hollande.

A cela, Mrs. Aouda ne répondit rien d'abord. Elle passa sa main sur son front, et resta quelques instants à réfléchir. Puis, de sa douce voix :

« Que dois-je faire, monsieur Fogg ? dit-elle.

— C'est très simple, répondit le gentleman. Revenir en Europe.

— Mais je ne puis abuser...

— Vous n'abusez pas, et votre présence ne gêne en rien mon programme... Passepartout ?

— Monsieur ? répondit Passepartout.

—Allez au *Carnatic*, et retenez trois cabines. »

Passepartout, enchanté de continuer son voyage dans la compagnie de la jeune femme, qui était fort gracieuse pour lui, quitta aussitôt l'*Hôtel du Club*.

XIX

OÙ PASSEPARTOUT PREND UN TROP VIF INTÉRÊT À SON MAÎTRE, ET CE QUI S'ENSUIT

Hong-Kong n'est qu'un îlot, dont le traité de Nanking, après la guerre de 1842, assura la possession à l'Angleterre. En quelques années, le génie colonisateur de la Grande-Bretagne y avait fondé une ville importante et créé un port, le port Victoria. Cette île est située à l'embouchure de la rivière de Canton, et soixante milles seulement la séparent de la cité portugaise de Macao, bâtie sur l'autre rive. Hong-Kong devait nécessairement vaincre Macao dans une lutte commerciale, et maintenant la plus grande partie du transit chinois s'opère par la ville anglaise. Des docks, des hôpitaux, des wharfs, des entrepôts, une cathédrale gothique, un « government-house », des rues macadamisées, tout ferait croire qu'une des cités commerçantes des comtés de Kent ou de Surrey, traversant le sphéroïde terrestre, est venue ressortir en ce point de la Chine, presque à ses antipodes.

Passepartout, les mains dans les poches, se rendit donc vers le port Victoria, regardant les palanquins, les brouettes à voile, encore en faveur dans le Céleste Empire, et toute cette foule de Chinois, de Japonais et d'Européens, qui se pressait dans les rues. À peu de choses près, c'était encore Bombay, Calcutta ou Singapore, que le digne garçon retrouvait sur son parcours. Il y a ainsi comme une traînée de villes anglaises tout autour du monde.

Passepartout arriva au port de Victoria. Là, à l'embouchure de la rivière de Canton, c'était un fourmillement de navires de toutes nations, des anglais, des français, des américains, des hollandais, bâtiments de guerre et de commerce, des embarcations japonaises

Passepartout remarqua un certain nombre d'indigènes...
(p. 150).

ou chinoises, des jonques, des sempans, des tankas, et même des bateaux-fleurs qui formaient autant de parterres flottants sur les eaux. En se promenant, Passepartout remarqua un certain nombre d'indigènes vêtus de jaune, tous très avancés en âge. Étant entré chez un barbier chinois pour se faire raser « à la chinoise », il apprit par le Figaro de l'endroit, qui parlait un assez bon anglais, que ces vieillards avaient tous quatre-vingts ans au moins, et qu'à cet âge ils avaient le privilège de porter la couleur jaune, qui est la couleur impériale. Passepartout trouva cela fort drôle, sans trop savoir pourquoi.

Sa barbe faite, il se rendit au quai d'embarquement du *Carnatic*, et là il aperçut Fix qui se promenait de long en large, ce dont il ne fut point étonné. Mais l'inspecteur de police laissait voir sur son visage les marques d'un vif désappointement.

« Bon ! se dit Passepartout, cela va mal pour les gentlemen du Reform-Club ! »

Et il accosta Fix avec son joyeux sourire, sans vouloir remarquer l'air vexé de son compagnon.

Or, l'agent avait de bonnes raisons pour pester contre l'infernale chance qui le poursuivait. Pas de mandat ! Il était évident que le mandat courait après lui, et ne pourrait l'atteindre que s'il séjournait quelques jours en cette ville. Or, Hong-Kong étant la dernière terre anglaise du parcours, le sieur Fogg allait lui échapper définitivement, s'il ne parvenait pas à l'y retenir.

« Eh bien, monsieur Fix, êtes-vous décidé à venir avec nous jusqu'en Amérique ? demanda Passepartout.

— Oui, répondit Fix les dents serrées.

— Allons donc ! s'écria Passepartout en faisant entendre un retentissant éclat de rire ! Je savais bien que vous ne pourriez pas vous séparer de nous. Venez retenir votre place, venez ! »

Et tous deux entrèrent au bureau des transports maritimes et arrêtèrent des cabines pour quatre personnes. Mais l'employé leur fit observer que, les réparations du *Carnatic* étant terminées, le paquebot partirait le soir même à huit heures, et non le lendemain matin, comme il avait été annoncé.

« Très bien ! répondit Passepartout, cela arrangera mon maître. Je vais le prévenir. »

À ce moment, Fix prit un parti extrême. Il résolut de tout dire à Passepartout. C'était le seul moyen peut-être qu'il eût de retenir Phileas Fogg pendant quelques jours à Hong-Kong.

En quittant le bureau, Fix offrit à son compagnon de se rafraîchir dans une taverne. Passepartout avait le temps. Il accepta l'invitation de Fix.

Une taverne s'ouvrait sur le quai. Elle avait un aspect engageant. Tous deux y entrèrent. C'était une vaste salle bien décorée, au fond de laquelle s'étendait un lit de camp, garni de coussins. Sur ce lit étaient rangés un certain nombre de dormeurs.

Une trentaine de consommateurs occupaient dans la grande salle de petites tables en jonc tressé. Quelques-uns vidaient des pintes de bière anglaise, ale ou porter, d'autres, des brocs de liqueurs alcooliques, gin ou brandy. En outre, la plupart fumaient de longues pipes de terre rouge, bourrées de petites boulettes d'opium mélangé d'essence de rose. Puis, de temps en temps, quelque fumeur énervé glissait sous la table, et les garçons de l'établissement, le prenant par les pieds et par la tête, le portaient sur le lit de camp près d'un confrère. Une vingtaine de ces ivrognes étaient ainsi rangés côte à côte, dans le dernier degré d'abrutissement.

Fix et Passepartout comprirent qu'ils étaient entrés dans une tabagie hantée de ces misérables, hébétés, amaigris, idiots, auxquels la mercantile Angleterre vend annuellement pour deux cent soixante millions de francs de cette funeste drogue qui s'appelle l'opium ! Tristes millions que ceux-là, prélevés sur un des plus funestes vices de la nature humaine.

Le gouvernement chinois a bien essayé de remédier à un tel abus par des lois sévères, mais en vain. De la classe riche, à laquelle l'usage de l'opium était d'abord formellement réservé, cet usage descendit jusqu'aux classes inférieures, et les ravages ne purent plus être arrêtés. On fume l'opium partout et toujours dans l'empire du Milieu. Hommes et femmes s'adonnent à cette passion déplorable, et lorsqu'ils sont accoutumés à cette inhalation, ils ne peuvent plus s'en passer, à moins d'éprouver d'horribles contractions de l'estomac. Un grand fumeur peut fumer jusqu'à huit pipes par jour, mais il meurt en cinq ans.

Or, c'était dans une des nombreuses tabagies de ce genre, qui pullulent, même à Hong-Kong, que Fix et Passepartout étaient entrés avec l'intention de se rafraîchir. Passepartout n'avait pas d'argent, mais il accepta volontiers la « politesse » de son compagnon, quitte à la lui rendre en temps et lieu.

On demanda deux bouteilles de porto, auxquelles le Français fit largement honneur, tandis que Fix, plus réservé, observait son compagnon avec une extrême attention. On causa de choses et d'autres, et surtout de cette excellente idée qu'avait eue Fix de prendre passage sur le *Carnatic*. Et à propos de ce steamer, dont le départ se trouvait avancé de quelques heures, Passepartout, les bouteilles étant vides, se leva, afin d'aller prévenir son maître.

Fix le retint.

« Un instant, dit-il.

— Que voulez-vous, monsieur Fix ?

— J'ai à vous parler de choses sérieuses.

— De choses sérieuses ! s'écria Passepartout en vidant quelques gouttes de vin restées au fond de son verre. Eh bien, nous en parlerons demain. Je n'ai pas le temps aujourd'hui.

— Restez, répondit Fix. Il s'agit de votre maître ! »

Passepartout, à ce mot, regarda attentivement son interlocuteur.

L'expression du visage de Fix lui parut singulière. Il se rassit.

« Qu'est-ce donc que vous avez à me dire ? » demanda-t-il.

Fix appuya sa main sur le bras de son compagnon, et, baissant la voix :

« Vous avez deviné qui j'étais ? lui demanda-t-il.

— Parbleu ! dit Passepartout en souriant.

— Alors je vais tout vous avouer…

— Maintenant que je sais tout, mon compère ! Ah ! voilà qui n'est pas fort ! Enfin, allez toujours. Mais auparavant, laissez-moi vous dire que ces gentlemen se sont mis en frais bien inutilement !

— Inutilement ! dit Fix. Vous en parlez à votre aise ! On voit bien que vous ne connaissez pas l'importance de la somme !

— Mais si, je la connais, répondit Passepartout. Vingt mille livres !

— Cinquante-cinq mille ! reprit Fix, en serrant la main du Français.

— Quoi ! s'écria Passepartout, Mr. Fogg aurait osé !… Cinquante-cinq mille livres !… Eh bien ! raison de plus pour ne pas perdre un instant, ajouta-t-il en se levant de nouveau.

— Cinquante-cinq mille livres ! reprit Fix, qui força Passepartout à se rasseoir, après avoir fait apporter un flacon de brandy, — et si je réussis, je gagne une prime de deux mille livres. En voulez-vous cinq cents (12 500 F) à la condition de m'aider ?

— Vous aider ? s'écria Passepartout, dont les yeux étaient démesurément ouverts.

— Oui, m'aider à retenir le sieur Fogg pendant quelques jours à Hong-Kong !

— Hein ! fit Passepartout, que dites-vous là ? Comment ! non content de faire suivre mon maître, de suspecter sa loyauté, ces gentlemen veulent encore lui susciter des obstacles ! J'en suis honteux pour eux !

— Ah çà ! que voulez-vous dire ? demanda Fix.

— Je veux dire que c'est de la pure indélicatesse. Autant dépouiller Mr. Fogg, et lui prendre l'argent dans la poche !

— Eh ! c'est bien à cela que nous comptons arriver !

« — Mais c'est un guet-apens ! s'écria Passepartout, — qui s'animait alors sous l'influence du brandy que lui servait Fix, et qu'il buvait sans s'en apercevoir, — un guet-apens véritable ! Des gentlemen ! des collègues ! »

Fix commençait à ne plus comprendre.

« Des collègues ! s'écria Passepartout, des membres du Reform-Club ! Sachez, monsieur Fix, que mon maître est un honnête homme, et que, quand il a fait un pari, c'est loyalement qu'il prétend le gagner.

— Mais qui croyez-vous donc que je sois ? demanda Fix, en fixant son regard sur Passepartout.

— Parbleu ! un agent des membres du Reform-Club, qui a mission de contrôler l'itinéraire de mon maître, ce qui est singulièrement humiliant ! Aussi, bien que, depuis quelque temps déjà, j'aie deviné votre qualité, je me suis bien gardé de la révéler à Mr. Fogg !

— Il ne sait rien ?... demanda vivement Fix.

— Rien », répondit Passepartout en vidant encore une fois son verre.

L'inspecteur de police passa sa main sur son front. Il hésitait avant de reprendre la parole. Que devait-il faire ? L'erreur de Passepartout semblait sincère, mais elle rendait son projet plus difficile. Il était évident que ce garçon parlait avec une absolue bonne foi, et qu'il n'était point le complice de son maître, — ce que Fix aurait pu craindre.

« Eh bien, se dit-il, puisqu'il n'est pas son complice, il m'aidera. »

Le détective avait une seconde fois pris son parti. D'ailleurs, il n'avait plus le temps d'attendre. À tout prix, il fallait arrêter Fogg à Hong-Kong.

« Écoutez, dit Fix d'une voix brève, écoutez-moi bien. Je ne suis pas ce que vous croyez, c'est-à-dire un agent des membres du Reform-Club...

— Bah ! dit Passepartout en le regardant d'un air goguenard.

— Je suis un inspecteur de police, chargé d'une mission pour l'administration métropolitaine...

— Vous... inspecteur de police !...

« Écoutez, dit Fix d'une voix brève... (p. 154).

— Oui, et je le prouve, reprit Fix. Voici ma commission. »

Et l'agent, tirant un papier de son portefeuille, montra à son compagnon une commission signée du directeur de la police centrale. Passepartout, abasourdi, regardait Fix, sans pouvoir articuler une parole.

« Le pari du sieur Fogg, reprit Fix, n'est qu'un prétexte dont vous êtes dupes, vous et ses collègues du Reform-Club, car il avait intérêt à s'assurer votre inconsciente complicité.

— Mais pourquoi ?... s'écria Passepartout.

— Écoutez. Le 28 septembre dernier, un vol de cinquante-cinq mille livres a été commis à la Banque d'Angleterre par un individu dont le signalement a pu être relevé. Or, voici ce signalement, et c'est trait pour trait celui du sieur Fogg.

— Allons donc ! s'écria Passepartout en frappant la table de son robuste poing. Mon maître est le plus honnête homme du monde !

— Qu'en savez-vous ? répondit Fix. Vous ne le connaissez même pas ! Vous êtes entré à son service le jour de son départ, et il est parti précipitamment sous un prétexte insensé, sans malles, emportant une grosse somme en bank-notes ! Et vous osez soutenir que c'est un honnête homme !

— Oui ! oui ! répétait machinalement le pauvre garçon.

— Voulez-vous donc être arrêté comme son complice ? »

Passepartout avait pris sa tête à deux mains. Il n'était plus reconnaissable. Il n'osait regarder l'inspecteur de police. Phileas Fogg un voleur, lui, le sauveur d'Aouda, l'homme généreux et brave ! Et pourtant que de présomptions relevées contre lui ! Passepartout essayait de repousser les soupçons qui se glissaient dans son esprit. Il ne voulait pas croire à la culpabilité de son maître.

« Enfin, que voulez-vous de moi ? dit-il à l'agent de police, en se contenant par un suprême effort.

« — Voici, répondit Fix. J'ai filé le sieur Fogg jusqu'ici, mais je n'ai pas encore reçu le mandat d'arrestation, que j'ai demandé à Londres. Il faut donc que vous m'aidiez à retenir à Hong-Kong...

— Moi ! que je...

— Et je partage avec vous la prime de deux mille livres promise par la Banque d'Angleterre !

— Jamais ! » répondit Passepartout, qui voulut se lever et retomba, sentant sa raison et ses forces lui échapper à la fois.

« Monsieur Fix, dit-il en balbutiant, quand bien même tout ce que vous m'avez dit serait vrai... quand mon maître serait le voleur que vous cherchez... ce que je nie... j'ai été... je suis à son service... je l'ai vu bon et généreux... Le trahir... jamais... non, pour tout l'or du monde... Je suis d'un village où l'on ne mange pas de ce pain-là !...

— Vous refusez ?

— Je refuse.

— Mettons que je n'ai rien dit, répondit Fix, et buvons.

— Oui, buvons ! »

Passepartout se sentait de plus en plus envahir par l'ivresse. Fix, comprenant qu'il fallait à tout prix le séparer de son maître, voulut l'achever. Sur la table se trouvaient quelques pipes chargées d'opium. Fix en glissa une dans la main de Passepartout, qui la prit, la porta à ses lèvres, l'alluma, respira quelques bouffées, et retomba, la tête alourdie sous l'influence du narcotique.

« Enfin, dit Fix en voyant Passepartout anéanti, le sieur Fogg ne sera pas prévenu à temps du départ du *Carnatic*, et s'il part, du moins partira-t-il sans ce maudit Français ! »

Puis il sortit, après avoir payé la dépense.

XX

DANS LEQUEL FIX ENTRE DIRECTEMENT EN RELATION AVEC PHILEAS FOGG

Pendant cette scène qui allait peut-être compromettre si gravement son avenir, Mr. Fogg, accompagnant Mrs. Aouda, se promenait dans les rues de la ville anglaise. Depuis que Mrs. Aouda avait accepté son offre de la conduire jusqu'en Europe, il avait dû songer à tous les détails que comporte un aussi long voyage. Qu'un Anglais comme lui fît le tour du monde un sac à la main, passe encore ; mais une femme ne pouvait entreprendre une pareille traversée dans ces conditions. De là, nécessité d'acheter les vêtements et objets nécessaires au voyage. Mr. Fogg s'acquitta de sa tâche avec le calme qui le caractérisait, et à toutes les excuses ou objections de la jeune veuve, confuse de tant de complaisance :

« C'est dans l'intérêt de mon voyage, c'est dans mon programme », répondait-il invariablement.

Les acquisitions faites, Mr. Fogg et la jeune femme rentrèrent à l'hôtel et dînèrent à la table d'hôte, qui était somptueusement servie. Puis Mrs. Aouda, un peu fatiguée, remonta dans son appartement, après avoir « à l'anglaise » serré la main de son imperturbable sauveur.

L'honorable gentleman, lui, s'absorba pendant toute la soirée dans la lecture du *Times* et de l'*Illustrated London News*.

S'il avait été homme à s'étonner de quelque chose, c'eût été de ne point voir apparaître son domestique à l'heure du coucher. Mais, sachant que le paquebot de Yokohama ne devait pas quitter Hong-Kong avant le lendemain matin, il ne s'en préoccupa pas autrement.

Le lendemain, Passepartout ne vint point au coup de sonnette de Mr. Fogg.

Ce que pensa l'honorable gentleman en apprenant que son domestique n'était pas rentré à l'hôtel, nul n'aurait pu le dire. Mr. Fogg se contenta de prendre son sac, fit prévenir Mrs. Aouda, et envoya chercher un palanquin.

Il était alors huit heures, et la pleine mer, dont le *Carnatic* devait profiter pour sortir des passes, était indiquée pour neuf heures et demie.

Lorsque le palanquin fut arrivé à la porte de l'hôtel, Mr. Fogg et Mrs. Aouda montèrent dans ce confortable véhicule, et les bagages suivirent derrière sur une brouette.

Une demi-heure plus tard, les voyageurs descendaient sur le quai d'embarquement, et là Mr. Fogg apprenait que le *Carnatic* était parti depuis la veille.

Mr. Fogg, qui comptait trouver, à la fois, et le paquebot et son domestique, en était réduit à se passer de l'un et de l'autre. Mais aucune marque de désappointement ne parut sur son visage, et comme Mrs. Aouda le regardait avec inquiétude, il se contenta de répondre :

« C'est un incident, madame, rien de plus. »

En ce moment, un personnage qui l'observait avec attention s'approcha de lui. C'était l'inspecteur Fix, qui le salua et lui dit :

« N'êtes-vous pas comme moi, monsieur, un des passagers du *Rangoon*, arrivé hier ?

— Oui, monsieur, répondit froidement Mr. Fogg, mais je n'ai pas l'honneur...

— Pardonnez-moi, mais je croyais trouver ici votre domestique.

— Savez-vous où il est, monsieur ? demanda vivement la jeune femme.

— Quoi ! répondit Fix, feignant la surprise, n'est-il pas avec vous ?

— Non, répondit Mrs. Aouda. Depuis hier soir, il

n'a pas reparu. Se serait-il embarqué sans nous à bord du *Carnatic* ?

— Sans vous, madame ?... répondit l'agent. Mais, excusez ma question, vous comptiez donc partir sur ce paquebot ?

— Oui, monsieur.

— Moi aussi, madame, et vous me voyez très désappointé. Le *Carnatic*, ayant terminé ses réparations, a quitté Hong-Kong douze heures plus tôt sans prévenir personne, et maintenant il faudra attendre huit jours le prochain départ ! »

En prononçant ces mots : « huit jours », Fix sentait son cœur bondir de joie. Huit jours ! Fogg retenu huit jours à Hong-Kong ! On aurait le temps de recevoir le mandat d'arrêt. Enfin, la chance se déclarait pour le représentant de la loi.

Que l'on juge donc du coup d'assommoir qu'il reçut, quand il entendit Phileas Fogg dire de sa voix calme :

« Mais il y a d'autres navires que le *Carnatic*, il me semble, dans le port de Hong-Kong. »

Et Mr. Fogg, offrant son bras à Mrs. Aouda, se dirigea vers les docks à la recherche d'un navire en partance.

Fix, abasourdi, suivait. On eût dit qu'un fil le rattachait à cet homme.

Toutefois, la chance semblait véritablement abandonner celui qu'elle avait si bien servi jusqu'alors. Phileas Fogg, pendant trois heures, parcourut le port en tous sens, décidé, s'il le fallait, à fréter un bâtiment pour le transporter à Yokohama ; mais il ne vit que des navires en chargement ou en déchargement, et qui, par conséquent, ne pouvaient appareiller. Fix se reprit à espérer.

Cependant Mr. Fogg ne se déconcertait pas, et il allait continuer ses recherches, dût-il pousser jusqu'à Macao, quand il fut accosté par un marin sur l'avant-port.

« Votre Honneur cherche un bateau ? lui dit le marin en se découvrant.

« Votre Honneur cherche un bateau ? (p. 160).

— Vous avez un bateau prêt à partir ? demanda Mr. Fogg.

— Oui, Votre Honneur, un bateau-pilote, n° 43, le meilleur de la flottille.

— Il marche bien ?

— Entre huit et neuf milles, au plus près. Voulez-vous le voir ?

— Oui.

— Votre Honneur sera satisfait. Il s'agit d'une promenade en mer ?

— Non. D'un voyage.

— Un voyage ?

— Vous chargez-vous de me conduire à Yokohama ? »

Le marin, à ces mots, demeura les bras ballants, les yeux écarquillés.

« Votre Honneur veut rire ? dit-il.

— Non ! j'ai manqué le départ du *Carnatic*, et il faut que je sois le 14, au plus tard, à Yokohama, pour prendre le paquebot de San Francisco.

— Je le regrette, répondit le pilote, mais c'est impossible.

— Je vous offre cent livres (2 500 F) par jour, et une prime de deux cents livres si j'arrive à temps.

— C'est sérieux ? demanda le pilote.

— Très sérieux », répondit Mr. Fogg.

Le pilote s'était retiré à l'écart. Il regardait la mer, évidemment combattu entre le désir de gagner une somme énorme et la crainte de s'aventurer si loin. Fix était dans des transes mortelles.

Pendant ce temps, Mr. Fogg s'était retourné vers Mrs. Aouda.

« Vous n'aurez pas peur, madame ? lui demanda-t-il.

— Avec vous, non, monsieur Fogg », répondit la jeune femme.

Le pilote s'était de nouveau avancé vers le gentleman, et tournait son chapeau entre ses mains.

« Eh bien, pilote ? dit Mr. Fogg.

— Eh bien, Votre Honneur, répondit le pilote, je ne

puis risquer ni mes hommes, ni moi, ni vous-même, dans une si longue traversée sur un bateau de vingt tonneaux à peine, et à cette époque de l'année. D'ailleurs, nous n'arriverions pas à temps, car il y a seize cent cinquante milles de Hong-Kong à Yokohama.

— Seize cents seulement, dit Mr. Fogg.

— C'est la même chose. »

Fix respira un bon coup d'air.

« Mais, ajouta le pilote, il y aurait peut-être moyen de s'arranger autrement. »

Fix ne respira plus.

« Comment ? demanda Phileas Fogg.

— En allant à Nagasaki, à l'extrémité sud du Japon, onze cents milles, ou seulement à Shangaï, à huit cents milles de Hong-Kong. Dans cette dernière traversée, on ne s'éloignerait pas de la côte chinoise, ce qui serait un grand avantage, d'autant plus que les courants y portent au nord.

— Pilote, répondit Phileas Fogg, c'est à Yokohama que je dois prendre la malle américaine, et non à Shangaï ou à Nagasaki.

— Pourquoi pas ? répondit le pilote. Le paquebot de San Francisco ne part pas de Yokohama. Il fait escale à Yokohama et à Nagasaki, mais son port de départ est Shangaï.

— Vous êtes certain de ce que vous dites ?

— Certain.

— Et quand le paquebot quitte-t-il Shangaï ?

— Le 11, à sept heures du soir. Nous avons donc quatre jours devant nous. Quatre jours, c'est quatre-vingt-seize heures, et avec une moyenne de huit milles à l'heure, si nous sommes bien servis, si le vent tient au sud-est, si la mer est calme, nous pouvons enlever les huit cents milles qui nous séparent de Shangaï.

— Et vous pourriez partir ?

— Dans une heure. Le temps d'acheter des vivres et d'appareiller.

— Affaire convenue... Vous êtes le patron du bateau ?

— Oui, John Bunsby, patron de la *Tankadère*.

— Voulez-vous des arrhes ?

— Si cela ne désoblige pas Votre Honneur.

— Voici deux cents livres à compte... Monsieur, ajouta Phileas Fogg en se retournant vers Fix, si vous voulez profiter...

— Monsieur, répondit résolument Fix, j'allais vous demander cette faveur.

— Bien. Dans une demi-heure nous serons à bord.

— Mais ce pauvre garçon... dit Mrs. Aouda, que la disparition de Passepartout préoccupait extrêmement.

— Je vais faire pour lui tout ce que je puis faire », répondit Phileas Fogg.

Et, tandis que Fix, nerveux, fiévreux, rageant, se rendait au bateau-pilote, tous deux se dirigèrent vers les bureaux de la police de Hong-Kong. Là, Phileas Fogg donna le signalement de Passepartout, et laissa une somme suffisante pour le rapatrier. Même formalité fut remplie chez l'agent consulaire français, et le palanquin, après avoir touché à l'hôtel, où les bagages furent pris, ramena les voyageurs à l'avant-port.

Trois heures sonnaient. Le bateau-pilote n° 43, son équipage à bord, ses vivres embarqués, était prêt à appareiller.

C'était une charmante petite goélette de vingt tonneaux que la *Tankadère*, bien pincée de l'avant, très dégagée dans ses façons, très allongée dans ses lignes d'eau. On eût dit un yacht de course. Ses cuivres brillants, ses ferrures galvanisées, son pont blanc comme de l'ivoire, indiquaient que le patron John Bunsby s'entendait à la tenir en bon état. Ses deux mâts s'inclinaient un peu sur l'arrière. Elle portait brigantine, misaine, trinquette, focs, flèches, et pouvait gréer une fortune pour le vent arrière. Elle devait merveilleusement marcher, et, de fait, elle avait déjà gagné plusieurs prix dans les « matches » de bateaux-pilotes.

L'équipage de la *Tankadère* se composait du patron John Bunsby et de quatre hommes. C'étaient de ces hardis marins qui, par tous les temps, s'aventurent à la recherche des navires, et connaissent admirablement ces mers. John Bunsby, un homme de quarante-cinq ans environ, vigoureux, noir de hâle, le regard vif, la figure énergique, bien d'aplomb, bien à son affaire, eût inspiré confiance aux plus craintifs.

Phileas Fogg et Mrs. Aouda passèrent à bord. Fix s'y trouvait déjà. Par le capot d'arrière de la goélette, on descendait dans une chambre carrée, dont les parois s'évidaient en forme de cadres, au-dessus d'un divan circulaire. Au milieu, une table éclairée par une lampe de roulis. C'était petit, mais propre.

« Je regrette de n'avoir pas mieux à vous offrir », dit Mr. Fogg à Fix, qui s'inclina sans répondre.

L'inspecteur de police éprouvait comme une sorte d'humiliation à profiter ainsi des obligeances du sieur Fogg.

« À coup sûr, pensait-il, c'est un coquin fort poli, mais c'est un coquin ! »

À trois heures dix minutes, les voiles furent hissées. Le pavillon d'Angleterre battait à la corne de la goélette. Les passagers étaient assis sur le pont. Mr. Fogg et Mrs. Aouda jetèrent un dernier regard sur le quai, afin de voir si Passepartout n'apparaîtrait pas.

Fix n'était pas sans appréhension, car le hasard aurait pu conduire en cet endroit même le malheureux garçon qu'il avait si indignement traité, et alors une explication eût éclaté, dont le détective ne se fût pas tiré à son avantage. Mais le Français ne se montra pas, et, sans doute, l'abrutissant narcotique le tenait encore sous son influence.

Enfin, le patron John Bunsby passa au large, et la *Tankadère*, prenant le vent sous sa brigantine, sa misaine et ses focs, s'élança en bondissant sur les flots.

« Je regrette de n'avoir pas mieux à vous offrir » (p. 165).

XXI

OÙ LE PATRON DE LA « TANKADÈRE » RISQUE FORT DE PERDRE UNE PRIME DE DEUX CENTS LIVRES

C'était une aventureuse expédition que cette navigation de huit cents milles, sur une embarcation de vingt tonneaux, et surtout à cette époque de l'année. Elles sont généralement mauvaises, ces mers de la Chine, exposées à des coups de vent terribles, principalement pendant les équinoxes, et on était encore aux premiers jours de novembre.

C'eût été, bien évidemment, l'avantage du pilote de conduire ses passagers jusqu'à Yokohama, puisqu'il était payé tant par jour. Mais son imprudence aurait été grande de tenter une telle traversée dans ces conditions, et c'était déjà faire acte d'audace, sinon de témérité, que de remonter jusqu'à Shangaï. Mais John Bunsby avait confiance en sa *Tankadère*, qui s'élevait à la lame comme une mauve, et peut-être n'avait-il pas tort.

Pendant les dernières heures de cette journée, la *Tankadère* navigua dans les passes capricieuses de Hong-Kong, et sous toutes les allures, au plus près ou vent arrière, elle se comporta admirablement.

« Je n'ai pas besoin, pilote, dit Phileas Fogg au moment où la goélette donnait en pleine mer, de vous recommander toute la diligence possible.

— Que Votre Honneur s'en rapporte à moi, répondit John Bunsby. En fait de voiles, nous portons tout ce que le vent permet de porter. Nos flèches n'y ajouteraient rien, et ne serviraient qu'à assommer l'embarcation en nuisant à sa marche.

— C'est votre métier, et non le mien, pilote, et je me fie à vous. »

Phileas Fogg, le corps droit, les jambes écartées, d'aplomb comme un marin, regardait sans broncher la mer houleuse. La jeune femme, assise à l'arrière, se sentait émue en contemplant cet océan, assombri déjà par le crépuscule, qu'elle bravait sur une frêle embarcation. Au-dessus de sa tête se déployaient les voiles blanches, qui l'emportaient dans l'espace comme de grandes ailes. La goélette, soulevée par le vent, semblait voler dans l'air.

La nuit vint. La lune entrait dans son premier quartier, et son insuffisante lumière devait s'éteindre bientôt dans les brumes de l'horizon. Des nuages chassaient de l'est et envahissaient déjà une partie du ciel.

Le pilote avait disposé ses feux de position, — précaution indispensable à prendre dans ces mers très fréquentées aux approches des atterrages. Les rencontres de navires n'y étaient pas rares, et, avec la vitesse dont elle était animée, la goélette se fût brisée au moindre choc.

Fix rêvait à l'avant de l'embarcation. Il se tenait à l'écart, sachant Fogg d'un naturel peu causeur. D'ailleurs, il lui répugnait de parler à cet homme, dont il acceptait les services. Il songeait aussi à l'avenir. Cela lui paraissait certain que le sieur Fogg ne s'arrêterait pas à Yokohama, qu'il prendrait immédiatement le paquebot de San Francisco afin d'atteindre l'Amérique, dont la vaste étendue lui assurerait l'impunité avec la sécurité. Le plan de Phileas Fogg lui semblait on ne peut plus simple.

Au lieu de s'embarquer en Angleterre pour les États-Unis, comme un coquin vulgaire, ce Fogg avait fait le grand tour et traversé les trois quarts du globe, afin de gagner plus sûrement le continent américain, où il mangerait tranquillement le million de la Banque, après avoir dépisté la police. Mais une fois sur la terre de l'Union, que ferait Fix ? Abandonnerait-il cet homme ? Non, cent fois non ! et jusqu'à ce qu'il eût obtenu un acte d'extradition, il ne le quitterait pas d'une semelle. C'était son devoir, et il l'accomplirait jusqu'au bout. En tout cas, une circonstance heureuse s'était produite : Passepartout n'était plus auprès de son maître, et

La jeune femme, assise à l'arrière, se sentait émue (p. 168).

surtout, après les confidences de Fix, il était important que le maître et le serviteur ne se revissent jamais.

Phileas Fogg, lui, n'était pas non plus sans songer à son domestique, si singulièrement disparu. Toutes réflexions faites, il ne lui sembla pas impossible que, par suite d'un malentendu, le pauvre garçon ne se fût embarqué sur le *Carnatic*, au dernier moment. C'était aussi l'opinion de Mrs. Aouda, qui regrettait profondément cet honnête serviteur, auquel elle devait tant. Il pouvait donc se faire qu'on le retrouvât à Yokohama, et, si le *Carnatic* l'y avait transporté, il serait aisé de le savoir.

Vers dix heures, la brise vint à fraîchir. Peut-être eûtil été prudent de prende un ris, mais le pilote, après avoir soigneusement observé l'état du ciel, laissa la voiture telle qu'elle était établie. D'ailleurs, la *Tankadère* portait admirablement la toile, ayant un grand tirant d'eau, et tout était paré à amener rapidement, en cas de grain.

À minuit, Phileas Fogg et Mrs. Aouda descendirent dans la cabine. Fix les y avait précédés, et s'était étendu sur l'un des cadres. Quant au pilote et à ses hommes, ils demeurèrent toute la nuit sur le pont.

Le lendemain, 8 novembre, au lever du soleil, la goélette avait fait plus de cent milles. Le loch, souvent jeté, indiquait que la moyenne de sa vitesse était entre huit et neuf milles. La *Tankadère* avait du largue dans ses voiles qui portaient toutes, et elle obtenait, sous cette allure, son maximum de rapidité. Si le vent tenait dans ces conditions, les chances étaient pour elle.

La *Tankadère*, pendant toute cette journée, ne s'éloigna pas sensiblement de la côte, dont les courants lui étaient favorables. Elle l'avait à cinq milles au plus par sa hanche de bâbord, et cette côte, irrégulièrement profilée, apparaissait parfois à travers quelques éclaircies. Le vent venant de terre, la mer était moins forte par là même : circonstance heureuse pour la goélette, car les embarcations d'un petit tonnage souffrent surtout de la houle qui rompt leur vitesse, qui « les tue », pour employer l'expression maritime.

Vers midi, la brise mollit un peu et hala le sud-est. Le pilote fit établir les flèches ; mais au bout de deux heures, il fallut les amener, car le vent fraîchissait à nouveau.

Mr. Fogg et la jeune femme, fort heureusement réfractaires au mal de mer, mangèrent avec appétit les conserves et le biscuit du bord. Fix fut invité à partager leur repas et dut accepter, sachant bien qu'il est aussi nécessaire de lester les estomacs que les bateaux, mais cela le vexait ! Voyager aux frais de cet homme, se nourrir de ses propres vivres, il trouvait à cela quelque chose de peu loyal. Il mangea cependant, — sur le pouce, il est vrai, — mais enfin il mangea.

Toutefois, ce repas terminé, il crut devoir prendre le sieur Fogg à part, et il lui dit :

« Monsieur... »

Ce « monsieur » lui écorchait les lèvres, et il se retenait pour ne pas mettre la main au collet de ce « monsieur » !

« Monsieur, vous avez été fort obligeant en m'offrant passage à votre bord. Mais, bien que mes ressources ne me permettent pas d'agir aussi largement que vous, j'entends payer ma part...

— Ne parlons pas de cela, monsieur, répondit Mr. Fogg.

— Mais si, je tiens...

— Non, monsieur, répéta Fogg d'un ton qui n'admettait pas de réplique. Cela entre dans les frais généraux ! »

Fix s'inclina, il étouffait, et, allant s'étendre sur l'avant de la goélette, il ne dit plus un mot de la journée.

Cependant on filait rapidement. John Bunsby avait bon espoir. Plusieurs fois il dit à Mr. Fogg qu'on arriverait en temps voulu à Shangaï. Mr. Fogg répondit simplement qu'il y comptait. D'ailleurs, tout l'équipage de la petite goélette y mettait du zèle. La prime affriolait ces braves gens. Aussi, pas une écoute qui ne fût consciencieusement raidie ! Pas une voile qui ne fût vigoureusement étarquée ! Pas une embardée que l'on pût reprocher à l'homme de barre ! On n'eût pas manœuvré plus sévèrement dans une régate du Royal-Yacht-Club.

Le soir, le pilote avait relevé au loch un parcours de deux cent vingt milles depuis Hong-Kong, et Phileas Fogg pouvait espérer qu'en arrivant à Yokohama, il n'aurait aucun retard à inscrire à son programme. Ainsi donc, le premier contretemps sérieux qu'il eût éprouvé depuis son départ de Londres ne lui causerait probablement aucun préjudice.

Pendant la nuit, vers les premières heures du matin, la *Tankadère* entrait franchement dans le détroit de Fo-Kien, qui sépare la grande île Formose de la côte chinoise, et elle coupait le tropique du Cancer. La mer était très dure dans ce détroit, plein de remous formés par les contre-courants. La goélette fatigua beaucoup. Les lames courtes brisaient sa marche. Il devint très difficile de se tenir debout sur le pont.

Avec le lever du jour, le vent fraîchit encore. Il y avait dans le ciel l'apparence d'un coup de vent. Du reste, le baromètre annonçait un changement prochain de l'atmosphère ; sa marche diurne était irrégulière, et le mercure oscillait capricieusement. On voyait aussi la mer se soulever vers le sud-est en longues houles « qui sentaient la tempête ». La veille, le soleil s'était couché dans une brume rouge, au milieu des scintillations phosphorescentes de l'océan.

Le pilote examina longtemps ce mauvais aspect du ciel et murmura entre ses dents des choses peu intelligibles. À un certain moment, se trouvant près de son passager :

« On peut tout dire à Votre Honneur ? dit-il à voix basse.

— Tout, répondit Phileas Fogg.

— Eh bien, nous allons avoir un coup de vent.

— Viendra-t-il du nord ou du sud ? demanda simplement Mr. Fogg.

— Du sud. Voyez. C'est un typhon qui se prépare !

— Va pour le typhon du sud, puisqu'il nous poussera du bon côté, répondit Mr. Fogg.

— Si vous le prenez comme cela, répliqua le pilote, je n'ai plus rien à dire ! »

Les pressentiments de John Bunsby ne le trompaient pas. À une époque moins avancée de l'année, le typhon, suivant l'expression d'un célèbre météorologiste, se fût écoulé comme une cascade lumineuse de flammes électriques, mais en équinoxe d'hiver, il était à craindre qu'il ne se déchaînât avec violence.

Le pilote prit ses précautions par avance. Il fit serrer toutes les voiles de la goélette et amener les vergues sur le pont. Les mâts de flèche furent dépassés. On rentra le bout-dehors. Les panneaux furent condamnés avec soin. Pas une goutte d'eau ne pouvait, dès lors, pénétrer dans la coque de l'embarcation. Une seule voile triangulaire, un tourmentin de forte toile, fut hissé en guise de trinquette, de manière à maintenir la goélette vent arrière. Et on attendit.

John Bunsby avait engagé ses passagers à descendre dans la cabine ; mais, dans un étroit espace, à peu près privé d'air, et par les secousses de la houle, cet emprisonnement n'avait rien d'agréable. Ni Mr. Fogg, ni Mrs. Aouda, ni Fix lui-même ne consentirent à quitter le pont.

Vers huit heures, la bourrasque de pluie et de rafale tomba à bord. Rien qu'avec son petit morceau de toile, la *Tankadère* fut enlevée comme une plume par ce vent dont on ne saurait donner une idée exacte, quand il souffle en tempête. Comparer sa vitesse à la quadruple vitesse d'une locomotive lancée à toute vapeur, ce serait rester au-dessous de la vérité.

Pendant toute la journée, l'embarcation courut ainsi vers le nord, emportée par les lames monstrueuses, en conservant heureusement une rapidité égale à la leur. Vingt fois elle faillit être coiffée par une de ces

La *Tankadère* fut enleveée comme une plume (p. 173).

montagnes d'eau qui se dressaient à l'arrière ; mais un adroit coup de barre, donné par le pilote, parait la catastrophe. Les passagers étaient quelquefois couverts en grand par les embruns qu'ils recevaient philosophiquement. Fix maugréait sans doute, mais l'intrépide Aouda, les yeux fixés sur son compagnon, dont elle ne pouvait qu'admirer le sang-froid, se montrait digne de lui et bravait la tourmente à ses côtés. Quant à Phileas Fogg, il semblait que ce typhon fît partie de son programme.

Jusqu'alors la *Tankadère* avait toujours fait route au nord ; mais vers le soir, comme on pouvait le craindre, le vent, tournant de trois quarts, hala le nord-ouest. La goélette, prêtant alors le flanc à la lame, fut effroyablement secouée. La mer la frappait avec une violence bien faite pour effrayer, quand on ne sait pas avec quelle solidité toutes les parties d'un bâtiment sont reliées entre elles.

Avec la nuit, la tempête s'accentua encore. En voyant l'obscurité se faire, et avec l'obscurité s'accroître la tourmente, John Bunsby ressentit de vives inquiétudes. Il se demanda s'il ne serait pas temps de relâcher, et il consulta son équipage.

Ses hommes consultés, John Bunsby s'approcha de Mr. Fogg, et lui dit :

« Je crois, Votre Honneur, que nous ferions bien de gagner un des ports de la côte.

— Je le crois aussi, répondit Phileas Fogg.

— Ah ! fit le pilote, mais lequel ?

— Je n'en connais qu'un, répondit tranquillement Mr. Fogg.

— Et c'est !...

— Shangaï. »

Cette réponse, le pilote fut d'abord quelques instants sans comprendre ce qu'elle signifiait, ce qu'elle renfermait d'obstination et de ténacité. Puis il s'écria :

« Eh bien, oui ! Votre Honneur a raison. À Shangaï ! »

Et la direction de la *Tankadère* fut imperturbablement maintenue vers le nord.

Nuit vraiment terrible ! Ce fut un miracle si la petite goélette ne chavira pas. Deux fois elle fut engagée, et tout aurait été enlevé à bord, si les saisines eussent manqué. Mrs. Aouda était brisée, mais elle ne fit pas entendre une plainte. Plus d'une fois Mr. Fogg dut se précipiter vers elle pour la protéger contre la violence des lames.

Le jour reparut. La tempête se déchaînait encore avec une extrême fureur. Toutefois, le vent retomba dans le sud-est. C'était une modification favorable, et la *Tankadère* fit de nouveau route sur cette mer démontée, dont les lames se heurtaient alors à celles que provoquait la nouvelle aire du vent. De là un choc de contre-houles qui eût écrasé une embarcation moins solidement construite.

De temps en temps on apercevait la côte à travers les brumes déchirées, mais pas un navire en vue. La *Tankadère* était seule à tenir la mer.

À midi, il y eut quelques symptômes d'accalmie, qui, avec l'abaissement du soleil sur l'horizon, se prononcèrent plus nettement.

Le peu de durée de la tempête tenait à sa violence même. Les passagers, absolument brisés, purent manger un peu et prendre quelque repos.

La nuit fut relativement paisible. Le pilote fit rétablir ses voiles au bas ris. La vitesse de l'embarcation fut considérable. Le lendemain, 11, au lever du jour, reconnaissance faite de la côte, John Bunsby put affirmer qu'on n'était pas à cent milles de Shangaï.

Cent milles, et il ne restait plus que cette journée pour les faire ! C'était le soir même que Mr. Fogg devait arriver à Shangaï, s'il ne voulait pas manquer le départ du paquebot de Yokohama. Sans cette tempête, pendant laquelle il perdit plusieurs heures, il n'eût pas été en ce moment à trente milles du port.

La brise mollissait sensiblement, mais heureusement la mer tombait avec elle. La goélette se couvrit de toile.

Flèches, voiles d'étais, contre-foc, tout portait, et la mer écumait sous l'étrave.

À midi, la *Tankadère* n'était pas à plus de quarante-cinq milles de Shangaï. Il lui restait six heures encore pour gagner ce port avant le départ du paquebot de Yokohama.

Les craintes furent vives à bord. On voulait arriver à tout prix. Tous — Phileas Fogg excepté sans doute — sentaient leur cœur battre d'impatience. Il fallait que la petite goélette se maintînt dans une moyenne de neuf milles à l'heure, et le vent mollissait toujours ! C'était une brise irrégulière, des bouffées capricieuses venant de la côte. Elles passaient, et la mer se déridait aussitôt après leur passage.

Cependant l'embarcation était si légère, ses voiles hautes, d'un fin tissu, ramassaient si bien les folles brises, que, le courant aidant, à six heures, John Bunsby ne comptait plus que dix milles jusqu'à la rivière de Shangaï, car la ville elle-même est située à une distance de douze milles au moins au-dessus de l'embouchure.

À sept heures, on était encore à trois milles de Shangaï. Un formidable juron s'échappa des lèvres du pilote... La prime de deux cents livres allait évidemment lui échapper. Il regarda Mr. Fogg. Mr. Fogg était impassible, et cependant sa fortune entière se jouait à ce moment...

À ce moment aussi, un long fuseau noir, couronné d'un panache de fumée, apparut au ras de l'eau. C'était le paquebot américain, qui sortait à l'heure réglementaire.

« Malédiction ! s'écria John Bunsby, qui repoussa la barre d'un bras désespéré.

— Des signaux ! » dit simplement Phileas Fogg.

Un petit canon de bronze s'allongeait à l'avant de la *Tankadère*. Il servait à faire des signaux par les temps de brume.

Le canon fut chargé jusqu'à la gueule, mais au moment où le pilote allait appliquer un charbon ardent sur la lumière :

« Le pavillon en berne », dit Mr. Fogg.

Le pavillon fut amené à mi-mât. C'était un signal de détresse, et l'on pouvait espérer que le paquebot américain, l'apercevant, modifierait un instant sa route pour rallier l'embarcation.

« Feu ! » dit Mr. Fogg.

Et la détonation du petit canon de bronze éclata dans l'air.

XXII

OÙ PASSEPARTOUT VOIT BIEN QUE, MÊME AUX ANTIPODES, IL EST PRUDENT D'AVOIR QUELQUE ARGENT DANS SA POCHE

Le *Carnatic*, ayant quitté Hong-Kong, le 7 novembre, à six heures et demie du soir, se dirigeait à toute vapeur vers les terres du Japon. Il emportait un plein chargement de marchandises et de passagers. Deux cabines de l'arrière restaient inoccupées. C'étaient celles qui avaient été retenues pour le compte de Mr. Phileas Fogg.

Le lendemain matin, les hommes de l'avant pouvaient voir, non sans quelque surprise, un passager, l'œil à demi hébété, la démarche branlante, la tête ébouriffée, qui sortait du capot des secondes et venait en titubant s'asseoir sur une drome.

Ce passager, c'était Passepartout en personne. Voici ce qui était arrivé.

Quelques instants après que Fix eut quitté la tabagie, deux garçons avaient enlevé Passepartout profondément endormi, et l'avaient couché sur le lit réservé aux fumeurs. Mais trois heures plus tard, Passepartout, poursuivi jusque dans ses cauchemars par une idée fixe, se réveillait et luttait contre l'action stupéfiante du narcotique. La pensée du devoir non accompli secouait sa torpeur. Il quittait ce lit d'ivrognes, et trébuchant, s'appuyant aux murailles, tombant et se relevant, mais toujours et irrésistiblement poussé par une sorte d'instinct, il sortait de la tabagie, criant comme dans un rêve : « Le *Carnatic* ! le *Carnatic* ! »

Le paquebot était là fumant, prêt à partir. Passepartout n'avait que quelques pas à faire. Il s'élança sur le pont volant, il franchit la coupée et tomba inanimé à l'avant, au moment où le *Carnatic* larguait ses amarres.

Quelques matelots, en gens habitués à ces sortes de scènes, descendirent le pauvre garçon dans une cabine des secondes, et Passepartout ne se réveilla que le lendemain matin, à cent cinquante milles des terres de la Chine.

Voilà donc pourquoi, ce matin-là, Passepartout se trouvait sur le pont du *Carnatic*, et venait humer à pleines gorgées les fraîches brises de la mer. Cet air pur le dégrisa. Il commença à rassembler ses idées et n'y parvint pas sans peine. Mais, enfin, il se rappela les scènes de la veille, les confidences de Fix, la tabagie, etc.

« Il est évident, se dit-il, que j'ai été abominablement grisé ! Que va dire Mr. Fogg ? En tout cas, je n'ai pas manqué le bateau, et c'est le principal. »

Puis, songeant à Fix :

« Pour celui-là, se dit-il, j'espère bien que nous en sommes débarrassés, et qu'il n'a pas osé, après ce qu'il m'a proposé, nous suivre sur le *Carnatic*. Un inspecteur de police, un détective aux trousses de mon maître, accusé de ce vol commis à la Banque d'Angleterre ! Allons donc ! Mr. Fogg est un voleur comme je suis un assassin ! »

Passepartout devait-il raconter ces choses à son maître ? Convenait-il de lui apprendre le rôle joué par Fix dans cette affaire ? Ne ferait-il pas mieux d'attendre son arrivée à Londres, pour lui dire qu'un agent de la police métropolitaine l'avait filé autour du monde, et pour en rire avec lui ? Oui, sans doute. En tout cas, question à examiner. Le plus pressé, c'était de rejoindre

Mr. Fogg et de lui faire agréer ses excuses pour cette inqualifiable conduite.

Passepartout se leva donc. La mer était houleuse, et le paquebot roulait fortement. Le digne garçon, aux jambes peu solides encore, gagna tant bien que mal l'arrière du navire.

Sur le pont, il ne vit personne qui ressemblât ni à son maître, ni à Mrs. Aouda.

« Bon, fit-il, Mrs. Aouda est encore couchée à cette heure. Quant à Mr. Fogg, il aura trouvé quelque joueur de whist, et suivant son habitude... »

Ce disant, Passepartout descendit au salon. Mr. Fogg n'y était pas. Passepartout n'avait qu'une chose à faire : c'était de demander au purser quelle cabine occupait Mr. Fogg. Le purser lui répondit qu'il ne connaissait aucun passager de ce nom.

« Pardonnez-moi, dit Passepartout en insistant. Il s'agit d'un gentleman, grand, froid, peu communicatif, accompagné d'une jeune dame...

— Nous n'avons pas de jeune dame à bord, répondit le purser. Au surplus, voici la liste des passagers. Vous pouvez la consulter. »

Passepartout consulta la liste... Le nom de son maître n'y figurait pas.

Il eut comme un éblouissement. Puis une idée lui traversa le cerveau.

« Ah çà ! je suis bien sur le *Carnatic* ? s'écria-t-il.

— Oui, répondit le purser.

— En route pour Yokohama ?

— Parfaitement. »

Passepartout avait eu un instant cette crainte de s'être trompé de navire ! Mais s'il était sur le *Carnatic*, il était certain que son maître ne s'y trouvait pas.

Passepartout se laissa tomber sur un fauteuil. C'était un coup de foudre. Et, soudain, la lumière se fit en lui. Il se rappela que l'heure du départ du *Carnatic* avait été avancée, qu'il devait prévenir son maître, et qu'il ne l'avait pas fait ! C'était donc sa faute si Mr. Fogg et Mrs. Aouda avaient manqué ce départ !

Sa faute, oui, mais plus encore celle du traître qui, pour le séparer de son maître, pour retenir celui-ci à Hong-Kong, l'avait enivré ! Car il comprit enfin la manœuvre de l'inspecteur de police. Et maintenant, Mr. Fogg, à coup sûr ruiné, son pari perdu, arrêté, emprisonné peut-être !... Passepartout, à cette pensée, s'arracha les cheveux. Ah ! si jamais Fix lui tombait sous la main, quel règlement de comptes !

Enfin, après le premier moment d'accablement, Passepartout reprit son sang-froid et étudia la situation. Elle était peu enviable. Le Français se trouvait en route pour le Japon. Certain d'y arriver, comment en reviendrait-il ? Il avait la poche vide. Pas un shilling, pas un penny ! Toutefois, son passage et sa nourriture à bord étaient payés d'avance. Il avait donc cinq ou six jours devant lui pour prendre un parti. S'il mangea et but pendant cette traversée, cela ne saurait se décrire. Il mangea pour son maître, pour Mrs. Aouda et pour lui-même. Il mangea comme si le Japon, où il allait aborder, eût été un pays désert, dépourvu de toute substance comestible.

Le 13, à la marée du matin, le *Carnatic* entrait dans le port de Yokohama.

Ce point est une relâche importante du Pacifique, où font escale tous les steamers employés au service de la poste et des voyageurs entre l'Amérique du Nord, la Chine, le Japon et les îles de la Malaisie. Yokohama est située dans la baie même de Yeddo, à peu de distance de cette immense ville, seconde capitale de l'empire japonais, autrefois résidence du taïkoun, du temps que cet empereur civil existait, et rivale de Meako, la grande cité qu'habite le mikado, empereur ecclésiastique, descendant des dieux.

Le *Carnatic* vint se ranger au quai de Yokohama, près des jetées du port et des magasins de la douane, au milieu de nombreux navires appartenant à toutes les nations.

Passepartout mit le pied, sans aucun enthousiasme, sur cette terre si curieuse des Fils du Soleil. Il n'avait rien de mieux à faire que de prendre le hasard pour guide, et d'aller à l'aventure par les rues de la ville.

Passepartout se trouva d'abord dans une cité absolument européenne, avec des maisons à basses façades, ornées de vérandas sous lesquelles se développaient d'élégants péristyles, et qui couvrait de ses rues, de ses places, de ses docks, de ses entrepôts, tout l'espace compris depuis le promontoire du Traité jusqu'à la rivière. Là, comme à Hong-Kong, comme à Calcutta, fourmillait un pêle-mêle de gens de toutes races, Américains, Anglais, Chinois, Hollandais, marchands prêts à tout vendre et à tout acheter, au milieu desquels le Français se trouvait aussi étranger que s'il eût été jeté au pays des Hottentots.

Passepartout avait bien une ressource : c'était de se recommander près des agents consulaires français ou anglais établis à Yokohama ; mais il lui répugnait de raconter son histoire, si intimement mêlée à celle de son maître, et avant d'en venir là, il voulait avoir épuisé toutes les autres chances.

Donc, après avoir parcouru la partie européenne de la ville, sans que le hasard l'eût en rien servi, il entra dans la partie japonaise, décidé, s'il le fallait, à pousser jusqu'à Yeddo.

Cette portion indigène de Yokohama est appelée Benten, du nom d'une déesse de la mer, adorée sur les îles voisines. Là se voyaient d'admirables allées de sapins et de cèdres, des portes sacrées d'une architecture étrange, des ponts enfouis au milieu des bambous et des roseaux, des temples abrités sous le couvert immense et mélancolique des cèdres séculaires, des bonzeries au fond desquelles végétaient les prêtres du bouddhisme et les sectateurs de la religion de Confucius, des rues interminables où l'on eût pu recueillir une moisson d'enfants au teint rose et aux joues rouges, petits bonshommes qu'on eût dits découpés dans quelque paravent indigène, et qui se jouaient au milieu de caniches à jambes courtes et de chats jaunâtres, sans queue, très paresseux et très caressants.

Dans les rues, ce n'était que fourmillement, va-et-vient incessant : bonzes passant processionnellement en frappant leurs tambourins monotones, yakounines, officiers de douane ou de police, à chapeaux pointus incrustés de laque et portant deux sabres à leur ceinture, soldats vêtus de cotonnades bleues à raies blanches et armés de fusils à percussion, hommes d'armes du mikado, ensachés dans leur pourpoint de soie, avec haubert et cotte de mailles, et nombre d'autres militaires de toutes conditions, — car, au Japon, la profession de soldat est autant estimée qu'elle est dédaignée en Chine. Puis, des frères quêteurs, des pèlerins en longues robes, de simples civils, chevelure lisse et d'un noir d'ébène, tête grosse, buste long, jambes grêles, taille peu élevée, teint coloré depuis les sombres nuances du cuivre jusqu'au blanc mat, mais jamais jaune comme celui des Chinois, dont les Japonais diffèrent essentiellement. Enfin, entre les voitures, les palanquins, les chevaux, les porteurs, les brouettes à voile, les « norimons » à parois de laque, les « cangos » moelleux, véritables litières en bambou, on voyait circuler, à petits pas de leur petit pied, chaussé de souliers de toile, de sandales de paille ou de socques en bois ouvragé, quelques femmes peu jolies, les yeux bridés, la poitrine déprimée, les dents noircies au goût du jour, mais portant avec élégance le vêtement national, le « kirimon », sorte de robe de chambre croisée d'une écharpe de soie, dont la large ceinture s'épanouissait derrière en un nœud extravagant, — que les modernes Parisiennes semblent avoir emprunté aux Japonaises.

Passepartout se promena pendant quelques heures au milieu de cette foule bigarrée, regardant aussi les curieuses et opulentes boutiques, les bazars où s'entasse tout le clinquant de l'orfèvrerie japonaise, les « restaurations » ornées de banderoles et de bannières, dans lesquelles il lui était interdit d'entrer, et ces maisons de thé où se boit à pleine tasse l'eau chaude odorante, avec le « saki », liqueur tirée du riz en fermentation, et ces confortables tabagies où l'on fume un tabac très fin, et non l'opium, dont l'usage est à peu près inconnu au Japon.

Puis Passepartout se trouva dans les champs, au milieu des immenses rizières. Là s'épanouissaient, avec des fleurs qui jetaient leurs dernières couleurs et leurs derniers parfums, des camélias éclatants, portés non plus sur des arbrisseaux, mais sur des arbres, et, dans les enclos de bambous, des cerisiers, des pruniers, des pommiers, que les indigènes cultivent plutôt pour leurs fleurs que pour leurs fruits, et que des mannequins grimaçants, des tourniquets criards défendent contre le bec des moineaux, des pigeons, des corbeaux et autres volatiles voraces. Pas de cèdre majestueux qui n'abritât quelque grand aigle ; pas de saule pleureur qui ne recouvrît de son feuillage quelque héron, mélancoliquement perché sur une patte ; enfin, partout des corneilles, des canards, des éperviers, des oies sauvages, et grand nombre de ces grues que les Japonais traitent de « Seigneuries », et qui symbolisent pour eux la longévité et le bonheur.

En errant ainsi, Passepartout aperçut quelques violettes entre les herbes :

« Bon ! dit-il, voilà mon souper. »

Mais les ayant senties, il ne leur trouva aucun parfum.

« Pas de chance ! » pensa-t-il.

Certes, l'honnête garçon avait, par prévision, aussi copieusement déjeuné qu'il avait pu avant de quitter le *Carnatic* ; mais après une journée de promenade, il se sentit l'estomac très creux. Il avait bien remarqué que moutons, chèvres ou porcs, manquaient absolument aux étalages des bouchers indigènes, et, comme il savait que c'est un sacrilège de tuer les bœufs, uniquement réservés aux besoins de l'agriculture, il en avait conclu que la viande était rare au Japon. Il ne se trompait pas ; mais à défaut de viande de boucherie, son estomac se fût fort accommodé des quartiers de sanglier ou de daim, des perdrix ou des cailles, de la volaille ou du poisson, dont les Japonais se nourrissent presque exclusivement avec le produit des rizières. Mais il dut faire contre fortune bon cœur, et remit au lendemain le soin de pourvoir à sa nourriture.

La nuit vint. Passepartout rentra dans la ville indigène, et il erra dans les rues au milieu des lanternes multicolores, regardant les groupes de baladins exécuter leurs prestigieux exercices, et les astrologues en plein vent qui amassaient la foule autour de leur lunette. Puis il revit la rade, émaillée des feux de pêcheurs, qui attiraient le poisson à la lueur de résines enflammées.

Enfin les rues se dépeuplèrent. À la foule succédèrent les rondes des yakounines. Ces officiers, dans leurs magnifiques costumes et au milieu de leur suite, ressemblaient à des ambassadeurs, et Passepartout répétait plaisamment, chaque fois qu'il rencontrait quelque patrouille éblouissante :

« Allons, bon ! encore une ambassade japonaise qui part pour l'Europe ! »

XXIII

DANS LEQUEL LE NEZ DE PASSEPARTOUT
S'ALLONGE DÉMESURÉMENT

Le lendemain, Passepartout, éreinté, affamé, se dit qu'il fallait manger à tout prix, et que le plus tôt serait le mieux. Il avait bien cette ressource de vendre sa montre, mais il fût plutôt mort de faim. C'était alors le cas ou jamais, pour ce brave garçon, d'utiliser la voix forte, sinon mélodieuse, dont la nature l'avait gratifié.

Il savait quelques refrains de France et d'Angleterre, et il résolut de les essayer. Les Japonais devaient certainement être amateurs de musique, puisque tout se fait chez eux aux sons des cymbales, du tam-tam et des tambours, et ils ne pouvaient qu'apprécier les talents d'un virtuose européen.

Mais peut-être était-il un peu matin pour organiser

La nuit vint. Passepartout rentra dans la ville indigène...
(p. 185).

un concert, et les dilettanti, inopinément réveillés, n'auraient peut-être pas payé le chanteur en monnaie à l'effigie du mikado.

Passepartout se décida donc à attendre quelques heures ; mais, tout en cheminant, il fit cette réflexion qu'il semblerait trop bien vêtu pour un artiste ambulant, et l'idée lui vint alors d'échanger ses vêtements contre une défroque plus en harmonie avec sa position. Cet échange devait, d'ailleurs, produire une soulte, qu'il pourrait immédiatement appliquer à satisfaire son appétit.

Cette résolution prise, restait à l'exécuter. Ce ne fut qu'après de longues recherches que Passepartout découvrit un brocanteur indigène, auquel il exposa sa demande. L'habit européen plut au brocanteur, et bientôt Passepartout sortait affublé d'une vieille robe japonaise et coiffé d'une sorte de turban à côtes, décoloré sous l'action du temps. Mais, en retour, quelques piécettes d'argent résonnaient dans sa poche.

« Bon, pensa-t-il, je me figurerai que nous sommes en carnaval ! »

Le premier soin de Passepartout, ainsi « japonaisé », fut d'entrer dans une « tea-house » de modeste apparence, et là, d'un reste de volaille et de quelques poignées de riz, il déjeuna en homme pour qui le dîner serait encore un problème à résoudre.

« Maintenant, se dit-il quand il fut copieusement restauré, il s'agit de ne pas perdre la tête. Je n'ai plus la ressource de vendre cette défroque contre une autre encore plus japonaise. Il faut donc aviser au moyen de quitter le plus promptement possible ce pays du Soleil, dont je ne garderai qu'un lamentable souvenir ! »

Passepartout songea alors à visiter les paquebots en partance pour l'Amérique. Il comptait s'offrir en qualité de cuisinier ou de domestique, ne demandant pour toute rétribution que le passage et la nourriture. Une fois à San Francisco, il verrait à se tirer d'affaire. L'important, c'était de traverser ces quatre mille sept

Passepartout sortait affublé d'une vieille robe japonaise
(p. 187).

cents milles du Pacifique qui s'étendent entre le Japon et le Nouveau Monde.

Passepartout, n'étant point homme à laisser languir une idée, se dirigea vers le port de Yokohama. Mais à mesure qu'il s'approchait des docks, son projet, qui lui avait paru si simple au moment où il en avait eu l'idée, lui semblait de plus en plus inexécutable. Pourquoi aurait-on besoin d'un cuisinier ou d'un domestique à bord d'un paquebot américain, et quelle confiance inspirerait-il, affublé de la sorte ? Quelles recommandations faire valoir ? Quelles références indiquer ?

Comme il réfléchissait ainsi, ses regards tombèrent sur une immense affiche qu'une sorte de clown promenait dans les rues de Yokohama. Cette affiche était ainsi libellée en anglais :

TROUPE JAPONAISE ACROBATIQUE

DE

L'HONORABLE WILLIAM BATULCAR

———

DERNIÈRES REPRÉSENTATIONS

Avant leur départ pour les États-Unis d'Amérique

DES

LONGS-NEZ-LONGS-NEZ

SOUS L'INVOCATION DIRECTE DU DIEU TINGOU

Grande Attraction !

« Les États-Unis d'Amérique ! s'écria Passepartout, voilà justement mon affaire !... »

Il suivit l'homme-affiche, et, à sa suite, il rentra bientôt dans la ville japonaise. Un quart d'heure plus tard, il s'arrêtait devant une vaste case, que couronnaient plusieurs faisceaux de banderoles, et dont les parois extérieures représentaient, sans perspective, mais en couleurs violentes, toute une bande de jongleurs.

C'était l'établissement de l'honorable Batulcar, sorte de Barnum américain, directeur d'une troupe de saltimbanques, jongleurs, clowns, acrobates, équilibristes, gymnastes, qui, suivant l'affiche, donnait ses dernières représentations avant de quitter l'empire du Soleil pour les États de l'Union.

Passepartout entra sous un péristyle qui précédait la case, et demanda Mr. Batulcar. Mr. Batulcar apparut en personne.

« Que voulez-vous ? dit-il à Passepartout, qu'il prit d'abord pour un indigène.

— Avez-vous besoin d'un domestique ? demanda Passepartout.

— Un domestique, s'écria le Barnum en caressant l'épaisse barbiche grise qui foisonnait sous son menton, j'en ai deux, obéissants, fidèles, qui ne m'ont jamais quitté, et qui me servent pour rien, à condition que je les nourrisse... Et les voilà, ajouta-t-il en montrant ses deux bras robustes, sillonnés de veines grosses comme des cordes de contrebasse.

— Ainsi, je ne puis vous être bon à rien ?

— À rien.

— Diable ! ça m'aurait pourtant fort convenu de partir avec vous.

— Ah çà ! dit l'honorable Batulcar, vous êtes japonais comme je suis un singe ! Pourquoi donc êtes-vous habillé de la sorte ?

— On s'habille comme on peut !

— Vrai, cela. Vous êtes un Français, vous ?

— Oui, un Parisien de Paris.

— Alors, vous devez savoir faire des grimaces ?

— Ma foi, répondit Passepartout, vexé de voir sa nationalité provoquer cette demande, nous autres Français, nous savons faire des grimaces, c'est vrai, mais pas mieux que les Américains !

— Juste. Eh bien, si je ne vous prends pas comme domestique, je peux vous prendre comme clown. Vous comprenez, mon brave. En France, on exhibe des farceurs étrangers, et à l'étranger, des farceurs français !

— Ah !

— Vous êtes vigoureux, d'ailleurs ?

— Surtout quand je sors de table.

— Et vous savez chanter ?

— Oui, répondit Passepartout, qui avait autrefois fait sa partie dans quelques concerts de rue.

— Mais savez-vous chanter la tête en bas, avec une toupie tournante sur la plante du pied gauche, et un sabre en équilibre sur la plante du pied droit ?

— Parbleu ! répondit Passepartout, qui se rappelait les premiers exercices de son jeune âge.

— C'est que, voyez-vous, tout est là ! » répondit l'honorable Batulcar.

L'engagement fut conclu *hic et nunc*.

Enfin, Passepartout avait trouvé une position. Il était engagé pour tout faire dans la célèbre troupe japonaise. C'était peu flatteur, mais avant huit jours il serait en route pour San Francisco.

La représentation, annoncée à grand fracas par l'honorable Batulcar, devait commencer à trois heures, et bientôt les formidables instruments d'un orchestre japonais, tambours et tam-tams, tonnaient à la porte. On comprend bien que Passepartout n'avait pu étudier un rôle, mais il devait prêter l'appui de ses solides épaules dans le grand exercice de la « grappe humaine » exécuté par les Longs-Nez du dieu Tingou. Ce « great attraction » de la représentation devait clore la série des exercices.

Avant trois heures, les spectateurs avaient envahi la vaste case. Européens et indigènes, Chinois et Japonais, hommes, femmes et enfants, se précipitaient sur les étroites banquettes et dans les loges qui faisaient face à la scène. Les musiciens étaient rentrés à l'intérieur, et l'orchestre au complet, gongs, tam-tams, cliquettes, flûtes, tambourins et grosses caisses, opérait avec fureur.

Cette représentation fut ce que sont toutes ces exhibitions d'acrobates. Mais il faut bien avouer que les Japonais sont les premiers équilibristes du monde.

L'un, armé de son éventail et de petits morceaux de papier, exécutait l'exercice si gracieux des papillons et des fleurs. Un autre, avec la fumée odorante de sa pipe, traçait rapidement dans l'air une série de mots bleuâtres, qui formaient un compliment à l'adresse de l'assemblée. Celui-ci jonglait avec des bougies allumées, qu'il éteignit successivement quand elles passèrent devant ses lèvres, et qu'il ralluma l'une à l'autre sans interrompre un seul instant sa prestigieuse jonglerie. Celui-là reproduisit, au moyen de toupies tournantes, les plus invraisemblables combinaisons ; sous sa main, ces ronflantes machines semblaient s'animer d'une vie propre dans leur interminable giration ; elles couraient sur des tuyaux de pipe, sur des tranchants de sabre, sur des fils de fer, véritables cheveux tendus d'un côté de la scène à l'autre ; elles faisaient le tour de grands vases de cristal, elles gravissaient des échelles de bambou, elles se dispersaient dans tous les coins, produisant des effets harmoniques d'un étrange caractère en combinant leurs tonalités diverses. Les jongleurs jonglaient avec elles, et elles tournaient dans l'air ; ils les lançaient comme des volants, avec des raquettes de bois, et elles tournaient toujours ; ils les fourraient dans leur poche, et quand ils les retiraient, elles tournaient encore, — jusqu'au moment où un ressort détendu les faisait s'épanouir en gerbes d'artifice !

Inutile de décrire ici les prodigieux exercices des acrobates et gymnastes de la troupe. Les tours de l'échelle, de la perche, de la boule, des tonneaux, etc., furent exécutés avec une précision remarquable. Mais le principal attrait de la représentation était l'exhibition de ces « Longs-Nez », étonnants équilibristes que l'Europe ne connaît pas encore.

Ces Longs-Nez forment une corporation particulière placée sous l'invocation directe du dieu Tingou. Vêtus comme des hérauts du Moyen Age, ils portaient une splendide paire d'ailes à leurs épaules. Mais ce qui les distinguait plus spécialement, c'était ce long nez dont leur face était agrémentée, et surtout l'usage qu'ils en faisaient. Ces nez n'étaient rien moins que des bambous, longs de cinq, de six, de dix pieds, les uns droits, les autres courbés, ceux-ci lisses, ceux-là verruqueux. Or, c'était sur ces appendices, fixés d'une façon solide, que s'opéraient tous leurs exercices d'équilibre. Une douzaine de ces sectateurs du dieu Tingou se couchèrent sur le dos, et leurs camarades vinrent s'ébattre sur leurs nez, dressés comme des paratonnerres, sautant, voltigeant de celui-ci à celui-là, et exécutant les tours les plus invraisemblables.

Pour terminer, on avait spécialement annoncé au public la pyramide humaine, dans laquelle une cinquantaine de Longs-Nez devaient figurer le « Char de Jaggernaut ». Mais au lieu de former cette pyramide en prenant leurs épaules pour point d'appui, les artistes de l'honorable Batulcar ne devaient s'emmancher que par leur nez. Or, l'un de ceux qui formaient la base du char avait quitté la troupe, et comme il suffisait d'être vigoureux et adroit, Passepartout avait été choisi pour le remplacer.

Certes, le digne garçon se sentit tout piteux, quand — triste souvenir de sa jeunesse — il eut endossé son costume du Moyen Âge, orné d'ailes multicolores, et qu'un nez de six pieds lui eut été appliqué sur la face ! Mais enfin, ce nez, c'était son gagne-pain, et il en prit son parti.

Passepartout entra en scène, et vint se ranger avec ℂ ceux de ses collègues qui devaient figurer la base du Char de Jaggernaut. Tous s'étendirent à terre, le nez dressé vers le ciel. Une seconde section d'équilibristes vint se poser sur ces longs appendices, une troisième s'étagea au-dessus, puis une quatrième, et sur ces nez qui ne se touchaient que par leur pointe, un monument humain s'éleva bientôt jusqu'aux frises du théâtre.

Or, les applaudissements redoublaient, et les instruments de l'orchestre éclataient comme autant de tonnerres, quand la pyramide s'ébranla, l'équilibre se rompit, un des nez de la base vint à manquer, et le monument s'écroula comme un château de cartes...

ℂ Voir *Au fil du texte*, p. XI.

Le monument s'écroula comme un château de cartes (p. 193).

C'était la faute à Passepartout qui, abandonnant son poste, franchissant la rampe sans le secours de ses ailes, et grimpant à la galerie de droite, tombait aux pieds d'un spectateur en s'écriant :

« Ah ! mon maître ! mon maître !

— Vous ?

— Moi !

— Eh bien ! en ce cas, au paquebot, mon garçon !... »

Mr. Fogg, Mrs. Aouda, qui l'accompagnait, Passepartout s'étaient précipités par les couloirs au-dehors de la case. Mais, là, ils trouvèrent l'honorable Batulcar, furieux, qui réclamait des dommages-intérêts pour « la casse ». Phileas Fogg apaisa sa fureur en lui jetant une poignée de bank-notes. Et, à six heures et demie, au moment où il allait partir, Mr. Fogg et Mrs. Aouda mettaient le pied sur le paquebot américain, suivis de Passepartout, les ailes au dos, et sur la face ce nez de six pieds qu'il n'avait pas encore pu arracher de son visage !

XXIV

PENDANT LEQUEL S'ACCOMPLIT LA TRAVERSÉE DE L'OCÉAN PACIFIQUE

Ce qui était arrivé en vue de Shangaï, on le comprend. Les signaux faits par la *Tankadère* avaient été aperçus du paquebot de Yokohama. Le capitaine, voyant un pavillon en berne, s'était dirigé vers la petite goélette. Quelques instants après, Phileas Fogg, soldant son passage au prix convenu, mettait dans la poche du patron John Bunsby cinq cent cinquante livres (13 750 F). Puis l'honorable gentleman, Mrs. Aouda et Fix étaient montés à bord du steamer, qui avait aussitôt fait route pour Nagasaki et Yokohama.

Arrivé le matin même, 14 novembre, à l'heure réglementaire, Phileas Fogg, laissant Fix aller à ses affaires,

Suivis de Passepartout, les ailes au dos... (p. 195).

s'était rendu à bord du *Carnatic*, et là il apprenait, à la grande joie de Mrs. Aouda — et peut-être à la sienne, mais du moins il n'en laissa rien paraître —, que le Français Passepartout était effectivement arrivé la veille à Yokohama.

Phileas Fogg, qui devait repartir le soir même pour San Francisco, se mit immédiatement à la recherche de son domestique. Il s'adressa, mais en vain, aux agents consulaires français et anglais, et, après avoir inutilement parcouru les rues de Yokohama, il désespérait de retrouver Passepartout, quand le hasard, ou peut-être une sorte de pressentiment, le fit entrer dans la case de l'honorable Batulcar. Il n'eût certes point reconnu son serviteur sous cet excentrique accoutrement de héraut ; mais celui-ci, dans sa position renversée, aperçut son maître à la galerie. Il ne put retenir un mouvement de son nez. De là rupture de l'équilibre, et ce qui s'ensuivit.

Voilà ce que Passepartout apprit de la bouche même de Mrs. Aouda, qui lui raconta alors comment s'était faite cette traversée de Hong-Kong à Yokohama, en compagnie d'un sieur Fix, sur la goélette la *Tankadère*.

Au nom de Fix, Passepartout ne sourcilla pas. Il pensait que le moment n'était pas venu de dire à son maître ce qui s'était passé entre l'inspecteur de police et lui. Aussi, dans l'histoire que Passepartout fit de ses aventures, il s'accusa et s'excusa seulement d'avoir été surpris par l'ivresse de l'opium dans une tabagie de Yokohama.

Mr. Fogg écouta froidement ce récit, sans répondre ; puis il ouvrit à son domestique un crédit suffisant pour que celui-ci pût se procurer à bord des habits plus convenables. Et, en effet, une heure ne s'était pas écoulée, que l'honnête garçon, ayant coupé son nez et rogné ses ailes, n'avait plus rien en lui qui rappelât le sectateur du dieu Tingou.

Le paquebot faisant la traversée de Yokohama à San Francisco appartenait à la Compagnie du « Pacific Mail steam », et se nommait le *General-Grant*. C'était un vaste steamer à roues, jaugeant deux mille cinq cents tonnes, bien aménagé et doué d'une grande vitesse. Un énorme balancier s'élevait et s'abaissait successivement au-dessus du pont ; à l'une de ses extrémités s'articulait la tige d'un piston, et à l'autre celle d'une bielle, qui, transformant le mouvement rectiligne en mouvement circulaire, s'appliquait directement à l'arbre des roues. Le *General-Grant* était gréé en trois-mâts goélette, et il possédait une grande surface de voilure, qui aidait puissamment la vapeur. À filer ses douze milles à l'heure, le paquebot ne devait pas employer plus de vingt et un jours pour traverser le Pacifique. Phileas Fogg était donc autorisé à croire que, rendu le 2 décembre à San Francisco, il serait le 11 à New York et le 20 à Londres, — gagnant ainsi de quelques heures cette date fatale du 21 décembre.

Les passagers étaient assez nombreux à bord du steamer, des Anglais, beaucoup d'Américains, une véritable émigration de coolies pour l'Amérique, et un certain nombre d'officiers de l'armée des Indes, qui utilisaient leur congé en faisant le tour du monde.

Pendant cette traversée il ne se produisit aucun incident nautique. Le paquebot, soutenu sur ses larges roues, appuyé par sa forte voilure, roulait peu. L'océan Pacifique justifiait assez son nom. Mr. Fogg était aussi calme, aussi peu communicatif que d'ordinaire. Sa jeune compagne se sentait de plus en plus attachée à cet homme par d'autres liens que ceux de la reconnaissance. Cette silencieuse nature, si généreuse en somme, l'impressionnait plus qu'elle ne le croyait, et c'était presque à son insu qu'elle se laissait aller à des sentiments dont l'énigmatique Fogg ne semblait aucunement subir l'influence.

En outre, Mrs. Aouda s'intéressait prodigieusement aux projets du gentleman. Elle s'inquiétait des contrariétés qui pouvaient compromettre le succès du voyage. Souvent elle causait avec Passepartout, qui n'était point sans lire entre les lignes dans le cœur de Mrs. Aouda. Ce brave garçon avait, maintenant, à l'égard de son maître, la foi du charbonnier ; il ne tarissait pas en éloges sur l'honnêteté, la générosité, le dévouement de Phileas Fogg ; puis il rassurait Mrs. Aouda sur l'issue du voyage, répétant que le plus difficile était fait, que l'on était sorti de ces pays fantastiques de la Chine et du Japon, que l'on retournait aux contrées civilisées, et enfin qu'un train de San Francisco à New York et un transatlantique de New York à Londres suffiraient, sans doute, pour achever cet impossible tour du monde dans les délais convenus.

Neuf jours après avoir quitté Yokohama, Phileas Fogg avait exactement parcouru la moitié du globe terrestre.

En effet, le *General-Grant*, le 23 novembre, passait au cent quatre-vingtième méridien, celui sur lequel se trouvent, dans l'hémisphère austral, les antipodes de Londres. Sur quatre-vingts jours mis à sa disposition, Mr. Fogg, il est vrai, en avait employé cinquante-deux, et il ne lui en restait plus que vingt-huit à dépenser. Mais il faut remarquer que si le gentleman se trouvait à moitié route seulement « par la différence des méridiens », il avait en réalité accompli plus des deux tiers du parcours total. Quels détours forcés, en effet, de Londres à Aden, d'Aden à Bombay, de Calcutta à Singapore, de Singapore à Yokohama ! À suivre circulairement le cinquantième parallèle, qui est celui de Londres, la distance n'eût été que de douze mille milles environ, tandis que Phileas Fogg était forcé, par les caprices des moyens de locomotion, d'en parcourir vingt-six mille dont il avait fait environ dix-sept mille cinq cents, à cette date du 23 novembre. Mais maintenant la route était droite, et Fix n'était plus là pour y accumuler les obstacles !

Il arriva aussi que, ce 23 novembre, Passepartout éprouva une grande joie. On se rappelle que l'entêté s'était obstiné à garder l'heure de Londres à sa fameuse montre de famille, tenant pour fausses toutes les heures des pays qu'il traversait. Or, ce jour-là, bien qu'il ne l'eût jamais ni avancée ni retardée, sa montre se trouva d'accord avec les chronomètres du bord.

Si Passepartout triompha, cela se comprend de reste. Il aurait bien voulu savoir ce que Fix aurait pu dire, s'il eût été présent.

« Ce coquin qui me racontait un tas d'histoires sur les méridiens, sur le soleil, sur la lune ! répétait Passepartout. Hein ! ces gens-là ! Si on les écoutait, on ferait de la belle horlogerie ! J'étais bien sûr qu'un jour ou l'autre, le soleil se déciderait à se régler sur ma montre !... »

Passepartout ignorait ceci : c'est que si le cadran de sa montre eût été divisé en vingt-quatre heures comme les horloges italiennes, il n'aurait eu aucun motif de triompher, car les aiguilles de son instrument, quand il était neuf heures du matin à bord, auraient indiqué neuf heures du soir, c'est-à-dire la vingt et unième heure depuis minuit, — différence précisément égale à celle qui existe entre Londres et le cent quatre-vingtième méridien.

Mais si Fix avait été capable d'expliquer cet effet purement physique, Passepartout, sans doute, eût été incapable, sinon de le comprendre, du moins de l'admettre. Et en tout cas, si, par impossible, l'inspecteur de police se fût inopinément montré à bord en ce moment, il est probable que Passepartout, à bon droit rancunier, eût traité avec lui un sujet tout différent et d'une tout autre manière.

Or, où était Fix en ce moment ?...

Fix était précisément à bord du *General-Grant*.

En effet, en arrivant à Yokohama, l'agent, abandonnant Mr. Fogg qu'il comptait retrouver dans la journée, s'était immédiatement rendu chez le consul anglais. Là, il avait enfin trouvé le mandat, qui, courant après lui depuis Bombay, avait déjà quarante jours de date, — mandat qui lui avait été expédié de Hong-Kong par ce même *Carnatic* à bord duquel on le croyait. Qu'on juge du désappointement du détective ! Le mandat devenait inutile ! Le sieur Fogg avait quitté les possessions anglaises ! Un acte d'extradition était maintenant nécessaire pour l'arrêter !

« Soit ! se dit Fix, après le premier moment de colère, mon mandat n'est plus bon ici, il le sera en Angleterre. Ce coquin a tout l'air de revenir dans sa patrie, croyant avoir dépisté la police. Bien. Je le suivrai jusque-là. Quant à l'argent, Dieu veuille qu'il en reste ! Mais en voyages, en primes, en procès, en amendes, en éléphant, en frais de toute sorte, mon homme a déjà laissé plus de cinq mille livres sur sa route. Après tout, la Banque est riche ! »

Son parti pris, il s'embarqua aussitôt sur le *General-Grant*. Il était à bord, quand Mr. Fogg et Mrs. Aouda y arrivèrent. À son extrême surprise, il reconnut Passepartout sous son costume de héraut. Il se cacha aussitôt dans sa cabine, afin d'éviter une explication qui pouvait tout compromettre, — et, grâce au nombre des passagers, il comptait bien n'être point aperçu de son ennemi, lorsque ce jour-là précisément il se trouva face à face avec lui sur l'avant du navire.

Passepartout sauta à la gorge de Fix, sans autre explication, et, au grand plaisir de certains Américains qui parièrent immédiatement pour lui, il administra au malheureux inspecteur une volée superbe, qui démontra la haute supériorité de la boxe française sur la boxe anglaise.

Quand Passepartout eut fini, il se trouva plus calme et comme soulagé. Fix se releva, en assez mauvais état, et, regardant son adversaire, il lui dit froidement :

« Est-ce fini ?

— Oui, pour l'instant.

— Alors venez me parler.

— Que je...

— Dans l'intérêt de votre maître. »

Passepartout, comme subjugué par ce sang-froid, suivit l'inspecteur de police, et tous deux s'assirent à l'avant du steamer.

« Vous m'avez rossé, dit Fix. Bien. À présent,

écoutez-moi. Jusqu'ici j'ai été l'adversaire de Mr. Fogg, mais maintenant je suis dans son jeu.

— Enfin ! s'écria Passepartout, vous le croyez un honnête homme ?

— Non, répondit froidement Fix, je le crois un coquin... Chut ! ne bougez pas et laissez-moi dire. Tant que Mr. Fogg a été sur les possessions anglaises, j'ai eu intérêt à le retenir en attendant un mandat d'arrestation. J'ai tout fait pour cela. J'ai lancé contre lui les prêtres de Bombay, je vous ai enivré à Hong-Kong, je vous ai séparé de votre maître, je lui ai fait manquer le paquebot de Yokohama... »

Passepartout écoutait, les poings fermés.

« Maintenant, reprit Fix, Mr. Fogg semble retourner en Angleterre ? Soit, je le suivrai. Mais désormais, je mettrai à écarter les obstacles de sa route autant de soin et de zèle que j'en ai mis jusqu'ici à les accumuler. Vous le voyez, mon jeu est changé, et il est changé parce que mon intérêt le veut. J'ajoute que votre intérêt est pareil au mien, car c'est en Angleterre seulement que vous saurez si vous êtes au service d'un criminel ou d'un honnête homme ! »

Passepartout avait très attentivement écouté Fix, et il fut convaincu que Fix parlait avec une entière bonne foi.

« Sommes-nous amis ? demanda Fix.

— Amis, non, répondit Passepartout. Alliés, oui, et sous bénéfice d'inventaire, car, à la moindre apparence de trahison, je vous tords le cou.

— Convenu », dit tranquillement l'inspecteur de police.

Onze jours après, le 3 décembre, le *General-Grant* entrait dans la baie de la Porte-d'Or et arrivait à San Francisco.

Mr. Fogg n'avait encore ni gagné ni perdu un seul jour.

XXV

OÙ L'ON DONNE UN LÉGER APERÇU DE SAN FRANCISCO, UN JOUR DE MEETING

Il était sept heures du matin, quand Phileas Fogg, Mrs. Aouda et Passepartout prirent pied sur le continent américain, — si toutefois on peut donner ce nom au quai flottant sur lequel ils débarquèrent. Ces quais, montant et descendant avec la marée, facilitent le chargement et le déchargement des navires. Là s'embossent les clippers de toutes dimensions, les steamers de toutes nationalités, et ces steam-boats à plusieurs étages, qui font le service du Sacramento et de ses affluents. Là s'entassent aussi les produits d'un commerce qui s'étend au Mexique, au Pérou, au Chili, au Brésil, à l'Europe, à l'Asie, à toutes les îles de l'océan Pacifique.

Passepartout, dans sa joie de toucher enfin la terre américaine, avait cru devoir opérer son débarquement en exécutant un saut périlleux du plus beau style. Mais quand il retomba sur le quai dont le plancher était vermoulu, il faillit passer au travers. Tout décontenancé de la façon dont il avait « pris pied » sur le nouveau continent, l'honnête garçon poussa un cri formidable, qui fit envoler une innombrable troupe de cormorans et de pélicans, hôtes habituels des quais mobiles.

Mr. Fogg, aussitôt débarqué, s'informa de l'heure à laquelle partait le premier train pour New York. C'était à six heures du soir. Mr. Fogg avait donc une journée entière à dépenser dans la capitale californienne. Il fit venir une voiture pour Mrs. Aouda et pour lui. Passepartout monta sur le siège, et le véhicule, à trois dollars la course, se dirigea vers International-Hôtel.

De la place élevée qu'il occupait, Passepartout observait avec curiosité la grande ville américaine : larges rues, maisons basses bien alignées, églises et temples

Il faillit passer au travers (p. 203).

d'un gothique anglo-saxon, docks immenses, entrepôts comme des palais, les uns en bois, les autres en brique ; dans les rues, voitures nombreuses, omnibus, « cars » de tramways, et sur les trottoirs encombrés, non seulement des Américains et des Européens, mais aussi des Chinois et des Indiens, — enfin de quoi composer une population de plus de deux cent mille habitants.

Passepartout fut assez surpris de ce qu'il voyait. Il en était encore à la cité légendaire de 1849, à la ville des bandits, des incendiaires et des assassins, accourus à la conquête des pépites, immense capharnaüm de tous les déclassés, où l'on jouait la poudre d'or, un revolver d'une main et un couteau de l'autre. Mais « ce beau temps » était passé. San Francisco présentait l'aspect d'une grande ville commerçante. La haute tour de l'hôtel de ville, où veillent les guetteurs, dominait tout cet ensemble de rues et d'avenues, se coupant à angles droits, entre lesquels s'épanouissaient des squares verdoyants, puis une ville chinoise qui semblait avoir été importée du Céleste Empire dans une boîte à joujoux. Plus de sombreros, plus de chemises rouges à la mode des coureurs de placers, plus d'Indiens emplumés, mais des chapeaux de soie et des habits noirs, que portaient un grand nombre de gentlemen doués d'une activité dévorante. Certaines rues, entre autres Montgommery-street — le Régent-street de Londres, le boulevard des Italiens de Paris, le Broadway de New York —, étaient bordées de magasins splendides, qui offraient à leur étalage les produits du monde entier.

Lorsque Passepartout arriva à International-Hôtel, il ne lui semblait pas qu'il eût quitté l'Angleterre.

Le rez-de-chaussée de l'hôtel était occupé par un immense « bar », sorte de buffet ouvert *gratis* à tout passant. Viande sèche, soupe aux huîtres, biscuit et chester s'y débitaient sans que le consommateur eût à délier sa bourse. Il ne payait que sa boisson, ale, porto ou xérès, si sa fantaisie le portait à se rafraîchir. Cela parut « très américain » à Passepartout.

Le restaurant de l'hôtel était confortable. Mr. Fogg

et Mrs. Aouda s'installèrent devant une table et furent abondamment servis dans des plats lilliputiens par des Nègres du plus beau noir.

Après déjeuner, Phileas Fogg, accompagné de Mrs. Aouda, quitta l'hôtel pour se rendre aux bureaux du consul anglais afin d'y faire viser son passeport. Sur le trottoir, il trouva son domestique, qui lui demanda si, avant de prendre le chemin de fer du Pacifique, il ne serait pas prudent d'acheter quelques douzaines de carabines Enfield ou de revolvers Colt. Passepartout avait entendu parler de Sioux et de Pawnies, qui arrêtent les trains comme de simples voleurs espagnols. Mr. Fogg répondit que c'était là une précaution inutile, mais il le laissa libre d'agir comme il lui conviendrait. Puis il se dirigea vers les bureaux de l'agent consulaire.

Phileas Fogg n'avait pas fait deux cents pas que, « par le plus grand des hasards », il rencontrait Fix. L'inspecteur se montra extrêmement surpris. Comment ! Mr. Fogg et lui avaient fait ensemble la traversée du Pacifique, et ils ne s'étaient pas rencontrés à bord ! En tout cas, Fix ne pouvait être qu'honoré de revoir le gentleman auquel il devait tant, et, ses affaires le rappelant en Europe, il serait enchanté de poursuivre son voyage en une si agréable compagnie.

Mr. Fogg répondit que l'honneur serait pour lui, et Fix — qui tenait à ne point le perdre de vue — lui demanda la permission de visiter avec lui cette curieuse ville de San Francisco. Ce qui fut accordé.

Voici donc Mrs. Aouda, Phileas Fogg et Fix flânant par les rues. Ils se trouvèrent bientôt dans Montgommery-street, où l'affluence du populaire était énorme. Sur les trottoirs, au milieu de la chaussée, sur les rails des tramways, malgré le passage incessant des coaches et des omnibus, au seuil des boutiques, aux fenêtres de toutes les maisons, et même jusque sur les toits, foule innombrable. Des hommes-affiches circulaient au milieu des groupes. Des bannières et des banderoles flottaient au vent. Des cris éclataient de toutes parts.

« Hurrah pour Kamerfield !

— Hurrah pour Mandiboy ! »

C'était un meeting. Ce fut du moins la pensée de Fix, et il communiqua son idée à Mr. Fogg, en ajoutant :

« Nous ferons peut-être bien, monsieur, de ne point nous mêler à cette cohue. Il n'y a que de mauvais coups à recevoir.

— En effet, répondit Phileas Fogg, et les coups de poing, pour être politiques, n'en sont pas moins des coups de poing ! »

Fix crut devoir sourire en entendant cette observation, et, afin de voir sans être pris dans la bagarre, Mrs. Aouda, Phileas Fogg et lui prirent place sur le palier supérieur d'un escalier que desservait une terrasse, située en contre-haut de Montgommery-street. Devant eux, de l'autre côté de la rue, entre le wharf d'un marchand de charbon et le magasin d'un négociant en pétrole, se développait un large bureau en plein vent, vers lequel les divers courants de la foule semblaient converger.

Et maintenant, pourquoi ce meeting ? À quelle occasion se tenait-il ? Phileas Fogg l'ignorait absolument. S'agissait-il de la nomination d'un haut fonctionnaire militaire ou civil, d'un gouverneur d'État ou d'un membre du Congrès ? Il était permis de le conjecturer, à voir l'animation extraordinaire qui passionnait la ville.

En ce moment un mouvement considérable se produisit dans la foule. Toutes les mains étaient en l'air. Quelques-unes, solidement fermées, semblaient se lever et s'abattre rapidement au milieu des cris, — manière énergique, sans doute, de formuler un vote. Des remous agitaient la masse qui refluait. Les bannières oscillaient, disparaissaient un instant et reparaissaient en loques. Les ondulations de la houle se propageaient jusqu'à l'escalier, tandis que toutes les têtes moutonnaient à la surface comme une mer soudainement remuée par un grain. Le nombre des chapeaux noirs diminuait à vue d'œil, et la plupart semblaient avoir perdu de leur hauteur normale.

« C'est évidemment un meeting, dit Fix, et la question qui l'a provoqué doit être palpitante. Je ne serais point étonné qu'il fût question de l'affaire de l'*Alabama*, bien qu'elle soit résolue.

— Peut-être, répondit simplement Mr. Fogg.

— En tout cas, reprit Fix, deux champions sont en présence l'un de l'autre, l'honorable Kamerfield et l'honorable Mandiboy. »

Mrs. Aouda, au bras de Phileas Fogg, regardait avec surprise cette scène tumultueuse, et Fix allait demander à l'un de ses voisins la raison de cette effervescence populaire, quand un mouvement plus accusé se prononça. Les hurrahs, agrémentés d'injures, redoublèrent. La hampe des bannières se transforma en arme offensive. Plus de mains, des poings partout. Du haut des voitures arrêtées, et des omnibus enrayés dans leur course, s'échangeaient force horions. Tout servait de projectiles. Bottes et souliers décrivaient dans l'air des trajectoires très tendues, et il sembla même que quelques revolvers mêlaient aux vociférations de la foule leurs détonations nationales.

La cohue se rapprocha de l'escalier et reflua sur les premières marches. L'un des partis était évidemment repoussé, sans que les simples spectateurs pussent reconnaître si l'avantage restait à Mandiboy ou à Kamerfield.

« Je crois prudent de nous retirer, dit Fix, qui ne tenait pas à ce que "son homme" reçût un mauvais coup ou se fît une mauvaise affaire. S'il est question de l'Angleterre dans tout ceci et qu'on nous reconnaisse, nous serons fort compromis dans la bagarre !

— Un citoyen anglais... », répondit Phileas Fogg.

Mais le gentleman ne put achever sa phrase. Derrière lui, de cette terrasse qui précédait l'escalier, partirent des hurlements épouvantables. On criait : « Hurrah ! Hip ! Hip ! pour Mandiboy ! » C'était une troupe d'électeurs qui arrivait à la rescousse, prenant en flanc les partisans de Kamerfield.

Mr. Fogg, Mrs. Aouda, Fix se trouvèrent entre deux

feux. Il était trop tard pour s'échapper. Ce torrent d'hommes, armés de cannes plombées et de casse-tête, était irrésistible. Phileas Fogg et Fix, en préservant la jeune femme, furent horriblement bousculés. Mr. Fogg, non moins flegmatique que d'habitude, voulut se défendre avec ces armes naturelles que la nature a mises au bout des bras de tout Anglais, mais inutilement. Un énorme gaillard à barbiche rouge, au teint coloré, large d'épaules, qui paraissait être le chef de la bande, leva son formidable poing sur Mr. Fogg, et il eût fort endommagé le gentleman, si Fix, par dévouement, n'eût reçu le coup à sa place. Une énorme bosse se développa instantanément sous le chapeau de soie du détective, transformé en simple toque.

« Yankee ! dit Mr. Fogg, en lançant à son adversaire un regard de profond mépris.

— Englishman ! répondit l'autre.

— Nous nous retrouverons !

— Quand il vous plaira. — Votre nom ?

— Phileas Fogg. Le vôtre ?

— Le colonel Stamp W. Proctor. »

Puis, cela dit, la marée passa. Fix fut renversé et se releva, les habits déchirés, mais sans meurtrissure sérieuse. Son paletot de voyage s'était séparé en deux parties inégales, et son pantalon ressemblait à ces culottes dont certains Indiens — affaire de mode — ne se vêtent qu'après en avoir préalablement enlevé le fond. Mais, en somme, Mrs. Aouda avait été épargnée, et, seul, Fix en était pour son coup de poing.

« Merci, dit Mr. Fogg à l'inspecteur, dès qu'ils furent hors de la foule.

— Il n'y a pas de quoi, répondit Fix, mais venez.

— Où ?

— Chez un marchand de confection. »

En effet, cette visite était opportune. Les habits de Phileas Fogg et de Fix étaient en lambeaux, comme si ces deux gentlemen se fussent battus pour le compte des honorables Kamerfield et Mandiboy.

Si Fix, par dévouement, n'eût reçu le coup... (p. 209).

Une heure après, ils étaient convenablement vêtus et coiffés. Puis ils revinrent à International-Hôtel.

Là, Passepartout attendait son maître, armé d'une demi-douzaine de revolvers-poignards à six coups et à inflammation centrale. Quand il aperçut Fix en compagnie de Mr. Fogg, son front s'obscurcit. Mais Mrs. Aouda, ayant fait en quelques mots le récit de ce qui s'était passé, Passepartout se rasséréna. Évidemment Fix n'était plus un ennemi, c'était un allié. Il tenait sa parole.

Le dîner terminé, un coach fut amené, qui devait conduire à la gare les voyageurs et leurs colis. Au moment de monter en voiture, Mr. Fogg dit à Fix :

« Vous n'avez pas revu ce colonel Proctor ?

— Non, répondit Fix.

— Je reviendrai en Amérique pour le retrouver, dit froidement Phileas Fogg. Il ne serait pas convenable qu'un citoyen anglais se laissât traiter de cette façon. »

L'inspecteur sourit et ne répondit pas. Mais, on le voit, Mr. Fogg était de cette race d'Anglais qui, s'ils ne tolèrent pas le duel chez eux, se battent à l'étranger, quand il s'agit de soutenir leur honneur.

À six heures moins un quart, les voyageurs atteignaient la gare et trouvaient le train prêt à partir.

Au moment où Mr. Fogg allait s'embarquer, il avisa un employé et, le rejoignant :

« Mon ami, lui dit-il, n'y a-t-il pas eu quelques troubles aujourd'hui à San Francisco ?

— C'était un meeting, monsieur, répondit l'employé.

— Cependant, j'ai cru remarquer une certaine animation dans les rues.

— Il s'agissait simplement d'un meeting organisé pour une élection.

— L'élection d'un général en chef, sans doute ? demanda Mr. Fogg.

— Non, monsieur, d'un juge de paix. »

Sur cette réponse, Phileas Fogg monta dans le wagon, et le train partit à toute vapeur.

XXVI

DANS LEQUEL ON PREND LE TRAIN EXPRESS DU CHEMIN DE FER DU PACIFIQUE

« Ocean to Ocean » — ainsi disent les Américains —, et ces trois mots devraient être la dénomination générale du « grand trunk », qui traverse les États-Unis d'Amérique dans leur plus grande largeur. Mais, en réalité, le « Pacific rail-road » se divise en deux parties distinctes : « Central Pacific » entre San Francisco et Ogden, et « Union Pacific » entre Ogden et Omaha. Là se raccordent cinq lignes distinctes, qui mettent Omaha en communication fréquente avec New York.

New York et San Francisco sont donc présentement réunis par un ruban de métal non interrompu qui ne mesure pas moins de trois mille sept cent quatre-vingt-six milles. Entre Omaha et le Pacifique, le chemin de fer franchit une contrée encore fréquentée par les Indiens et les fauves, — vaste étendue de territoire que les Mormons commencèrent à coloniser vers 1845, après qu'ils eurent été chassés de l'Illinois.

Autrefois, dans les circonstances les plus favorables, on employait six mois pour aller de New York à San Francisco. Maintenant, on met sept jours.

C'est en 1862 que, malgré l'opposition des députés du Sud, qui voulaient une ligne plus méridionale, le tracé du rail-road fut arrêté entre la quarante et unième et le quarante-deuxième parallèle. Le président Lincoln, de si regrettée mémoire, fixa lui-même, dans l'État de Nebraska, à la ville d'Omaha, la tête de ligne du nouveau réseau. Les travaux furent aussitôt commencés et poursuivis avec cette activité américaine, qui n'est ni paperassière ni bureaucratique. La rapidité de la main-d'œuvre ne devait nuire en aucune façon à la bonne exécution du chemin. Dans la prairie, on avançait à raison d'un mille et demi par jour. Une locomotive, roulant sur les rails de la veille, apportait les rails du lendemain, et courait à leur surface au fur et à mesure qu'ils étaient posés.

Le Pacific rail-road jette plusieurs embranchements sur son parcours, dans les États de Iowa, du Kansas, du Colorado et de l'Oregon. En quittant Omaha, il longe la rive gauche de Platte-river jusqu'à l'embouchure de la branche du nord, suit la branche du sud, traverse les terrains de Laramie et les montagnes Wahsatch, contourne le lac Salé, arrive à Lake Salt City, la capitale des Mormons, s'enfonce dans la vallée de la Tuilla, longe le désert américain, les monts de Cédar et Humboldt, Humboldt-river, la Sierra Nevada, et redescend par Sacramento jusqu'au Pacifique, sans que ce tracé dépasse en pente cent douze pieds par mille, même dans la traversée des montagnes Rocheuses.

Telle était cette longue artère que les trains parcouraient en sept jours, et qui allait permettre à l'honorable Phileas Fogg — il l'espérait du moins — de prendre, le 11, à New York, le paquebot de Liverpool.

Le wagon occupé par Phileas Fogg était une sorte de long omnibus qui reposait sur deux trains formés de quatre roues chacun, dont la mobilité permet d'attaquer des courbes de petit rayon. À l'intérieur, point de compartiments : deux files de sièges, disposés de chaque côté, perpendiculairement à l'axe, et entre lesquels était réservé un passage conduisant aux cabinets de toilette et autres, dont chaque wagon est pourvu. Sur toute la longueur du train, les voitures communiquaient entre elles par des passerelles, et les voyageurs pouvaient circuler d'une extrémité à l'autre du convoi, qui mettait à leur disposition des wagons-salons, des wagons-terrasses, des wagons-restaurants et des wagons à cafés. Il n'y manquait que des wagons-théâtres. Mais il y en aura un jour.

Sur les passerelles circulaient incessamment des mar-

chands de livres et de journaux, débitant leur marchandise, et des vendeurs de liqueurs, de comestibles, de
cigares, qui ne manquaient point de chalands.

Les voyageurs étaient partis de la station d'Oakland
à six heures du soir. Il faisait déjà nuit, — une nuit
froide, sombre, avec un ciel couvert dont les nuages
menaçaient de se résoudre en neige. Le train ne marchait pas avec une grande rapidité. En tenant compte
des arrêts, il ne parcourait pas plus de vingt milles à
l'heure, vitesse qui devait, cependant, lui permettre de
franchir les États-Unis dans les temps réglementaires.

On causait peu dans le wagon. D'ailleurs, le sommeil allait bientôt gagner les voyageurs. Passepartout
se trouvait placé auprès de l'inspecteur de police, mais
il ne lui parlait pas. Depuis les derniers événements,
leurs relations s'étaient notablement refroidies. Plus de
sympathie, plus d'intimité. Fix n'avait rien changé à
sa manière d'être, mais Passepartout se tenait, au contraire, sur une extrême réserve, prêt au moindre soup-
çon à étrangler son ancien ami.

Une heure après le départ du train, la neige tomba —,
neige fine, qui ne pouvait, fort heureusement, retarder
la marche du convoi. On n'apercevait plus à travers les
fenêtres qu'une immense nappe blanche, sur laquelle,
en déroulant ses volutes, la vapeur de la locomotive
paraissait grisâtre.

À huit heures, un « steward » entra dans le wagon
et annonça aux voyageurs que l'heure du coucher était
sonnée. Ce wagon était un « sleeping-car », qui, en
quelques minutes, fut transformé en dortoir. Les dos-
siers des bancs se replièrent, des couchettes soigneusement paquetées se déroulèrent par un système ingénieux,
des cabines furent improvisées en quelques instants, et
chaque voyageur eut bientôt à sa disposition un lit
confortable, que d'épais rideaux défendaient contre
tout regard indiscret. Les draps étaient blancs, les
oreillers moelleux. Il n'y avait plus qu'à se coucher et
à dormir — ce que chacun fit, comme s'il se fût trouvé
dans la cabine confortable d'un paquebot —, pendant

Les draps étaient blancs (p. 214).

que le train filait à toute vapeur à travers l'État de Californie.

Dans cette portion du territoire qui s'étend entre San Francisco et Sacramento, le sol est peu accidenté. Cette partie du chemin de fer, sous le nom de « Central Pacific road », prit d'abord Sacramento pour point de départ, et s'avança vers l'est à la rencontre de celui qui partait d'Omaha. De San Francisco à la capitale de la Californie, la ligne courait directement au nord-est, en longeant American-river, qui se jette dans la baie de San Pablo. Les cent vingt milles compris entre ces deux importantes cités furent franchis en six heures, et vers minuit, pendant qu'ils dormaient de leur premier sommeil, les voyageurs passèrent à Sacramento. Ils ne virent donc rien de cette ville considérable, siège de la législature de l'État de Californie, ni ses beaux quais, ni ses rues larges, ni ses hôtels splendides, ni ses squares, ni ses temples.

En sortant de Sacramento, le train, après avoir dépassé les stations de Junction, de Roclin, d'Auburn et de Colfax, s'engagea dans le massif de la Sierra Nevada. Il était sept heures du matin quand fut traversée la station de Cisco. Une heure après, le dortoir était redevenu un wagon ordinaire et les voyageurs pouvaient à travers les vitres entrevoir les points de vue pittoresques de ce montagneux pays. Le tracé du train obéissait aux caprices de la Sierra, ici accroché aux flancs de la montagne, là suspendu au-dessus des précipices, évitant les angles brusques par des courbes audacieuses, s'élançant dans des gorges étroites que l'on devait croire sans issues. La locomotive, étincelante comme une châsse, avec son grand fanal qui jetait de fauves lueurs, sa cloche argentée, son « chasse-vache », qui s'étendait comme un éperon, mêlait ses sifflements et ses mugissements à ceux des torrents et des cascades, et tordait sa fumée à la noire ramure des sapins.

Peu ou point de tunnels, ni de ponts sur le parcours. Le rail-road contournait le flanc des montagnes, ne cherchant pas dans la ligne droite le plus court chemin d'un point à un autre, et ne violentant pas la nature.

Vers neuf heures, par la vallée de Carson, le train pénétrait dans l'État de Nevada, suivant toujours la direction du nord-est. À midi, il quittait Reno, où les voyageurs eurent vingt minutes pour déjeuner.

Depuis ce point, la voie ferrée, côtoyant Humboldt-river, s'éleva pendant quelques milles vers le nord, en suivant son cours. Puis elle s'infléchit vers l'est, et ne devait plus quitter le cours d'eau avant d'avoir atteint les Humboldt-Ranges, qui lui donnent naissance, presque à l'extrémité orientale de l'État de Nevada.

Après avoir déjeuné, Mr. Fogg, Mrs. Aouda et leurs compagnons reprirent leur place dans le wagon. Phileas Fogg, la jeune femme, Fix et Passepartout, confortablement assis, regardaient le paysage varié qui passait sous leurs yeux, — vastes prairies, montagnes se profilant à l'horizon, « creeks » roulant leurs eaux écumeuses. Parfois, un grand troupeau de bisons, se massant au loin, apparaissait comme une digue mobile. Ces innombrables armées de ruminants opposent souvent un insurmontable obstacle au passage des trains. On a vu des milliers de ces animaux défiler pendant plusieurs heures, en rangs pressés, au travers du rail-road. La locomotive est alors forcée de s'arrêter et d'attendre que la voie soit redevenue libre.

Ce fut même ce qui arriva dans cette occasion. Vers trois heures du soir, un troupeau de dix à douze mille têtes barra le rail-road. La machine, après avoir modéré sa vitesse, essaya d'engager son éperon dans le flanc de l'immense colonne, mais elle dut s'arrêter devant l'impénétrable masse.

On voyait ces ruminants — ces buffalos, comme les appellent improprement les Américains — marcher ainsi de leur pas tranquille, poussant parfois des beuglements formidables. Ils avaient une taille supérieure à celle des taureaux d'Europe, les jambes et la queue courtes, le garrot saillant qui formait une bosse musculaire, les cornes écartées à la base, la tête, le cou

Un troupeau de dix à douze mille têtes barra le rail-road
(p. 217).

et les épaules recouverts d'une crinière à longs poils. Il ne fallait pas songer à arrêter cette migration. Quand les bisons ont adopté une direction, rien ne pourrait ni enrayer ni modifier leur marche. C'est un torrent de chair vivante qu'aucune digue ne saurait contenir.

Les voyageurs, dispersés sur les passerelles, regardaient ce curieux spectacle. Mais celui qui devait être le plus pressé de tous, Phileas Fogg, était demeuré à sa place et attendait philosophiquement qu'il plût aux buffles de lui livrer passage. Passepartout était furieux du retard que causait cette agglomération d'animaux. Il eût voulu décharger contre eux son arsenal de revolvers.

« Quel pays ! s'écria-t-il. De simples bœufs qui arrêtent des trains, et qui s'en vont là, processionnellement, sans plus se hâter que s'ils ne gênaient pas la circulation ! Pardieu ! je voudrais bien savoir si Mr. Fogg avait prévu ce contretemps dans son programme ! Et ce mécanicien qui n'ose pas lancer sa machine à travers ce bétail encombrant ! »

Le mécanicien n'avait point tenté de renverser l'obstacle, et il avait prudemment agi. Il eût écrasé sans doute les premiers buffles attaqués par l'éperon de la locomotive ; mais, si puissante qu'elle fût, la machine eût été arrêtée bientôt, un déraillement se serait inévitablement produit, et le train fût resté en détresse.

Le mieux était donc d'attendre patiemment, quitte ensuite à regagner le temps perdu par une accélération de la marche du train. Le défilé des bisons dura trois grandes heures, et la voie ne redevint libre qu'à la nuit tombante. À ce moment, les derniers rangs du troupeau traversaient les rails, tandis que les premiers disparaissaient au-dessous de l'horizon du sud.

Il était donc huit heures, quand le train franchit les défilés des Humboldt-Ranges, et neuf heures et demie, lorsqu'il pénétra sur le territoire de l'Utah, la région du grand lac Salé, le curieux pays des Mormons.

XXVII

DANS LEQUEL PASSEPARTOUT SUIT,
AVEC UNE VITESSE DE VINGT MILLES À L'HEURE,
UN COURS D'HISTOIRE MORMONE

Pendant la nuit du 5 au 6 décembre, le train courut au sud-est sur un espace de cinquante milles environ ; puis il remonta d'autant vers le nord-est, en s'approchant du grand lac Salé.

Passepartout, vers neuf heures du matin, vint prendre l'air sur les passerelles. Le temps était froid, le ciel gris, mais il ne neigeait plus. Le disque du soleil, élargi par les brumes, apparaissait comme une énorme pièce d'or, et Passepartout s'occupait à en calculer la valeur en livres sterling, quand il fut distrait de cet utile travail par l'apparition d'un personnage assez étrange.

Ce personnage, qui avait pris le train à la station d'Elko, était un homme de haute taille, très brun, moustaches noires, bas noirs, chapeau de soie noir, gilet noir, pantalon noir, cravate blanche, gants de peau de chien. On eût dit un révérend. Il allait d'une extrémité du train à l'autre, et, sur la portière de chaque wagon, il collait avec des pains à cacheter une notice écrite à la main.

Passepartout s'approcha et lut sur une de ces notices que l'honorable « elder » William Hitch, missionnaire mormon, profitant de sa présence sur le train n° 48, ferait, de onze heures à midi, dans le car n° 117, une conférence sur le mormonisme —, invitant à l'entendre tous les gentlemen soucieux de s'instruire touchant les mystères de la religion des « Saints des derniers jours ».

« Certes, j'irai », se dit Passepartout, qui ne connaissait guère du mormonisme que ses usages polygames, base de la société mormone.

La nouvelle se répandit rapidement dans le train, qui emportait une centaine de voyageurs. Sur ce nombre, trente au plus, alléchés par l'appât de la conférence, occupaient à onze heures les banquettes du car n° 117. Passepartout figurait au premier rang des fidèles. Ni son maître ni Fix n'avaient cru devoir se déranger.

À l'heure dite, l'elder William Hitch se leva, et d'une voix assez irritée, comme s'il eût été contredit d'avance, il s'écria :

« Je vous dis, moi, que Joe Smyth est un martyr, que son frère Hyram est un martyr, et que les persécutions du gouvernement de l'Union contre les prophètes vont faire également un martyr de Brigham Young ! Qui oserait soutenir le contraire ? »

Personne ne se hasarda à contredire le missionnaire, dont l'exaltation contrastait avec sa physionomie naturellement calme. Mais, sans doute, sa colère s'expliquait par ce fait que le mormonisme était actuellement soumis à de dures épreuves. Et, en effet, le gouvernement des États-Unis venait, non sans peine, de réduire ces fanatiques indépendants. Il s'était rendu maître de l'Utah, et l'avait soumis aux lois de l'Union, après avoir emprisonné Brigham Young, accusé de rébellion et de polygamie. Depuis cette époque, les disciples du prophète redoublaient leurs efforts, et, en attendant les actes, ils résistaient par la parole aux prétentions du Congrès.

On le voit, l'elder William Hitch faisait du prosélytisme jusqu'en chemin de fer.

Et alors il raconta, en passionnant son récit par les éclats de sa voix et la violence de ses gestes, l'histoire du mormonisme, depuis les temps bibliques : « comment, dans Israël, un prophète mormon de la tribu de Joseph publia les annales de la religion nouvelle, et les légua à son fils Morom ; comment, bien des siècles plus tard, une traduction de ce précieux livre, écrit en caractères égyptiens, fut faite par Joseph Smyth junior, fermier de l'État de Vermont, qui se révéla comme prophète mystique en 1825 ; comment, enfin, un messager céleste lui apparut dans une forêt lumineuse et lui remit les annales du Seigneur ».

En ce moment, quelques auditeurs, peu intéressés

par le récit rétrospectif du missionnaire, quittèrent le wagon ; mais William Hitch, continuant, raconta « comment Smyth junior, réunissant son père, ses deux frères et quelques disciples, fonda la religion des Saints des derniers jours —, religion qui, adoptée non seulement en Amérique, mais en Angleterre, en Scandinavie, en Allemagne, compte parmi ses fidèles des artisans et aussi nombre de gens exerçant des professions libérales ; comment une colonie fut fondée dans l'Ohio ; comment un temple fut élevé au prix de deux cent mille dollars et une ville bâtie à Kirkland ; comment Smyth devint un audacieux banquier et reçut d'un simple montreur de momies un papyrus contenant un récit écrit de la main d'Abraham et autres célèbres Égyptiens ».

Cette narration devenant un peu longue, les rangs des auditeurs s'éclaircirent encore, et le public ne se composa plus que d'une vingtaine de personnes.

Mais l'elder, sans s'inquiéter de cette désertion, raconta avec détail « comme quoi Joe Smyth fit banqueroute en 1837 ; comme quoi ses actionnaires ruinés l'enduisirent de goudron et le roulèrent dans la plume ; comme quoi on le retrouva, plus honorable et plus honoré que jamais, quelques années après, à Independance, dans le Missouri, et chef d'une communauté florissante, qui ne comptait pas moins de trois mille disciples, et qu'alors, poursuivi par la haine des gentils, il dut fuir dans le Far West américain ».

Dix auditeurs étaient encore là, et parmi eux l'honnête Passepartout, qui écoutait de toutes ses oreilles. Ce fut ainsi qu'il apprit « comment, après de longues persécutions, Smyth reparut dans l'Illinois et fonda en 1839, sur les bords du Mississippi, Nauvoo-la-Belle, dont la population s'éleva jusqu'à vingt-cinq mille âmes ; comment Smyth en devint le maire, le juge suprême et le général en chef ; comment, en 1843, il posa sa candidature à la présidence des États-Unis, et comment enfin, attiré dans un guet-apens, à Carthage, il fut jeté en prison et assassiné par une bande d'hommes masqués ».

« Et vous, mon fidèle… » (p. 224).

En ce moment, Passepartout était absolument seul dans le wagon, et l'elder, le regardant en face, le fascinant par ses paroles, lui rappela que, deux ans après l'assassinat de Smyth, son successeur, le prophète inspiré, Brigham Young, abandonnant Nauvoo, vint s'établir aux bords du lac Salé, et que là, sur cet admirable territoire, au milieu de cette contrée fertile, sur le chemin des émigrants qui traversaient l'Utah pour se rendre en Californie, la nouvelle colonie, grâce aux principes polygames du mormonisme, prit une extension énorme.

« Et voilà, ajouta William Hitch, voilà pourquoi la jalousie du Congrès s'est exercée contre nous ! pourquoi les soldats de l'Union ont foulé le sol de l'Utah ! pourquoi notre chef, le prophète Brigham Young, a été emprisonné au mépris de toute justice ! Céderons-nous à la force ? Jamais ! Chassés du Vermont, chassés de l'Illinois, chassés de l'Ohio, chassés du Missouri, chassés de l'Utah, nous retrouverons encore quelque territoire indépendant où nous planterons notre tente... Et vous, mon fidèle, ajouta l'elder en fixant sur son unique auditeur des regards courroucés, planterez-vous la vôtre à l'ombre de notre drapeau ?

— Non », répondit bravement Passepartout, qui s'enfuit à son tour, laissant l'énergumène prêcher dans le désert.

Mais pendant cette conférence, le train avait marché rapidement, et, vers midi et demi, il touchait à sa pointe nord-ouest le grand lac Salé. De là, on pouvait embrasser, sur un vaste périmètre, l'aspect de cette mer intérieure, qui porte aussi le nom de mer Morte et dans laquelle se jette un Jourdain d'Amérique. Lac admirable, encadré de belles roches sauvages, à larges assises, encroûtées de sel banc, superbe nappe d'eau qui couvrait autrefois un espace plus considérable ; mais avec le temps, ses bords, montant peu à peu, ont réduit sa superficie en accroissant sa profondeur.

Le lac Salé, long de soixante-dix milles environ, large de trente-cinq, est situé à trois mille huit cents pieds

Lac admirable... (p. 224).

au-dessus du niveau de la mer. Bien différent du lac Asphaltite, dont la dépression accuse douze cents pieds au-dessous, sa salure est considérable, et ses eaux tiennent en dissolution le quart de leur poids de matière solide. Leur pesanteur spécifique est de 1 170, celle de l'eau distillée étant 1 000. Aussi les poissons n'y peuvent vivre. Ceux qu'y jettent le Jourdain, le Weber et autres creeks, y périssent bientôt ; mais il n'est pas vrai que la densité de ses eaux soit telle qu'un homme n'y puisse plonger.

Autour du lac, la campagne était admirablement cultivée, car les Mormons s'entendent aux travaux de la terre : des ranchos et des corrals pour les animaux domestiques, des champs de blé, de maïs, de sorgho, des prairies luxuriantes, partout des haies de rosiers sauvages, des bouquets d'acacias et d'euphorbes, tel eût été l'aspect de cette contrée, six mois plus tard ; mais en ce moment le sol disparaissait sous une mince couche de neige, qui le poudrait légèrement.

À deux heures, les voyageurs descendaient à la station d'Ogden. Le train ne devant repartir qu'à six heures, Mr. Fogg, Mrs. Aouda et leurs deux compagnons avaient donc le temps de se rendre à la Cité des Saints par le petit embranchement qui se détache de la station d'Ogden. Deux heures suffisaient à visiter cette ville absolument américaine et, comme telle, bâtie sur le patron de toutes les villes de l'Union, vastes échiquiers à longues lignes froides, avec « la tristesse lugubre des angles droits », suivant l'expression de Victor Hugo. Le fondateur de la Cité des Saints ne pouvait échapper à ce besoin de symétrie qui distingue les Anglo-Saxons. Dans ce singulier pays, où les hommes ne sont certainement pas à la hauteur des institutions, tout se fait « carrément », les villes, les maisons et les sottises.

À trois heures, les voyageurs se promenaient donc par les rues de la cité, bâtie entre la rive du Jourdain et les premières ondulations des monts Wahsatch. Ils y remarquèrent peu ou point d'églises, mais, comme monuments, la maison du prophète, la Court-house et l'arsenal ; puis, des maisons de brique bleuâtre avec vérandas et galeries, entourées de jardins, bordées d'acacias, de palmiers et de caroubiers. Un mur d'argile et de cailloux, construit en 1853, ceignait la ville. Dans la principale rue, où se tient le marché, s'élevaient quelques hôtels ornés de pavillons, et entre autres Lake-Salthouse.

Mr. Fogg et ses compagnons ne trouvèrent pas la cité fort peuplée. Les rues étaient presque désertes, — sauf toutefois la partie du Temple, qu'ils n'atteignirent qu'après avoir traversé plusieurs quartiers entourés de palissades. Les femmes étaient assez nombreuses, ce qui s'explique par la composition singulière des ménages mormons. Il ne faut pas croire, cependant, que tous les Mormons soient polygames. On est libre, mais il est bon de remarquer que ce sont les citoyennes de l'Utah qui tiennent surtout à être épousées, car, suivant la religion du pays, le ciel mormon n'admet point à la possession de ses béatitudes les célibataires du sexe féminin. Ces pauvres créatures ne paraissaient ni aisées ni heureuses. Quelques-unes, les plus riches sans doute, portaient une jaquette de soie noire ouverte à la taille, sous une capuche ou un châle fort modeste. Les autres n'étaient vêtues que d'indienne.

Passepartout, lui, en sa qualité de garçon convaincu, ne regardait pas sans un certain effroi ces Mormones chargées de faire à plusieurs le bonheur d'un seul Mormon. Dans son bon sens, c'était le mari qu'il plaignait surtout. Cela lui paraissait terrible d'avoir à guider tant de dames à la fois au travers des vicissitudes de la vie, à les conduire ainsi en troupe jusqu'au paradis mormon, avec cette perspective de les y retrouver pour l'éternité en compagnie du glorieux Smyth, qui devait faire l'ornement de ce lieu de délices. Décidément, il ne se sentait pas la vocation, et il trouvait — peut-être s'abusait-il en ceci — que les citoyennes de Great-Lake-City jetaient sur sa personne des regards un peu inquiétants.

Très heureusement, son séjour dans la Cité des Saints ne devait pas se prolonger. À quatre heures moins quelques minutes, les voyageurs se retrouvaient à la gare et reprenaient leur place dans leurs wagons.

Le coup de sifflet se fit entendre ; mais au moment où les roues motrices de la locomotive, patinant sur les rails, commençaient à imprimer au train quelque vitesse, ces cris : « Arrêtez ! arrêtez ! » retentirent.

On n'arrête pas un train en marche. Le gentleman qui proférait ces cris était évidemment un Mormon attardé. Il courait à perdre haleine. Heureusement pour lui, la gare n'avait ni portes ni barrières. Il s'élança donc sur la voie, sauta sur le marchepied de la dernière voiture, et tomba essoufflé sur une des banquettes du wagon.

Passepartout, qui avait suivi avec émotion les incidents de cette gymnastique, vint contempler ce retardataire, auquel il s'intéressa vivement, quand il apprit que ce citoyen de l'Utah n'avait ainsi pris la fuite qu'à la suite d'une scène de ménage.

Lorsque le Mormon eut repris haleine, Passepartout se hasarda à lui demander poliment combien il avait de femmes, à lui tout seul, — et à la façon dont il venait de décamper, il lui en supposait une vingtaine au moins.

« Une, monsieur ! répondit le Mormon en levant les bras au ciel, une, et c'était assez ! »

XXVIII

DANS LEQUEL PASSEPARTOUT NE PUT PARVENIR À FAIRE ENTENDRE LE LANGAGE DE LA RAISON

Le train, en quittant Great-Salt-Lake et la station d'Ogden, s'éleva pendant une heure vers le nord, jusqu'à Weber-river, ayant franchi neuf cents milles environ depuis San Francisco. À partir de ce point, il reprit la direction de l'est à travers le massif accidenté des monts Wahsatch. C'est dans cette partie du territoire, comprise entre ces montagnes et les montagnes Rocheuses proprement dites, que les ingénieurs américains ont été aux prises avec les plus sérieuses difficultés. Aussi, dans ce parcours, la subvention du gouvernement de l'Union s'est-elle élevée à quarante-huit mille dollars par mille, tandis qu'elle n'était que de seize mille dollars en plaine ; mais les ingénieurs, ainsi qu'il a été dit, n'ont pas violenté la nature, ils ont rusé avec elle, tournant les difficultés, et pour atteindre le grand bassin, un seul tunnel, long de quatorze mille pieds, a été percé dans tout le parcours du rail-road.

C'était au lac Salé même que le tracé avait atteint jusqu'alors sa plus haute cote d'altitude. Depuis ce point, son profil décrivait une courbe très allongée, s'abaissant vers la vallée du Bitter-creek, pour remonter jusqu'au point de partage des eaux entre l'Atlantique et le Pacifique. Les rios étaient nombreux dans cette montagneuse région. Il fallut franchir sur des ponceaux le Muddy, le Green et autres. Passepartout était devenu plus impatient à mesure qu'il s'approchait du but. Mais Fix, à son tour, aurait voulu être déjà sorti de cette difficile contrée. Il craignait les retards, il redoutait les accidents, et était plus pressé que Phileas Fogg lui-même de mettre le pied sur la terre anglaise !

À dix heures du soir, le train s'arrêtait à la station de Fort-Bridger, qu'il quitta presque aussitôt, et, vingt milles plus loin, il entrait dans l'État de Wyoming, — l'ancien Dakota —, en suivant toute la vallée du Bitter-creek, d'où s'écoulent une partie des eaux qui forment le système hydrographique du Colorado.

Le lendemain, 7 décembre, il y eut un quart d'heure d'arrêt à la station de Green-river. La neige avait tombé pendant la nuit assez abondamment, mais, mêlée à de la pluie, à demi fondue, elle ne pouvait gêner la marche du train. Toutefois, ce mauvais temps ne laissa pas d'inquiéter Passepartout, car l'accumulation des neiges, en embourbant les roues des wagons, eût certainement compromis le voyage.

« Aussi, quelle idée, se disait-il, mon maître a-t-il

eue de voyager pendant l'hiver ! Ne pouvait-il attendre la belle saison pour augmenter ses chances ? »

Mais, en ce moment, où l'honnête garçon ne se préoccupait que de l'état du ciel et de l'abaissement de la température, Mrs. Aouda éprouvait des craintes plus vives, qui provenaient d'une tout autre cause.

En effet, quelques voyageurs étaient descendus de leur wagon, et se promenaient sur le quai de la gare de Green-river, en attendant le départ du train. Or, à travers la vitre, la jeune femme reconnut parmi eux le colonel Stamp W. Proctor, cet Américain qui s'était si grossièrement comporté à l'égard de Phileas Fogg pendant le meeting de San Francisco. Mrs. Aouda, ne voulant pas être vue, se rejeta en arrière.

Cette circonstance impressionna vivement la jeune femme. Elle s'était attachée à l'homme qui, si froidement que ce fût, lui donnait chaque jour les marques du plus absolu dévouement. Elle ne comprenait pas, sans doute, toute la profondeur du sentiment que lui inspirait son sauveur, et à ce sentiment elle ne donnait encore que le nom de reconnaissance, mais, à son insu, il y avait plus que cela. Aussi son cœur se serra-t-il, quand elle reconnut le grossier personnage auquel Mr. Fogg voulait tôt ou tard demander raison de sa conduite. Évidemment, c'était le hasard seul qui avait amené dans ce train le colonel Proctor, mais enfin il y était, et il fallait empêcher à tout prix que Phileas Fogg aperçût son adversaire.

Mrs. Aouda, lorsque le train se fut remis en route, profita d'un moment où sommeillait Mr. Fogg pour mettre Fix et Passepartout au courant de la situation.

« Ce Proctor est dans le train ! s'écria Fix. Eh bien, rassurez-vous, madame, avant d'avoir affaire au sieur... à Mr. Fogg, il aura affaire à moi ! Il me semble que, dans tout ceci, c'est encore moi qui ai reçu les plus graves insultes !

— Et, de plus, ajouta Passepartout, je me charge de lui, tout colonel qu'il est.

— Monsieur Fix, reprit Mrs. Aouda, Mr. Fogg ne

laissera à personne le soin de le venger. Il est homme, il l'a dit, à revenir en Amérique pour retrouver cet insulteur. Si donc il aperçoit le colonel Proctor, nous ne pourrons empêcher une rencontre, qui peut amener de déplorables résultats. Il faut donc qu'il ne le voie pas.

— Vous avez raison, madame, répondit Fix, une rencontre pourrait tout perdre. Vainqueur ou vaincu, Mr. Fogg serait retardé, et...

— Et, ajouta Passepartout, cela ferait le jeu des gentlemen du Reform-Club. Dans quatre jours nous serons à New York ! Eh bien, si pendant quatre jours mon maître ne quitte pas son wagon, on peut espérer que le hasard ne le mettra pas face à face avec ce maudit Américain, que Dieu confonde ! Or, nous saurons bien l'empêcher... »

La conversation fut suspendue. Mr. Fogg s'était réveillé, et regardait la campagne à travers la vitre tachetée de neige. Mais, plus tard, et sans être entendu de son maître ni de Mrs. Aouda, Passepartout dit à l'inspecteur de police :

« Est-ce que vraiment vous vous battriez pour lui ?

— Je ferai tout pour le ramener vivant en Europe ! » répondit simplement Fix, d'un ton qui marquait une implacable volonté.

Passepartout sentit comme un frisson lui courir par le corps, mais ses convictions à l'endroit de son maître ne faiblirent pas.

Et maintenant, y avait-il un moyen quelconque de retenir Mr. Fogg dans ce compartiment pour prévenir toute rencontre entre le colonel et lui ? Cela ne pouvait être difficile, le gentleman étant d'un naturel peu remuant et peu curieux. En tout cas, l'inspecteur de police crut avoir trouvé ce moyen, car, quelques instants plus tard, il disait à Phileas Fogg :

« Ce sont de longues et lentes heures, monsieur, que celles que i'on passe ainsi en chemin de fer.

— En effet, répondit le gentleman, mais elles passent.

— À bord des paquebots, reprit l'inspecteur, vous aviez l'habitude de faire votre whist ?

— Oui, répondit Phileas Fogg, mais ici ce serait difficile. Je n'ai ni cartes ni partenaires.

— Oh ! les cartes, nous trouverons bien à les acheter. On vend de tout dans les wagons américains. Quant aux partenaires, si, par hasard, madame...

— Certainement, monsieur, répondit vivement la jeune femme, je connais le whist. Cela fait partie de l'éducation anglaise.

— Et moi, reprit Fix, j'ai quelques prétentions à bien jouer ce jeu. Or, à nous trois et un mort...

— Comme il vous plaira, monsieur », répondit Phileas Fogg, enchanté de reprendre son jeu favori —, même en chemin de fer.

Passepartout fut dépêché à la recherche du steward, et il revint bientôt avec deux jeux complets, des fiches, des jetons et une tablette recouverte de drap. Rien ne manquait. Le jeu commença. Mrs. Aouda savait très suffisamment le whist, et elle reçut même quelques compliments du sévère Phileas Fogg. Quant à l'inspecteur, il était tout simplement de première force, et digne de tenir tête au gentleman.

« Maintenant, se dit Passepartout à lui-même, nous le tenons. Il ne bougera plus ! »

À onze heures du matin, le train avait atteint le point de partage des eaux des deux océans. C'était à Passe-Bridger, à une hauteur de sept mille cinq cent vingt-quatre pieds anglais au-dessus du niveau de la mer, un des plus hauts points touchés par le profil du tracé dans ce passage à travers les montagnes Rocheuses. Après deux cents milles environ, les voyageurs se trouveraient enfin sur ces longues plaines qui s'étendent jusqu'à l'Atlantique, et que la nature rendait si propices à l'établissement d'une voie ferrée.

Sur le versant du bassin atlantique se développaient déjà les premiers rios, affluents ou sous-affluents de North-Platte-river. Tout l'horizon du nord et de l'est était couvert par cette immense courtine semi-circulaire, qui .forme la portion septentrionale des Rocky-Mountains, dominée par le pic de Laramie. Entre cette courbure et la ligne de fer s'étendaient de vastes plaines, largement arrosées. Sur la droite du rail-road s'étageaient les premières rampes du massif montagneux qui s'arrondit au sud jusqu'aux sources de la rivière de l'Arkansas, l'un des grands tributaires du Missouri.

À midi et demi, les voyageurs entrevoyaient un instant le fort Halleck, qui commande cette contrée. Encore quelques heures, et la traversée des montagnes Rocheuses serait accomplie. On pouvait donc espérer qu'aucun accident ne signalerait le passage du train à travers cette difficile région. La neige avait cessé de tomber. Le temps se mettait au froid sec. De grands oiseaux, effrayés par la locomotive, s'enfuyaient au loin. Aucun fauve, ours ou loup, ne se montrait sur la plaine. C'était le désert dans son immense nudité.

Après un déjeuner assez confortable, servi dans le wagon même, Mr. Fogg et ses partenaires venaient de reprendre leur interminable whist, quand de violents coups de sifflet se firent entendre. Le train s'arrêta.

Passepartout mit la tête à la portière et ne vit rien qui motivât cet arrêt. Aucune station n'était en vue.

Mrs. Aouda et Fix purent craindre un instant que Mr. Fogg ne songeât à descendre sur la voie. Mais le gentleman se contenta de dire à son domestique :

« Voyez donc ce que c'est. »

Passepartout s'élança hors du wagon. Une quarantaine de voyageurs avaient déjà quitté leurs places, et parmi eux le colonel Stamp W. Proctor.

Le train était arrêté devant un signal tourné au rouge qui fermait la voie. Le mécanicien et le conducteur, étant descendus, discutaient assez vivement avec un garde-voie, que le chef de gare de Medicine-Bow, la station prochaine, avait envoyé au-devant du train. Des voyageurs s'étaient approchés et prenaient part à la discussion, — entre autres le susdit colonel Proctor, avec son verbe haut et ses gestes impérieux.

Passepartout, ayant rejoint le groupe, entendit le garde-voie qui disait :

« Non ! il n'y a pas moyen de passer ! Le pont de

Medicine-Bow est ébranlé et ne supporterait pas le poids du train. »

Ce pont, dont il était question, était un pont suspendu, jeté sur un rapide, à un mille de l'endroit où le convoi s'était arrêté. Au dire du garde-voie, il menaçait ruine, plusieurs des fils étaient rompus, et il était impossible d'en risquer le passage. Le garde-voie n'exagérait donc en aucune façon en affirmant qu'on ne pouvait passer. Et d'ailleurs, avec les habitudes d'insouciance des Américains, on peut dire que, quand ils se mettent à être prudents, il y aurait folie à ne pas l'être.

Passepartout, n'osant aller prévenir son maître, écoutait, les dents serrées, immobile comme une statue.

« Ah çà ! s'écria le colonel Proctor, nous n'allons pas, j'imagine, rester ici à prendre racine dans la neige !

— Colonel, répondit le conducteur, on a télégraphié à la station d'Omaha pour demander un train, mais il n'est pas probable qu'il arrive à Medicine-Bow avant six heures.

— Six heures ! s'écria Passepartout.

— Sans doute, répondit le conducteur. D'ailleurs, ce temps nous sera nécessaire pour gagner à pied la station.

— À pied ! s'écrièrent tous les voyageurs.

— Mais à quelle distance est donc cette station ? demanda l'un d'eux au conducteur.

— À douze milles, de l'autre côté de la rivière.

— Douze milles dans la neige ! » s'écria Stamp W. Proctor.

Le colonel lança une bordée de jurons, s'en prenant à la compagnie, s'en prenant au conducteur, et Passepartout, furieux, n'était pas loin de faire chorus avec lui. Il y avait là un obstacle matériel contre lequel échoueraient, cette fois, toutes les bank-notes de son maître.

Au surplus, le désappointement était général parmi les voyageurs, qui, sans compter le retard, se voyaient obligés à faire une quinzaine de milles à travers la plaine couverte de neige. Aussi était-ce un brouhaha, des exclamations, des vociférations, qui auraient certainement attiré l'attention de Phileas Fogg, si ce gentleman n'eût été absorbé par son jeu.

Cependant Passepartout se trouvait dans la nécessité de le prévenir, et, la tête basse, il se dirigeait vers le wagon, quand le mécanicien du train — un vrai Yankee, nommé Forster —, élevant la voix, dit :

« Messieurs, il y aurait peut-être moyen de passer.

— Sur le pont ? répondit un voyageur.

— Sur le pont.

— Avec notre train ? demanda le colonel.

— Avec notre train. »

Passepartout s'était arrêté, et dévorait les paroles du mécanicien.

« Mais le pont menace ruine ! reprit le conducteur.

— N'importe, répondit Forster. Je crois qu'en lançant le train avec son maximum de vitesse, on aurait quelques chances de passer.

— Diable ! » fit Passepartout.

Mais un certain nombre de voyageurs avaient été immédiatement séduits par la proposition. Elle plaisait particulièrement au colonel Proctor. Ce cerveau brûlé trouvait la chose très faisable. Il rappela même que des ingénieurs avaient eu l'idée de passer des rivières « sans pont » avec des trains rigides lancés à toute vitesse, etc. Et, en fin de compte, tous les intéressés dans la question se rangèrent à l'avis du mécanicien.

« Nous avons cinquante chances pour passer, disait l'un.

— Soixante, disait l'autre.

— Quatre-vingts !... quatre-vingt-dix sur cent ! »

Passepartout était ahuri, quoiqu'il fût prêt à tout tenter pour opérer le passage du Medicine-creek, mais la tentative lui semblait un peu trop « américaine ».

« D'ailleurs, pensa-t-il, il y a une chose bien plus simple à faire, et ces gens-là n'y songent même pas !... »

« Monsieur, dit-il à un des voyageurs, le moyen proposé par le mécanicien me paraît un peu hasardé, mais...

— Quatre-vingts chances ! répondit le voyageur, qui lui tourna le dos.

— Je sais bien, répondit Passepartout en s'adressant à un autre gentleman, mais une simple réflexion...

— Pas de réflexion, c'est inutile ! répondit l'Américain interpellé en haussant les épaules, puisque le mécanicien assure qu'on passera !

— Sans doute, reprit Passepartout, on passera, mais il serait peut-être plus prudent...

— Quoi ! prudent ! s'écria le colonel Proctor, que ce mot, entendu par hasard, fit bondir. À grande vitesse, on vous dit ! Comprenez-vous ? À grande vitesse !

— Je sais... je comprends..., répétait Passepartout, auquel personne ne laissait achever sa phrase, mais il serait, sinon plus prudent, puisque le mot vous choque, du moins plus naturel...

— Qui ? que ? quoi ? Qu'a-t-il donc celui-là avec son naturel ?... » s'écria-t-on de toutes parts.

Le pauvre garçon ne savait plus de qui se faire entendre.

« Est-ce que vous avez peur ? lui demanda le colonel Proctor.

— Moi, peur ! s'écria Passepartout. Eh bien, soit ! Je montrerai à ces gens-là qu'un Français peut être aussi Américain qu'eux !

— En voiture ! en voiture ! criait le conducteur.

— Oui ! en voiture, répétait Passepartout, en voiture ! Et tout de suite ! Mais on ne m'empêchera pas de penser qu'il eût été plus naturel de nous faire d'abord passer à pied sur ce pont, nous autres voyageurs, puis le train ensuite !... »

Mais personne n'entendit cette sage réflexion, et personne n'eût voulu en reconnaître la justesse.

Les voyageurs étaient réintégrés dans leur wagon. Passepartout reprit sa place, sans rien dire de ce qui s'était passé. Les joueurs étaient tout entiers à leur whist.

La locomotive siffla vigoureusement. Le mécanicien,

renversant la vapeur, ramena son train en arrière pendant près d'un mille —, reculant comme un sauteur qui veut prendre son élan.

Puis, à un second coup de sifflet, la marche en avant recommença : elle s'accéléra ; bientôt la vitesse devint effroyable ; on n'entendait plus qu'un seul hennissement sortant de la locomotive ; les pistons battaient vingt coups à la seconde ; les essieux des roues fumaient dans les boîtes à graisse. On sentait, pour ainsi dire, que le train tout entier, marchant avec une rapidité de cent milles à l'heure, ne pesait plus sur les rails. La vitesse mangeait la pesanteur.

Et l'on passa ! Et ce fut comme un éclair. On ne vit rien du pont. Le convoi sauta, on peut le dire, d'une rive à l'autre, et le mécanicien ne parvint à arrêter sa machine emportée qu'à cinq milles au-delà de la station.

Mais à peine le train avait-il franchi la rivière, que le pont, définitivement ruiné, s'abîmait avec fracas dans le rapide de Medicine-Bow.

XXIX

OÙ IL SERA FAIT LE RÉCIT D'INCIDENTS DIVERS QUI NE SE RENCONTRENT QUE SUR LES RAIL-ROADS DE L'UNION

Le soir même, le train poursuivait sa route sans obstacles, dépassait le fort Sauders, franchissait la passe de Cheyenne et arrivait à la passe d'Evans. En cet endroit, le rail-road atteignait le plus haut point du parcours, soit huit mille quatre-vingt-onze pieds au-dessus du niveau de l'océan. Les voyageurs n'avaient plus qu'à descendre jusqu'à l'Atlantique sur ces plaines sans limites, nivelées par la nature.

Là se trouvait sur le « grand trunk » l'embranchement de Denver-city, la principale ville du Colorado. Ce territoire est riche en mines d'or et d'argent, et

Le pont, définitivement ruiné, s'abîmait avec fracas...
(p. 237).

plus de cinquante mille habitants y ont déjà fixé leur demeure.

À ce moment, treize cent quatre-vingt-deux milles avaient été faits depuis San Francisco, en trois jours et trois nuits. Quatre nuits et quatre jours, selon toute prévision, devaient suffire pour atteindre New York. Phileas Fogg se maintenait donc dans les délais réglementaires.

Pendant la nuit, on laissa sur la gauche le camp Walbah. Le Lodge-pole-creek courait parallèlement à la voie, en suivant la frontière rectiligne commune aux États du Wyoming et du Colorado. À onze heures, on entrait dans le Nebraska, on passait près du Sedgwick, et l'on touchait à Julesburgh, placé sur la branche sud de Platte-river.

C'est à ce point que se fit l'inauguration de l'Union Pacific Road, le 23 octobre 1867, et dont l'ingénieur en chef fut le général J. M. Dodge. Là s'arrêtèrent les deux puissantes locomotives, remorquant les neuf wagons des invités, au nombre desquels figurait le vice-président, Mr. Thomas C. Durant ; là retentirent les acclamations ; là, les Sioux et les Pawnies donnèrent le spectacle d'une petite guerre indienne ; là, les feux d'artifice éclatèrent ; là, enfin, se publia, au moyen d'une imprimerie portative, le premier numéro du journal *Railway Pioneer*. Ainsi fut célébrée l'inauguration de ce grand chemin de fer, instrument de progrès et de civilisation, jeté à travers le désert et destiné à relier entre elles des villes et des cités qui n'existaient pas encore. Le sifflet de la locomotive, plus puissant que la lyre d'Amphion, allait bientôt les faire surgir du sol américain.

À huit heures du matin, le fort Mac-Pherson était laissé en arrière. Trois cent cinquante-sept milles séparent ce point d'Omaha. La voie ferrée suivait, sur sa rive gauche, les capricieuses sinuosités de la branche sud de Platte-river. À neuf heures, on arrivait à l'importante ville de North-Platte, bâtie entre ces deux bras du grand cours d'eau, qui se rejoignent autour d'elle

Le rail-road atteignait le plus haut point du parcours (p. 237).

pour ne plus former qu'une seule artère —, affluent considérable dont les eaux se confondent avec celles du Missouri, un peu au-dessus d'Omaha.

Le cent unième méridien était franchi.

Mr. Fogg et ses partenaires avaient repris leur jeu. Aucun d'eux ne se plaignait de la longueur de la route —, pas même le mort. Fix avait commencé par gagner quelques guinées, qu'il était en train de reperdre, mais il ne se montrait pas moins passionné que Mr. Fogg. Pendant cette matinée, la chance favorisa singulièrement ce gentleman. Les atouts et les honneurs pleuvaient dans ses mains. À un certain moment, après avoir combiné un coup audacieux, il se préparait à jouer pique, quand, derrière la banquette, une voix se fit entendre, qui disait :

« Moi, je jouerais carreau… »

Mr. Fogg, Mrs. Aouda, Fix levèrent la tête. Le colonel Proctor était près d'eux.

Stamp W. Proctor et Phileas Fogg se reconnurent aussitôt.

« Ah ! c'est vous, monsieur l'Anglais, s'écria le colonel, c'est vous qui voulez jouer pique !

— Et qui le joue, répondit froidement Phileas Fogg, en abattant un dix de cette couleur.

— Eh bien, il me plaît que ce soit carreau », répliqua le colonel Proctor d'une voix irritée.

Et il fit un geste pour saisir la carte jouée, en ajoutant :

« Vous n'entendez rien à ce jeu.

— Peut-être serai-je plus habile à un autre, dit Phileas Fogg, qui se leva.

— Il ne tient qu'à vous d'en essayer, fils de John Bull ! » répliqua le grossier personnage.

Mrs. Aouda était devenue pâle. Tout son sang lui refluait au cœur. Elle avait saisi le bras de Phileas Fogg, qui la repoussa doucement. Passepartout était prêt à se jeter sur l'Américain, qui regardait son adversaire de l'air le plus insultant. Mais Fix s'était levé, et, allant au colonel Proctor, il lui dit :

« Moi, je jouerais carreau... » (p. 241).

« Vous oubliez que c'est moi à qui vous avez affaire, monsieur, moi que vous avez, non seulement injurié, mais frappé !

— Monsieur Fix, dit Mr. Fogg, je vous demande pardon, mais ceci me regarde seul. En prétendant que j'avais tort de jouer pique, le colonel m'a fait une nouvelle injure, et il m'en rendra raison.

— Quand vous voudrez, et où vous voudrez, répondit l'Américain, et à l'arme qu'il vous plaira ! »

Mrs. Aouda essaya vainement de retenir Mr. Fogg. L'inspecteur tenta inutilement de reprendre la querelle à son compte. Passepartout voulait jeter le colonel par la portière, mais un signe de son maître l'arrêta. Phileas Fogg quitta le wagon, et l'Américain le suivit sur la passerelle.

« Monsieur, dit Mr. Fogg à son adversaire, je suis fort pressé de retourner en Europe, et un retard quelconque préjudicierait beaucoup à mes intérêts.

— Eh bien ! qu'est-ce que cela me fait ? répondit le colonel Proctor.

— Monsieur, reprit très poliment Mr. Fogg, après notre rencontre à San Francisco, j'avais formé le projet de venir vous retrouver en Amérique, dès que j'aurais terminé les affaires qui m'appellent sur l'ancien continent.

— Vraiment !

— Voulez-vous me donner rendez-vous dans six mois ?

— Pourquoi pas dans six ans ?

— Je dis six mois, répondit Mr. Fogg, et je serai exact au rendez-vous.

— Des défaites, tout cela ! s'écria Stamp W. Proctor. Tout de suite ou pas.

— Soit, répondit Mr. Fogg. Vous allez à New York ?

— Non.

— À Chicago ?

— Non.

— À Omaha ?

— Peu vous importe ! Connaissez-vous Plum-Creek ?

— Non, répondit Mr. Fogg.

— C'est la station prochaine. Le train y sera dans une heure. Il y stationnera dix minutes. En dix minutes, on peut échanger quelques coups de revolver.

— Soit, répondit Mr. Fogg. Je m'arrêterai à Plum-Creek.

— Et je crois même que vous y resterez ! ajouta l'Américain avec une insolence sans pareille.

— Qui sait, monsieur ? » répondit Mr. Fogg, et il rentra dans son wagon, aussi froid que d'habitude.

Là, le gentleman commença par rassurer Mrs. Aouda, lui disant que les fanfarons n'étaient jamais à craindre. Puis il pria Fix de lui servir de témoin dans la rencontre qui allait avoir lieu. Fix ne pouvait refuser, et Phileas Fogg reprit tranquillement son jeu interrompu, en jouant pique avec un calme parfait.

À onze heures, le sifflet de la locomotive annonça l'approche de la station de Plum-Creek. Mr. Fogg se leva, et, suivi de Fix, il se rendit sur la passerelle. Passepartout l'accompagnait, portant une paire de revolvers. Mrs. Aouda était restée dans le wagon, pâle comme une morte.

En ce moment, la porte de l'autre wagon s'ouvrit, et le colonel Proctor apparut également sur la passerelle, suivi de son témoin, un Yankee de sa trempe. Mais à l'instant où les deux adversaires allaient descendre sur la voie, le conducteur accourut et leur cria :

« On ne descend pas, messieurs.

— Et pourquoi ? demanda le colonel.

— Nous avons vingt minutes de retard, et le train ne s'arrête pas.

— Mais je dois me battre avec monsieur.

— Je le regrette, répondit l'employé, mais nous repartons immédiatement. Voici la cloche qui sonne ! »

La cloche sonnait, en effet, et le train se remit en route.

« Je suis vraiment désolé, messieurs, dit alors le conducteur. En toute autre circonstance, j'aurais pu vous obliger. Mais, après tout, puisque vous n'avez pas eu le temps de vous battre ici, qui vous empêche de vous battre en route ?

— Cela ne conviendra peut-être pas à monsieur ! dit le colonel Proctor d'un air goguenard.

— Cela me convient parfaitement », répondit Phileas Fogg.

« Allons, décidément, nous sommes en Amérique ! pensa Passepartout, et le conducteur de train est un gentleman du meilleur monde ! »

Et ce disant il suivit son maître.

Les deux adversaires, leurs témoins, précédés du conducteur, se rendirent, en passant d'un wagon à l'autre, à l'arrière du train. Le dernier wagon n'était occupé que par une dizaine de voyageurs. Le conducteur leur demanda s'ils voulaient bien, pour quelques instants, laisser la place libre à deux gentlemen qui avaient une affaire d'honneur à vider.

Comment donc ! Mais les voyageurs étaient trop heureux de pouvoir être agréables aux deux gentlemen, et ils se retirèrent sur les passerelles.

Ce wagon, long d'une cinquantaine de pieds, se prêtait très convenablement à la circonstance. Les deux adversaires pouvaient marcher l'un sur l'autre entre les banquettes et s'arquebuser à leur aise. Jamais duel ne fut plus facile à régler. Mr. Fogg et le colonel Proctor, munis chacun de deux revolvers à six coups, entrèrent dans le wagon. Leurs témoins, restés en dehors, les y enfermèrent. Au premier coup de sifflet de la locomotive, ils devaient commencer le feu... Puis, après un laps de deux minutes, on retirerait du wagon ce qui resterait des deux gentlemen.

Rien de plus simple en vérité. C'était même si simple, que Fix et Passepartout sentaient leur cœur battre à se briser.

On attendait donc le coup de sifflet convenu, quand ∞ soudain des cris sauvages retentirent. Des détonations les accompagnèrent, mais elles ne venaient point du wagon réservé aux duellistes. Ces détonations se prolongeaient, au contraire, jusqu'à l'avant et sur toute

∞ Voir *Au fil du texte*, p. XI.

la ligne du train. Des cris de frayeur se faisaient entendre à l'intérieur du convoi.

Le colonel Proctor et Mr. Fogg, revolver au poing, sortirent aussitôt du wagon et se précipitèrent vers l'avant, où retentissaient plus bruyamment les détonations et les cris.

Ils avaient compris que le train était attaqué par une bande de Sioux.

Ces hardis Indiens n'en étaient pas à leur coup d'essai, et plus d'une fois déjà ils avaient arrêté les convois. Suivant leur habitude, sans attendre l'arrêt du train, s'élançant sur les marchepieds au nombre d'une centaine, ils avaient escaladé les wagons comme fait un clown d'un cheval au galop.

Ces Sioux étaient munis de fusils. De là les détonations auxquelles les voyageurs, presque tous armés, ripostaient par des coups de revolver. Tout d'abord, les Indiens s'étaient précipités sur la machine. Le mécanicien et le chauffeur avaient été à demi assommés à coups de casse-tête. Un chef sioux, voulant arrêter le train, mais ne sachant pas manœuvrer la manette du régulateur, avait largement ouvert l'introduction de la vapeur au lieu de la fermer, et la locomotive, emportée, courait avec une vitesse effroyable.

En même temps, les Sioux avaient envahi les wagons, ils couraient comme des singes en fureur sur les impériales, ils enfonçaient les portières et luttaient corps à corps avec les voyageurs. Hors du wagon de bagages, forcé et pillé, les colis étaient précipités sur la voie. Cris et coups de feu ne discontinuaient pas.

Cependant les voyageurs se défendaient avec courage. Certains wagons, barricadés, soutenaient un siège, comme de véritables forts ambulants, emportés avec une rapidité de cent milles à l'heure.

Dès le début de l'attaque, Mrs. Aouda s'était courageusement comportée. Le revolver à la main, elle se défendait héroïquement, tirant à travers les vitres brisées, lorsque quelque sauvage se présentait à elle. Une vingtaine de Sioux, frappés à mort, étaient tombés sur

Les Sioux avaient envahi les wagons (p. 246).

la voie, et les roues des wagons écrasaient comme des vers ceux d'entre eux qui glissaient sur les rails du haut des passerelles.

Plusieurs voyageurs, grièvement atteints par les balles ou les casse-tête, gisaient sur les banquettes.

Cependant il fallait en finir. Cette lutte durait déjà depuis dix minutes, et ne pouvait que se terminer à l'avantage des Sioux, si le train ne s'arrêtait pas. En effet, la station du fort Kearney n'était pas à deux milles de distance. Là se trouvait un poste américain, mais ce poste passé, entre le fort Kearney et la station suivante les Sioux seraient les maîtres du train.

Le conducteur se battait aux côtés de Mr. Fogg, quand une balle le renversa. En tombant, cet homme s'écria :

« Nous sommes perdus, si le train ne s'arrête pas avant cinq minutes !

— Il s'arrêtera ! dit Phileas Fogg, qui voulut s'élancer hors du wagon.

— Restez, monsieur, lui cria Passepartout. Cela me regarde ! »

Phileas Fogg n'eut pas le temps d'arrêter ce courageux garçon, qui, ouvrant une portière sans être vu des Indiens, parvint à se glisser sous le wagon. Et alors, tandis que la lutte continuait, pendant que les balles se croisaient au-dessus de sa tête, retrouvant son agilité, sa souplesse de clown, se faufilant sous les wagons, s'accrochant aux chaînes, s'aidant du levier des freins et des longerons des châssis, rampant d'une voiture à l'autre avec une adresse merveilleuse, il gagna ainsi l'avant du train. Il n'avait pas été vu, il n'avait pu l'être.

Là, suspendu d'une main entre le wagon des bagages et le tender, de l'autre il décrocha les chaînes de sûreté ; mais par suite de la traction opérée, il n'aurait jamais pu parvenir à dévisser la barre d'attelage, si une secousse que la machine éprouva n'eût fait sauter cette barre, et le train, détaché, resta peu à peu en arrière, tandis que la locomotive s'enfuyait avec une nouvelle vitesse.

Suspendu d'une main entre le wagon des bagages… (p. 248).

Emporté par la force acquise, le train roula encore pendant quelques minutes, mais les freins furent manœuvrés à l'intérieur des wagons, et le convoi s'arrêta enfin, à moins de cent pas de la station de Kearney.

Là, les soldats du fort, attirés par les coups de feu, accoururent en hâte. Les Sioux ne les avaient pas attendus, et, avant l'arrêt complet du train, toute la bande avait décampé.

Mais quand les voyageurs se comptèrent sur le quai de la station, ils reconnurent que plusieurs manquaient à l'appel, et entre autres le courageux Français dont le dévouement venait de les sauver.

XXX

DANS LEQUEL PHILEAS FOGG FAIT TOUT SIMPLEMENT SON DEVOIR

Trois voyageurs, Passepartout compris, avaient disparu. Avaient-ils été tués dans la lutte ? Étaient-ils prisonniers des Sioux ? On ne pouvait encore le savoir.

Les blessés étaient assez nombreux, mais on reconnut qu'aucun n'était atteint mortellement. Un des plus grièvement frappés, c'était le colonel Proctor, qui s'était bravement battu, et qu'une balle à l'aine avait renversé. Il fut transporté à la gare avec d'autres voyageurs, dont l'état réclamait des soins immédiats.

Mrs. Aouda était sauve. Phileas Fogg, qui ne s'était pas épargné, n'avait pas une égratignure. Fix était blessé au bras, blessure sans importance. Mais Passepartout manquait, et des larmes coulaient des yeux de la jeune femme.

Cependant tous les voyageurs avaient quitté le train. Les roues des wagons étaient tachées de sang. Aux moyeux et aux rayons pendaient d'informes lambeaux de chair. On voyait à perte de vue sur la plaine blanche de longues traînées rouges. Les derniers Indiens disparaissaient alors dans le sud, du côté de Republican-river.

Mr. Fogg, les bras croisés, restait immobile. Il avait une grave décision à prendre. Mrs. Aouda, près de lui, le regardait sans prononcer une parole... Il comprit ce regard. Si son serviteur était prisonnier, ne devait-il pas tout risquer pour l'arracher aux Indiens ?...

« Je le retrouverai mort ou vivant, dit-il simplement à Mrs. Aouda.

— Ah ! monsieur... monsieur Fogg ! s'écria la jeune femme, en saisissant les mains de son compagnon qu'elle couvrit de larmes.

— Vivant ! ajouta Mr. Fogg, si nous ne perdons pas une minute ! »

Par cette résolution, Phileas Fogg se sacrifiait tout entier. Il venait de prononcer sa ruine. Un seul jour de retard lui faisait manquer le paquebot à New York. Son pari était irrévocablement perdu. Mais devant cette pensée : « C'est mon devoir ! » il n'avait pas hésité.

Le capitaine commandant le fort Kearney était là. Ses soldats — une centaine d'hommes environ — s'étaient mis sur la défensive pour le cas où les Sioux auraient dirigé une attaque directe contre la gare.

« Monsieur, dit Mr. Fogg au capitaine, trois voyageurs ont disparu.

— Morts ? demanda le capitaine.

— Morts ou prisonniers, répondit Phileas Fogg. Là est une incertitude qu'il faut faire cesser. Votre intention est-elle de poursuivre les Sioux ?

— Cela est grave, monsieur, dit le capitaine. Ces Indiens peuvent fuir jusqu'au-delà de l'Arkansas ! Je ne saurais abandonner le fort qui m'est confié.

— Monsieur, reprit Phileas Fogg, il s'agit de la vie de trois hommes.

— Sans doute... mais puis-je risquer la vie de cinquante pour en sauver trois ?

— Je ne sais si vous le pouvez, monsieur, mais vous le devez.

— Monsieur, répondit le capitaine, personne ici n'a à m'apprendre quel est mon devoir.

— Soit, dit froidement Phileas Fogg. J'irai seul !

— Vous, monsieur ! s'écria Fix, qui s'était approché, aller seul à la poursuite des Indiens !

— Voulez-vous donc que je laisse périr ce malheureux, à qui tout ce qui est vivant ici doit la vie ? J'irai.

— Eh bien, non, vous n'irez pas seul ! s'écria le capitaine, ému malgré lui. Non ! Vous êtes un brave cœur !... Trente hommes de bonne volonté ! » ajouta-t-il en se tournant vers ses soldats.

Toute la compagnie s'avança en masse. Le capitaine n'eut qu'à choisir parmi ces braves gens. Trente soldats furent désignés, et un vieux sergent se mit à leur tête.

« Merci, capitaine ! dit Mr. Fogg.

— Vous me permettrez de vous accompagner ? demanda Fix au gentleman.

— Vous ferez comme il vous plaira, monsieur, lui répondit Phileas Fogg. Mais si vous voulez me rendre service, vous resterez près de Mrs. Aouda. Au cas où il m'arriverait malheur... »

Une pâleur subite envahit la figure de l'inspecteur de police. Se séparer de l'homme qu'il avait suivi pas à pas et avec tant de persistance ! Le laisser s'aventurer ainsi dans ce désert ! Fix regarda attentivement le gentleman, et, quoi qu'il en eût, malgré ses préventions, en dépit du combat qui se livrait en lui, il baissa les yeux devant ce regard calme et franc.

« Je resterai », dit-il.

Quelques instants après, Mr. Fogg avait serré la main de la jeune femme ; puis, après lui avoir remis son précieux sac de voyage, il partait avec le sergent et sa petite troupe.

Mais avant de partir, il avait dit aux soldats :

« Mes amis, il y a mille livres pour vous si nous sauvons les prisonniers ! »

Il était alors midi et quelques minutes.

Mrs. Aouda s'était retirée dans une chambre de la

gare, et là, seule, elle attendait, songeant à Phileas Fogg, à cette générosité simple et grande, à ce tranquille courage. Mr. Fogg avait sacrifié sa fortune, et maintenant il jouait sa vie, tout cela sans hésitation, par devoir, sans phrases. Phileas Fogg était un héros à ses yeux.

l'inspecteur Fix, lui, ne pensait pas ainsi, et il ne pouvait contenir son agitation. Il se promenait fébrilement sur le quai de la gare. Un moment subjugué, il redevenait lui-même. Fogg parti, il comprenait la sottise qu'il avait faite de le laisser partir. Quoi ! cet homme qu'il venait de suivre autour du monde, il avait consenti à s'en séparer ! Sa nature reprenait le dessus, il s'incriminait, il s'accusait, il se traitait comme s'il eût été le directeur de la police métropolitaine, admonestant un agent pris en flagrant délit de naïveté.

« J'ai été inepte ! pensait-il. L'autre lui aura appris qui j'étais ! Il est parti, il ne reviendra pas ! Où le reprendre maintenant ? Mais comment ai-je pu me laisser fasciner ainsi, moi, Fix, moi, qui ai en poche son ordre d'arrestation ! Décidément je ne suis qu'une bête ! »

Ainsi raisonnait l'inspecteur de police, tandis que les heures s'écoulaient si lentement à son gré. Il ne savait que faire. Quelquefois, il avait envie de tout dire à Mrs. Aouda. Mais il comprenait comment il serait reçu par la jeune femme. Quel parti prendre ? Il était tenté de s'en aller à travers les longues plaines blanches, à la poursuite de ce Fogg ! Il ne lui semblait pas impossible de le retrouver. Les pas du détachement étaient encore imprimés sur la neige !... Mais bientôt, sous une couche nouvelle, toute empreinte s'effaça.

Alors le découragement prit Fix. Il éprouva comme une insurmontable envie d'abandonner la partie. Or, précisément, cette occasion de quitter la station de Kearney et de poursuivre ce voyage, si fécond en déconvenues, lui fut offerte.

En effet, vers deux heures après midi, pendant que la neige tombait à gros flocons, on entendit de longs sifflets qui venaient de l'est. Une énorme ombre, pré-cédée d'une lueur fauve, s'avançait lentement, consi-dérablement grandie par les brumes, qui lui donnaient un aspect fantastique.

Cependant on n'attendait encore aucun train venant de l'est. Les secours réclamés par le télégraphe ne pouvaient arriver sitôt, et le train d'Omaha à San Francisco ne devait passer que le lendemain. — On fut bientôt fixé.

Cette locomotive qui marchait à petite vapeur, en jetant de grands coups de sifflet, c'était celle qui, après avoir été détachée du train, avait continué sa route avec une si effrayante vitesse, emportant le chauffeur et le mécanicien inanimés. Elle avait couru sur les rails pen-dant plusieurs milles ; puis, le feu avait baissé, faute de combustible ; la vapeur s'était détendue, et une heure après, ralentissant peu à peu sa marche, la machine s'arrêtait enfin à vingt milles au-delà de la station de Kearney.

Ni le mécanicien ni le chauffeur n'avaient succombé, et, après un évanouissement assez prolongé, ils étaient revenus à eux.

La machine était alors arrêtée. Quand il se vit dans le désert, la locomotive seule, n'ayant plus de wagons à sa suite, le mécanicien comprit ce qui s'était passé. Comment la locomotive avait été détachée du train, il ne put le deviner, mais il n'était pas douteux, pour lui, que le train, resté en arrière, se trouvât en détresse.

Le mécanicien n'hésita pas sur ce qu'il devait faire. Continuer la route dans la direction d'Omaha était pru-dent ; retourner vers le train, que les Indiens pillaient peut-être encore, était dangereux... N'importe ! Des pelletées de charbon et de bois furent engouffrées dans le foyer de sa chaudière, le feu se ranima, la pression monta de nouveau, et, vers deux heures après midi, la machine revenait en arrière vers la station de Kearney. C'était elle qui sifflait dans la brume.

Ce fut une grande satisfaction pour les voyageurs, quand ils virent la locomotive se mettre en tête du train.

Une énorme ombre, précédée d'une lueur fauve (p. 254).

Ils allaient pouvoir continuer ce voyage si malheureusement interrompu.

À l'arrivée de la machine, Mrs. Aouda avait quitté la gare, et s'adressant au conducteur :

« Vous allez partir ? lui demanda-t-elle.

— À l'instant, madame.

— Mais ces prisonniers... nos malheureux compagnons...

— Je ne puis interrompre le service, répondit le conducteur. Nous avons déjà trois heures de retard.

— Et quand passera l'autre train venant de San Francisco ?

— Demain soir, madame.

— Demain soir ! mais il sera trop tard. Il faut attendre...

— C'est impossible, répondit le conducteur. Si vous voulez partir, montez en voiture.

— Je ne partirai pas », répondit la jeune femme.

Fix avait entendu cette conversation. Quelques instants auparavant, quand tout moyen de locomotion lui manquait, il était décidé à quitter Kearney, et maintenant que le train était là, prêt à s'élancer, qu'il n'avait plus qu'à reprendre sa place dans le wagon, une irrésistible force le rattachait au sol. Ce quai de la gare lui brûlait les pieds, et il ne pouvait s'en arracher. Le combat recommençait en lui. La colère de l'insuccès l'étouffait. Il voulait lutter jusqu'au bout.

Cependant les voyageurs et quelques blessés — entre autres le colonel Proctor, dont l'état était grave — avaient pris place dans les wagons. On entendait les bourdonnements de la chaudière surchauffée, et la vapeur s'échappait par les soupapes. Le mécanicien siffla, le train se mit en marche, et disparut bientôt, mêlant sa fumée blanche au tourbillon des neiges.

L'inspecteur Fix était resté.

Quelques heures s'écoulèrent. Le temps était fort mauvais, le froid très vif. Fix, assis sur un banc dans la gare, restait immobile. On eût pu croire qu'il dormait. Mrs. Aouda, malgré la rafale, quittait à chaque instant la chambre qui avait été mise à sa disposition. Elle venait à l'extrémité du quai, cherchant à voir à travers la tempête de neige, voulant percer cette brume qui réduisait l'horizon autour d'elle, écoutant si quelque bruit se ferait entendre. Mais rien. Elle rentrait alors, toute transie, pour revenir quelques moments plus tard, et toujours inutilement.

Le soir se fit. Le petit détachement n'était pas de retour. Où était-il en ce moment ? Avait-il pu rejoindre les Indiens ? Y avait-il eu lutte, ou ces soldats, perdus dans la brume, erraient-ils au hasard ? Le capitaine du fort Kearney était très inquiet, bien qu'il ne voulût rien laisser paraître de son inquiétude.

La nuit vint, la neige tomba moins abondamment, mais l'intensité du froid s'accrut. Le regard le plus intrépide n'eût pas considéré sans épouvante cette obscure immensité. Un absolu silence régnait sur la plaine. Ni le vol d'un oiseau, ni la passée d'un fauve n'en troublait le calme infini.

Pendant toute cette nuit, Mrs. Aouda, l'esprit plein de pressentiments sinistres, le cœur rempli d'angoisses, erra sur la lisière de la prairie. Son imagination l'emportait au loin et lui montrait mille dangers. Ce qu'elle souffrit pendant ces longues heures ne saurait s'exprimer.

Fix était toujours immobile à la même place, mais, lui non plus, il ne dormait pas. À un certain moment, un homme s'était approché, lui avait parlé même, mais l'agent l'avait renvoyé, après avoir répondu à ses paroles par un signe négatif.

La nuit s'écoula ainsi. À l'aube, le disque à demi éteint du soleil se leva sur un horizon embrumé. Cependant la portée du regard pouvait s'étendre à une distance de deux milles. C'était vers le sud que Phileas Fogg et le détachement s'étaient dirigés... Le sud était absolument désert. Il était alors sept heures du matin.

Le capitaine, extrêmement soucieux, ne savait quel parti prendre. Devait-il envoyer un second détachement au secours du premier ? Devait-il sacrifier de nouveaux hommes avec si peu de chances de sauver ceux qui étaient sacrifiés tout d'abord ? Mais son hésitation ne dura pas, et d'un geste, appelant un de ses lieutenants, il lui donnait l'ordre de pousser une reconnaissance dans le sud —, quand des coups de feu éclatèrent. Était-ce un signal ? Les soldats se jetèrent hors du fort, et à un demi-mille ils aperçurent une petite troupe qui revenait en bon ordre.

Mr. Fogg marchait en tête, et près de lui Passepartout et les deux autres voyageurs, arrachés aux mains des Sioux.

Il y avait eu combat à dix milles au sud de Kearney. Peu d'instants avant l'arrivée du détachement, Passepartout et ses deux compagnons luttaient déjà contre leurs gardiens, et le Français en avait assommé trois à coups de poing, quand son maître et les soldats se précipitèrent à leur secours.

Tous, les sauveurs et les sauvés, furent accueillis par des cris de joie, et Phileas Fogg distribua aux soldats la prime qu'il leur avait promise, tandis que Passepartout se répétait, non sans quelque raison :

« Décidément, il faut avouer que je coûte cher à mon maître ! »

Fix, sans prononcer une parole, regardait Mr. Fogg, et il eût été difficile d'analyser les impressions qui se combattaient alors en lui. Quant à Mrs. Aouda, elle avait pris la main du gentleman, et elle la serrait dans les siennes, sans pouvoir prononcer une parole !

Cependant Passepartout, dès son arrivée, avait cherché le train dans la gare. Il croyait le trouver là, prêt à filer sur Omaha, et il espérait que l'on pourrait encore regagner le temps perdu.

« Le train, le train ! s'écria-t-il.

— Parti, répondit Fix.

— Et le train suivant, quand passera-t-il ? demanda Phileas Fogg.

— Ce soir seulement.

— Ah ! » répondit simplement l'impassible gentleman.

Le Français en avait assommé trois à coups de poing…
(p. 258).

XXXI

DANS LEQUEL L'INSPECTEUR FIX PREND TRÈS SÉRIEUSEMENT LES INTÉRÊTS DE PHILEAS FOGG

Phileas Fogg se trouvait en retard de vingt heures. Passepartout, la cause involontaire de ce retard, était désespéré. Il avait décidément ruiné son maître !

En ce moment, l'inspecteur s'approcha de Mr. Fogg, et, le regardant bien en face :

« Très sérieusement, monsieur, lui demanda-t-il, vous êtes pressé ?

— Très sérieusement, répondit Phileas Fogg.

— J'insiste, reprit Fix. Vous avez bien intérêt à être à New York le 11, avant neuf heures du soir, heure du départ du paquebot de Liverpool ?

— Un intérêt majeur.

— Et si votre voyage n'eût pas été interrompu par cette attaque d'Indiens, vous seriez arrivé à New York le 11, dès le matin ?

— Oui, avec douze heures d'avance sur le paquebot.

— Bien. Vous avez donc vingt heures de retard. Entre vingt et douze, l'écart est de huit. C'est huit heures à regagner. Voulez-vous tenter de le faire ?

— À pied ? demanda Mr. Fogg.

— Non, en traîneau, répondit Fix, en traîneau à voiles. Un homme m'a proposé ce moyen de transport. »

C'était l'homme qui avait parlé à l'inspecteur de police pendant la nuit, et dont Fix avait refusé l'offre.

Phileas Fogg ne répondit pas à Fix ; mais Fix lui ayant montré l'homme en question qui se promenait devant la gare, le gentleman alla à lui. Un instant après, Phileas Fogg et cet Américain, nommé Mudge, entraient dans une hutte construite au bas du fort Kearney.

Là, Mr. Fogg examina un assez singulier véhicule, sorte de châssis, établi sur deux longues poutres, un peu relevées à l'avant comme des semelles d'un traîneau, et sur lequel cinq ou six personnes pouvaient prendre place. Au tiers du châssis, sur l'avant, se dressait un mât très élevé, sur lequel s'enverguait une immense brigantine. Ce mât, solidement retenu par des haubans métalliques, tendait un étai de fer qui servait à guinder un foc de grande dimension. À l'arrière, une sorte de gouvernail-godille permettait de diriger l'appareil.

C'était, on le voit, un traîneau gréé en sloop. Pendant l'hiver, sur la plaine glacée, lorsque les trains sont arrêtés par les neiges, ces véhicules font des traversées extrêmement rapides d'une station à l'autre. Ils sont, d'ailleurs, prodigieusement voilés — plus voilés même que ne peut l'être un cotre de course, exposé à chavirer —, et, vent arrière, ils glissent à la surface des prairies avec une rapidité égale, sinon supérieure, à celle des express.

En quelques instants, un marché fut conclu entre Mr. Fogg et le patron de cette embarcation de terre. Le vent était bon. Il soufflait de l'ouest en grande brise. La neige était durcie, et Mudge se faisait fort de conduire Mr. Fogg en quelques heures à la station d'Omaha. Là, les trains sont fréquents et les voies nombreuses, qui conduisent à Chicago et à New York. Il n'était pas impossible que le retard fût regagné. Il n'y avait donc pas à hésiter à tenter l'aventure.

Mr. Fogg, ne voulant pas exposer Mrs. Aouda aux tortures d'une traversée en plein air, par ce froid que la vitesse rendrait plus insupportable encore, lui proposa de rester sous la garde de Passepartout à la station de Kearney. L'honnête garçon se chargerait de ramener la jeune femme en Europe par une route meilleure et dans des conditions plus acceptables.

Mrs. Aouda refusa de se séparer de Mr. Fogg, et Passepartout se sentit très heureux de cette détermination.

En effet, pour rien au monde il n'eût voulu quitter son maître, puisque Fix devait l'accompagner.

Quant à ce que pensait alors l'inspecteur de police, ce serait difficile à dire. Sa conviction avait-elle été ébranlée par le retour de Phileas Fogg, ou bien le tenait-il pour un coquin extrêmement fort, qui, son tour du monde accompli, devait croire qu'il serait absolument en sûreté en Angleterre ? Peut-être l'opinion de Fix touchant Phileas Fogg était-elle en effet modifiée. Mais il n'en était pas moins décidé à faire son devoir et, plus impatient que tous, à presser de tout son pouvoir le retour en Angleterre.

À huit heures, le traîneau était prêt à partir. Les voyageurs — on serait tenté de dire les passagers — y prenaient place et se serraient étroitement dans leurs couvertures de voyage. Les deux immenses voiles étaient hissées, et, sous l'impulsion du vent, le véhicule filait sur la neige durcie avec une rapidité de quarante milles à l'heure.

La distance qui sépare le fort Kearney d'Omaha est, en droite ligne — à vol d'abeille, comme disent les Américains —, de deux cents milles au plus. Si le vent tenait, en cinq heures cette distance pouvait être franchie. Si aucun incident ne se produisait, à une heure après midi le traîneau devait avoir atteint Omaha.

Quelle traversée ! Les voyageurs, pressés les uns contre les autres, ne pouvaient se parler. Le froid, accru par la vitesse, leur eût coupé la parole. Le traîneau glissait aussi légèrement à la surface de la plaine qu'une embarcation à la surface des eaux —, avec la houle en moins. Quand la brise arrivait en rasant la terre, il semblait que le traîneau fût enlevé du sol par ses voiles, vastes ailes d'une immense envergure. Mudge, au gouvernail, se maintenait dans la ligne droite, et, d'un coup de godille, il rectifiait les embardées que l'appareil tendait à faire. Toute la toile portait. Le foc avait été perqué et n'était plus abrité par la brigantine. Un mât de hune fut guindé, et une flèche, tendue au vent, ajouta sa puissance d'impulsion à celle des autres voiles.

Les voyageurs, pressés les uns contre les autres... (p. 262).

On ne pouvait l'estimer, mathématiquement, mais certainement la vitesse du traîneau ne devait pas être moindre de quarante milles à l'heure.

« Si rien ne casse, dit Mudge, nous arriverons ! »

Et Mudge avait intérêt à arriver dans le délai convenu, car Mr. Fogg, fidèle à son système, l'avait alléché par une forte prime.

La prairie, que le traîneau coupait en ligne droite, était plate comme une mer. On eût dit un immense étang glacé. Le rail-road qui desservait cette partie du territoire remontait, du sud-ouest au nord-ouest, par Grand-Island, Columbus, ville importante du Nebraska, Schuyler, Fremont, puis Omaha. Il suivait pendant tout son parcours la rive droite de Platte-river. Le traîneau, abrégeant cette route, prenait la corde de l'arc décrit par le chemin de fer. Mudge ne pouvait craindre d'être arrêté par la Platte-river, à ce petit coude qu'elle fait en avant de Fremont, puisque ses eaux étaient glacées. Le chemin était donc entièrement débarrassé d'obstacles, et Phileas Fogg n'avait donc que deux circonstances à redouter : une avarie à l'appareil, un changement ou une tombée du vent.

Mais la brise ne mollissait pas. Au contraire. Elle soufflait à courber le mât, que les haubans de fer maintenaient solidement. Ces filins métalliques, semblables aux cordes d'un instrument, résonnaient comme si un archet eût provoqué leurs vibrations. Le traîneau s'enlevait au milieu d'une harmonie plaintive, d'une intensité toute particulière.

« Ces cordes donnent la quinte et l'octave », dit Mr. Fogg.

Et ce furent les seules paroles qu'il prononça pendant cette traversée. Mrs. Aouda, soigneusement empaquetée dans les fourrures et les couvertures de voyage, était, autant que possible, préservée des atteintes du froid.

Quant à Passepartout, la face rouge comme le disque solaire quand il se couche dans les brumes, il humait cet air piquant. Avec le fond d'imperturbable confiance qu'il possédait, il s'était repris à espérer. Au lieu d'arriver le matin à New York, on y arriverait le soir, mais il y avait encore quelques chances pour que ce fût avant le départ du paquebot de Liverpool.

Passepartout avait même éprouvé une forte envie de serrer la main de son allié Fix. Il n'oubliait pas que c'était l'inspecteur lui-même qui avait procuré le traîneau à voiles, et, par conséquent, le seul moyen qu'il y eût de gagner Omaha en temps utile. Mais, par on ne sait quel pressentiment, il se tint dans sa réserve accoutumée.

En tout cas, une chose que Passepartout n'oublierait jamais, c'était le sacrifice que Mr. Fogg avait fait, sans hésiter, pour l'arracher aux mains des Sioux. À cela, Mr. Fogg avait risqué sa fortune et sa vie... Non ! son serviteur ne l'oublierait pas !

Pendant que chacun des voyageurs se laissait aller à des réflexions si diverses, le traîneau volait sur l'immense tapis de neige. S'il passait quelques creeks, affluents ou sous-affluents de la Little-Blue-river, on ne s'en apercevait pas. Les champs et les cours d'eau disparaissaient sous une blancheur uniforme. La plaine était absolument déserte. Comprise entre l'Union Pacific Road et l'embranchement qui doit réunir Kearney à Saint-Joseph, elle formait comme une grande île inhabitée. Pas un village, pas une station, pas même un fort. De temps en temps, on voyait passer comme un éclair quelque arbre grimaçant, dont le blanc squelette se tordait sous la brise. Parfois, des bandes d'oiseaux sauvages s'enlevaient du même vol. Parfois aussi, quelques loups de prairies, en troupes nombreuses, maigres, affamés, poussés par un besoin féroce, luttaient de vitesse avec le traîneau. Alors Passepartout, le revolver à la main, se tenait prêt à faire feu sur les plus rapprochés. Si quelque accident eût alors arrêté le traîneau, les voyageurs, attaqués par ces féroces carnassiers, auraient couru les plus grands risques. Mais le traîneau tenait bon, il ne tardait pas

Parfois aussi, quelques loups de prairies... (p. 265).

à prendre de l'avance, et bientôt toute la bande hurlante restait en arrière.

À midi, Mudge reconnut à quelques indices qu'il passait le cours glacé de la Platte-river. Il ne dit rien, mais il était déjà sûr que, vingt milles plus loin, il aurait atteint la station d'Omaha.

Et, en effet, il n'était pas une heure, que ce guide habile, abandonnant la barre, se précipitait aux drisses des voiles et les amenait en bande, pendant que le traîneau, emporté par son irrésistible élan, franchissait encore un demi-mille à sec de toile. Enfin il s'arrêta, et Mudge, montrant un amas de toits blancs de neige, disait :

« Nous sommes arrivés. »

Arrivés ! Arrivés, en effet, à cette station qui, par des trains nombreux, est quotidiennement en communication avec l'est des États-Unis !

Passepartout et Fix avaient sauté à terre et secouaient leurs membres engourdis. Ils aidèrent Mr. Fogg et la jeune femme à descendre du traîneau. Phileas Fogg régla généreusement avec Mudge, auquel Passepartout serra la main comme à un ami, et tous se précipitèrent vers la gare d'Omaha.

C'est à cette importante cité du Nebraska que s'arrête le chemin de fer du Pacifique proprement dit, qui met le bassin du Mississippi en communication avec le grand océan. Pour aller d'Omaha à Chicago, le railroad, sous le nom de « Chicago-Rock-island-road », court directement dans l'est en desservant cinquante stations.

Un train direct était prêt à partir. Phileas Fogg et ses compagnons n'eurent que le temps de se précipiter dans un wagon. Ils n'avaient rien vu d'Omaha, mais Passepartout s'avoua à lui-même qu'il n'y avait pas lieu de le regretter, et que ce n'était pas de voir qu'il s'agissait.

Avec une extrême rapidité, ce train passa dans l'État d'Iowa, par Council-Bluffs, Des Moines, Iowa-city. Pendant la nuit, il traversait le Mississippi à Davenport,

et par Rock-Island, il entrait dans l'Illinois. Le lendemain, 10, à quatre heures du soir, il arrivait à Chicago,
déjà relevée de ses ruines, et plus fièrement assise que
jamais sur les bords de son beau lac Michigan.

Neuf cents milles séparent Chicago de New York.
Les trains ne manquaient pas à Chicago. Mr. Fogg
passa immédiatement de l'un dans l'autre. La fringante
locomotive du « Pittsburg-Fort-Wayne-Chicago-rail-
road » partit à toute vitesse, comme si elle eût compris
que l'honorable gentleman n'avait pas de temps à perdre. Elle traversa comme un éclair l'Indiana, l'Ohio,
la Pennsylvanie, le New Jersey, passant par des villes
aux noms antiques, dont quelques-unes avaient des rues
et des tramways, mais pas de maisons encore. Enfin
l'Hudson apparut, et, le 11 décembre, à onze heures
un quart du soir, le train s'arrêtait dans la gare, sur
la rive droite du fleuve, devant le « pier » même des
steamers de la ligne Cunard, autrement dite « British
and North American royal mail steam packet Co. ».

Le *China*, à destination de Liverpool, était parti
depuis quarante-cinq minutes !

XXXII

DANS LEQUEL PHILEAS FOGG ENGAGE
UNE LUTTE DIRECTE CONTRE LA MAUVAISE CHANCE

En partant, le *China* semblait avoir emporté avec lui
le dernier espoir de Phileas Fogg.

En effet, aucun des autres paquebots qui font le service direct entre l'Amérique et l'Europe, ni les transatlantiques français, ni les navires du « White-Star-line »,
ni les steamers de la Compagnie Imman, ni ceux de la
ligne Hambourgeoise, ni autres, ne pouvaient servir les
projets du gentleman.

En effet, le *Pereire*, de la Compagnie transatlantique
française — dont les admirables bâtiments égalent en

vitesse et surpassent en confortable tous ceux des autres lignes, sans exception —, ne partait que le surlendemain, 14 décembre. Et d'ailleurs, de même que ceux de la Compagnie hambourgeoise, il n'allait pas directement à Liverpool ou à Londres, mais au Havre, et cette traversée supplémentaire du Havre à Southampton, en retardant Phileas Fogg, eût annulé ses derniers efforts.

Quant aux paquebots Imman, dont l'un, le *City-of-Paris*, mettait en mer le lendemain, il n'y fallait pas songer. Ces navires sont particulièrement affectés au transport des émigrants, leurs machines sont faibles, ils naviguent autant à la voile qu'à la vapeur, et leur vitesse est médiocre. Ils employaient à cette traversée de New York à l'Angleterre plus de temps qu'il n'en restait à Mr. Fogg pour gagner son pari.

De tout ceci le gentleman se rendit parfaitement compte en consultant son *Bradshaw*, qui lui donnait, jour par jour, les mouvements de la navigation transocéanienne.

Passepartout était anéanti. Avoir manqué le paquebot de quarante-cinq minutes, cela le tuait. C'était sa faute, à lui, qui, au lieu d'aider son maître, n'avait cessé de semer des obstacles sur sa route ! Et quand il revoyait dans son esprit tous les incidents du voyage, quand il supputait les sommes dépensées en pure perte et dans son seul intérêt, quand il songeait que cet énorme pari, en y joignant les frais considérables de ce voyage devenu inutile, ruinait complètement Mr. Fogg, il s'accablait d'injures.

Mr. Fogg ne lui fit, cependant, aucun reproche, et, en quittant le pier des paquebots transatlantiques, il ne dit que ces mots :

« Nous aviserons demain. Venez. »

Mr. Fogg, Mrs. Aouda, Fix, Passepartout traversèrent l'Hudson dans le *Jersey-city-ferry-boat*, et montèrent dans un fiacre, qui les conduisit à l'hôtel Saint-Nicolas, dans Broadway. Des chambres furent mises à leur disposition, et la nuit se passa, courte pour Phileas Fogg, qui dormit d'un sommeil parfait, mais bien longue pour Mrs. Aouda et ses compagnons, auxquels leur agitation ne permit pas de reposer.

Le lendemain, c'était le 12 décembre. Du 12, sept heures du matin, au 21, huit heures quarante-cinq minutes du soir, il restait neuf jours treize heures et quarante-cinq minutes. Si donc Phileas Fogg fût parti la veille par le *China*, l'un des meilleurs marcheurs de la ligne Cunard, il serait arrivé à Liverpool, puis à Londres, dans les délais voulus !

Mr. Fogg quitta l'hôtel, seul, après avoir recommandé à son domestique de l'attendre et de prévenir Mrs. Aouda de se tenir prête à tout instant.

Mr. Fogg se rendit aux rives de l'Hudson et, parmi les navires amarrés au quai ou ancrés dans le fleuve, il rechercha avec soin ceux qui étaient en partance. Plusieurs bâtiments avaient leur guidon de départ et se préparaient à prendre la mer à la marée du matin, car dans cet immense et admirable port de New York, il n'est pas de jour où cent navires ne fassent route pour tous les points du monde ; mais la plupart étaient des bâtiments à voiles, et ils ne pouvaient convenir à Phileas Fogg.

Ce gentleman semblait devoir échouer dans sa dernière tentative, quand il aperçut, mouillé devant la Batterie, à une encablure au plus, un navire de commerce à hélice, de formes fines, dont la cheminée, laissant échapper de gros flocons de fumée, indiquait qu'il se préparait à appareiller.

Phileas Fogg héla un canot, s'y embarqua, et, en quelques coups d'aviron, il se trouvait à l'échelle de l'*Henrietta*, steamer à coque de fer, dont tous les hauts étaient en bois.

Le capitaine de l'*Henrietta* était à bord. Phileas Fogg monta sur le pont et fit demander le capitaine. Celui-ci se présenta aussitôt.

C'était un homme de cinquante ans, une sorte de loup de mer, un bougon qui ne devait pas être commode. Gros yeux, teint de cuivre oxydé, cheveux rouges, forte encolure, — rien de l'aspect d'un homme du monde.

« Le capitaine ? demanda Mr. Fogg.

— C'est moi.

— Je suis Phileas Fogg, de Londres.

— Et moi, Andrew Speedy, de Cardif.

— Vous allez partir ?...

— Dans une heure.

— Vous êtes chargé pour... ?

— Bordeaux.

— Et votre cargaison ?

— Des cailloux dans le ventre. Pas de fret. Je pars sur lest.

— Vous avez des passagers ?

— Pas de passagers. Jamais de passagers. Marchandise encombrante et raisonnante.

— Votre navire marche bien ?

— Entre onze et douze nœuds. L'*Henrietta*, bien connue.

— Voulez-vous me transporter à Liverpool, moi et trois personnes ?

— À Liverpool ? Pourquoi pas en Chine ?

— Je dis Liverpool.

— Non !

— Non ?

— Non. Je suis en partance pour Bordeaux, et je vais à Bordeaux.

— N'importe quel prix ?

— N'importe quel prix. »

Le capitaine avait parlé d'un ton qui n'admettait pas de réplique.

« Mais les armateurs de l'*Henrietta*... reprit Phileas Fogg.

— Les armateurs, c'est moi, répondit le capitaine. Le navire m'appartient.

— Je vous l'affrète.

— Non.

— Je vous l'achète.

— Non. »

Phileas Fogg ne sourcilla pas. Cependant la situation était grave. Il n'en était pas de New York comme de Hong-Kong, ni du capitaine de l'*Henrietta* comme du patron de la *Tankadère*. Jusqu'ici l'argent du gentleman avait toujours eu raison des obstacles. Cette fois-ci, l'argent échouait.

Cependant, il fallait trouver le moyen de traverser l'Atlantique en bateau — à moins de le traverser en ballon —, ce qui eût été fort aventureux, et ce qui, d'ailleurs, n'était pas réalisable.

Il paraît, pourtant, que Phileas Fogg eut une idée, car il dit au capitaine :

« Eh bien, voulez-vous me mener à Bordeaux ?

— Non, quand même vous me paieriez deux cents dollars !

— Je vous en offre deux mille (10 000 F).

— Par personne ?

— Par personne.

— Et vous êtes quatre ?

— Quatre. »

Le capitaine Speedy commença à se gratter le front, comme s'il eût voulu en arracher l'épiderme. Huit mille dollars à gagner, sans modifier son voyage, cela valait bien la peine qu'il mît de côté son antipathie prononcée pour toute espèce de passager. Des passagers à deux mille dollars, d'ailleurs, ce ne sont plus des passagers, c'est de la marchandise précieuse.

« Je pars à neuf heures, dit simplement le capitaine Speedy, et si vous et les vôtres, vous êtes là ?...

— À neuf heures, nous serons à bord ! » répondit non moins simplement Mr. Fogg.

Il était huit heures et demie. Débarquer de l'*Henrietta*, monter dans une voiture, se rendre à l'hôtel Saint-Nicolas, en ramener Mrs. Aouda, Passepartout, et même l'inséparable Fix, auquel il offrait gracieusement le passage, cela fut fait par le gentleman avec ce calme qui ne l'abandonnait en aucune circonstance.

Au moment où l'*Henrietta* appareillait, tous quatre étaient à bord.

Lorsque Passepartout apprit ce que coûterait cette dernière traversée, il poussa un de ces « Oh ! » prolongés, qui parcourent tous les intervalles de la gamme chromatique descendante !

Quant à l'inspecteur Fix, il se dit que décidément la Banque d'Angleterre ne sortirait pas indemne de cette affaire. En effet, en arrivant et en admettant que le sieur Fogg n'en jetât pas encore quelques poignées à la mer, plus de sept mille livres (175 000 F) manqueraient au sac à bank-notes !

XXXIII

OÙ PHILEAS FOGG SE MONTRE À LA HAUTEUR DES CIRCONSTANCES

Une heure après, le steamer *Henrietta* dépassait le Light-boat qui marque l'entrée de l'Hudson, tournait la pointe de Sandy-Hook et donnait en mer. Pendant la journée, il prolongea Long-Island, au large du feu de Fire-Island, et courut rapidement vers l'est.

Le lendemain, 13 décembre, à midi, un homme monta sur la passerelle pour faire le point. Certes, on doit croire que cet homme était le capitaine Speedy ! Pas le moins du monde. C'était Phileas Fogg, esq.

Quant au capitaine Speedy, il était tout bonnement enfermé à clef dans sa cabine, et poussait des hurlements qui dénotaient une colère, bien pardonnable, poussée jusqu'au paroxysme.

Ce qui s'était passé était très simple. Phileas Fogg voulait aller à Liverpool, le capitaine ne voulait pas l'y conduire. Alors Phileas Fogg avait accepté de prendre passage pour Bordeaux, et, depuis trente heures qu'il était à bord, il avait si bien manœuvré à coups de bank-notes, que l'équipage, matelots et chauffeurs — équipage un peu interlope, qui était en assez mauvais termes avec le capitaine —, lui appartenait. Et voilà pourquoi Phileas Fogg commandait au lieu et place du capitaine Speedy, pourquoi le capitaine était enfermé

dans sa cabine, et pourquoi enfin l'*Henrietta* se dirigeait vers Liverpool. Seulement, il était très clair, à voir
manœuvrer Mr. Fogg, que Mr. Fogg avait été marin.

Maintenant, comment finirait l'aventure, on le saurait plus tard. Toutefois, Mrs. Aouda ne laissait pas
d'être inquiète, sans en rien dire. Fix, lui, avait été abasourdi tout d'abord. Quant à Passepartout, il trouvait
la chose tout simplement adorable.

« Entre onze et douze nœuds », avait dit le capitaine
Speedy, et en effet l'*Henrietta* se maintenait dans cette
moyenne de vitesse.

Si donc — que de « si » encore ! — si donc la mer
ne devenait pas trop mauvaise, si le vent ne sautait pas
dans l'est, s'il ne survenait aucune avarie au bâtiment,
aucun accident à la machine, l'*Henrietta*, dans les neuf
jours comptés du 12 décembre au 21, pouvait franchir
les trois milles qui séparent New York de Liverpool.
Il est vrai qu'une fois arrivé, l'affaire de l'*Henrietta*
brochant sur l'affaire de la Banque, cela pouvait mener
le gentleman un peu plus loin qu'il ne voudrait.

Pendant les premiers jours, la navigation se fit dans
d'excellentes conditions. La mer n'était pas trop dure ;
le vent paraissait fixé au nord-est ; les voiles furent
établies, et, sous ses goélettes, l'*Henrietta* marcha
comme un vrai transatlantique.

Passepartout était enchanté. Le dernier exploit de son
maître, dont il ne voulait pas voir les conséquences,
l'enthousiasmait. Jamais l'équipage n'avait vu un
garçon plus gai, plus agile. Il faisait mille amitiés aux
matelots et les étonnait par ses tours de voltige. Il leur
prodiguait les meilleurs noms et les boissons les plus
attrayantes. Pour lui, ils manœuvraient comme des
gentlemen, et les chauffeurs chauffaient comme des
héros. Sa bonne humeur, très communicative, s'impré-
gnait à tous. Il avait oublié le passé, les ennuis, les
périls. Il ne songeait qu'à ce but, si près d'être atteint,
et parfois il bouillait d'impatience, comme s'il eût été
chauffé par les fourneaux de l'*Henrietta*. Souvent aussi,
le digne garçon tournait autour de Fix ; il le regardait

d'un œil « qui en disait long » ! mais il ne lui parlait pas, car il n'existait plus aucune intimité entre les deux anciens amis.

D'ailleurs Fix, il faut le dire, n'y comprenait plus rien ! La conquête de l'*Henrietta*, l'achat de son équipage, ce Fogg manœuvrant comme un marin consommé, tout cet ensemble de choses l'étourdissait. Il ne savait plus que penser ! Mais, après tout, un gentleman qui commençait par voler cinquante-cinq mille livres pouvait bien finir par voler un bâtiment. Et Fix fut naturellement amené à croire que l'*Henrietta*, dirigée par Fogg, n'allait point du tout à Liverpool, mais dans quelque point du monde où le voleur, devenu pirate, se mettrait tranquillement en sûreté ! Cette hypothèse, il faut bien l'avouer, était on ne peut plus plausible, et le détective commençait à regretter très sérieusement de s'être embarqué dans cette affaire.

Quant au capitaine Speedy, il continuait à hurler dans sa cabine, et Passepartout, chargé de pourvoir à sa nourriture, ne le faisait qu'en prenant les plus grandes précautions, quelque vigoureux qu'il fût. Mr. Fogg, lui, n'avait plus même l'air de se douter qu'il y eût un capitaine à bord.

Le 13, on passe sur la queue du banc de Terre-Neuve. Ce sont là de mauvais parages. Pendant l'hiver surtout, les brumes y sont fréquentes, les coups de vent redoutables. Depuis la veille, le baromètre, brusquement abaissé, faisait pressentir un changement prochain dans l'atmosphère. En effet, pendant la nuit, la température se modifia, le froid devint plus vif, et en même temps le vent sauta dans le sud-est.

C'était un contretemps. Mr. Fogg, afin de ne point s'écarter de sa route, dut serrer ses voiles et forcer de vapeur. Néanmoins, la marche du navire fut ralentie, attendu l'état de la mer, dont les longues lames brisaient contre son étrave. Il éprouva des mouvements de tangage très violents, et cela au détriment de sa vitesse. La brise tournait peu à peu à l'ouragan, et l'on prévoyait déjà le cas où l'*Henrietta* ne pourrait plus se maintenir debout à la lame. Or, s'il fallait fuir, c'était l'inconnu avec toutes ses mauvaises chances.

Le visage de Passepartout se rembrunit en même temps que le ciel, et, pendant deux jours, l'honnête garçon éprouva de mortelles transes. Mais Phileas Fogg était un marin hardi, qui savait tenir tête à la mer, et il fit toujours route, même sans se mettre sous petite vapeur. L'*Henrietta*, quand elle ne pouvait s'élever à la lame, passait au travers, et son pont était balayé en grand, mais elle passait. Quelquefois aussi l'hélice émergeait, battant l'air de ses branches affolées, lorsqu'une montagne d'eau soulevait l'arrière hors des flots, mais le navire allait toujours de l'avant.

Toutefois le vent ne fraîchit pas autant qu'on aurait pu le craindre. Ce ne fut pas un de ces ouragans qui passent avec une vitesse de quatre-vingt-dix milles à l'heure. Il se tint au grand frais, mais malheureusement il souffla avec obstination de la partie du sud-est et ne permit pas de faire de la toile. Et cependant, ainsi qu'on va le voir, il eût été bien utile de venir en aide à la vapeur !

Le 16 décembre, c'était le soixante-quinzième jour écoulé depuis le départ de Londres. En somme, l'*Henrietta* n'avait pas encore un retard inquiétant. La moitié de la traversée était à peu près faite, et les plus mauvais parages avaient été franchis. En été, on eût répondu du succès. En hiver, on était à la merci de la mauvaise saison. Passepartout ne se prononçait pas. Au fond, il avait espoir, et, si le vent faisait défaut, du moins il comptait sur la vapeur.

Or, ce jour-là, le mécanicien étant monté sur le pont, rencontra Mr. Fogg et s'entretint assez vivement avec lui.

Sans savoir pourquoi — par un pressentiment sans doute —, Passepartout éprouva comme une vague inquiétude. Il eût donné une de ses oreilles pour entendre de l'autre ce qui se disait là. Cependant, il put saisir quelques mots, ceux-ci entre autres, prononcés par son maître :

« Vous êtes certain de ce que vous avancez ?

— Certain, monsieur, répondit le mécanicien. N'oubliez pas que, depuis notre départ, nous chauffons avec tous nos fourneaux allumés, et si nous avions assez de charbon pour aller à petite vapeur de New York à Bordeaux, nous n'en avons pas assez pour aller à toute vapeur de New York à Liverpool !

— J'aviserai », répondit Mr. Fogg.

Passepartout avait compris. Il fut pris d'une inquiétude mortelle.

Le charbon allait manquer !

« Ah ! si mon maître pare celle-là, se dit-il, décidément ce sera un fameux homme ! »

Et ayant rencontré Fix, il ne put s'empêcher de le mettre au courant de la situation.

« Alors, lui répondit l'agent les dents serrées, vous croyez que nous allons à Liverpool !

— Parbleu !

— Imbécile ! » répondit l'inspecteur, qui s'en alla, haussant les épaules.

Passepartout fut sur le point de relever vertement le qualificatif, dont il ne pouvait d'ailleurs comprendre la vraie signification ; mais il se dit que l'infortuné Fix devait être très désappointé, très humilié dans son amour-propre, après avoir si maladroitement suivi une fausse piste autour du monde, et il passa condamnation.

Et maintenant quel parti allait prendre Phileas Fogg ? Cela était difficile à imaginer. Cependant, il paraît que le flegmatique gentleman en prit un, car le soir même il fit venir le mécanicien et lui dit :

« Poussez les feux et faites route jusqu'à complet épuisement du combustible. »

Quelques instants après, la cheminée de l'*Henrietta* vomissait des torrents de fumée.

Le navire continua donc de marcher à toute vapeur ; mais ainsi qu'il l'avait annoncé, deux jours plus tard, le 18, le mécanicien fit savoir que le charbon manquerait dans la journée.

« Que l'on ne laisse pas baisser les feux, répondit Mr. Fogg. Au contraire. Que l'on charge les soupapes. »

Ce jour-là, vers midi, après avoir pris hauteur et calculé la position du navire, Phileas Fogg fit venir Passepartout, et il lui donna l'ordre d'aller chercher le capitaine Speedy. C'était comme si on eût commandé à ce brave garçon d'aller déchaîner un tigre, et il descendit dans la dunette, se disant :

« Positivement il sera enragé ! »

En effet, quelques minutes plus tard, au milieu de cris et de jurons, une bombe arrivait sur la dunette. Cette bombe, c'était le capitaine Speedy. Il était évident qu'elle allait éclater.

« Où sommes-nous ? » telles furent les premières paroles qu'il prononça au milieu des suffocations de la colère, et certes, pour peu que le digne homme eût été apoplectique, il n'en serait jamais revenu.

« Où sommes-nous ? répéta-t-il, la face congestionnée.

— À sept cent soixante-dix milles de Liverpool (300 lieues), répondit Mr. Fogg avec un calme imperturbable.

— Pirate ! s'écria Andrew Speedy.

— Je vous ai fait venir, monsieur...

— Écumeur de mer !

— ... monsieur, reprit Phileas Fogg, pour vous prier de me vendre votre navire.

— Non ! de par tous les diables, non !

— C'est que je vais être obligé de le brûler.

— Brûler mon navire !

— Oui, du moins dans ses hauts, car nous manquons de combustible.

— Brûler mon navire ! s'écria le capitaine Speedy, qui ne pouvait même plus prononcer les syllabes. Un navire qui vaut cinquante mille dollars (250 000 F).

— En voici soixante mille (300 000 F) ! » répondit Phileas Fogg, en offrant au capitaine une liasse de bank-notes.

Cela fit un effet prodigieux sur Andrew Speedy. On

— Pirate ! s'écria Andrew Speedy (p. 278).

n'est pas Américain sans que la vue de soixante mille dollars vous cause une certaine émotion. Le capitaine oublia en un instant sa colère, son emprisonnement, tous ses griefs contre son passager. Son navire avait vingt ans. Cela pouvait devenir une affaire d'or !... La bombe ne pouvait déjà plus éclater. Mr. Fogg en avait arraché la mèche.

« Et la coque en fer me restera, dit-il d'un ton singulièrement radouci.

— La coque en fer et la machine, monsieur. Est-ce conclu ?

— Conclu. »

Et Andrew Speedy, saisissant la liasse de bank-notes, les compta et les fit disparaître dans sa poche.

Pendant cette scène, Passepartout était blanc. Quant à Fix, il faillit avoir un coup de sang. Près de vingt mille livres dépensées, et encore ce Fogg qui abandonnait à son vendeur la coque et la machine, c'est-à-dire presque la valeur totale du navire ! Il est vrai que la somme volée à la banque s'élevait à cinquante-cinq mille livres !

Quand Andrew Speedy eut empoché l'argent :

« Monsieur, lui dit Mr. Fogg, que tout ceci ne vous étonne pas. Sachez que je perds vingt mille livres, si je ne suis pas rendu à Londres le 21 décembre, à huit heures quarante-cinq du soir. Or, j'avais manqué le paquebot de New York, et comme vous refusiez de me conduire à Liverpool...

— Et j'ai bien fait, par les cinquante mille diables de l'enfer, s'écria Andrew Speedy, puisque j'y gagne au moins quarante mille dollars. »

Puis, plus posément :

« Savez-vous une chose, ajouta-t-il, capitaine ?...

— Fogg.

— Capitaine Fogg, eh bien, il y a du Yankee en vous. »

Et après avoir fait à son passager ce qu'il croyait être un compliment, il s'en allait, quand Phileas Fogg lui dit :

« Maintenant ce navire m'appartient ?

— Certes, de la quille à la pomme des mâts, pour tout ce qui est « bois », s'entend !

— Bien. Faites démolir les aménagements intérieurs et chauffez avec ces débris. »

On juge ce qu'il fallut consommer de ce bois sec pour maintenir la vapeur en suffisante pression. Ce jour-là, la dunette, les rouffles, les cabines, les logements, le faux pont, tout y passa.

Le lendemain, 19 décembre, on brûla la mâture, les dromes, les esparres. On abattit les mâts, on les débita à coups de hache. L'équipage y mettait un zèle incroyable. Passepartout, taillant, coupant, sciant, faisait l'ouvrage de dix hommes. C'était une fureur de démolition.

Le lendemain, 20, les bastingages, les pavois, les œuvres-mortes, la plus grande partie du pont, furent dévorés. L'*Henrietta* n'était plus qu'un bâtiment rasé comme un ponton.

Mais, ce jour-là, on avait eu connaissance de la côte d'Irlande et du feu de Fastenet.

Toutefois, à dix heures du soir, le navire n'était encore que par le travers de Queenstown. Phileas Fogg n'avait plus que vingt-quatre heures pour atteindre Londres ! Or, c'était le temps qu'il fallait à l'*Henrietta* pour gagner Liverpool, — même en marchant à toute vapeur. Et la vapeur allait manquer enfin à l'audacieux gentleman !

« Monsieur, lui dit alors le capitaine Speedy, qui avait fini par s'intéresser à ses projets, je vous plains vraiment. Tout est contre vous ! Nous ne sommes encore que devant Queenstown.

— Ah ! fit Mr. Fogg, c'est Queenstown, cette ville dont nous apercevons les feux ?

— Oui.

— Pouvons-nous entrer dans le port ?

— Pas avant trois heures. À pleine mer seulement.

— Attendons ! » répondit tranquillement Phileas Fogg, sans laisser voir sur son visage que, par une

L'équipage y mettait un zèle incroyable (p. 281).

suprême inspiration, il allait tenter de vaincre encore une fois la chance contraire !

En effet, Queenstown est un port de la côte d'Irlande dans lequel les transatlantiques qui viennent des États-Unis jettent en passant leur sac aux lettres. Ces lettres sont emportées à Dublin par des express toujours prêts à partir. De Dublin elles arrivent à Liverpool par des steamers de grande vitesse, — devançant ainsi de douze heures les marcheurs les plus rapides des compagnies maritimes.

Ces douze heures que gagnait ainsi le courrier d'Amérique, Phileas Fogg prétendait les gagner aussi. Au lieu d'arriver sur l'*Henrietta*, le lendemain soir, à Liverpool, il y serait à midi, et, par conséquent, il aurait le temps d'être à Londres avant huit heures quarante-cinq minutes du soir.

Vers une heure du matin, l'*Henrietta* entrait à haute mer dans le port de Queenstown, et Phileas Fogg, après avoir reçu une vigoureuse poignée de main du capitaine Speedy, le laissait sur la carcasse rasée de son navire, qui valait encore la moitié de ce qu'il l'avait vendue !

Les passagers débarquèrent aussitôt. Fix, à ce moment, eut une envie féroce d'arrêter le sieur Fogg. Il ne le fit pas, pourtant ! Pourquoi ? Quel combat se livrait donc en lui ? Était-il revenu sur le compte de Mr. Fogg ? Comprenait-il enfin qu'il s'était trompé ? Toutefois, Fix n'abandonna pas Mr. Fogg. Avec lui, avec Mrs. Aouda, avec Passepartout, qui ne prenait plus le temps de respirer, il montait dans le train de Queenstown à une heure et demie du matin, arrivait à Dublin au jour naissant, et s'embarquait aussitôt sur un de ces steamers — vrais fuseaux d'acier, tout en machine — qui, dédaignant de s'élever à la lame, passent invariablement au travers.

À midi moins vingt, le 21 décembre, Phileas Fogg débarquait enfin sur le quai de Liverpool. Il n'était plus qu'à six heures de Londres.

Mais à ce moment, Fix s'approcha, lui mit la main sur l'épaule, et, exhibant son mandat :

« Vous êtes bien le sieur Phileas Fogg ? dit-il.

— Oui, monsieur.

— Au nom de la reine, je vous arrête ! »

XXXIV

QUI PROCURE À PASSEPARTOUT L'OCCASION DE FAIRE UN JEU DE MOTS ATROCE, MAIS PEUT-ÊTRE INÉDIT

Phileas Fogg était en prison. On l'avait enfermé dans le poste de Custom-house, la douane de Liverpool, et il devait y passer la nuit en attendant son transfèrement à Londres.

Au moment de l'arrestation, Passepartout avait voulu se précipiter sur le détective. Des policemen le retinrent. Mrs. Aouda, épouvantée par la brutalité du fait, ne sachant rien, n'y pouvait rien comprendre. Passepartout lui expliqua la situation. Mr. Fogg, cet honnête et courageux gentleman, auquel elle devait la vie, était arrêté comme voleur. La jeune femme protesta contre une telle allégation, son cœur s'indigna, et les pleurs coulèrent de ses yeux, quand elle vit qu'elle ne pouvait rien faire, rien tenter, pour sauver son sauveur.

Quant à Fix, il avait arrêté le gentleman parce que son devoir lui commandait de l'arrêter, fût-il coupable ou non. La justice en déciderait.

Mais alors une pensée vint à Passepartout, cette pensée terrible qu'il était décidément la cause de tout ce malheur ! En effet, pourquoi avait-il caché cette aventure à Mr. Fogg ? Quand Fix avait révélé et sa qualité d'inspecteur de police et la mission dont il était chargé, pourquoi avait-il pris sur lui de ne point avertir son maître ? Celui-ci, prévenu, aurait sans doute donné à Fix des preuves de son innocence ; il lui aurait démontré son erreur ; en tout cas, il n'eût pas véhiculé à ses frais et à ses trousses ce malencontreux agent, dont le

— Au nom de la reine, je vous arrête ! » (p. 284).

premier soin avait été de l'arrêter, au moment où il mettait le pied sur le sol du Royaume-Uni. En songeant à ses fautes, à ses imprudences, le pauvre garçon était pris d'irrésistibles remords. Il pleurait, il faisait peine à voir. Il voulait se briser la tête !

Mrs. Aouda et lui étaient restés, malgré le froid, sous le péristyle de la douane. Ils ne voulaient ni l'un ni l'autre quitter la place. Ils voulaient revoir encore une fois Mr. Fogg.

Quant à ce gentleman, il était bien et dûment ruiné, et cela au moment où il allait atteindre son but. Cette arrestation le perdait sans retour. Arrivé à midi moins vingt à Liverpool, le 21 décembre, il avait jusqu'à huit heures quarante-cinq minutes pour se présenter au Reform-Club, soit neuf heures quinze minutes, — et il ne lui en fallait que six pour atteindre Londres.

En ce moment, qui eût pénétré dans le poste de la douane eût trouvé Mr. Fogg, immobile, assis sur un banc de bois, sans colère, imperturbable. Résigné, on n'eût pu le dire, mais ce dernier coup n'avait pu l'émouvoir, au moins en apparence. S'était-il formé en lui une de ces rages secrètes, terribles parce qu'elles sont contenues, et qui n'éclatent qu'au dernier moment avec une force irrésistible ? On ne sait. Mais Phileas Fogg était là, calme, attendant… quoi ? Conservait-il quelque espoir ? Croyait-il encore au succès, quand la porte de cette prison était fermée sur lui ?

Quoi qu'il en soit, Mr. Fogg avait soigneusement posé sa montre sur une table et il en regardait les aiguilles marcher. Pas une parole ne s'échappait de ses lèvres, mais son regard avait une fixité singulière.

En tout cas, la situation était terrible, et, pour qui ne pouvait lire dans cette conscience, elle se résumait ainsi :

Honnête homme, Phileas Fogg était ruiné.

Malhonnête homme, il était pris.

Eut-il alors la pensée de se sauver ? Songea-t-il à chercher si ce poste présentait une issue praticable ? Pensa-t-il à fuir ? On serait tenté de le croire, car, à un certain moment, il fit le tour de la chambre. Mais la porte était solidement fermée et la fenêtre garnie de barreaux de fer. Il vint donc se rasseoir, et il tira de son portefeuille l'itinéraire du voyage. Sur la ligne qui portait ces mots :

« 21 décembre, samedi, Liverpool »,

il ajouta :

« 80ᵉ jour, 11 h 40 du matin »,

et il attendit.

Une heure sonna à l'horloge de Custom-house, Mr. Fogg constata que sa montre avançait de deux minutes sur cette horloge.

Deux heures ! En admettant qu'il montât en ce moment dans un express, il pouvait encore arriver à Londres et au Reform-Club avant huit heures quarante-cinq du soir. Son front se plissa légèrement...

À deux heures trente-trois minutes, un bruit retentit au-dehors, un vacarme de portes qui s'ouvraient. On entendait la voix de Passepartout, on entendait la voix de Fix.

Le regard de Phileas Fogg brilla un instant.

La porte du poste s'ouvrit, et il vit Mrs. Aouda, Passepartout, Fix, qui se précipitèrent vers lui.

Fix était hors d'haleine, les cheveux en désordre... Il ne pouvait parler !

« Monsieur, balbutia-t-il, monsieur... pardon... une ressemblance déplorable... Voleur arrêté depuis trois jours... vous... libre !... »

Phileas Fogg était libre ! Il alla au détective. Il le regarda bien en face, et, faisant le seul mouvement rapide qu'il eût jamais fait et qu'il dût jamais faire de sa vie, il ramena ses deux bras en arrière, puis, avec la précision d'un automate, il frappa de ses deux poings le malheureux inspecteur.

« Bien tapé ! » s'écria Passepartout, qui, se permettant un atroce jeu de mots, bien digne d'un Français, ajouta : « Pardieu ! voilà ce qu'on peut appeler une belle application de poings d'Angleterre ! »

Fix, renversé, ne prononça pas un mot. Il n'avait que

ce qu'il méritait. Mais aussitôt Mr. Fogg, Mrs. Aouda, Passepartout quittèrent la douane. Ils se jetèrent dans une voiture, et, en quelques minutes, ils arrivèrent à la gare de Liverpool.

Phileas Fogg demanda s'il y avait un express prêt à partir pour Londres...

Il était deux heures quarante... L'express était parti depuis trente-cinq minutes.

Phileas Fogg commanda alors un train spécial.

Il y avait plusieurs locomotives de grande vitesse en pression ; mais, attendu les exigences du service, le train spécial ne put quitter la gare avant trois heures.

À trois heures, Phileas Fogg, après avoir dit quelques mots au mécanicien d'une certaine prime à gagner, filait dans la direction de Londres, en compagnie de la jeune femme et de son fidèle serviteur.

Il fallait franchir en cinq heures et demie la distance qui sépare Liverpool de Londres —, chose très faisable, quand la voie est libre sur tout le parcours. Mais il y eut des retards forcés, et, quand le gentleman arriva à la gare, neuf heures moins dix sonnaient à toutes les horloges de Londres.

Phileas Fogg, après avoir accompli ce voyage autour du monde, arrivait avec un retard de cinq minutes !...

Il avait perdu.

XXXV

DANS LEQUEL PASSEPARTOUT NE SE FAIT PAS RÉPÉTER DEUX FOIS L'ORDRE QUE SON MAÎTRE LUI DONNE

Le lendemain, les habitants de Saville-row auraient été bien surpris, si on leur eût affirmé que Mr. Fogg avait réintégré son domicile. Portes et fenêtres, tout était clos. Aucun changement ne s'était produit à l'extérieur.

En effet, après avoir quitté la gare, Phileas Fogg avait donné à Passepartout l'ordre d'acheter quelques provisions, et il était rentré dans sa maison.

Ce gentleman avait reçu avec son impassibilité habituelle le coup qui le frappait. Ruiné ! et par la faute de ce maladroit inspecteur de police ! Après avoir marché d'un pas sûr pendant ce long parcours, après avoir renversé mille obstacles, bravé mille dangers, ayant encore trouvé le temps de faire quelque bien sur sa route, échouer au port devant un fait brutal, qu'il ne pouvait prévoir, et contre lequel il était désarmé : cela était terrible ! De la somme considérable qu'il avait emportée au départ, il ne lui restait qu'un reliquat insignifiant. Sa fortune ne se composait plus que des vingt mille livres déposées chez Baring frères, et ces vingt mille livres, il les devait à ses collègues du Reform-Club. Après tant de dépenses faites, ce pari gagné ne l'eût pas enrichi sans doute, et il est probable qu'il n'avait pas cherché à s'enrichir — étant de ces hommes qui parient pour l'honneur —, mais ce pari perdu le ruinait totalement. Au surplus, le parti du gentleman était pris. Il savait ce qui lui restait à faire.

Une chambre de la maison de Saville-row avait été réservée à Mrs. Aouda. La jeune femme était désespérée. À certaines paroles prononcées par Mr. Fogg, elle avait compris que celui-ci méditait quelque projet funeste.

On sait, en effet, à quelles déplorables extrémités se portent quelquefois ces Anglais monomanes sous la pression d'une idée fixe. Aussi Passepartout, sans en avoir l'air, surveillait-il son maître.

Mais, tout d'abord, l'honnête garçon était monté dans sa chambre et avait éteint le bec qui brûlait depuis quatre-vingts jours. Il avait trouvé dans la boîte aux lettres une note de la Compagnie du gaz, et il pensa qu'il était plus que temps d'arrêter ces frais dont il était responsable.

La nuit se passa. Mr. Fogg s'était couché, mais avait-

Il avait trouvé une note de la Compagnie du gaz. (p. 289).

il dormi ? Quant à Mrs. Aouda, elle ne put prendre un seul instant de repos. Passepartout, lui, avait veillé comme un chien à la porte de son maître.

Le lendemain, Mr. Fogg le fit venir et lui recommanda, en termes fort brefs, de s'occuper du déjeuner de Mrs. Aouda. Pour lui, il se contenterait d'une tasse de thé et d'une rôtie. Mrs. Aouda voudrait bien l'excuser pour le déjeuner et le dîner, car tout son temps était consacré à mettre ordre à ses affaires. Il ne descendrait pas. Le soir seulement, il demanderait à Mrs. Aouda la permission de l'entretenir pendant quelques instants.

Passepartout, ayant communication du programme de la journée, n'avait plus qu'à s'y conformer. Il regardait son maître toujours impassible, et il ne pouvait se décider à quitter sa chambre. Son cœur était gros, sa conscience bourrelée de remords, car il s'accusait plus que jamais de cet irréparable désastre. Oui ! s'il eût prévenu Mr. Fogg, s'il lui eût dévoilé les projets de l'agent Fix, Mr. Fogg n'aurait certainement pas traîné l'agent Fix jusqu'à Liverpool, et alors...

Passepartout ne put plus y tenir.

« Mon maître ! monsieur Fogg ! s'écria-t-il, maudissez-moi. C'est par ma faute que...

— Je n'accuse personne, répondit Phileas Fogg du ton le plus calme. Allez. »

Passepartout quitta la chambre et vint trouver la jeune femme, à laquelle il fit connaître les intentions de son maître.

« Madame, ajouta-t-il, je ne puis rien par moi-même, rien ! Je n'ai aucune influence sur l'esprit de mon maître. Vous, peut-être...

— Quelle influence aurais-je, répondit Mrs. Aouda. Mr. Fogg n'en subit aucune ! A-t-il jamais compris que ma reconnaissance pour lui était prête à déborder ! A-t-il jamais lu dans mon cœur !... Mon ami, il ne faudra pas le quitter, pas un seul instant. Vous dites qu'il a manifesté l'intention de me parler ce soir ?

— Oui, madame. Il s'agit sans doute de sauvegarder votre situation en Angleterre.

— Attendons », répondit la jeune femme, qui demeura toute pensive.

Ainsi, pendant cette journée du dimanche, la maison de Saville-row fut comme si elle eût été inhabitée, et, pour la première fois depuis qu'il demeurait dans cette maison, Phileas Fogg n'alla pas à son club, quand onze heures et demie sonnèrent à la tour du Parlement.

Et pourquoi ce gentleman se fût-il présenté au Reform-Club ? Ses collègues ne l'y attendaient plus. Puisque, la veille au soir, à cette date fatale du samedi 21 décembre, à huit heures quarante-cinq, Phileas Fogg n'avait pas paru dans le salon du Reform-Club, son pari était perdu. Il n'était même pas nécessaire qu'il allât chez son banquier pour y prendre cette somme de vingt mille livres. Ses adversaires avaient entre les mains un chèque signé de lui, et il suffisait d'une simple écriture à passer chez Baring frères, pour que les vingt mille livres fussent portées à leur crédit.

Mr. Fogg n'avait donc pas à sortir, et il ne sortit pas. Il demeura dans sa chambre et mit ordre à ses affaires. Passepartout ne cessa de monter et de descendre l'escalier de la maison de Saville-row. Les heures ne marchaient pas pour ce pauvre garçon. Il écoutait à la porte de la chambre de son maître, et, ce faisant, il ne pensait pas commettre la moindre indiscrétion ! Il regardait par le trou de la serrure, et il s'imaginait avoir ce droit ! Passepartout redoutait à chaque instant quelque catastrophe. Parfois, il songeait à Fix, mais un revirement s'était fait dans son esprit. Il n'en voulait plus à l'inspecteur de police. Fix s'était trompé comme tout le monde à l'égard de Phileas Fogg, et, en le filant, en l'arrêtant, il n'avait fait que son devoir, tandis que lui... Cette pensée l'accablait, et il se tenait pour le dernier des misérables.

Quand, enfin, Passepartout se trouvait trop malheureux d'être seul, il frappait à la porte de Mrs. Aouda, il entrait dans sa chambre, il s'asseyait dans un coin sans mot dire, et il regardait la jeune femme, toujours pensive.

Vers sept heures et demie du soir, Mr. Fogg fit demander à Mrs. Aouda si elle pouvait le recevoir, et quelques instants après, la jeune femme et lui étaient seuls dans cette chambre.

Phileas Fogg prit une chaise et s'assit près de la cheminée, en face de Mrs. Aouda. Son visage ne reflétait aucune émotion. Le Fogg du retour était exactement le Fogg du départ. Même calme, même impassibilité.

Il resta sans parler pendant cinq minutes. Puis, levant les yeux sur Mrs. Aouda :

« Madame, dit-il, me pardonnerez-vous de vous avoir amenée en Angleterre ?

— Moi, monsieur Fogg !... répondit Mrs. Aouda, en comprimant les battements de son cœur.

— Veuillez me permettre d'achever, reprit Mr. Fogg. Lorsque j'eus la pensée de vous entraîner loin de cette contrée, devenue si dangereuse pour vous, j'étais riche, et je comptais mettre une partie de ma fortune à votre disposition. Votre existence eût été heureuse et libre. Maintenant, je suis ruiné.

— Je le sais, monsieur Fogg, répondit la jeune femme, et je vous demanderai à mon tour : Me pardonnerez-vous de vous avoir suivi, et — qui sait ? — d'avoir peut-être, en vous retardant, contribué à votre ruine ?

— Madame, vous ne pouviez rester dans l'Inde, et votre salut n'était assuré que si vous vous éloigniez assez pour que ces fanatiques ne pussent vous reprendre.

— Ainsi, monsieur Fogg, reprit Mrs. Aouda, non content de m'arracher à une mort horrible, vous vous croyiez encore obligé d'assurer ma position à l'étranger ?

— Oui, madame, répondit Fogg, mais les événements ont tourné contre moi. Cependant, du peu qui me reste, je vous demande la permission de disposer en votre faveur.

— Mais, vous, monsieur Fogg, que deviendrez-vous ? demanda Mrs. Aouda.

— Moi, madame, répondit froidement le gentleman, je n'ai besoin de rien.

— Mais comment, monsieur, envisagez-vous donc le sort qui vous attend ?

— Comme il convient de le faire, répondit Mr. Fogg.

— En tout cas, reprit Mrs. Aouda, la misère ne saurait atteindre un homme tel que vous. Vos amis...

— Je n'ai point d'amis, madame.

— Vos parents...

— Je n'ai plus de parents.

— Je vous plains alors, monsieur Fogg, car l'isolement est une triste chose. Quoi ! pas un cœur pour y verser vos peines. On dit cependant qu'à deux la misère elle-même est supportable encore !

— On le dit, madame.

— Monsieur Fogg, dit alors Mrs. Aouda, qui se leva et tendit la main au gentleman, voulez-vous à la fois d'une parente et d'une amie ? Voulez-vous de moi pour votre femme ? »

Mr. Fogg, à cette parole, s'était levé à son tour. Il y avait comme un reflet inaccoutumé dans ses yeux, comme un tremblement sur ses lèvres. Mrs. Aouda le regardait. La sincérité, la droiture, la fermeté et la douceur de ce beau regard d'une noble femme qui ose tout pour sauver celui auquel elle doit tout, l'étonnèrent d'abord, puis le pénétrèrent. Il ferma les yeux un instant, comme pour éviter que ce regard ne s'enfonçât plus avant... Quand il les rouvrit :

« Je vous aime ! dit-il simplement. Oui, en vérité, par tout ce qu'il y a de plus sacré au monde, je vous aime, et je suis tout à vous !

— Ah !... » s'écria Mrs. Aouda, en portant la main à son cœur.

Passepartout fut sonné. Il arriva aussitôt. Mr. Fogg tenait encore dans sa main la main de Mrs. Aouda. Passepartout comprit, et sa large face rayonna comme le soleil au zénith des régions tropicales.

Mr. Fogg lui demanda s'il ne serait pas trop tard pour aller prévenir le révérend Samuel Wilson, de la paroisse de Mary-le-Bone.

Passepartout sourit de son meilleur sourire.

« Jamais trop tard », dit-il.

Il n'était que huit heures cinq.

« Ce serait pour demain, lundi ! dit-il.

— Pour demain lundi ? demanda Mr. Fogg en regardant la jeune femme.

— Pour demain lundi ! » répondit Mrs. Aouda.

Passepartout sortit, tout courant.

XXXVI

DANS LEQUEL PHILEAS FOGG
FAIT DE NOUVEAU PRIME SUR LE MARCHÉ

Il est temps de dire ici quel revirement de l'opinion s'était produit dans le Royaume-Uni, quand on apprit l'arrestation du vrai voleur de la Banque — un certain James Strand — qui avait eu lieu le 17 décembre, à Édimbourg.

Trois jours avant, Phileas Fogg était un criminel que la police poursuivait à outrance, et maintenant c'était le plus honnête gentleman, qui accomplissait mathématiquement son excentrique voyage autour du monde.

Quel effet, quel bruit dans les journaux ! Tous les parieurs pour ou contre, qui avaient déjà oublié cette affaire, ressuscitèrent comme par magie. Toutes les transactions redevenaient valables. Tous les engagements revivaient, et, il faut le dire, les paris reprirent avec une nouvelle énergie. Le nom de Phileas Fogg fit de nouveau prime sur le marché.

Les cinq collègues du gentleman, au Reform-Club, passèrent ces trois jours dans une certaine inquiétude. Ce Phileas Fogg qu'ils avaient oublié reparaissait à leurs yeux ! Où était-il en ce moment ? Le 17 décembre —, jour où James Strand fut arrêté —, il y avait soixante-seize jours que Phileas Fogg était parti, et pas une nouvelle de lui ! Avait-il succombé ? Avait-il renoncé à la lutte, ou continuait-il sa marche suivant l'itinéraire convenu ? Et le samedi 21 décembre, à huit heures quarante-cinq du soir, allait-il apparaître, comme le dieu de l'exactitude, sur le seuil du salon du Reform-Club ?

Il faut renoncer à peindre l'anxiété dans laquelle, pendant trois jours, vécut tout ce monde de la société anglaise. On lança des dépêches en Amérique, en Asie, pour avoir des nouvelles de Phileas Fogg ! On envoya matin et soir observer la maison de Saville-row... Rien. La police elle-même ne savait plus ce qu'était devenu le détective Fix, qui s'était si malencontreusement jeté sur une fausse piste. Ce qui n'empêcha pas les paris de s'engager de nouveau sur une plus vaste échelle. Phileas Fogg, comme un cheval de course, arrivait au dernier tournant. On ne le cotait plus à cent, mais à vingt, mais à dix, mais à cinq, et le vieux paralytique, Lord Albermale, le prenait, lui, à égalité.

Aussi, le samedi soir, y avait-il foule dans Pall-Mall et dans les rues voisines. On eût dit un immense attroupement de courtiers, établis en permanence aux abords du Reform-Club. La circulation était empêchée. On discutait, on disputait, on criait les cours du « Phileas Fogg », comme ceux des fonds anglais. Les policemen avaient beaucoup de peine à contenir le populaire, et à mesure que s'avançait l'heure à laquelle devait arriver Phileas Fogg, l'émotion prenait des proportions invraisemblables.

Ce soir-là, les cinq collègues du gentleman étaient réunis depuis neuf heures dans le grand salon du Reform-Club. Les deux banquiers, John Sullivan et Samuel Fallentin, l'ingénieur Andrew Stuart, Gauthier Ralph, administrateur de la Banque d'Angleterre, le brasseur Thomas Flanagan, tous attendaient avec anxiété.

Au moment où l'horloge du grand salon marqua huit heures vingt-cinq, Andrew Stuart, se levant, dit :

« Messieurs, dans vingt minutes, le délai convenu entre Mr. Phileas Fogg et nous sera expiré.

— À quelle heure est arrivé le dernier train de Liverpool ? demanda Thomas Flanagan.

— À sept heures vingt-trois, répondit Gauthier Ralph, et le train suivant n'arrive qu'à minuit dix.

— Eh bien, messieurs, reprit Andrew Stuart, si Phileas Fogg était arrivé par le train de sept heures vingt-trois, il serait déjà ici. Nous pouvons donc considérer le pari comme gagné.

— Attendons, ne nous prononçons pas, répondit Samuel Fallentin. Vous savez que notre collègue est un excentrique de premier ordre. Son exactitude en tout est bien connue. Il n'arrive jamais ni trop tard ni trop tôt, et il apparaîtrait ici à la dernière minute, que je n'en serais pas autrement surpris.

— Et moi, dit Andrew Stuart, qui était, comme toujours, très nerveux, je le verrais, je n'y croirais pas.

— En effet, reprit Thomas Flanagan, le projet de Phileas Fogg était insensé. Quelle que fût son exactitude, il ne pouvait empêcher des retards inévitables de se produire, et un retard de deux ou trois jours seulement suffisait à compromettre son voyage.

— Vous remarquerez, d'ailleurs, ajouta John Sullivan, que nous n'avons reçu aucune nouvelle de notre collègue, et, cependant, les fils télégraphiques ne manquaient pas sur son itinéraire.

— Il a perdu, messieurs, reprit Andrew Stuart, il a cent fois perdu ! Vous savez, d'ailleurs, que le *China* — le seul paquebot de New York qu'il pût prendre pour venir à Liverpool en temps utile — est arrivé hier. Or, voici la liste des passagers, publiée par la *Shipping Gazette*, et le nom de Phileas Fogg n'y figure pas. En admettant les chances les plus favorables, notre collègue est à peine en Amérique ! J'estime à vingt jours, au moins, le retard qu'il subira sur la date convenue, et le vieux Lord Albermale en sera, lui aussi, pour ses cinq mille livres !

— C'est évident, répondit Gauthier Ralph, et demain nous n'aurons qu'à présenter chez Baring frères le chèque de Mr. Fogg. »

☞ En ce moment l'horloge du salon sonna huit heures quarante.

« Encore cinq minutes », dit Andrew Stuart.

Les cinq collègues se regardaient. On peut croire que les battements de leur cœur avaient subi une légère accélération, car enfin, même pour de beaux joueurs, la partie était forte ! Mais ils n'en voulaient rien laisser paraître, car, sur la proposition de Samuel Fallentin, ils prirent place à une table de jeu.

« Je ne donnerais pas ma part de quatre mille livres dans le pari, dit Andrew Stuart en s'asseyant, quand même on m'en offrirait trois mille neuf cent quatre-vingt-dix-neuf ! »

L'aiguille marquait, en ce moment, huit heures quarante-deux minutes.

Les joueurs avaient pris les cartes, mais à chaque instant, leur regard se fixait sur l'horloge. On peut affirmer que, quelle que fût leur sécurité, jamais minutes ne leur avaient paru si longues !

« Huit heures quarante-trois », dit Thomas Flanagan, en coupant le jeu que lui présentait Gauthier Ralph.

Puis un moment de silence se fit. Le vaste salon du club était tranquille. Mais, au-dehors, on entendait le brouhaha de la foule, que dominaient parfois des cris aigus. Le balancier de l'horloge battait la seconde avec une régularité mathématique. Chaque joueur pouvait compter les divisions sexagésimales qui frappaient son oreille.

« Huit heures quarante-quatre ! » dit John Sullivan d'une voix dans laquelle on sentait une émotion involontaire.

Plus qu'une minute, et le pari était gagné. Andrew

☞ Voir *Au fil du texte*, p. XII.

« Me voici, Messieurs », disait-il (p. 300).

Stuart et ses collègues ne jouaient plus. Ils avaient abandonné les cartes ! Ils comptaient les secondes !

À la quarantième seconde, rien. À la cinquantième, rien encore !

À la cinquante-cinquième, on entendit comme un tonnerre au-dehors, des applaudissements, des hurrahs, et même des imprécations, qui se propagèrent dans un roulement continu.

Les joueurs se levèrent.

À la cinquante-septième seconde, la porte du salon s'ouvrit, et le balancier n'avait pas battu la soixantième seconde, que Phileas Fogg apparaissait, suivi d'une foule en délire qui avait forcé l'entrée du club, et de sa voix calme :

« Me voici, messieurs », disait-il.

XXXVII

DANS LEQUEL IL EST PROUVÉ QUE PHILEAS FOGG N'A RIEN GAGNÉ À FAIRE CE TOUR DU MONDE, SI CE N'EST LE BONHEUR

Oui ! Phileas Fogg en personne.

On se rappelle qu'à huit heures cinq du soir — vingt-cinq heures environ après l'arrivée des voyageurs à Londres —, Passepartout avait été chargé par son maître de prévenir le révérend Samuel Wilson au sujet d'un certain mariage qui devait se conclure le lendemain même.

Passepartout était donc parti, enchanté. Il se rendit d'un pas rapide à la demeure du révérend Samuel Wilson, qui n'était pas encore rentré. Naturellement, Passepartout attendit, mais il attendit vingt bonnes minutes au moins.

Bref, il était huit heures trente-cinq quand il sortit de la maison du révérend. Mais dans quel état ! Les cheveux en désordre, sans chapeau, courant, courant, comme on n'a jamais vu courir de mémoire d'homme, renversant les passants, se précipitant comme une trombe sur les trottoirs !

En trois minutes, il était de retour à la maison de Saville-row, et il tombait, essoufflé, dans la chambre de Mr. Fogg.

Il ne pouvait parler.

« Qu'y a-t-il ? demanda Mr. Fogg.

— Mon maître... balbutia Passepartout... mariage... impossible.

— Impossible ?

— Impossible... pour demain.

— Pourquoi ?

— Parce que demain... c'est dimanche !

— Lundi, répondit Mr. Fogg.

— Non... aujourd'hui... samedi.

— Samedi ? impossible !

— Si, si, si, si ! s'écria Passepartout. Vous vous êtes trompé d'un jour ! Nous sommes arrivés vingt-quatre heures en avance... mais il ne reste plus que dix minutes !... »

Passepartout avait saisi son maître au collet, et il l'entraînait avec une force irrésistible !

Phileas Fogg, ainsi enlevé, sans avoir le temps de réfléchir, quitta sa chambre, quitta sa maison, sauta dans un cab, promit cent livres au cocher et, après avoir écrasé deux chiens et accroché cinq voitures, il arriva au Reform-Club.

L'horloge marquait huit heures quarante-cinq, quand il parut dans le grand salon...

Phileas Fogg avait accompli ce tour du monde en quatre-vingts jours !...

Phileas Fogg avait gagné son pari de vingt mille livres !

Et maintenant, comment un homme si exact, si méticuleux, avait-il pu commettre cette erreur de jour ? Comment se croyait-il au samedi soir, 21 décembre, quand il débarqua à Londres, alors qu'il n'était qu'au

Les cheveux en désordre, sans chapeau, courant, courant...
(p. 301).

vendredi, 20 décembre, soixante-dix-neuf jours seulement après son départ ?

Voici la raison de cette erreur. Elle est fort simple.

Phileas Fogg avait, « sans s'en douter », gagné un jour sur son itinéraire, — et cela uniquement parce qu'il avait fait le tour du monde en allant vers l'*est*, et il eût, au contraire, perdu ce jour en allant en sens inverse, soit vers l'*ouest*.

En effet, en marchant vers l'est, Phileas Fogg allait au-devant du soleil, et, par conséquent, les jours diminuaient pour lui d'autant de fois quatre minutes qu'il franchissait de degrés dans cette direction. Or, on compte trois cent soixante degrés sur la circonférence terrestre, et ces trois cent soixante degrés, multipliés par quatre minutes, donnent précisément vingt-quatre heures, — c'est-à-dire ce jour inconsciemment gagné. En d'autres termes, pendant que Phileas Fogg, marchant vers l'est, voyait le soleil passer *quatre-vingts fois* au méridien, ses collègues restés à Londres ne le voyaient passer que *soixante-dix-neuf fois*. C'est pourquoi, ce jour-là même, qui était le samedi et non le dimanche, comme le croyait Mr. Fogg, ceux-ci l'attendaient dans le salon du Reform-Club.

Et c'est ce que la fameuse montre de Passepartout — qui avait toujours conservé l'heure de Londres — eût constaté si, en même temps que les minutes et les heures, elle eût marqué les jours !

Phileas Fogg avait donc gagné les vingt mille livres. Mais comme il en avait dépensé en route environ dix-neuf mille, le résultat pécuniaire était médiocre. Toutefois, on l'a dit, l'excentrique gentleman n'avait, en ce pari, cherché que la lutte, non la fortune. Et même, les mille livres restant, il les partagea entre l'honnête Passepartout et le malheureux Fix, auquel il était incapable d'en vouloir. Seulement, et pour la régularité, il retint à son serviteur le prix des dix-neuf cent vingt heures de gaz dépensé par sa faute.

Ce soir-là même, Mr. Fogg, aussi impassible, aussi flegmatique, disait à Mrs. Aouda :

« Ce mariage vous convient-il toujours, madame ?

— Monsieur Fogg, répondit Mrs. Aouda, c'est à moi de vous faire cette question. Vous étiez ruiné, vous voici riche...

— Pardonnez-moi, madame, cette fortune vous appartient. Si vous n'aviez pas eu la pensée de ce mariage, mon domestique ne serait pas allé chez le révérend Samuel Wilson, je n'aurais pas été averti de mon erreur, et...

— Cher monsieur Fogg..., dit la jeune femme.

— Chère Aouda... », répondit Phileas Fogg.

On comprend bien que le mariage se fit quarante-huit heures plus tard, et Passepartout, superbe, resplendissant, éblouissant, y figura comme témoin de la jeune femme. Ne l'avait-il pas sauvée, et ne lui devait-on pas cet honneur ?

Seulement, le lendemain, dès l'aube, Passepartout frappait avec fracas à la porte de son maître.

La porte s'ouvrit, et l'impassible gentleman parut.

« Qu'y a-t-il, Passepartout ?

— Ce qu'il y a, monsieur ! Il y a que je viens d'apprendre à l'instant...

— Quoi donc ?

— Que nous pouvions faire le tour du monde en soixante-dix-neuf jours seulement.

— Sans doute, répondit Mr. Fogg, en ne traversant pas l'Inde. Mais si je n'avais pas traversé l'Inde, je n'aurais pas sauvé Mrs. Aouda, elle ne serait pas ma femme, et... »

Et Mr. Fogg ferma tranquillement la porte.

Ainsi donc Phileas Fogg avait gagné son pari. Il avait accompli en quatre-vingts jours ce voyage autour du monde ! Il avait employé pour ce faire tous les moyens de transport, paquebots, railways, voitures, yachts, bâtiments de commerce, traîneaux, éléphant. L'excentrique gentleman avait déployé dans cette affaire ses merveilleuses qualités de sang-froid et d'exactitude. Mais après ? Qu'avait-il gagné à ce déplacement ? Qu'avait-il rapporté de ce voyage ?

Rien, dira-t-on ? Rien, soit, si ce n'est une charmante femme, qui — quelque invraisemblable que cela puisse paraître — le rendit le plus heureux des hommes !

En vérité, ne ferait-on pas, pour moins que cela, le Tour du monde ?

FIN

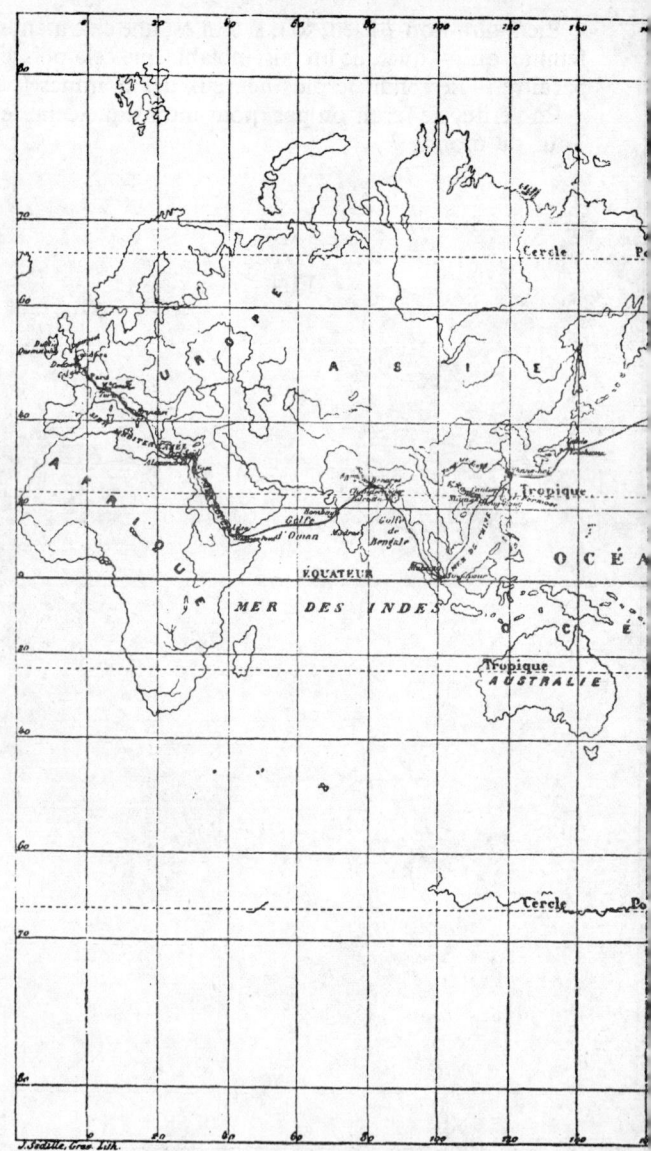

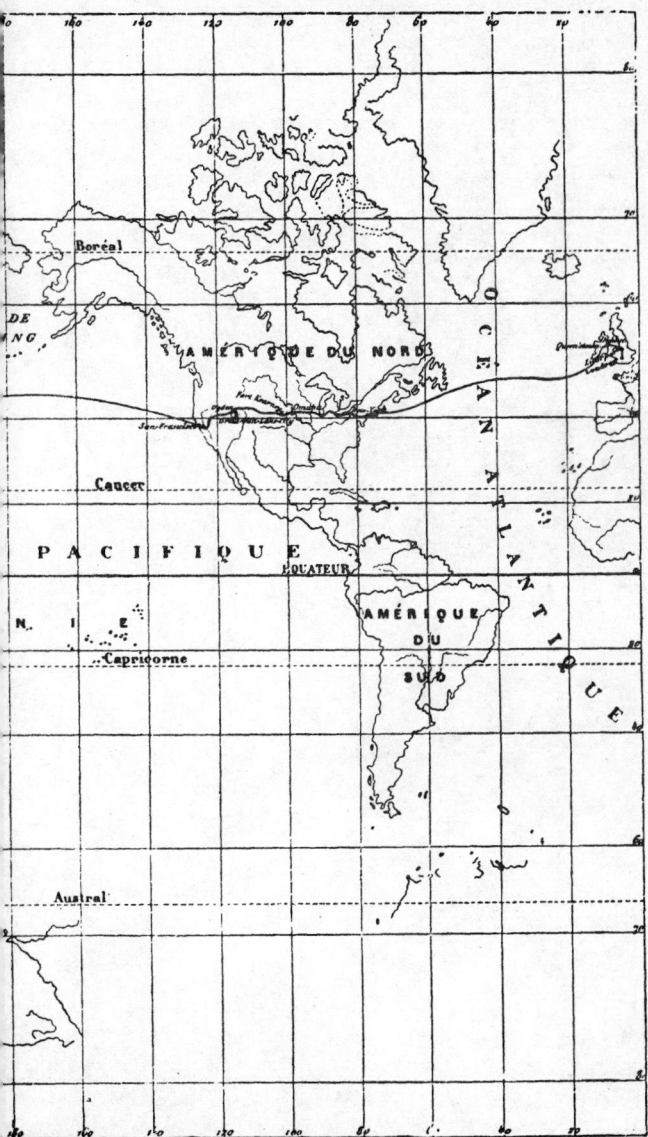

LES CLÉS DE L'ŒUVRE

I - AU FIL DU TEXTE

II - DOSSIER HISTORIQUE ET LITTÉRAIRE

Pour approfondir votre lecture, LIRE vous propose une sélection commentée :
- de morceaux « classiques » devenus incontournables, signalés par ●◆ (droit au but).
- d'extraits représentatifs de l'œuvre, signalés par ◔◈ (en flânant).

AU FIL DU TEXTE

Par Gérard Gengembre,
professeur de littérature française à l'université de Caen.

AU FIL DU TEXTE

I - DÉCOUVRIR

> *La phrase clé*
>
> « Je parie vingt mille livres contre qui voudra que je ferai le
> tour de la Terre en quatre-vingts jours ou moins, soit dix-neuf
> cent vingt heures ou cent quinze mille deux cents minutes.
> Acceptez-vous ? »
>
> Chapitre III, p. 38.

● **LA DATE**

Comme l'indique la préface (pp. 6-13), *Le Tour du monde* est le
best-seller de la série des « Voyages extraordinaires ». Paru en
feuilleton dans le journal *Le Temps* (on notera cette ironie objective)
pendant l'automne 1872, du 6 novembre au 22 décembre, puis en
volume chez Hetzel en 1873, il est adapté au théâtre en 1874. On
peut parler d'une véritable entreprise littéraire qui exploite un formidable succès.

L'histoire se déroule en quatre-vingts jours qui en font quatre-
vingt-un à cause de la ligne de changement de date : du mercredi
2 octobre 1871, à 20 h 45, au samedi 21 décembre, même heure
(celle de Big Ben à Londres, qui fait foi).

● **LE TITRE**

Parmi tous les titres des romans verniens, celui-ci est le seul à
poser une relation explicite et déterminante entre temps et espace.
Il s'agit de définir un exploit compte tenu des moyens de transport
de l'époque. Cependant, l'article du titre laisse une ambiguïté :
l'exploit est-il déjà accompli ou reste-t-il à établir ? De la même
façon, on ignore s'il s'agit du tour du monde d'un voyageur précis
qui le raconte ou du journal de ce voyage, ou encore d'un défi toujours valable. Le titre programme donc une incertitude qui sera
l'enjeu principal du roman : les héros parviendront-ils, et com-

ment, à tenir les délais ? En effet, aucune indication sur les moyens utilisés ne figure dans le titre (comparez par exemple avec *Cinq semaines en ballon*).

• COMPOSITION

Le point de vue de l'auteur

Le pacte de lecture

Tout est pris en charge par un narrateur omniscient racontant les aventures de ses personnages.

Les objectifs d'écriture

Aucune œuvre ne remplit mieux le contrat que l'éditeur Hetzel avait proposé au romancier : « Dépeindre le monde entier sous la forme du roman géographique et scientifique » (Verne à Hetzel fils, 1888).

Structure de l'œuvre

Membre éminent du Reform Club de Londres, personnage original et excentrique, Phileas Fogg lance un défi aux membres : il parie toute sa fortune qu'il effectuera le tour du monde en quatre-vingts jours. Il se met en route avec son domestique français au noms suggestif, Passepartout, le 2 octobre 1872, à 8 h 45 du soir (chap. I-IV).

Ce départ précipité éveille les soupçons de la police. Le détective Fix soupçonne Phileas Fogg d'être celui qui, trois jours auparavant, a volé la Banque d'Angleterre. Il se lance à sa poursuite (chap. V-VIII). Phileas Fogg et Passepartout parviennent cependant à Suez, puis à Bombay et, pour traverser les Indes, ils utilisent l'éléphant comme moyen de locomotion quand les trains font défaut. Ils échappent à des Hindous fanatiques et sauvent la belle Aouda condamnée à mourir sur le bûcher de son époux. Malgré les manœuvres de Fix pour les retarder, malgré les contretemps et les intempéries, ils arrivent au Japon. Perdu à Hong Kong, Passepartout y est retrouvé mêlé à une troupe d'acrobates (chap. IX-XXIII).

Après avoir traversé le Pacifique, Fogg, Passepartout et Aouda arrivent à San Francisco. Il s'agit maintenant de rejoindre New York : troupeaux de bisons, Indiens hostiles, ponts effondrés et difficultés climatiques leur font manquer le paquebot qui devait les ramener en Angleterre (chap. XXIV-XXXII).

Phileas Fogg doit louer un bateau, et parvient à Liverpool, où l'attend l'inspecteur Fix. Arrêté, il est innocenté, mais ces péripéties lui valent cinq minutes de retard à Londres. Il croit avoir manqué son pari, mais il a oublié qu'ayant accompli le tour du globe en sens inverse de sa rotation, il a en fait gagné un jour. Il a donc réussi, et il fait son entrée triomphale au Reform Club le 21 décembre, trois secondes avant vingt heures quarante-cinq. Il a dépensé lors de son périple autant que la mise, mais il a gagné l'amour puisqu'il épouse Aouda (chap. XXXIII-XXXVII).

Le parcours de Phileas Fogg est chronométré par le *Morning Chronicle*, quotidien londonien (chap III, p. 35). Nous pouvons le comparer à l'actualisation romanesque :

ÉTAPE PRÉVUE	CHAPITRES	MOYENS	TEMPS	AVANCE OU RETARD
Londres → Suez par Mont-Cenis et Brindisi	IV-V	rail paquebot	7 jours	
Suez → Bombay	IX	paquebot	11 jours	avance : 2 j.
Bombay → Calcutta	X-XIV	rail éléphant	5 jours	retard : 2 j.
Calcutta → Hong Kong	XVI-XVIII	paquebot	13 jours	
Hong Kong → Yokohama	XX-XXIII	goélette	6 jours	
Yokohama → San Francisco	XXIV	paquebot	22 jours	
San Francisco → New York	XXVI-XXXI	rail traîneau	moins de 7 jours	retard de vingt heures
New York → Londres	XXXII-XXXIV	bateau loué/rail	moins de 9 jours	retard de 5 minutes

Au chapitre XXIV, (p. 199), le passage des antipodes de Londres constitue un axe discret mais essentiel. La ligne de partage entre Orient et Occident, entre l'ancien et le nouveau monde, est aussi celle du changement de date qui annule par avance le retard qui sera pris dans la traversée du continent nord-américain. C'est aussi le changement de tactique de l'inspecteur Fix qui s'était ingénié à retarder Fogg, et qui choisit désormais de favoriser son retour sur le sol anglais pour pouvoir l'appréhender.

On remarque également la symétrie entre les trois chapitres du prologue et les trois chapitres de l'épilogue. Cette composition en boucle est parfaitement adaptée au sujet : on a bien accompli un tour. Mais on a pu dire aussi que l'effet de chute provoqué par le revirement final faisait que le roman était conçu en fonction de son dénouement, comme un sonnet l'est en fonction de son quatorzième vers.

Le roman se présente comme la succession de figures chaque fois renouvelées d'une « partie carrée » entre Fogg et Passepartout, le tandem héroïque, la femme, Aouda, et l'opposant, Fix, soit, si l'on suit les étapes, huit moments principaux :

– moment « 0 » : constitution du couple Fogg-Passepartout (chap. I, pp. 22-26), pari (chap. III, pp. 35-38), et départ (chap. IV) ;

– moments 1 et 2 : début du voyage et apparition de Fix (chap. VI, pp. 49-52) ;

– moments 3 et 4 : achat de l'éléphant (chap. XI, pp. 89-90) ; le sutty et l'enlèvement d'Aouda (chap. XIII, pp. 106-109) ;

– moments 5 et 6 : interception du paquebot de Yokohama par Fogg en goélette (chap. XXI, pp. 177-178) ; retrouvailles dans un cirque japonais de Fogg et de Passepartout, momentanément séparés par Fix à Hong Kong (chap. XXIII, pp. 192-195) ;

– moment 7 : traversée du pont de Medicine Bow, qui s'écroule derrière le train (chap. XXVIII, pp. 234-237) ; attaque des Sioux (chap. XXIX, pp. 245-250) ; course de traîneau à voile (chap. XXXI, pp. 262-267) ;

– moment 8 : ultime équipée en bateau de commerce, où tout le bois du bord finit en combustible (chap. XXXIII, pp. 277-281) ; emprisonnement de Fogg, sa défaite (chap. XXXIV, pp. 286-288) ; son triomphe (chap. XXXVI-XXXVII, pp. 298-301).

II - LIRE

Pour approfondir votre lecture, LIRE vous propose une sélection commentée :
- *de morceaux « classiques » devenus incontournables, signalés par ●◆ (droit au but).*
- *d'extraits représentatifs de l'œuvre, signalés par ⊙ (en flânant).*

●◆ 1 - *La constitution du couple Phileas Fogg-Passepartout*	
chap. I de « La maison de Saville-Row… » à la fin du chapitre.	pp. 23-26

Le couple fondamental maître-serviteur se fonde ici. Le domestique précédent a commis une faute impardonnable aux yeux de son maître exigeant et maniaque. Cette scène de première rencontre est remarquable par son comique. Passepartout aspire à la tranquillité, et il va se trouver embarqué dans une extraordinaire aventure. Son maître est obsédé par le temps et sa manie de l'exactitude programme déjà le thème du roman. Le Temps est bien la véritable divinité dont le culte est célébré par la pendule.

Le couple va associer deux tempéraments, deux modes de vie, deux nationalités. Le sérieux de Fogg va se trouver associé à la fantaisie et à la débrouillardise du Français, lequel, en évoquant ses multiples talents, signale au lecteur qu'il sera capable de se tirer de toutes les embûches et de faire face à toutes les situations. On remarquera qu'il a travaillé dans un cirque. Ce détail prépare les retrouvailles au Japon.

●◆ 2 - *L'apparition de Fix*	
chap. VI de « De ces deux hommes… » à « … amour-propre ».	pp. 49-52

Personnage essentiel du roman, l'inspecteur Fix, dont le nom est très suggestif (la fixité de la loi, celui qui doit restaurer l'ordre, celui qui s'est donné un but et qui n'en démord pas, etc.), va accomplir un exploit au moins égal à celui de Fogg. Le détective a un aspect physique conforme à sa profession : maigreur, tempérament nerveux, et les qualités requises : énergie, vivacité, intelligence.

Il affirme avoir le flair nécessaire (p. 51) et se dit convaincu de confondre le voleur qu'il doit arrêter, autrement dit Phileas Fogg, que l'on croit être l'auteur d'un « vol magnifique ». C'est donc sur le quai du port de Suez que l'intrigue du roman se noue véritablement, et que s'inaugure la poursuite autour du monde.

On notera que les deux personnages ont en commun l'initiale de leur nom, et que leurs patronymes sont tous deux monosyllabiques, ce qui signale l'obstination monomaniaque qui les caractérise.

---

3 - *L'enlèvement d'Aouda*
chap. XIII   de « C'était le moment… »   pp. 106-109
à la fin du chapitre.

Avec cet épisode, le quatuor de personnages du roman est complet. Il est important qu'apparaisse cet élément féminin, qui introduit du même coup la possibilité du romanesque dans un contexte général d'aventures.

Nous connaissons l'histoire d'Aouda depuis le début du chapitre : élevée à l'européenne (ce détail est capital), elle a été mariée malgré elle à un vieux rajah, qu'elle doit suivre dans la mort pour respecter une coutume barbare. Elle s'est échappée, mais, rattrapée, elle doit subir ce supplice par le feu.

Nous avons affaire à une intrigue apparemment annexe dans le cours général du roman. Elle est en fait essentielle. Narrativement, pour rendre possible le bonheur amoureux ; génériquement, pour se conformer à l'une des règles du roman d'aventures : une action périlleuse accomplie au nom de sentiments généreux ; idéologiquement, pour affirmer la supériorité morale des Européens ; symboliquement, pour faire triompher les valeurs humaines. Tout le récit du sauvetage est dramatisé. On remarquera les procédés qui tiennent le lecteur en haleine.

Il est important que Passepartout fasse de nouveau preuve de sa débrouillardise et de son esprit d'entreprise, en même temps que de son courage. On n'oubliera pas qu'il a été soldat du feu. Il est fidèle à son nom et à ses qualités de Français chevaleresque, toujours prêt à porter secours à la veuve et à l'orphelin.

Cette scène de retrouvailles est d'une étonnante sobriété. Le chapitre s'attarde à longuement décrire les acrobaties des « Longs-Nez-Longs-Nez », mais l'échange entre Fogg et Passepartout est réduit à l'essentiel : « – Vous ? – Moi ! » (p. 195). Tout doit s'accomplir dans l'urgence : il faut respecter l'horaire, se battre contre le temps. Il n'y a pas de place pour les épanchements. L'émotion est tout entière contenue dans le « Ah ! mon maître ! mon maître ! » de Passepartout, qui provoque la chute de la pyramide humaine (élément comique), exclamation qui fait penser à la dernière réplique de Sganarelle dans le *Dom Juan* de Molière, évidemment dans un tout autre contexte ici. D'ailleurs, l'émotion ne serait pas « british ». Fogg se doit d'être anglais jusqu'au bout. Son émotion se concentre dans le « mon garçon » affectueux qui termine son injonction.

Les héros se trouvent une nouvelle fois confrontés à la sauvagerie. Nous avons là l'un des thèmes favoris du western, déjà présent dans les romans du Far West qui se répandent vers les années 1870. Il s'agit donc d'une scène quasi obligée d'un roman d'aventures où les héros traversent l'Amérique.

Tous les ingrédients sont réunis et sont dramatiquement organisés. C'est naturellement Passepartout qui va être l'homme de la situation, en utilisant sa souplesse de clown pour détacher la locomotive et permettre aux passagers d'être sauvés. Aouda se comporte courageusement elle aussi (elle est donc digne d'appartenir à ce trio valeureux).

Cet épisode introduit une dimension nouvelle, celle de la mort, car des passagers sont tués, et non seulement les agresseurs. Le danger existe donc bien dans le monde que traverse Phileas Fogg. Le progrès et la civilisation ont un coût et la sécurité n'est pas encore garantie. Cette ombre jetée sur le roman par la permanence de ce danger est idéologiquement intéressante.

Le dénouement du roman comprend deux phases. Nous avons ici la première : la victoire de Phileas Fogg qui rentre dans la salle du Reform Club au moment précis où il risquait de perdre son pari. La seconde tirera une autre leçon : Fogg a trouvé le bonheur avec Aouda. Au fond, ses aventures prennent ainsi sens, un sens qui dépasse le simple pari. Le sentiment amoureux a le dernier mot. Le cœur dépasse la quantification du temps et de l'argent.

Les vingt mille livres gagnées par Phileas Fogg équivalent à ce qu'il a dépensé. Il n'y a donc pas de gain, mais une opération blanche et financièrement absurde. C'est l'ultime ironie d'un roman qui aura été dominé par les chiffres, par l'arithmétique du décompte des jours et des heures.

• **LES THÈMES CLÉS**

1. L'exaltation des progrès extraordinaires (mot clé de l'entreprise vernienne) accomplis par l'époque moderne dans les transports et les communications.

2. La vision d'un monde où l'exotisme conventionnel et les préjugés sont évidemment présents, mais où on relève aussi la domination d'un système politique, économique et culturel, celui de l'Empire britannique. Le monde est devenu plus banal, plus unifié, par la généralisation des signes d'une civilisation qui aspire à l'universalité. Dès lors, les différences culturelles, tout en subsistant, tendent à se relativiser, à se marginaliser, à devenir simplement pittoresques, voire à être taxées de barbarie archaïque. Ainsi des Hindous fanatiques et des Sioux sauvages.

3. La police britannique est une institution omniprésente et parfaitement efficace. Fix accomplit une prouesse au moins égale à celle de Fogg, il ne faut pas l'oublier.

4. Deux pays occupent une grande place dans le roman : l'Inde et les États-Unis. S'opposent l'obscurantisme rétrograde de l'un et l'agressive modernité de l'autre. Dès lors, l'Angleterre semble occuper un juste milieu, le triomphe de l'équilibre, où la sociabilité des clubs et la puissance des steamers s'harmonisent.

5. Cependant, la victoire de la civilisation est sans cesse remise en question : la nature humaine demeure. Il y a toujours de la barbarie et de l'archaïsme. Et les obstacles naturels sont toujours là. La victoire n'est pas définitive. Il faut toujours reconquérir.

6. En définitive, le rôle du hasard est considérable. L'ingéniosité de l'homme doit sans cesse composer avec l'inattendu. En outre, Fogg n'est pas seul : il faut ajouter le dévouement de Passepartout, l'amour d'Aouda. Et n'est-ce pas la Terre elle-même qui favorise une telle entreprise, grâce à sa rotation ? Si Fogg avait commencé son tour du monde par la traversée de l'Atlantique, tout aurait été différent et il n'aurait peut-être pas gagné son pari.

7. Le chef-d'œuvre de Jules Verne est bien un roman d'aventures, qui multiplie les histoires parallèles, qui bifurque sans cesse. Le tour se fait aussi par les détours, souvent opérés par Passepartout, qui mérite bien son nom. Les véritables valeurs qui l'emportent sont l'amitié et l'amour. Fogg trouve un vrai sens à sa vie. La morale humaine triomphe. C'est peut-être la plus grande leçon du livre.

III - POURSUIVRE

• LECTURES CROISÉES

1. On se référera d'abord aux nombreux documents fournis par le dossier historique et littéraire.
2. On peut comparer le principe du roman à celui de *Vingt mille lieues sous les mers* (Pocket Classiques, n° 6058) et à celui du *Voyage au centre de la Terre* (Pocket Classiques, n° 6056).

• PISTES DE RECHERCHES

1. Le périple de Phileas Fogg et l'Empire britannique à la fin du XIXe siècle.

2. Les conquêtes techniques à l'époque du roman.

3. Le temps dans le roman

Il est d'abord principe même de la fiction, puisqu'il faut respecter un délai fixé.

Il est ensuite un réseau thématique, dont on peut repérer les occurrences lexicales.

Il est un principe de composition (voir plus haut). On s'attachera en particulier à relever les marques temporelles dans le récit et l'insistance sur la marche inexorable d'un temps qu'il faut vaincre. On suivra aussi le rythme du récit et son accélération finale.

Il est enfin un indicateur idéologique. Le temps c'est de l'argent, parié en l'occurrence. Il faut un investissement initial, et la mise finit par égaler l'enjeu. Ce qui était parfaitement raisonné et raisonnable devient alors irrationnel.

4. Le roman et le mythe faustien. On s'appuiera notamment sur la nouvelle *Maître Zacharius*, reproduite dans le dossier historique et littéraire.

5. Les différents genres mêlés au roman : la farce, les calembours, les apartés burlesques, les poursuites, tout cela fait penser au vaudeville de Feydeau ou de Labiche.

Par ailleurs, on note une importante part didactique. Dans quelle mesure s'agit-il d'instruire en amusant dans *Le Tour du monde en quatre-vingts jours* ?

• PARCOURS CRITIQUE

« *Le Tour du monde en quatre-vingts jours* n'est [...] qu'en apparence un exploit individuel et exceptionnel. Avec les chemins de fer et les vapeurs qui permettent à Fogg de gagner son pari, avec son sac de bank-notes sans lesquels il ne pourrait tirer parti du progrès technique, c'est tout l'Occident du machinisme moderne et du capitalisme ascendant qui crie son orgueil d'être "européen" et qui étend son contrôle à la surface de la planète – ou du moins croit naïvement qu'il pourra le faire sans encombres » (Jean Chesneaux, *Cahiers Jules Verne*, n° 1, Minard, coll. « Revue des lettres modernes », n° 456-461, 1976, p. 20).

« C'est l'honneur du XIXe siècle industrieux que le voyageur emporte avec lui ; ce qu'il convient de faire, c'est la preuve de l'invulnérabilité de la technique humaine, de sa puissance, de sa fiabilité ; le but ultime de l'œuvre, c'est encore une fois de montrer que, sous la main de l'homme, le globe est presque aussi sûr qu'un jardin à l'anglaise » (Jean-Pierre Poncey, *Cahiers Jules Verne*, n° 1, *op. cit.*, p. 54).

« La course-poursuite est [aussi] dans *Les Misérables*, roman social dont la structure tient du roman policier. Les difficultés de Fogg reproduisent celles de Jean Valjean (ou de "Monsieur Madeleine"). Fix est aussi *honnêtement* acharné, dans sa chasse à l'homme, que Javert. Dans les deux cas, la grandeur fascinante du héros sème le doute dans l'âme scrupuleuse du policier : faut-il vraiment livrer un tel homme à la justice ? » (André Lebois, *Cahiers Jules Verne*, n° 1, *op. cit.*, p. 26).

« L'astronomie est [...] ici génératrice de la narration et de l'écriture. [...] Le jour gagné n'était pas prévu sur le carnet de Phileas Fogg, mais, par anagramme du *tour*, le *trou* du jour fantôme était présent depuis les premiers mots du texte » (Daniel Compère, *Cahiers Jules Verne*, n° 1, *op. cit.*, p. 49).

« [Phileas Fogg est une figure frappante] par ce qu'elle a de plus profond, qui la relie à l'Acte même de la possession du monde, envahissant comme une passion, totalement, un être éminemment raisonnable. Phileas Fogg *est* son Voyage, sa quête du temps et de l'espace » (Simone Vierne, *Cahiers Jules Verne*, n° 1, *op. cit.*, p. 94).

« Après avoir évoqué les "héros de l'impossible", Jules Verne présente l'homme du réalisable, le contrepoint de l'explorateur, non celui qui avance mais celui qui parcourt, non plus celui qui nomme, mais celui qui consulte et qui relit, l'homme des chemins de fer et des compagnies de navigation, le héros de la terre conquise » (Marie-Hélène Huet, *Cahiers Jules Verne*, n° 1, *op. cit.*, p. 96).

● **UN LIVRE / UN FILM**

Parmi les adaptations du roman, on peut signaler une version comédie musicale pour la télévision (réalisée par Pierre Nivollet, 1975, avec Jean Le Poulain dans le rôle de Phileas Fogg) et le film de M. Anderson, avec David Niven qui incarne le héros. Cette version est assez aisément disponible.

DOSSIER HISTORIQUE ET LITTÉRAIRE

I. REPÈRES BIOGRAPHIQUES

1828   Naissance de Jules Verne, le 8 février, à Nantes. Père : Pierre Verne, avoué ; mère : Sophie Allotte de la Fuÿe. Naissances de : Paul en 1829, Anne en 1837, Mathilde en 1839, Marie en 1842.

1833-1846   Scolarité nantaise, chez Mme Sambin d'abord, puis à l'école Saint-Stanislas, au séminaire Saint-Donatien, enfin au Collège royal, jusqu'au baccalauréat. S'engage dans le droit par complaisance pour son père.

1847-1848   Paris. Études de loin. Amours déçues, pour sa cousine Caroline, puis (et surtout) pour Herminie, qui se marient l'une et l'autre avec d'autres prétendants.

1849   Licence en droit. Plongée dans la littérature : fréquentation des théâtres, des salons, rencontre d'Alexandre Dumas fils. Troupe de célibataires endurcis, les Onze-sans-femme.

1850   Première pièce jouée, *Les Pailles rompues,* il y en aura beaucoup d'autres. Collaboration avec le musicien nantais A. Hignard pour des opéras-comiques.

1851   Dans *Le Musée des familles,* parution des premières nouvelles. Premiers troubles sérieux dus à la névralgie faciale.

1852-1855   Opte définitivement pour la carrière artistique, sans en avoir les moyens financiers. Devient secrétaire du Théâtre lyrique (jusqu'en 1854). Poursuit l'écriture de nouvelles, chansons, pièces, livrets. Nouvel amour déçu, pour Laurence Janmar.

1856 Rencontre à Amiens, au mariage d'un ami, Honorine de Viane, une jeune veuve, mère de deux enfants. Se met à travailler à la Bourse, pour augmenter son quotidien (son frère Paul fera de même, lorsqu'il quittera la marine).

1857 10 janvier, mariage de Jules Verne et d'Honorine.

1859 Voyage en Angleterre et en Ecosse avec Hignard.

1861 Deuxième voyage, toujours avec Hignard, en Norvège et Scandinavie. Son fils (unique), Michel, naît en son absence.

1862 Rencontre d'Hetzel. Premier contrat, réorientation de J. Verne vers le roman.

1863 *Cinq semaines en ballon.* S'occupe auprès de Nadar de la « Société d'encouragement pour la locomotion aérienne » par le plus lourd que l'air.

1864 Naissance du *Magasin d'éducation et de récréation. Aventures du capitaine Hatteras. Voyage au centre de la Terre.* Installation à Auteuil.

1865 *De la Terre à la Lune. Les Enfants du capitaine Grant.* Première version (refusée) de ce qui sera *L'Île mystérieuse.* Se partage entre le Tréport et un pied-à-terre rue de Sèvres à Paris. Devient membre de la Société de géographie. Liaison, interrompue par la mort de la jeune femme, avec Mme Duchesnes.

1866 Hérite de la *Géographie de la France,* laissée inachevée par T. Lavallée. Il y aura plus tard, parallèlement à l'extension des *Voyages* romanesques, l'*Histoire des grands voyages et des grands voyageurs.*

1867 Avec Paul, prend le *Great-Eastern* à destination de l'Amérique. New York, les chutes du Niagara.

1868 Le premier des *Saint-Michel,* une chaloupe.

1869 *Vingt-Mille Lieues sous les mers, Autour de la Lune.*

1870 *Une ville flottante.* Chevalier de la Légion

d'honneur. Garde-côte au Crotoy pendant la guerre. Honorine et les enfants se replient sur Amiens.

1871 *Aventures de trois Russes et de trois Anglais.* S'installe à Amiens. Modification importante du contrat avec Hetzel (deux volumes seulement à livrer par an). Mort de son père.

1872 Élu à l'Académie d'Amiens. Couronné par l'Académie française pour la série des *Voyages extraordinaires. Le Tour du monde en quatre-vingts jours.*

1873 Monte en ballon à Amiens. S'installe au 44, boulevard Longueville.

1874 *L'Île mystérieuse. Le Chancellor.* Première au théâtre du *Tour du monde,* adapté avec d'Ennery.

1876 *Michel Strogoff.* Deuxième *Saint-Michel.* Maladie très grave d'Honorine.

1877 *Hector Servadac. Les Indes noires.* Troisième *Saint-Michel.* Premiers accrochages avec le fils rebelle, Michel, placé en maison de redressement, embarqué l'année suivante pour les Indes par décision judiciaire. Procès Pont-Jest, à propos de *Voyage au centre de la Terre.*

1878 *Un capitaine de quinze ans.* Adaptation au théâtre des *Enfants du capitaine Grant.* Première croisière sur le *Saint-Michel III* (Méditerranée).

1879 *Les Tribulations d'un Chinois en Chine. Les Cinq Cents Millions de la Begum.* Croisière (Angleterre, Ecosse).

1880 *La Maison à vapeur.* Adaptation de *Strogoff.* Mariage de Michel.

1881 *La Jangada.* Croisière (mer du Nord, Hollande, Allemagne, Copenhague).

1882 *L'École des robinsons. Le Rayon vert.* Première au théâtre de *Voyage à travers l'impossible.* Déménage rue Charles-Dubois.

1883 *Kéraban le Têtu.* Michel enlève une jeune fille de seize ans.

1884   *L'Archipel en feu. L'Étoile du Sud.* Dernière croisière (Méditerranée). Le *Saint-Michel* sera vendu deux ans plus tard.

1885   *Mathias Sandorf. L'Épave du Cynthia* (avec A. Laurie). Naissance de son premier petit-fils.

1886   *Robur le Conquérant. Un billet de loterie.* Attentat du neveu Gaston contre J. Verne. Mauvaise blessure à la jambe. Mort de Hetzel. Divorce de Michel, qui se remarie avec la jeune enlevée. Naissance de son deuxième petit-fils.

1887   *Le Chemin de France. Nord contre Sud.* Mort de sa mère. Tournée de « lectures » en Belgique et Hollande.

1888   *Deux ans de vacances.* Première élection comme conseiller municipal (réélu trois fois de suite).

1889   *Famille sans nom. Sens dessus dessous.* Inauguration du Cirque d'Amiens.

1890   Santé déclinante : vertiges, névralgies, troubles de la digestion, locomotion difficile.

1891   *Mistress Branican.*

1892   *Claudius Bombarnac. Le Château des Carpates.* Officier de la Légion d'honneur. Naissance de son troisième petit-fils.

1893   *P'tit Bonhomme.*

1894   *Mirifiques Aventures de Maître Antifer.*

1895   *L'Île à hélice.*

1896   *Face au drapeau* (procès Turpin). *Clovis Dardentor.*

1897   *Le Sphinx des glaces.*

1898   *Le Superbe Orénoque.*

1899   *Le Testament d'un excentrique.* Dernières vacances en Normandie.

1900   *Seconde Patrie.* Retourne au boulevard Longueville. Derniers textes, où la part de Michel est ici et là importante.

1901   *Le Village aérien. Les Histoires de Jean-Marie Cabidoulin.*

1902   *Les Frères Kip.*

1903   *Bourses de voyage.*

1904   *Un drame en Livonie. Maître du monde.*

1905   *L'Invasion de la mer. Le Phare du bout du monde.*
        24 mars : Mort de J. Verne.

II. UN VOYAGE À TOUTE VAPEUR

Que cela va vite ! Trois ans pour accéder à la consécration du Grand Larousse universel [1]. *Prestiges du canevas..., dont on trouvera ici le détail, dans sa version romanesque, mais qui importe surtout par sa capacité presque indéfiniment extensible, à preuve sa version dramatique. Toute l'ambiguïté, ou toute la stratégie géniale d'écriture, du Verne des* Voyages extraordinaires *tiennent à cela : il est vrai que la fiction n'est là que comme agent, pour aider à faire passer du renseignement. Mais agent ô combien double, qui retourne le pouvoir auquel il est assujetti — celui de la science et de l'instruction —, pour renverser l'ordre de la collaboration. C'est le savoir qui devient prétexte, qui n'est là que pour favoriser l'élasticité du scénario. Un scénario très vite en liberté, qui, sitôt indépendant, offre ses tableaux prédécoupés au mouvement perpétuel d'une invention, dont il n'importe plus trop qu'elle soit heureuse ou non, tant elle devient à elle-même sa propre fin. Encore plus d'obstacles, encore plus de complications, encore plus de monstres : c'est une multiplication, une accélération, une explosion. De la jouissance pure : une « partie carrée » chauffée à blanc, où ce qui compte, ce n'est même plus le fil narratif, avec son enchaînement, sa progression et son dénouement, mais, séquence après séquence, l'étrangeté de la variation des postures...*

Le Tour du monde en quatre-vingts jours, roman de M. Jules Verne (Hachette, 1873, in-8°). Ce roman appartient

---

1. On trouve dans ce dictionnaire un résumé des grandes œuvres littéraires de l'époque.

à la série d'ouvrages instructifs et amusants dont l'auteur s'est fait une spécialité et qui lui ont valu une véritable notoriété. Les romans de M. Jules Verne, et le *Tour du monde* entre autres, ont ceci de particulier que la fiction, quoique destinée seulement à servir de cadre à des renseignements curieux, est toujours d'un intérêt saisissant. Celle où il a encadré ce voyage à toute vapeur d'un excentrique est fort bien imaginée et amène une foule d'épisodes romanesques. Le 2 octobre 1872, dans un club de Londres, la conversation roulait sur un vol de 2 millions commis à la Banque d'Angleterre et sur les chances que le voleur avait d'échapper à la police. « Le monde est si grand, dit quelqu'un. — Pas si grand, répond Phileas Fogg, puisqu'on peut en faire le tour en quatre-vingts jours. — Oui, mais sans compter les retards, les accidents, les naufrages, l'imprévu. — Tout compté, répond M. Fogg ; je parie 1 million de faire le tour du monde en quatre-vingts jours. » Le pari est tenu. M. Phileas Fogg part le soir même, emportant 1 million en bank-notes et accompagné de Passepartout, un domestique français qui, pour se reposer, venait justement d'entrer au service du gentleman jusque-là sédentaire et renommé au club pour avoir donné à sa vie la régularité d'une horloge. Mais ce Phileas Fogg, si prompt à décamper le jour d'un vol de 2 millions, ne serait-il pas le voleur lui-même qui aurait ainsi coloré sa disparition à l'aide d'un ingénieux stratagème ? C'est assez l'avis du détective Fix, qui se lance aussitôt à la poursuite de l'excentrique parieur. On devine toutes les suites de ce quiproquo ; Phileas est un fort honnête homme, mais l'agent de police, alléché par la promesse d'une prime de 200 000 francs, va tout mettre en œuvre pour retarder le voyageur déjà enfermé dans d'étroites limites de temps.

Le trajet que se propose de faire Phileas Fogg est celui-ci :

De Londres à Suez, par le mont Cenis et Brindisi (railways et paquebots)	7 jours.
De Suez à Bombay (paquebot)	13
De Bombay à Calcutta (railway)	3
De Calcutta à Hong-Kong (paquebot)	13
De Hong-Kong à Yokohama (paquebot) ...	6
De Yokohama à San Francisco (paquebot) .	22
De San Francisco à New York (railway) ...	7
De New York à Londres (paquebot et railway)	9
TOTAL	80 jours.

L'auteur pouvait économiser deux jours à son pèlerin en supprimant la traversée de l'Inde, de Bombay à Calcutta, mais il se serait privé d'un élément romanesque.

Parti de Londres le 2 octobre, Phileas Fogg et Passepartout arrivent à Suez dans les délais voulus, mais ils y trouvent Fix, débarqué en même temps et qui essaye de faire arrêter celui qu'il croit son voleur ; il ne réussit pas, et Phileas se rembarque sans autre retard. Fix est plus heureux dans l'Inde, où il suit Phileas avec acharnement. D'abord, il se trouve que le railway de Bombay à Calcutta n'existe en entier que sur la carte et qu'il faut faire une partie du chemin à pied ou en voiture ; Phileas achète un éléphant, il n'aura qu'un retard de vingt-quatre heures qu'il espère bien rattraper. Mais, chemin faisant, il se voit forcé d'assister à une suttee, c'est-à-dire à la mort par le feu de la veuve d'un nabab ; le bon Anglais se révolte et, aidé de Passepartout et du guide, il enlève la jolie veuve Aouda, à la barbe des prêtres qui allaient la brûler. Aouda lui en est fort reconnaissante, et voilà le petit roman d'amour, nécessaire à tout livre de ce genre, noué d'une manière irréprochable. Toutefois, Phileas Fogg a de plus l'embarras d'une femme à emmener avec lui à travers les quelque mille lieues qu'il a à faire, et, en outre, l'agent de police prend prétexte de cet esclandre pour ameuter contre lui les brahmes à Calcutta. On l'arrête comme ayant troublé d'honnêtes prêtres indous dans l'exercice de leurs fonctions. Fix sait bien qu'on ne peut pas condamner un Anglais pour avoir empêché un meurtre, mais s'il parvient à le faire retenir jusqu'à ce qu'il ait reçu le mandat d'arrêt bien en règle pour le fameux vol de 2 millions, il aura gagné son affaire. Phileas Fogg lui échappe en donnant une caution de 100 000 francs. Fix rattrape son homme à Hong-Kong, grise Passepartout et fait manquer aux voyageurs le paquebot de Yokohama ; c'est un retard de huit jours qu'il leur faudra subir, c'est-à-dire pour Phileas la perte certaine de son pari. L'intrépide Anglais décide le patron d'une mauvaise barque à tenter la traversée, essuie un naufrage, manque de périr et arrive encore à Yokohama pour prendre le paquebot de San Francisco. Une fois sur la terre américaine, le détective se tient coi et se borne à suivre les voyageurs à la piste ; mais sur le long railway qui va de San Francisco à New York, à travers des solitudes, les incidents ne pouvaient manquer de pleuvoir. Là, un pont menace de se rompre ; on le passe à toute vapeur et il s'écroule derrière le convoi ; plus loin, le train est attaqué par des Pawnies qui assomment quelques voyageurs et enlèvent Aouda ; Phileas Fogg et Passepartout les poursuivent à coups de revolver et ramènent Aouda ; mais le train est reparti, il faut regagner la station prochaine en traîneau ; bien du temps a été perdu et le paquebot de New York à Londres a quitté le port. Phileas Fogg, Aouda et Passepartout, toujours suivis par Fix, ne peuvent prendre passage que sur un bateau de commerce qui fait voile pour Bordeaux. Passer par Bordeaux, c'est perdre le peu de chance qui reste de gagner le pari ; aussi, en route, Phileas achète-t-il le bâtiment, et comme le capitaine se refuse à trahir son armateur, qui l'attend, l'Anglais l'enferme à double tour dans sa cabine et prend le commandement lui-même. Enfin, les voici en vue des côtes d'Angleterre. Phileas n'a plus que quelques heures pour arriver à temps, et le combustible manque ; on chauffe la machine avec les bastingages abattus à coups de hache, la chaudière crève et le bateau sombre. L'équipage et les passagers sont heureusement recueillis ; mais on est à la fin du quatre-vingtième jour, et, au moment où Phileas met le pied en wagon pour gagner Londres à toute vitesse, Fix lui met la main au collet et le fait incarcérer. Cette fois tout est bien perdu ; Phileas passe la nuit en prison, et quand il est rendu à la liberté, le lendemain, l'erreur étant reconnue, car le véritable voleur a été arrêté, il est trop tard, le délai est passé. Phileas rentre dans son hôtel, s'y enferme et met ordre à ses affaires. Il possédait juste 2 millions ; tout compte fait, il a dépensé 950 000 francs dans son voyage. Il met sous enveloppe un chèque de 1 million pour les parieurs du club et envoie Passepartout mettre le paquet à la poste ; il donne les 50 000 francs qui lui restent à Aouda et se prépare au suicide. Mais voici Passepartout qui revient, la physionomie renversée : il y a eu erreur d'un jour ; on n'est pas au lundi, mais au dimanche, la poste est fermée ! Fogg réfléchit ; le fait est vrai. Il n'avait pas calculé qu'en faisant le tour du monde par l'est il avait marché vers le soleil ; les jours avaient diminué pour lui d'autant de fois quatre minutes qu'il franchissait de degrés. Il avait gagné un jour sans s'en douter. Son pari est gagné, et à neuf heures sonnantes, il rentre au club, parfaitement en règle vis-à-vis de ses partenaires. Le drame que l'auteur a tiré de cet intéressant canevas a obtenu plus de succès encore que le livre.

Le Tour du monde en quatre-vingts jours, drame en cinq actes et quinze tableaux, de MM. Dennery et Jules Verne (théâtre de la Porte-Saint-Martin, 8 novembre 1874). M. Dennery n'a pas eu beaucoup à faire pour découper en tableaux le livre de son collaborateur ; même on peut dire que ce qu'il a ajouté pour les besoins de la scène ne vaut pas grand-chose. Trouvant que ce n'était pas assez de faire susciter des embarras au voyageurs par l'agent de police Fix, il a imaginé un Archibald Corsican qui, blackboulé au club, veut se venger de Phileas Fogg, son ennemi, et le suit dans sa pérégrination autour du monde en le forçant à dégainer à chaque station. Cette série de coups d'épée sent un peu trop *Les Trois Mousquetaires* et n'a rien d'anglais. Enfin, Corsican, blessé au bras à chaque rencontre, finit par rester tranquille et accompagne Phileas Fogg en ami. Les héros du voyage étant deux, il leur faut deux femmes, mais Aouda a une sœur, et la course à travers les mers s'achève en partie carrée. Dans le scénario, il y a de plus que dans le livre une station à Bornéo, dans le trajet de Hong-Kong à Yokohama, ce qui a permis de faire réfugier les voyageurs et les voyageuses dans une grotte habitée par de monstrueux serpents, un des plus beaux tableaux de la pièce. Ce qui a fait le succès de l'ouvrage, c'est la richesse et la variété des décors. La suttee, la fuite sur l'éléphant, la caverne des serpents ont fourni le sujet de tableaux pittoresques. Ce qui a obtenu le plus de succès, c'est l'attaque du train par les Pawnies et le naufrage du bâtiment en vue des côtes d'Angleterre. Une locomotive (en carton, mais d'une imitation parfaite) glisse sans cahots, de l'allure la plus naturelle, sur les rails qui traversent la scène dans toute sa largeur. Cette locomotive est mue par deux petites chaudières véritables qui obéissent fidèlement aux manœuvres. La cheminée crache des torrents de fumée ; les pistons montent et descendent, le sifflet d'alarme jette sa note aiguë à coups précipités. Ces chaudières, chauffées dans le foyer des artistes, peuvent être montées à quatre atmosphères, et elles gardent leur pression pendant environ vingt-cinq minutes ; c'est plus qu'il n'en faut pour permettre aux Pawnies d'exécuter leur attaque. On revoit les mêmes petites chaudières sur le pont du steamer l'*Henrietta*, et c'est à elles que cet incomparable tableau doit son étrangeté saisissante. Quand l'explosion se fait entendre, le chauffeur renverse subitement la vapeur, la scène se couvre de fumée, et le bateau, abandonné à la tempête, sombre lugubrement. On le voit s'enfoncer petit à petit jusqu'à la ligne de flottaison, puis les mâts eux-mêmes disparaissent et l'Océan se referme sur sa victime. Jamais on n'avait atteint au théâtre ce degré de précision dans l'horreur.

Le *Tour du monde* a eu, à la Porte-Saint-Martin, plus de deux cents représentations et a été ensuite repris au théâtre du Châtelet avec un succès égal.

III. UN HOMME EN ACIER ROSE

De la notoriété à la célébrité : le Tour du monde *fait de Jules Verne une figure, dont la chronique littéraire et mondaine peut traiter : ainsi de ce « papier » de Georges Bastard, dans la* Gazette illustrée *de 1883. Témoignage, qui est postérieur d'une dizaine d'années, par conséquent, au best-seller, mais aussi reportage sur l'écrivain dont a accouché l'« entreprise »* Tour du monde *(feuilleton plus roman plus théâtre).*

Il faut lire cette chronique peut-être plus pour l'image d'écrivain qu'elle répercute ou fabrique, que pour la véracité de ses informations biographiques. Il y a cette réputation, incontestable mais ambiguë, d'un auteur qu'on présente à la fois comme « le plus populaire » et le moins connu. Il y a cette figure de moine de la science — l'atelier fermé sur l'extérieur et tout entier dévolu à la conception et à la planification de l'œuvre, la minutie artisanale du travail d'invention des fables, d'exploitation du fichier, de rédaction des descriptions et des dialogues. Il y a cette pose de l'homme « vent debout », qui embarque tout ensemble l'ascendance bretonne, le culte de la mer, le caractère indomptable — fragments de légende en élaboration. Et cette sensibilité en éclats. Une sauvagerie en délicatesse avec toutes les socialités, la littéraire comprise, et cependant capable d'accorder à la machine éditoriale tous les soins nécessaires, comme à une épouse son bal d'introduction dans la société amiénoise. Une part privée farouchement tenue secrète, le tempérament dévorant, la causticité bien d'époque...

Verne écrivain de la république du savoir. Verne écrivain de la liberté. Verne écrivain dedans/dehors, célèbre/solitaire, écrivant sur les grands espaces, campé sur ses propres marges intimes.

Avec le produit des 400 premières représentations du *Tour du monde en quatre-vingts jours,* Jules Verne s'offrit le luxe d'un yacht à vapeur qu'il acheta dans de très bonnes conditions.

Le yacht, construit à Nantes, en 1876, sur les chantiers de MM. Jollet et Babin, avait coûté 100 000 francs à son propriétaire, le marquis de Prau, un richissime Angevin, qui voulait le remplacer par un autre plus grand. Il se nommait le *Saint-Joseph,* si je ne me trompe pas, et Jules Verne le débaptisa pour l'appeler du nom de son ancienne chaloupe : le *Saint-Michel,* qui mesure 33 mètres de longueur sur 4 1/2 environ de largeur, jauge 38 tonneaux et a 5 cloisons étanches. Il porte dans un guidon bleu ou son pavillon tricolore une étoile blanche, indiquant qu'il est inscrit au Yacht Club de France.

Le *Saint-Michel*, remarquable par la perfection et la légèreté de sa membrure, perd toute la finesse de ses lignes à être vu de loin. On aperçoit une longue coque peinte en noir, peu élevée au-dessus de sa ligne de flottaison, gréée en goélette latine dont la mâture est élancée. C'est de près qu'on peut juger de toute l'élégance et de la beauté de ses formes, qui ne lui enlèvent rien de sa solidité à la mer. Au contraire, ce yawt possède d'excellentes qualités nautiques par un mauvais temps et peut même, si sa machine a des avaries ou si elle a brisé son hélice, faire complet usage de sa voilure : misaine, grande voile avec flèches, trinquette, grand foc et fortune.

Son pont, très bien entretenu, est couvert par endroits de *caillebotis,* et les barreaux de cuivre de ses claires-voies, en bois de teck, sont fourbis et brillants.

Ses deux canots sont suspendus de chaque bord à leurs bossoirs, et le gouvernail ainsi que la boussole occupent le milieu du navire, entre les deux mâts, où un porte-voix met en communication directe le timonier avec le mécanicien.

La machine, très perfectionnée du reste, est sortie des ateliers de M. Normand, du Havre. Elle a une force de 25 chevaux qui peuvent lui donner une vitesse moyenne de 9 nœuds à l'heure, susceptible d'être élevée à plus de dix si l'on établit la voilure.

L'intérieur, parfaitement aménagé, est distribué ainsi : à l'arrière, se trouve un grand salon tout en acajou, avec portes à deux battants garnis de glaces, divans sur les côtés pouvant

servir au besoin de couchettes, et chambre à coucher qui contient deux lits en chêne blanc, table de toilette, service d'eau...
La salle à manger est contiguë à la cuisine et desservie par un tour qui communique avec celle-ci, séparée elle-même par une cloison du poste de l'équipage, qui est à l'avant et contient six cadres pour le mécanicien, les chauffeurs, les matelots et le mousse. Le cuisinier, le maître d'hôtel et le capitaine ont leurs cabines spéciales.

Celui-ci, qu'on nomme le père Ollive, est né près de Nantes, à Trentemoult, l'île des *Trente Moult Vaillants*... marins, où l'on compte autant d'Ollive et de Lancelot qu'il y a de Müller en Allemagne et de Smith en Angleterre.

Il y a quelques années, le père Ollive se serait plaint de rester trop longtemps dans le port de Nantes ; mais aujourd'hui qu'il a vingt-cinq ans de commandement et passé les trois quarts de son existence sur la mer, les plus courtes navigations, en vue des côtes de Bretagne et de Normandie ou en croisière dans la Manche, l'intéressent médiocrement. Le *Saint-Michel*, qui hiverne environ dix mois sur douze, est actuellement désarmé dans les docks de Nantes jusqu'à l'été prochain.

L'année même où Jules Verne fit l'acquisition de son yacht, en 1878, il entreprit avec son frère, MM. Raoul Duval et Hetzel fils, un voyage d'exploration le long de l'Espagne, du Maroc et de l'Algérie ; mais les fortes chaleurs dont il a souffert lui ont fait renoncer depuis aux expéditions de ce genre durant la canicule.

Il préfère les climats froids ou tempérés. Aussi deux ans après est-il reparti pour l'Écosse avec quelques membres de sa famille. Mais peu s'en est fallu, en retour, qu'ils ne périssent, lui et les siens. Au reste, personne n'a eu connaissance des dangers qu'a courus le futur auteur du *Rayon vert*, qui alors n'aurait jamais brillé.

Le *Saint-Michel* était mouillé sur rade de Saint-Nazaire pendant la nuit et tout le monde dormait d'un profond sommeil à bord. Ses feux étaient réglementairement allumés : le rouge à tribord, le vert à bâbord et le blanc à l'avant, quand il fut tout à coup accosté par un grand vapeur-charbonnier, qui en passant lui enleva une partie de son étrave.

L'équipage, averti d'abord par la secousse et prévenu ensuite par la vigie, qui avait fait à l'abordeur des appels désespérés, sauta sur le pont, étancha la plaie, leva l'ancre et rentra dans le bassin sous petite pression. L'accident n'eut d'autre suite qu'une violente panique parmi les passagers ;

mais en pleine mer, sans port de refuge, il pouvait avoir les conséquences les plus graves.

Le dernier voyage que Jules Verne ait fait est celui de juin 1881, dans la mer du Nord et le canal de l'Eider. C'est à la mer, couché tôt et dès le matin sur le pont en vareuse de matelot, que Jules Verne jouit d'un plein repos, le visage au vent et l'œil à l'horizon, respirant l'âpre brise de l'Océan et faisant provision de bon air pour toute l'année. C'est là qu'il se sent indépendant et libre, qu'il répare ses forces, détend ses nerfs et recouvre sa plus franche gaîté. Car, contrairement à ce qui a été dit, il ne travaille jamais à la mer. Son esprit affranchi de tout joug jouit de son reste ; il se repose et sommeille. Les fraîches pensées qui le hantent se gravent mieux dans son cerveau que dans une imagination surexcitée, congestionnée. Un lac immobile réfléchit toujours mieux les objets que lorsque la surface en est troublée et agitée.

Taille moyenne, poitrine large, port droit et assuré, démarche hâtive et pressée, barbe et cheveux grisonnants, tel est le portrait en pied rapidement esquissé de l'homme, au nom le plus populaire mais à la figure la moins connue, que vous pouvez coudoyer dans la rue. En outre, traits fins, physionomie régulière et sympathique, éclairée par des yeux d'un bleu transparent, dont la pupille très petite donne au regard une profonde pénétration et une étonnante acuité. Souvent même l'œil gauche reste fermé, comme pour mieux saisir le relief des objets ou des choses et en conserver une vision plus nette. Enfin, visage froid, air sévère mais plus préoccupé que sombre et qui se déride soudain, qui s'éclaire à la vue d'une connaissance ou à la rencontre d'un ami. La peau de sa figure est brunie par les autans, le vent du large, à la mer, et plissée par le jeu des muscles faciaux à la veillée, sous la lampe de travail, pendant l'hiver.

Cette tête expressive et haute, bien plantée sur des épaules solides, garde à l'extérieur l'empreinte du labeur interne, des luttes opiniâtres et des tempêtes incessantes qui se livrent sous ce crâne. Il porte la barbe abondante d'un fleuve en effigie, et les boucles rebelles de ses cheveux gris se redressent comme si elles allaient *vent-debout*.

Le nez est fort avec des narines bien ouvertes respirant la volonté et la puissance. La bouche est spirituelle et moqueuse. Elle lance le trait qui fait rire, les paroles douces et bienveillantes ou des mots à l'emporte-pièce avec le même ton sec et bref. Le front tantôt rembruni ou serein, suivant les préoccupations qui le troublent ou la pensée qui l'illumine, est large sans pour cela être dénudé ; ce qui indique bien le siège de grandes conceptions.

En somme, physionomie franche et intelligente, attitude vive et énergique, geste brusque et nerveux d'un marin, d'un Breton et d'un homme résolu à tout, qui se trahit lui-même dans ses propres œuvres. Souffle de gentilhommerie et de romanesque qui court dans tous ses ouvrages et lui a valu un succès de bon aloi et une réputation d'intrépidité de la part des femmes.

La femme se forge facilement, au gré de sa fantaisie, des personnages qui sortent armés de pied en cap de son cerveau, des héros tout faits beaux et galants, des types accomplis de valeur et de courage qu'elle aime ensuite à rencontrer dans la fiction et plus encore dans la réalité. Jules Verne leur a paru ce type rêvé, de chevalier d'aventures, noble et gracieux, et elles se sont passionnées pour lui. Il a reçu des avalanches de lettres, d'épîtres amoureuses et de billets parfumés. Je sais même des femmes charmantes, honnêtes s'entend, qui, mères de famille maintenant, ont brûlé autrefois du désir de lui écrire, franchement, naïvement, pour avoir son portrait. Jeune, il passait pour un joli garçon. Aujourd'hui, mesdames, je n'ai point entendu dire qu'il fût plus mal...

Mélange de sécheresse et de douceur, de froideur et d'amabilité dans son caractère, qui a inspiré dernièrement à un auteur cette définition : C'est un acier rose. Acier qui ploie pour les uns, ceux qu'il connaît, et reste rigide pour les autres, les étrangers. À vrai dire ce qui lui donne cet air brusque et cassant, par instants, c'est sa voix vibrante et impérative, c'est la rapidité de sa riposte.

Une personne qui le connaissait peu s'étonnait devant lui, — sans se douter qu'il fût coauteur avec M. Lavallée des nouveaux planisphères de la maison Hetzel, — qu'on eût placé le Nouveau Monde à droite sur la carte au lieu de le mettre à gauche comme c'était l'usage.

— Eh bien, s'écria Jules Verne avec un mouvement d'impatience, y a-t-il là de quoi s'étonner ? Si vous placez le pôle sud en haut vous aurez naturellement l'Amérique à votre gauche.

Et l'interrogateur confondu se retira sans rien ajouter à cette explication, se disant toutefois en lui-même que puisque nous habitions l'hémisphère septentrional il était moins rationnel de s'orienter vers le sud. Après tout, s'avoua-t-il, les Anciens le faisaient bien !... Je puis donc admettre cet usage après eux.

Jules Verne, simple dans sa mise, mène une vie bourgeoise, qui consiste à se coucher tôt, à se lever de bonne heure et à se mettre au travail avec la lumière. Vie nomade qu'il mène tantôt à Paris, dans un effacement voulu et recherché, tantôt à Amiens dans une retraite absolue et consacrée à l'étude, ou à Nantes au milieu de sa famille et de ses amis, après avoir dans l'intervalle fait quelques allées et venues, ici ou là, sur terre et sur mer.

À Paris il est introuvable. C'est la célébrité littéraire qui échappe le plus au public, à la foule, au monde des reporters. Il descend habituellement à l'Hôtel du Louvre ; mais dès huit heures du matin il a esquivé les importuns, dérouté les quémandeurs et les fâcheux. Il sort de l'hôtel après avoir pris son courrier chez le concierge, dépiste les plus fins limiers, grimpe sur l'impériale d'un omnibus qui passe et court à ses affaires en petit chapeau rond. Il se dirige du côté de la rue Jacob, chez son éditeur, va aux rendez-vous les plus importants, déjeune n'importe où avec un fier appétit, se rend aux répétitions de sa pièce, pour venir échouer plus tard au coin de la rue de Grammont, à la Librairie Nouvelle, où il a un renseignement à prendre ou un avis à donner. Puis, le voilà reparti après un court arrêt, sans paraître plus fatigué que de coutume par l'activité dévorante qu'il déploie à Paris, ni plus accablé par les longues heures de répétition qu'il passe au théâtre, le voilà reparti d'un pas alerte pour aller passer la soirée chez un intime, comme Victor Massé ou d'Ennery, avenue du Bois de Boulogne, et Larochelle à Bellevue, pendant l'été. Le voisinage de cette villa lui rappelle, à la même époque de l'année, des frais souvenirs qui le rajeunissent de trente ans. C'est là, à quelque distance, qu'ils célébraient ensemble au restaurant de la *Tête noire* leurs joyeux dîners des *Onze sans femmes* ! D'ailleurs, excellent convive que Jules Verne et bonne fourchette que la sienne ! Brillant estomac ! Il dîne deux fois, quand il est invité par un ami chez qui l'heure du repas est trop tard pour lui.

Après un séjour forcé à Paris, pour la correction des épreuves d'un nouveau roman ou la représentation d'une pièce nouvelle, il retourne *at home*. Son *home* est à Amiens, dans une superbe maison située boulevard Longueville et dont il n'est que le locataire. Mais sa patrie d'adoption le choie et l'adore comme s'il était l'enfant gâté du pays. Pour répondre même à toutes les politesses qu'il a reçues, il a été obligé de donner, le lundi de Pâques 1877 et dans une grande salle louée pour la circonstance, une splendide fête travestie, où les personnes invitées sont venues costumées dans le rôle créé par les principaux personnages de ses romans.

Pour travailler, il préfère le calme de la vie sédentaire en province à la vie bruyante et agitée de Paris, et c'est à Amiens qu'il prépare et achève ses ouvrages, penché sur de vastes cartes géographiques où il cherche les points inexplorés, consultant de grands ouvrages scientifiques ou feuilletant *Le Tour du monde*, publication hebdomadaire des voyages. Jules Verne possède une riche bibliothèque, mais son cabinet de travail est modeste. Une petite table placée près d'une fenêtre et un lit de fer composent tout le mobilier de ce fécond écrivain. Il a cependant une énorme mappemonde, sur laquelle il a tracé à l'encre les chemins parcourus par tous ses héros d'aventures, et le mince réseau, qui l'enveloppe aujourd'hui de ses fines mailles, est comme un immense filet [1].

---

1. Texte publié par les soins de Pierre-André Touttain, dans le *Cahier de l'Herne*, consacré à Jules Verne, dont il a assuré la direction.

IV. UN PEU DE LOGIQUE SPIRITUELLE

Société de géographie, séance du 4 avril 1873 : question écrite de MM. les ingénieurs Hourier et Faraguet sur le point de savoir à quel méridien se fait le passage d'un jour à l'autre du calendrier. Commis à la réponse ès qualités, l'auteur du Tour du monde *fait la communication suivante sur* Les Méridiens et le calendrier.

Problème poétique, qui vient mettre la bizarrerie jusqu'au cœur des rationalités commerciales ; problème sémiologique, qui vient rappeler les signes de l'homme à la vérité de leur arbitraire ou de leur pure fonctionnalité ; problème politique, qui vient révéler par son petit bout de lorgnette la fragilité des constitutions humaines — la fameuse question du jour perdu/gagné est, d'abord, un défi aimablement perturbant lancé aux logiques ordinaires. On ne s'en sort pas sans faire la « part du feu » à l'équivoque au sein du monde plein des échanges, ni encore sans s'en aller mettre l'inconscient au désert, puisqu'il faut bien lui trouver une place, ni surtout sans empocher les menues malices, toutes plus savoureuses les unes que les autres, d'un espace-temps en folie — où le même peut toujours être autre sans cesser pour autant d'être le même.

Toutes les fois que l'on fait le tour du globe en allant vers l'est, on gagne un jour. — Toutes les fois que l'on fait le tour du monde en allant vers l'ouest, on perd un jour, — c'est-à-dire ces vingt-quatre heures que le soleil, dans son mouvement apparent, met à faire le tour de la Terre, — et cela quel que soit le temps employé à accomplir le voyage.

Ce résultat est si réel, que l'administration de la marine

délivre un jour de ration supplémentaire à ses navires qui, partis d'Europe, doublent le cap de Bonne-Espérance, et retient au contraire un jour de ration à ceux qui doublent le cap Horn. D'où l'on peut tirer cette conséquence assez bizarre, que les marins qui vont vers l'est sont plus nourris que ceux qui vont vers l'ouest. En effet, quand ils seront tous revenus au point de départ, bien qu'ils n'aient vécu que le même nombre de minutes, les uns auront fait un déjeuner, un dîner et un souper de plus que les autres. À cela on répondra qu'ils ont travaillé un jour de plus. Sans doute, mais ils n'auront pas « vécu » davantage.

Il est donc évident, messieurs, que cette question de jour perdu ou de jour gagné, suivant la direction suivie, et par conséquent que ce changement de date doit s'accomplir en un point quelconque du globe. Mais quel est ce point ? Tel est le problème à résoudre, et vous ne vous étonnerez pas qu'il ait éveillé l'attention des auteurs des deux lettres.

Ces deux lettres peuvent, en somme, se résumer à ceci :

Oui, il y a un méridien privilégié sur lequel s'accomplit la transition, dit M. Faraguet. Où est ce méridien privilégié, demande M. Hourier.

Tout d'abord, messieurs, je dirai qu'il est difficile de répondre au point de vue purement cosmographique. Ah ! si MM. Hourier et Faraguet pouvaient m'apprendre sur quel horizon le soleil s'est levé aux premiers jours de la création, s'ils connaissaient le méridien du globe sur lequel le midi s'est établi pour la première fois, la question serait facilement résolue, et je leur dirais : Ce premier méridien est le méridien privilégié que détermine M. Faraguet et que réclame M. Hourier. Mais ni l'un ni l'autre de ces ingénieurs n'ont été assez primitifs pour voir le premier lever de l'astre radieux ; ils ne peuvent donc me dire quel est ce premier méridien, et dès lors, abandonnant pour ce moment la question scientifique, j'arrive à la question pratique que j'essayerai d'élucider en quelques mots.

De cette conséquence qu'un jour est gagné par l'est et perdu par l'ouest, il en résulte une équivoque qui a longtemps duré. Les premiers navigateurs avaient, et cela inconsciemment, imposé leur quantième aux contrées nouvelles. D'une façon générale on comptait les jours suivant que les pays avaient été découverts par l'est ou par l'ouest. Les Européens, en arrivant dans ces régions inconnues habitées par des indigènes qui ne se souciaient ni des jours ni des dates auxquels ils mangeaient leurs semblables ; les Européens, dis-je, imposaient leur calendrier, et tout était dit. Ainsi pendant des siècles on data à Canton en prenant pour point de départ l'arrivée de Marco Polo, et aux Philippines l'arrivée de Magellan.

Mais le défaut de concordance des jours devait créer des embarras dans la pratique commerciale. Aussi depuis moins de vingt ans, à une époque que je ne puis fixer, mais que notre éminent collègue, M. l'amiral Paris, pourrait indiquer, on se décida à importer définitivement à Manille le calendrier européen, — ce qui régularisa la situation et créa pour ainsi dire un quantième officiel.

J'ajouterai qu'il existait depuis longtemps, dans la pratique, un méridien compensateur, qui était le 180e compté à partir du méridien 0 sur lequel sont réglés les chronomètres de bord, soit Greenwich pour le Royaume-Uni, Paris pour la France, Washington pour les États-Unis.

Voici en effet ce que je traduis du journal anglais *Nature,* auquel la question, posée par les deux honorables ingénieurs, avait été adressée en 1872 :

« La demande de M. Pearson, dans le n° du 28 germinal du journal *Nature,* n'admet pas une réponse exacte ou scientifique, car il n'y a pas de ligne naturelle de démarcation ou de changement, et l'établissement de cette ligne est entièrement une chose d'usage ou de convenance. Il n'y a pas un grand nombre d'années encore que les dates de Manille et de Macao étaient différentes, et jusqu'à la cession du territoire d'Alaska aux Américains, les dates y différaient de celles du territoire de l'Amérique anglaise y confinant. La règle acceptée maintenant est que les lieux qui se trouvent en longitude orientale datent comme si on y était arrivé par le cap de *Bonne-Espérance,* et que ceux qui sont situés en longitude occidentale, datent comme si on y était arrivé par le cap Horn. Cette règle est rendue pratiquement convenable par la largeur de l'océan Pacifique. Ainsi donc, le capitaine d'un navire a pour habitude de changer la date de son livre de bord en traversant le 180e méridien, ajoutant ou retranchant un jour suivant la direction dans laquelle il marche ; mais le capitaine qui ne traverse ce méridien que pour revenir sur ses pas, ne modifie pas son quantième, de telle sorte que des capitaines ayant des dates différentes peuvent et doivent de temps en temps se rencontrer. Un exemple bien remarquable de cet effet eut lieu pendant la guerre de Russie, lorsque notre escadre du Pacifique rejoignit l'escadre de Chine sur les côtes du Kamtchatka. »

La citation que je viens de faire, messieurs, doit vous faire préjuger la solution possible que nous allons donner. Cette question, je viens de la traiter au point de vue historique, puis au point de vue pratique ; mais est-elle résolue scientifiquement ? Non, quoique sa solution se trouve indiquée dans la lettre de M. Faraguet.

Permettez-moi donc, messieurs, pour la résoudre complètement, de citer une lettre qui m'a été personnellement adressée par un de nos plus grands mathématiciens, M. J. Bertrand, de l'Institut.

« Notre conversation d'hier m'a donné l'idée d'un problème dont voici l'énoncé : Un monsieur, muni de moyens de transport suffisants, quitte Paris un jeudi à midi ; il se dirige vers Brest, de là à New York, à San Francisco, Yédo, etc., et il revient à Paris après vingt-quatre heures de course, à raison de 15 degrés à l'heure.

« À chaque station, il demande : Quelle heure est-il ? On lui répond invariablement : midi. Il demande ensuite : À quel jour de la semaine vivons-nous ?

À Brest, on répond jeudi ; à New York, également... mais au retour, à Pontoise, par exemple, on répond vendredi.

« Où se fait la transition ? sur quel méridien notre voyageur, s'il est bon catholique, peut-il et doit-il jeter le jambon qui devient défendu ?

« Il est évident que la transition doit être brusque. Elle se fera en *mer* ou dans les pays qui ignorent le nom des jours de la semaine.

« Mais supposez un parallèle tout entier sur le continent et habité par des peuples civilisés parlant tous la même langue et soumis aux mêmes lois, il y aura deux voisins séparés par une haie, dont l'un dira aujourd'hui à midi : nous sommes à jeudi ; et dont l'autre dira : nous sommes à vendredi.

« Supposez, d'un autre côté, que l'un habite Sèvres et l'autre Bellevue. Ils n'auront pas vécu huit jours dans cette situation sans arriver à s'entendre sur le calendrier : l'équivoque cessera donc, mais elle renaîtra ailleurs, et l'on aura un mouvement perpétuel dans le dictionnaire des jours de la semaine. »

Cette lettre, messieurs, à la fois très logique et très spirituelle, me semble résoudre d'une manière catégorique la question posée à la Société de géographie.

Oui, l'équivoque existe, mais elle existe à l'état latent pour ainsi dire. Oui, si un parallèle traversait les continents habités, il y aurait désaccord entre les habitants de ce parallèle. Mais il semble que la prévoyante nature n'a pas voulu fournir aux humains une cause supplémentaire de discussions. Elle a mis prudemment entre les grandes nations des déserts et des océans. La transition du jour gagné au jour perdu se fait d'une façon inconsciente dans ces mers qui séparent les peuples ; mais l'équivoque ne peut être constatée, parce que les navires sont mobiles et ne séjournent point sur ces larges déserts.

Il n'y a pas lieu d'insister davantage, messieurs, et je me résumerai en disant :

Au point de vue pratique :

1° L'accord du quantième a été fait par l'adoption du calendrier à Manille.

2° Les capitaines changent la date de leur livre de bord quand ils passent le 180e méridien, c'est-à-dire le prolongement du méridien régulateur qui fixe leur chronomètre.

Au point de vue scientifique :

La transition se fait sans secousses, inconsciemment, soit sur les déserts, soit sur les océans qui séparent les pays habités.

Nous n'aurons donc pas dans l'avenir le douloureux spectacle de deux peuples civilisés s'armant en guerre et se battant pour l'honneur d'un calendrier national [1].

---

1. Texte reproduit dans *Cahiers Jules Verne,* 1, *La Revue des Lettres modernes*, Minard, Paris, 1976, par les soins de François Raymond.

V. LES CABRIOLES DU DADA

Avril 1864, Musée des familles *: se demander pourquoi Jules Verne s'intéresse à Edgar Poe, au point de lui consacrer une « étude littéraire » tout à fait exceptionnelle parmi ses productions autres que romanesques. Ne dirait-on pas qu'il y a loin du jeune librettiste-chansonnier, et même du tout neuf auteur de* Cinq Semaines en ballon *qu'est Verne à cette date, au monstre douloureux d'outre-Atlantique, à ces délires nés « au milieu de la nation la plus positive du monde », qui naguère tracassaient tant Baudelaire ?*

Pourtant, il y a Les Aventures du capitaine Hatteras, *la folie héroïque du pôle Nord, en cette même année 1864, le surhumain qui côtoie l'inhumain, et c'est une clé. Quelque chose comme une familiarité entre génies de l'étrange, qu'il vaut mieux ne pas oublier pour comprendre bien des dessous des* Voyages extraordinaires *et de leur participation au très militant* Magasin d'éducation et de récréation *rationaliste...*

L'étrange, ce peut être beaucoup de choses. Écoutons Verne en faire la recension chez Poe.

J'ai dit qu'Edgar Poe avait tiré des effets variés de son imagination bizarre ; je vais rapidement vous indiquer les principaux, en citant encore quelques-unes de ses nouvelles, telles que *Le Manuscrit trouvé dans une bouteille,* récit fantastique d'un naufrage dont les naufragés sont recueillis par un navire impossible, dirigé par des ombres ; *Une descente dans le maelström,* excursion vertigineuse tentée par des pêcheurs de Lofoden ; *La Vérité sur le cas de M. Valdemar,* récit où la mort est suspendue chez un mourant par le sommeil magnétique ; *Le Chat noir,* histoire d'un assassin dont le crime fut découvert par cet animal, enterré maladroitement avec la victime ; *L'Homme des foules,* personnage d'exception, qui ne vit que dans les foules, et que Poe, surpris, ému, attiré malgré lui, suit à Londres depuis le matin, à travers la pluie et le brouillard, dans les rues encombrées de monde, dans les tumultueux bazars, dans les groupes de tapageurs, dans les quartiers reculés où s'entassent les ivrognes, partout où il y a *foule*, son élément naturel ; enfin *La Chute de la maison Usher,* aventure effrayante d'une jeune fille qu'on croit morte, qu'on ensevelit et qui revient.

Je terminerai cette nomenclature en citant la nouvelle intitulée *La Semaine des trois dimanches*. Elle est d'un genre moins triste, quoique bizarre. Comment peut-il exister une semaine des trois dimanches ? parfaitement, *pour trois individus*, et Poe le démontre. En effet, la Terre a vingt-cinq milles de circonférence, et tourne sur son axe de l'est à l'ouest en vingt-quatre heures ; c'est une vitesse de mille milles à l'heure environ. Supposons que le premier individu parte de Londres, et fasse mille milles dans l'ouest ; il verra le soleil une heure avant le second individu resté immobile. Au bout de mille autres milles, il le verra deux heures avant ; à la fin de son tour du monde, revenu à son point de départ, il aura juste l'avance d'une journée entière sur le second individu. Que le troisième individu accomplisse le même voyage dans les mêmes conditions, mais en sens inverse, en allant vers l'est, après son tour du monde il sera en retard d'une journée ; qu'arrive-t-il alors aux trois personnages réunis un dimanche au point de départ ? pour le premier, c'était *hier* dimanche, pour le second, *aujourd'hui* même, et pour le troisième, c'est *demain*. Vous le voyez, ceci est une plaisanterie cosmographique dite en termes curieux.

Sonnera plus tard l'heure pour la filiation dramatique et métaphysique de Poe chez Verne. Il y aura le maelström vertigineux où disparaît le naufrageur Nemo, la suite donnée à Pym dans Le Sphinx des glaces.

Dans la parenthèse affaissée-apaisée que représente le Tour du monde, *c'est le Poe, sinon des « canards »* [1], *au moins de la rare légèreté de cette folle* Semaine des trois dimanches, *qui imprime sa marque sur Verne : l'étrange, version douce.*

1. Voir *Histoires extraordinaires* dans la même collection.

Cette « source » est indiscutable, comme on le constate en se reportant à la nouvelle de Poe, datée de 1845, l'essentiel est omis par Verne dans son compte rendu de 1864. À savoir que le cosmos est bon prince pour les amoureux.

Il ne faut rien de moins que ses ruses, autrement dit l'originalité « spirituelle », comme aurait dit Baudelaire, du réel, pour fabriquer un bout de bonheur à deux ingénus dont l'amour est renvoyé aux calendes grecques. Ce n'est pas que le Principe qui leur refuse le bonheur soit mauvais, au contraire : il connaît simplement les caprices de la tendresse, il n'est que le bon plaisir narquois d'un vieil oncle bizarre, généreux et intraitable, revenu de tout sauf de l'évangile de ses propres lois. Consterné en secret de ne pas apercevoir de loi plus impérative que les siennes, de bizarrerie capable de le délivrer des siennes. Jusqu'à ce que, justement, quelque chose de phénoménal *parle plus fort que lui...*

On part d'une énigme digne de Delphes : trouver une « semaine où trois dimanches se succéderont ». On trouve la réponse — nulle part, bien entendu, dans la durée, mais dans le jeu des espaces-temps humains entrecroisés. Ce qui vole en éclats, en attendant, c'est le principe de réalité, c'est l'idée même d'une vérité une. Au cœur du réel, comme le complice du principe de plaisir, comme une euphorie de droit ou une malice de fait, niche le Bizarre.

LA SEMAINE DES TROIS DIMANCHES

— Espèce de vieux têtu de sauvage obstiné, lourdaud, grincheux, bourru, poussiéreux et grotesque ! dis-je en esprit, un après-midi, à mon grand oncle Rumgudgeon en agitant mon poing sous son nez, en imagination.

En imagination seulement. Le fait est qu'à cet instant précis, il existait bien une légère différence entre ce que je disais et ce que je n'avais pas le courage de dire ; entre ce que je faisais et ce que j'avais envie de faire.

Au moment où j'ouvris la porte du salon, le vieux phoque était assis, les pieds posés sur le dessus de la cheminée, serrant dans sa patte un grand verre plein de porto, et s'évertuait à appliquer les préceptes du couplet :

Remplis ton verre vide !
Vide ton verre plein !

— Mon cher oncle, dis-je, en fermant doucement la porte et en l'abordant avec le plus suave des sourires, vous êtes toujours si réellement bon, si plein d'attentions, et vous m'avez prodigué de si nombreux…, oui vraiment de si nombreux témoignages de votre bienveillance, que je sens qu'il me suffit de renouveler ma petite suggestion pour m'assurer de votre accord total.

— Hum ! dit-il, brave garçon ! Continue !

— Je suis certain, mon très cher oncle (maudite vieille canaille !), que vous n'avez pas l'intention, réellement, sérieusement de faire obstacle à mon union avec Kate. Il s'agit simplement d'une plaisanterie de votre part, je sais — ha, ha, ha ! — à quel point vous êtes drôle, parfois.

— Ha, ha, ha ! fit-il, par ma foi, oui, le diable t'emporte !

— Mais naturellement, j'en étais sûr ! Je savais bien que vous n'étiez pas sérieux. Maintenant, mon oncle, tout ce que Kate et moi souhaitons dans le présent, est que vous ayez l'obligeance de nous donner votre avis quant à la date ; vous voyez ce que je veux dire, mon oncle ? En bref, que vous nous disiez l'époque à laquelle il vous serait à vous-même le plus commode que la cérémonie puisse avoir lieu, vous voyez ce que je veux dire ?

— Que la cérémonie puisse avoir lieu, canaille ! et qu'est-ce que tu me chantes là ? Encore faut-il que le mariage se fasse.

— Ha, ha, ha ! Hé, hé, hé ! Hi, hi, hi ! Ho, ho, ho ! Hu, hu, hu ! oh ! elle est bien bonne ! oh ! elle est excellente, mon Dieu ! quel esprit ! Mais, comprenez, mon oncle, tout ce que nous voulons pour l'instant est que vous fixiez la date avec précision.

— Ah ! avec précision ?

— C'est cela, mon oncle, du moins si cela vous agrée entièrement.

— Et ça ne ferait pas l'affaire, Bobby, si je laissais la chose dans le vague en disant, voyons voir, d'ici à un an environ ? Faut-il absolument que je sois précis ?

— Oui, mon oncle, s'il vous plaît.

— Eh bien ! dans ce cas, Bobby, mon garçon — car tu es un brave garçon n'est-ce pas ? —, puisque tu insistes pour savoir la date exacte, je vais, ma foi, je vais t'être agréable, pour une fois.

— Très cher oncle !

— Silence, monsieur ! (couvrant ma voix). Je vais t'être

agréable pour une fois. Je vais te donner mon consentement et les écus — ne les oublions pas les écus — réfléchissons ! Quelle date allons-nous choisir ? Nous sommes dimanche aujourd'hui, n'est-ce pas ? Eh bien ! pour être précis, tu m'entends ! tu seras marié un jour de *la semaine où trois dimanches se succéderont !* Vous m'entendez, monsieur ! Et qu'est-ce qui vous étonne tellement ? Je dis que tu auras Kate et ses écus la semaine des trois dimanches, mais pas *avant,* espèce de garnement, pas *avant,* dussé-je pour l'empêcher y laisser la vie. Tu me connais, *je suis un homme de parole,* et maintenant, file ! Sur ces mots, il vida son verre de porto tandis que, désespéré, je quittai la pièce sans attendre.

Oh ! c'était vraiment « un gentleman de la vieille roche » mon grand-oncle Rumgudgeon, mais, à la différence de celui de la chanson, il avait ses points faibles. C'était un petit personnage poussif, pompeux, emporté, à la bedaine arrondie, doté d'un nez rouge, d'une tête dure, d'une bourse bien garnie, et d'un sens développé de sa propre importance. En dépit d'un cœur d'or, il arrivait, tant dominait chez lui un capricieux esprit de *contradiction*, à s'attirer la réputation d'un ours auprès de ceux qui ne le connaissaient que superficiellement. Comme bien d'autres fort braves gens, il semblait possédé par un démon de la taquinerie, qu'un examen peu attentif aurait pu facilement faire prendre pour de la méchanceté. Sur le moment, chaque requête s'attirait un « Non ! » catégorique de sa part ; mais à la fin — à la fin des fins, et cela prenait du temps —, il était extrêmement peu de requêtes auxquelles il ne cédât point. À tous les assauts contre sa bourse, il opposait une résistance décidée, mais la somme à la fin extorquée était directement proportionnelle à la longueur du siège et à l'acharnement de la résistance. Pour les œuvres charitables, nul ne donnait plus généreusement ou de plus mauvaise grâce.

Il nourrissait à l'égard des Beaux-Arts et particulièrement des Belles-Lettres un mépris profond. En ce domaine il tirait son inspiration de Casimir Perier, dont il avait l'habitude de citer, avec une prononciation tout à fait cocasse, la petite question effrontée « *À quoi un poète est-il bon* ? » comme le *nec plus ultra* de l'esprit de repartie logique. C'est ainsi que le léger penchant que j'avais moi-même pour les Muses avait excité son violent courroux. Il m'assura, un jour que je lui réclamais un nouveau volume d'Horace, que la traduction de la phrase : *Poeta nascitur, non fit* était « Fors naître, un poète ne fait rien », remarque qui m'indigna fort. Sa répugnance pour « les humanités » avait aussi été très accrue ces derniers temps par un engouement accidentel pour ce qu'il pensait être les sciences physiques. Quelqu'un l'avait accosté dans la rue le prenant s'il vous plaît pour l'auguste docteur Dubble L. Dee, physicien charlatan et maître de conférences. Dès ce moment, il n'eut plus d'autre sujet en tête ; et à l'époque précise de cette histoire — car c'est bien d'une histoire qu'il s'agit vous verrez —, mon grand-oncle Rumgudgeon ne demeurait calme et abordable qu'à l'endroit de questions qui suivaient les cabrioles du dada qu'il avait enfourché. Pour le reste, il riait à s'en secouer tout le corps, et en matière de politique ses opinions étaient coriaces et simples. Il pensait, avec Horsley, que, si « les lois ne sont pas l'affaire du peuple, l'affaire du peuple est d'obéir aux lois ».

J'avais vécu toute ma vie en compagnie du vieux monsieur. À leur mort, mes parents m'avaient légué à lui en guise de fortune. Je crois que la vieille canaille m'aimait comme son propre fils — presque, sinon tout à fait, autant qu'il aimait Kate —, mais au résumé, c'est une vie de chien qu'il me fit mener. De ma première à ma cinquième année il me gratifia du fouet très régulièrement. Entre cinq et quinze ans, il me menaça à chaque instant de la maison de redressement. Entre quinze et vingt ans, pas un jour ne passa qu'il ne me menaçât de me laisser sans le sou. J'étais un triste sujet, il est vrai, mais il faut dire que c'était là un impératif de ma nature, un commandement de mon évangile. En Kate, cependant, j'avais une amie solide et je le savais. C'était une bonne petite fille qui me disait très gentiment qu'elle m'appartiendrait (écus et tout) dès que je pourrais, à force de le harceler, extorquer à mon grand-oncle Rumgudgeon le consentement nécessaire. Pauvre fille ! elle avait tout juste quinze ans, et sans ce consentement sa petite somme d'argent n'était point accessible avant que cinq interminables étés eussent « traîné leur lenteur désespérante ». Alors, que faire ? À quinze, ou même à vingt et un ans (car j'avais alors passé ma cinquième olympiade), cinq ans et cinq siècles d'attente se ressemblent beaucoup. En vain, nous assiégeâmes, nous importunâmes le vieux monsieur de nos requêtes. Il trouvait là une *pièce de résistance* (comme diraient MM. Ude et Careme) qui convenait à merveille à son esprit de contradiction. Job, lui-même, se serait laissé aller à l'indignation, de voir à quel point il se comportait en vieux souricier à l'égard des deux pauvres petites souris malheureuses que nous étions. En son cœur, il ne désirait rien plus ardemment que notre union. Il y avait été de tout temps résolu. En fait, il aurait donné dix mille livres de sa propre fortune (les écus de Kate étaient bien à elle) pour s'emparer de la première excuse venue qui lui permît d'accéder à nos vœux très légitimes. Seulement, nous avions eu assez d'imprudence pour aborder le sujet nous-mêmes. Ne point s'y opposer, dans ces conditions, était, je le crois fermement, hors de son pouvoir.

J'ai déjà dit qu'il avait ses points faibles ; mais que l'on n'aille pas croire que, dans le lot, je comprends son obstination qui était un de ses points forts ; « *assurément ce n'était pas sa foible* ». Quand je parle de sa faiblesse, je fais allusion à une *bizarre* superstition de vieille femme qui le travaillait. C'était un grand amateur de rêves, de prémonitions, *et id genus omne* d'absurdités. Il était chatouilleux à l'extrême sur des points infimes d'honneur, et, à sa façon, était homme de parole, sans aucun doute. C'était en fait l'un de ses dadas. Il n'avait pas de scrupules à aller à l'encontre de l'*esprit* de ses promesses, mais la *lettre* constituait un engagement inviolable. Or, ce fut cette dernière particularité de son caractère, dont l'habileté de Kate nous permit un beau jour, peu après notre entrevue dans la salle à manger, de tirer parti de façon tout à fait imprévue et, ayant de la sorte, à la façon de tous nos bardes et orateurs du moment, épuisé en prolégomènes tout le temps qui m'est imparti et presque toute la place dont je dispose, je m'en vais maintenant résumer en quelques mots tout le vif du sujet.

Il se trouva alors — le Destin en décida ainsi — qu'au nombre des officiers de marine que connaissait ma promise, on comptait deux messieurs qui venaient d'aborder en Angleterre après une absence d'un an, passé pour tous deux en voyages lointains. En compagnie de ces messieurs, ma cousine et moi, selon un plan arrêté à l'avance, rendîmes visite à l'oncle Rumgudgeon, dans l'après-midi du dimanche dix octobre, exactement trois semaines après la décision mémorable qui avait si cruellement *annihilé* notre espérance. Pendant environ une demi-heure la conversation roula sur des sujets courants, mais à la fin, nous parvînmes, fort naturellement, à lui faire prendre le tour suivant :

Le capitaine PRATT. — Eh bien ! mon absence a duré un an exactement. Un an, jour pour jour, sur ma vie. Voyons que je réfléchisse ! Oui, c'est bien cela ! nous sommes le dix octobre. Vous vous souvenez, Mr. Rumgudgeon, je vous rendis visite, il y a un an aujourd'hui, pour vous dire au revoir. Mais j'y pense, il y a, ne trouvez-vous pas, comme une coïncidence dans le fait que notre ami, le capitaine Smitherton, ici présent, soit également de retour après une absence d'un an, jour pour jour !

Le capitaine SMITHERTON. — Oui ! un an très précisément, rappelez-vous, Mr. Rumgudgeon, je vous ai rendu visite, en compagnie du capitaine Pratt, ce jour même, il y a un an, pour vous présenter mes respects avant mon départ.

L'ONCLE. — Oui, oui, oui, je m'en souviens fort bien, par ma foi, c'est vraiment étrange ! Une absence d'un an tout juste, tous les deux. Quelle coïncidence très bizarre, en vérité ! C'est exactement le genre de choses que le docteur Dubble L. Dee appellerait un concours d'événements extraordinaires. Le docteur Dub...

KATE (le coupant). — À n'en point douter, papa, il y a bien là quelque chose d'étrange ; mais il est vrai que le périple du capitaine Pratt et celui du capitaine Smitherton diffèrent quelque peu, ce qui explique bien des choses, comme vous savez.

L'ONCLE. — Je ne sais rien de semblable, petite effrontée ! Et comment le saurais-je ? Je trouve que cela ne fait que rendre l'aventure encore plus remarquable, le docteur Dubble L. Dee...

KATE. — Voyons, papa, le capitaine Pratt est passé par le cap Horn, et le capitaine Smitherton a doublé le cap de Bonne-Espérance.

L'ONCLE. — Précisément ! L'un a voyagé vers l'est et l'autre a voyagé vers l'ouest, pandarde, et tous deux ont fait exactement le tour du monde. Au fait, le docteur Dubble L. Dee...

MOI (aussitôt). — Capitaine Pratt, il faut venir passer la soirée avec nous demain, ainsi que Smitherton. Vous nous raconterez tous les deux votre voyage, et nous ferons un whist et puis...

PRATT. — Un whist, mon cher ami ! Vous vous oubliez. C'est demain dimanche. Un autre soir...

KATE. — Fi donc ! Robert est peut-être négligent mais *pas au point* de ne pas respecter le dimanche. C'est *aujourd'hui* dimanche.

L'ONCLE. — Bien sûr ! Je vous demande pardon à tous deux.

PRATT. — Mais il est impossible que je me trompe à ce point. Je sais que c'est demain dimanche, parce que...

SMITHERTON (l'air extrêmement surpris). — Mais *où* avez-vous donc la tête, tous ? Allons, dites-moi, n'était-ce pas *hier* dimanche ?

TOUS. — Hier, dimanche ! là vous vous trompez !

L'ONCLE. — Moi, je vous dis que c'est aujourd'hui, dimanche. Je le sais tout de même bien !

PRATT. — Jamais ! Dimanche, c'est demain.

SMITHERTON. — Il faut que vous soyez *tous* fous, sans exception. C'était hier dimanche, j'en suis aussi certain que j'occupe ce fauteuil en ce moment.

KATE (se levant d'un coup, l'air très excité). — Je comprends, je comprends tout. Papa, ceci c'est le jugement de Dieu, sur... sur l'affaire que vous savez. Laissez-moi réfléchir, et dans une minute je vous expliquerai tout. À la vérité, c'est fort simple. Le capitaine Smitherton dit que c'était hier dimanche ; et de fait, il a raison. Le cousin Bobby, l'oncle et moi-même disons que c'est aujourd'hui dimanche, et de fait, nous avons raison. Le capitaine Pratt affirme que c'est demain dimanche et c'est la vérité ; il a raison lui aussi. La vérité est que nous avons tous raison, et voici que *trois dimanches se succèdent en une semaine.*

SMITHERTON (après un instant de réflexion). — Dites-moi, Pratt, savez-vous que Kate vient bel et bien de nous coller. Faut-il que nous soyons sots tous les deux. Voici de quoi il retourne, Mr. Rumgudgeon : la Terre, vous le savez, a une circonférence de vingt-quatre mille milles. Or, le globe terrestre, en tournant sur son axe, décrit ce cercle, cette circonférence, ces vingt-quatre mille milles, d'ouest en est, en vingt-quatre heures exactement. Vous me suivez, Mr. Rumgudgeon ?

L'ONCLE. — Bien sûr, bien sûr ; le docteur Dub...

SMITHERTON (couvrant sa voix). — Eh bien ! Monsieur, cela nous donne une vitesse de mille milles à l'heure. Supposez maintenant que je m'embarque d'ici et que je fasse mille milles vers l'est. Il va de soi qu'à cet endroit je gagne une heure exactement sur le lever de soleil à Londres. Je verrai le soleil se lever une heure avant vous. Si je fais encore mille milles dans la même direction je gagne deux heures sur le lever du soleil ; encore mille milles, et c'est trois heures que je gagne, et ainsi de suite, jusqu'à ce que j'aie fait un tour du monde complet pour revenir à cet endroit où ayant parcouru vingt-quatre mille milles vers l'est je ne gagne pas moins de vingt-quatre heures sur le lever du soleil à Londres. C'est-à-dire que j'ai sur vous un jour *d'avance*. Ça va ? Vous suivez ?

L'ONCLE. — Mais Dubble L. Dee...

SMITHERTON (d'une voix très forte). — Le capitaine Pratt, à l'inverse, après avoir couvert une distance de mille milles vers l'ouest à partir de cette position avait perdu une heure, et au bout d'un périple de vingt-quatre mille vers l'ouest, vingt-quatre heures, soit un jour, sur l'heure de Londres. Il en résulte que pour moi, c'était hier dimanche ; que pour vous, dimanche c'est aujourd'hui, et que pour Pratt, dimanche c'est demain. Et il y a plus, Mr. Rumgudgeon, il est absolument manifeste que nous sommes *tous dans le vrai* ; car nul argument philosophique ne saurait prouver que le point de vue de l'un d'entre nous doive l'emporter sur celui de l'autre.

L'ONCLE. — Stupéfiant ! Eh bien ! Kate, et toi Bobby ! c'est bien comme vous dites un jugement de Dieu. Mais je suis un homme de parole, sachez-le, vous m'entendez ! Kate est à toi, mon garçon (écus et tout), dès que tu le désires. C'est une affaire conclue, nom d'une pipe ! Trois dimanches à la file. Voilà un *phénomène* sur lequel il faut que j'aille consulter Dubble L. Dee[1].

1.Traduction par C. Richard et J.-M. Maguin, « Bouquins », R. Laffont, Paris, 1989.

VI. LE RÉPROUVÉ DE LA SCIENCE

En marge, et à l'une des origines, du Verne membre de l'« écurie » Hetzel, il y a la tentation du fantastique. La logique fantastique et ses monstruosités sont là pour inquiéter une rationalité à laquelle le ralliement, toutes armes (apparemment) rendues, est loin d'être opéré, ils font passer sur elle et en elle les fantômes du sublime, les fantasmes du désir, les uns et les autres inoubliables.

C'est peut-être par une manière de refoulement de cette posture hautement critique, et comme par sa dédramatisation, que le Verne figure de proue du Magasin d'éducation et de récréation s'est constitué. Si c'était exact, il serait difficile de penser que cela ait pu avoir lieu sans que l'inquiétude ne se soit cherché et trouvé d'autres biais pour trouver jour quand même, dans l'espace pacifié, qui lui était désormais dévolu, d'une production séante.

C'est pourquoi il faut remonter, par exemple, du Fogg de 1872 à ce Maître Zacharius, dont l'ébauche date de 1854, pour avoir en tête l'ascendance du fameux homme-horloge, et par conséquent pour avoir la capacité de mesurer, au choix, ce qui s'est tranquillisé dans cette figure ou ce qui s'est perdu, par rapport à son amont, en tout cas ce de quoi il est trop clair qu'il a fallu qu'elle s'échappe.

Mettez Fogg au passé, à un moment de l'histoire où le Temps n'était pas une assurance tous risques, mais une conquête à faire, où la perfection n'était pas une rente de situation, mais une ambition à soutenir. Vous verrez se lever l'ancêtre du plaisant excentrique : un homme qui jouait plus que des banknotes : sa vie, un pari qui s'appelait non pas flegme mais : démesure. Avant Fogg, il y a eu (à peu près) Faust.

Ambiance hoffmannesque de droit pour ce récit sur l'état premier de la science du Temps. Quand elle s'arrachait à l'obscurantisme, elle était inévitablement si incompréhensible qu'elle confinait à la sorcellerie, si révolutionnaire qu'elle faisait rêver mœurs, us et coutumes d'encore plus de tradition, si exaltée qu'elle touchait au péché d'orgueil, en connaissait la tentation, en encourait le châtiment.

La folie rôde autour de l'horloger génial en train de perdre son âme : la folie spécifique du mécanicisme — à force de traiter le vivant comme une machine, de concevoir la machine comme le vivant, c'est croire l'éternité possible, et prétendre être le Dieu de cette Genèse moderne.

Fogg est « écran » à ce romantisme encombré, maladroit, agité. Il en est le fils et le traître. Mais peut-être ne finit-il par rencontrer l'humanité que parce que, autrefois, son ancêtre a payé pour lui le prix de l'inhumanité.

On donne ici la version de 1874 de Maître Zacharius : refonte du texte-ébauche de jeunesse à vingt ans de distance, sous contrôle de Hetzel, sous influence de la maturité et du succès aussi. Le lecteur intéressé par la mesure des variations aura accès à la version primitive, parue dans Le Musée des familles, *avril-mai 1854, dans J. Verne,* Histoires inattendues, *choix, préface et bibliographie par F. Lacassin, U.G.E., « 10/18 », 1978.*

MAÎTRE ZACHARIUS

I

UNE NUIT D'HIVER

La ville de Genève est située à la pointe occidentale du lac auquel elle a donné ou doit son nom. Le Rhône, qui la traverse à sa sortie du lac, la partage en deux quartiers distincts, et est divisé lui-même, au centre de la cité, par une île jetée entre ses deux rives. Cette disposition topographique se reproduit souvent dans les grands centres de commerce ou d'industrie. Sans doute les premiers indigènes furent séduits par les facilités de transport que leur offraient les bras rapides des fleuves, « ces chemins qui marchent tout seuls », suivant le mot de Pascal. Avec le Rhône, ce sont des chemins qui courent.

Au temps où des constructions neuves et régulières ne s'élevaient pas encore sur cette île, ancrée comme une galiote hollandaise au milieu du fleuve, le merveilleux entassement des maisons grimpées les unes sur les autres offrait à l'œil une confusion pleine de charmes. Le peu d'étendue de l'île avait forcé quelques-unes de ces constructions à se jucher sur des pilotis, engagés pêle-mêle dans les rudes courants du Rhône. Ces gros madriers, noircis par les temps, usés par les eaux, ressemblaient aux pattes d'un crabe immense et produisaient un effet fantastique. Quelques filets jaunis, véritables toiles d'araignées tendues au sein de cette substruction séculaire, s'agitaient dans l'ombre comme s'ils eussent été le feuillage de ces vieux bois de chêne, et le fleuve, s'engouffrant au milieu de cette forêt de pilotis, écumait avec de lugubres mugissements.

Une des habitations de l'île frappait par son caractère d'étrange vétusté. C'était la maison du vieil horloger, maître Zacharius, de sa fille Gérande, d'Aubert Thün, son apprenti, et de sa vieille servante Scholastique.

Quel homme à part que ce Zacharius ! Son âge semblait indéchiffrable. Nul des plus vieux de Genève n'eût pu dire depuis combien de temps sa tête maigre et pointue vacillait sur ses épaules, ni quel jour, pour la première fois, on le vit marcher par les rues de la ville, en laissant flotter à tous les vents sa longue chevelure blanche. Cet homme ne vivait pas. Il oscillait à la façon du balancier de ses horloges. Sa figure, sèche et cadavérique, affectait des teintes sombres. Comme les tableaux de Léonard de Vinci, il avait poussé au noir.

Gérande habitait la plus belle chambre de la vieille maison, d'où, par une étroite fenêtre, son regard allait mélancoliquement se reposer sur les cimes neigeuses du Jura ; mais la chambre à coucher et l'atelier du vieillard occupaient une sorte de cave, située presque au ras du fleuve et dont le plancher reposait sur les pilotis mêmes. Depuis un temps immémorial, maître Zacharius n'en sortait qu'aux heures des repas et quand il allait régler les différentes horloges de la ville. Il passait le reste du temps près d'un établi couvert de nombreux instruments d'horlogerie, qu'il avait pour la plupart inventés.

Car c'était un habile homme. Ses œuvres se prisaient fort dans toute la France et l'Allemagne. Les plus industrieux ouvriers de Genève reconnaissaient hautement sa supériorité, et c'était un honneur pour cette ville, qui le montrait en disant :

« À lui revient la gloire d'avoir inventé l'échappement ! »

En effet, de cette invention, que les travaux de Zacharius feront comprendre plus tard, date la naissance de la véritable horlogerie.

Or, après avoir longuement et merveilleusement travaillé, Zacharius remettait avec lenteur ses outils en place, recouvrait de légères verrines les fines pièces qu'il venait d'ajuster, et rendait le repos à la roue active de son tour ; puis il soulevait un judas pratiqué dans le plancher de son réduit, et là, penché des heures entières, tandis que le Rhône se précipitait avec fracas sous ses yeux, il s'enivrait à ses brumeuses vapeurs.

Un soir d'hiver, la vieille Scholastique servit le souper, auquel, selon les antiques usages, elle prenait part avec le jeune ouvrier. Bien que des mets soigneusement apprêtés lui fussent offerts dans une belle vaisselle bleue et blanche, maître Zacharius ne mangea pas. Il répondit à peine aux douces paroles de Gérande, que la taciturnité plus sombre de son père préoccupait visiblement, et le babillage de Scholastique elle-même ne frappa pas plus son oreille que ces grondements du fleuve auxquels il ne prenait plus garde. Après ce repas silencieux, le vieil horloger quitta la table sans embrasser sa fille, sans donner à tous le bonsoir accoutumé. Il disparut par l'étroite porte qui conduisait à sa retraite, et, sous ses pas pesants, l'escalier gémit avec de lourdes plaintes.

Gérande, Aubert et Scholastique demeurèrent quelques instants sans parler. Ce soir-là, le temps était sombre ; les nuages se traînaient lourdement le long des Alpes et menaçaient de se fondre en pluie ; la sévère température de la Suisse emplissait l'âme de tristesse, tandis que les vents du midi rôdaient aux alentours et jetaient de sinistres sifflements.

« Savez-vous bien, ma chère demoiselle, dit enfin Scholastique, que notre maître est tout en dedans depuis quelques jours ? Sainte Vierge ! Je comprends qu'il n'ait pas eu faim, car ses paroles lui sont restées dans le ventre, et bien adroit serait le diable qui lui en tirerait quelqu'une !

— Mon père a quelque secret motif de chagrin que je ne puis même pas soupçonner, répondit Gérande, tandis qu'une douloureuse inquiétude s'imprimait sur son visage.

— Mademoiselle, ne permettez pas à tant de tristesse

d'envahir votre cœur. Vous connaissez les singulières habitudes de maître Zacharius. Qui peut lire sur son front ses pensées secrètes ? Quelque ennui sans doute lui est survenu, mais demain il ne s'en souviendra pas et se repentira vraiment d'avoir causé quelque peine à sa fille. »

C'était Aubert qui parlait de cette façon, en fixant ses regards sur les beaux yeux de Gérande. Aubert, le seul ouvrier que maître Zacharius eût jamais admis à l'intimité de ses travaux, car il appréciait son intelligence, sa discrétion et sa grande bonté d'âme, Aubert s'était attaché à Gérande avec cette foi mystérieuse qui préside aux dévouements héroïques.

Gérande avait dix-huit ans. L'ovale de son visage rappelait celui des naïves madones que la vénération suspend encore au coin des rues des vieilles cités de Bretagne. Ses yeux respiraient une simplicité infinie. On l'aimait, comme la plus suave réalisation du rêve d'un poète. Ses vêtements affectaient des couleurs peu voyantes, et le linge blanc qui se plissait sur ses épaules avait cette teinte et cette senteur particulières au linge d'Église. Elle vivait d'une existence mystique dans cette ville de Genève, qui n'était pas encore livrée à la sécheresse du calvinisme.

Ainsi que, soir et matin, elle lisait ses prières latines dans son missel à fermoir de fer, Gérande avait lu un sentiment caché dans le cœur d'Aubert Thün, quel dévouement profond le jeune ouvrier avait pour elle. Et en effet, à ses yeux, le monde entier se condensait dans cette vieille maison de l'horloger, et tout son temps se passait près de la jeune fille, quand, le travail terminé, il quittait l'atelier de son père.

La vieille Scholastique voyait cela, mais n'en disait mot. Sa loquacité s'exerçait de préférence sur les malheurs de son temps et les petites misères du ménage. On ne cherchait point à l'arrêter. Il en était d'elle comme de ces tabatières à musique que l'on fabriquait à Genève : une fois montée, il aurait fallu la briser pour qu'elle ne jouât pas tous ses airs.

En trouvant Gérande plongée dans une taciturnité douloureuse, Scholastique quitta sa vieille chaise de bois, fixa un cierge sur la pointe d'un chandelier, l'alluma et le posa près d'une petite vierge de cire abritée dans sa niche de pierre. C'était la coutume de s'agenouiller devant cette madone protectrice du foyer domestique, en lui demandant d'étendre sa grâce bienveillante sur la nuit prochaine ; mais, ce soir-là, Gérande demeura silencieuse à sa place.

« Eh bien ! ma chère demoiselle, dit Scholastique avec

étonnement, le souper est fini, et voici l'heure du bonsoir. Voulez-vous donc fatiguer vos yeux dans des veilles prolongées ?... Ah ! Sainte Vierge ! c'est pourtant le cas de dormir et de retrouver un peu de joie dans de jolis rêves ! À cette époque maudite où nous vivons, qui peut se promettre une journée de bonheur ?

— Ne faudrait-il pas envoyer chercher quelque médecin pour mon père ? demanda Gérande.

— Un médecin ! s'écria la vieille servante. Maître Zacharius a-t-il jamais prêté l'oreille à toutes leurs imaginations et sentences ! Il peut y avoir des médecines pour les montres, mais non pour les corps !

— Que faire ? murmura Gérande. S'est-il remis au travail ? s'est-il livré au repos ?

— Gérande, répondit doucement Aubert, quelque contrariété morale chagrine maître Zacharius, et voilà tout.

— La connaissez-vous, Aubert ?

— Peut-être, Gérande.

— Racontez-nous cela, s'écria vivement Scholastique, en éteignant parcimonieusement son cierge.

— Depuis plusieurs jours, Gérande, dit le jeune ouvrier, il se passe un fait absolument incompréhensible. Toutes les montres que votre père a faites et vendues depuis quelques années s'arrêtent subitement. On lui en a rapporté un grand nombre. Il les a démontées avec soin ; les ressorts étaient en bon état et les rouages parfaitement établis. Il les a remontées avec plus de soin encore ; mais, en dépit de son habileté, elles n'ont plus marché.

— Il y a du diable là-dessous ! s'écria Scholastique.

— Que veux-tu dire ? demanda Gérande. Ce fait me semble naturel. Tout est borné sur terre, et l'infini ne peut sortir de la main des hommes.

— Il n'en est pas moins vrai, répondit Aubert, qu'il y a en cela quelque chose d'extraordinaire et de mystérieux. J'ai aidé moi-même maître Zacharius à rechercher la cause de ce dérangement de ses montres, je n'ai pu la trouver, et, plus d'une fois, désespéré, les outils me sont tombés des mains.

— Aussi, reprit Scholastique, pourquoi se livrer à tout ce travail de réprouvé ? Est-il naturel qu'un petit instrument de cuivre puisse marcher tout seul et marquer les heures ? On aurait dû s'en tenir au cadran solaire !

— Vous ne parlerez plus ainsi, Scholastique, répondit

Aubert, quand vous saurez que le cadran solaire fut inventé par Caïn.

— Seigneur mon Dieu ! que m'apprenez-vous là ?

— Croyez-vous, reprit ingénument Gérande, que l'on puisse prier Dieu de rendre la vie aux montres de mon père ?

— Sans aucun doute, répondit le jeune ouvrier.

— Bon ! Voici des prières inutiles, grommela la vieille servante, mais le Ciel en pardonnera l'intention. »

Le cierge fut rallumé. Scholastique, Gérande et Aubert s'agenouillèrent sur les dalles de la chambre, et la jeune fille pria pour l'âme de sa mère, pour la sanctification de la nuit, pour les voyageurs et les prisonniers, pour les bons et les méchants, et surtout pour les tristesses inconnues de son père.

Puis, ces trois dévotes personnes se relevèrent avec quelque confiance au cœur, car elles avaient remis leur peine dans le sein de Dieu.

Aubert regagna sa chambre, Gérande s'assit toute pensive près de sa fenêtre, pendant que les dernières lueurs s'éteignaient dans la ville de Genève, et Scholastique, après avoir versé un peu d'eau sur les tisons embrasés et poussé les deux énormes verrous de la porte, se jeta sur son lit, où elle ne tarda pas à rêver qu'elle mourait de peur.

Cependant, l'horreur de cette nuit d'hiver avait augmenté. Parfois, avec les tourbillons du fleuve, le vent s'engouffrait sous les pilotis, et la maison frissonnait tout entière ; mais la jeune fille, absorbée par sa tristesse, ne songeait qu'à son père. Depuis les paroles d'Aubert Thün, la maladie de maître Zacharius avait pris à ses yeux des proportions fantastiques, et il lui semblait que cette chère existence, devenue purement mécanique, ne se mouvait plus qu'avec effort sur ses pivots usés.

Soudain l'abat-vent, violemment poussé par la rafale, heurta la fenêtre de la chambre. Gérande tressaillit et se leva brusquement, sans comprendre la cause de ce bruit qui secoua sa torpeur. Dès que son émotion se fut calmée, elle ouvrit le châssis. Les nuages avaient crevé, et une pluie torrentielle crépitait sur les toitures environnantes. La jeune fille se pencha au-dehors pour attirer le volet ballotté par le vent, mais elle eut peur. Il lui parut que la pluie et le fleuve, confondant leurs eaux tumultueuses, submergeaient cette fragile maison dont les ais craquaient de toutes parts. Elle voulut fuir sa chambre ; mais elle aperçut au-dessous d'elle la réverbération d'une lumière qui devait venir du réduit de maître

Zacharius, et dans un de ces calmes momentanés pendant lesquels se taisent les éléments, son oreille fut frappée par des sons plaintifs. Elle tenta de refermer sa fenêtre et ne put y parvenir. Le vent la repoussait avec violence, comme un malfaiteur qui s'introduit dans une habitation.

Gérande pensa devenir folle de terreur ! Que faisait donc son père ? Elle ouvrit la porte, qui lui échappa des mains et battit bruyamment sous l'effort de la tempête. Gérande se trouva alors dans la salle obscure du souper, parvint, en tâtonnant, à gagner l'escalier qui aboutissait à l'atelier de maître Zacharius, et s'y laissa glisser, pâle et mourante.

Le vieil horloger était debout au milieu de cette chambre que remplissaient les mugissements du fleuve. Ses cheveux hérissés lui donnaient un aspect sinistre. Il parlait, il gesticulait, sans voir, sans entendre ! Gérande demeura sur le seuil.

« C'est la mort ! disait maître Zacharius d'une voix sourde, c'est la mort !... Que me reste-t-il à vivre, maintenant que j'ai dispersé mon existence par le monde ! car moi, maître Zacharius, je suis bien le créateur de toutes ces montres que j'ai fabriquées ! C'est bien une partie de mon âme que j'ai enfermée dans chacune de ces boîtes de fer, d'argent ou d'or ! Chaque fois que s'arrête une de ces horloges maudites, je sens mon cœur qui cesse de battre, car je les ai réglées sur ses pulsations ! »

Et, en parlant de cette façon étrange, le vieillard jeta les yeux sur son établi. Là se trouvaient toutes les parties d'une montre qu'il avait soigneusement démontée. Il prit une sorte de cylindre creux, appelé barillet, dans lequel est enfermé le ressort, et il en retira la spirale d'acier, qui, au lieu de se détendre, suivant les lois de son élasticité, demeura roulée sur elle-même, ainsi qu'une vipère endormie. Elle semblait nouée, comme ces vieillards impotents dont le sang s'est figé à la longue. Maître Zacharius essaya vainement de la dérouler de ses doigts amaigris, dont la silhouette s'allongeait démesurément sur la muraille, mais il ne put y parvenir, et bientôt, avec un terrible cri de colère, il la précipita par le judas dans les tourbillons du Rhône.

Gérande, les pieds cloués à terre, demeurait sans souffle, sans mouvement. Elle voulait et ne pouvait s'approcher de son père. De vertigineuses hallucinations s'emparaient d'elle. Soudain, elle entendit dans l'ombre une voix murmurer à son oreille :

« Gérande, ma chère Gérande ! La douleur vous tient encore éveillée ! Rentrez, je vous prie, la nuit est froide.

— Aubert ! murmura la jeune fille à mi-voix. Vous ! vous !

— Ne devais-je pas m'inquiéter de ce qui vous inquiète ! » répondit Aubert.

Ces douces paroles firent revenir le sang au cœur de la jeune fille. Elle s'appuya au bras de l'ouvrier et lui dit :

« Mon père est bien malade, Aubert ! Vous seul pouvez le guérir, car cette affection de l'âme ne céderait pas aux consolations de sa fille. Il a l'esprit frappé d'un accident fort naturel, et, en travaillant avec lui à réparer ses montres, vous le ramènerez à la raison. Aubert, il n'est pas vrai, ajouta-t-elle, encore tout impressionnée, que sa vie se confonde avec celle de ses horloges ? »

Aubert ne répondit pas.

« Mais ce serait donc un métier réprouvé du Ciel que le métier de mon père ? fit Gérande en frissonnant.

— Je ne sais, répondit l'ouvrier, qui réchauffa de ses mains les mains glacées de la jeune fille. Mais retournez à votre chambre, ma pauvre Gérande, et, avec le repos, reprenez quelque espérance ! »

Gérande regagna lentement sa chambre, et elle y demeura jusqu'au jour, sans que le sommeil appesantît ses paupières, tandis que maître Zacharius, toujours muet et immobile, regardait le fleuve couler bruyamment à ses pieds.

II

L'ORGUEIL ET LA SCIENCE

La sévérité du marchand genevois en affaires est devenue proverbiale. Il est d'une probité rigide et d'une excessive droiture. Quelle dut donc être la honte de maître Zacharius, quand il vit ces montres, qu'il avait montées avec une si grande sollicitude, lui revenir de toutes parts.

Or, il était certain que ces montres s'arrêtaient subitement et sans aucune raison apparente. Les rouages étaient en bon état et parfaitement établis, mais les ressorts avaient perdu toute élasticité. L'horloger essaya vainement de les remplacer : les roues demeurèrent immobiles. Ces dérangements inexplicables firent un tort immense à maître Zacharius. Ses magnifiques inventions avaient laissé maintes fois planer sur lui des soupçons de sorcellerie, qui reprirent dès lors consistance. Le bruit en parvint jusqu'à Gérande, et elle trembla souvent pour son père, lorsque des regards malintentionnés se fixaient sur lui.

Cependant, le lendemain de cette nuit d'angoisses, maître Zacharius parut se remettre au travail avec quelque confiance. Le soleil du matin lui rendit quelque courage. Aubert ne tarda pas à le rejoindre à son atelier et en reçut un bonjour plein d'affabilité.

« Je vais mieux, dit le vieil horloger. Je ne sais quels étranges maux de tête m'obsédaient hier, mais le soleil a chassé tout cela avec les nuages de la nuit.

— Ma foi ! maître, répondit Aubert, je n'aime la nuit ni pour vous, ni pour moi !

— Et tu as raison, Aubert ! Si tu deviens jamais un homme supérieur, tu comprendras que le jour t'est nécessaire comme la nourriture ! Un savant de grand mérite se doit aux hommages du reste des hommes.

— Maître, voilà le péché d'orgueil qui vous reprend.

— De l'orgueil, Aubert ! Détruis mon passé, anéantis mon présent, dissipe mon avenir, et alors il me sera permis de vivre dans l'obscurité ! Pauvre garçon, qui ne comprend pas les sublimes choses auxquelles mon art se rattache tout entier ! N'es-tu donc qu'un outil entre mes mains ?

— Cependant, maître Zacharius, reprit Aubert, j'ai plus d'une fois mérité vos compliments pour la manière dont j'ajustais les pièces les plus délicates de vos montres et de vos horloges !

— Sans aucun doute, Aubert, répondit maître Zacharius, tu es un bon ouvrier que j'aime ; mais, quand tu travailles, tu ne crois avoir entre tes doigts que du cuivre, de l'or, de l'argent, et tu ne sens pas ces métaux, que mon génie anime, palpiter comme une chair vivante ! Aussi, tu ne mourrais pas, toi, de la mort de tes œuvres ! »

Maître Zacharius demeura silencieux après ces paroles ; mais Aubert chercha à reprendre la conversation.

« Par ma foi ! maître, dit-il, j'aime à vous voir travaillant ainsi sans relâche ! Vous serez prêt pour la fête de notre corporation, car je vois que le travail de cette montre de cristal avance rapidement.

— Sans doute, Aubert, s'écria le vieil horloger, et ce ne sera pas un mince honneur pour moi que d'avoir pu tailler et couper cette matière qui a la dureté du diamant ! Ah !

Louis Berghem a bien fait de perfectionner l'art des diamantaires, qui m'a permis de polir et percer les pierres les plus dures ! »

Maître Zacharius tenait en ce moment de petites pièces d'horlogerie en cristal taillé et d'un travail exquis. Les rouages, les pivots, le boîtier de cette montre étaient de la même matière, et, dans cette œuvre de la plus grande difficulté, il avait déployé un talent inimaginable.

« N'est-ce pas, reprit-il, tandis que ses joues s'empourpraient, qu'il sera beau de voir palpiter cette montre à travers son enveloppe transparente, et de pouvoir compter les battements de son cœur ?

— Je gage, maître, répondit le jeune ouvrier, qu'elle ne variera pas d'une seconde par an !

— Et tu gageras à coup sûr ! Est-ce que je n'ai pas mis là le plus pur de moi-même ? Est-ce que mon cœur varie, lui ? »

Aubert n'osa pas lever les yeux sur son maître.

« Parle-moi franchement, reprit mélancoliquement le vieillard. Ne m'as-tu jamais pris pour un fou ? Ne me crois-tu pas livré parfois à de désastreuses folies ? Oui, n'est-ce pas ! Dans les yeux de ma fille et dans les tiens, j'ai lu souvent ma condamnation. — Oh ! s'écria-t-il avec douleur, n'être pas même compris des êtres que l'on aime le plus au monde ! Mais à toi, Aubert, je te prouverai victorieusement que j'ai raison ! Ne secoue pas la tête, car tu seras stupéfié ! Le jour où tu sauras m'écouter et me comprendre, tu verras que j'ai découvert les secrets de l'existence, les secrets de l'union mystérieuse de l'âme et du corps ! »

En parlant ainsi, maître Zacharius se montrait superbe de fierté. Ses yeux brillaient d'un feu surnaturel, et l'orgueil lui coulait à pleines veines. Et, en vérité, si jamais vanité eût pu être légitime, c'eût bien été celle de maître Zacharius !

En effet, l'horlogerie, jusqu'à lui, était presque demeurée dans l'enfance de l'art. Depuis le jour où Platon, quatre cents ans avant l'ère chrétienne, inventa l'horloge nocturne, sorte de clepsydre qui indiquait les heures de la nuit par le son et le jeu d'une flûte, la science resta presque stationnaire. Les maîtres travaillèrent plutôt l'art que la mécanique, et ce fut l'époque des belles horloges en fer, en cuivre, en bois, en argent, qui étaient finement sculptées, comme une aiguière de Cellini. On avait un chef-d'œuvre de ciselure, qui mesurait le temps d'une façon fort imparfaite, mais on avait un chef-d'œuvre. Quand l'imagination de l'artiste ne se tourna plus du côté de la perfection plastique, elle s'ingénia à créer ces horloges à personnages mouvants, à sonneries mélodiques, et dont la mise en scène était réglée d'une façon fort divertissante. Au surplus, qui s'inquiétait, à cette époque, de régulariser la marche du temps ? Les délais de droit n'étaient pas inventés ; les sciences physiques et astronomiques n'établissaient pas leurs calculs sur des mesures scrupuleusement exactes ; il n'y avait ni établissements fermant à heure fixe, ni convois partant à la seconde. Le soir, on sonnait le couvre-feu, et la nuit, on criait les heures au milieu du silence. Certes, on vivait moins de temps, si l'existence se mesure à la quantité des affaires faites, mais on vivait mieux. L'esprit s'enrichissait de ces nobles sentiments nés de la contemplation des chefs-d'œuvre, et l'art ne se faisait pas à la course. On bâtissait une église en deux siècles ; un peintre ne faisait que quelques tableaux en sa vie ; un poète ne composait qu'une œuvre éminente, mais c'étaient autant de chefs-d'œuvre que les siècles se chargeaient d'apprécier.

Lorsque les sciences exactes firent enfin des progrès, l'horlogerie suivit leur essor, bien qu'elle fût toujours arrêtée par une insurmontable difficulté : la mesure régulière et continue du temps.

Or, ce fut au milieu de cette stagnation que maître Zacharius inventa l'échappement, qui lui permit d'obtenir une régularité mathématique, en soumettant le mouvement du pendule à une force constante. Cette invention avait tourné la tête du vieil horloger. L'orgueil, montant dans son cœur, comme le mercure dans le thermomètre, avait atteint la température des folies transcendantes. Par analogie, il s'était laissé aller à des conséquences matérialistes, et, en fabriquant ses montres, il s'imaginait avoir surpris les secrets de l'union de l'âme au corps.

Aussi, ce jour-là, voyant qu'Aubert l'écoutait avec attention, il lui dit d'un ton simple et convaincu :

« Sais-tu ce qu'est la vie, mon enfant ? As-tu compris l'action de ces ressorts qui produisent l'existence ? As-tu regardé dans toi-même ? Non, et pourtant, avec les yeux de la science, tu aurais vu le rapport intime qui existe entre l'œuvre de Dieu et la mienne, car c'est sur sa créature que j'ai copié la combinaison des rouages de mes horloges.

— Maître, reprit vivement Aubert, pouvez-vous comparer une machine de cuivre et d'acier à ce souffle de Dieu nommé l'âme, qui anime les corps, comme la brise communique le mouvement aux fleurs ? Peut-il exister des roues imperceptibles qui fassent mouvoir nos jambes et nos bras ? Quelles pièces seraient si bien ajustées qu'elles engendrassent les pensées en nous ?

— Là n'est pas la question, répondit doucement maître Zacharius, mais avec l'entêtement de l'aveugle qui marche à l'abîme. Pour me comprendre, rappelle-toi le but de l'échappement que j'ai inventé. Quand j'ai vu l'irrégularité de la marche d'une horloge, j'ai compris que le mouvement renfermé en elle ne suffisait pas et qu'il fallait le soumettre à la régularité d'une autre force indépendante. J'ai donc pensé que le balancier pourrait me rendre ce service, si j'arrivais à régulariser les oscillations ! Or, ne fut-ce pas une idée sublime que celle qui me vint de lui faire rendre sa force perdue par ce mouvement même de l'horloge, qu'il était chargé de réglementer ? »

Aubert fit un signe d'assentiment.

« Maintenant, Aubert, continua le vieil horloger en s'animant, jette un regard sur toi-même ! Ne comprends-tu donc pas qu'il y a deux forces distinctes en nous : celle de l'âme et celle du corps, c'est-à-dire un mouvement et un régulateur ? L'âme est le principe de la vie : donc c'est le mouvement. Qu'il soit produit par un poids, par un ressort ou par une influence immatérielle, il n'en est pas moins au cœur. Mais, sans le corps, ce mouvement serait inégal, irrégulier, impossible ! Aussi le corps vient-il régler l'âme, et, comme le balancier, est-il soumis à des oscillations régulières. Et ceci est tellement vrai, que l'on se porte mal lorsque le boire, le manger, le sommeil, en un mot les fonctions du corps ne sont pas convenablement réglées ! Ainsi que dans mes montres, l'âme rend au corps la force perdue par ses oscillations. Eh bien ! qui produit donc cette union intime du corps et de l'âme, sinon un échappement merveilleux, par lequel les rouages de l'un viennent s'engrener dans les rouages de l'autre ? Or, voilà ce que j'ai deviné, appliqué, et il n'y a plus de secrets pour moi dans cette vie, qui n'est, après tout, qu'une ingénieuse mécanique ! »

Maître Zacharius était sublime à voir dans cette hallucination, qui le transportait jusqu'aux derniers mystères de l'infini. Mais sa fille Gérande, arrêtée sur le seuil de la porte, avait tout entendu. Elle se précipita dans les bras de son père, qui la pressa convulsivement sur son sein.

« Qu'as-tu, ma fille ? lui demanda maître Zacharius.

— Si je n'avais qu'un ressort ici, dit-elle en mettant la main sur son cœur, je ne vous aimerais pas tant, mon père ! »

Maître Zacharius regarda fixement sa fille et ne répondit pas.

Soudain, il poussa un cri, porta vivement la main sur son cœur et tomba défaillant sur son vieux fauteuil de cuir.

« Mon père ! qu'avez-vous ?

— Du secours ! s'écria Aubert. Scholastique ! »

Mais Scholastique n'accourut pas aussitôt. On avait heurté le marteau de la porte d'entrée. Elle était allée ouvrir, et quand elle revint à l'atelier, avant qu'elle eût ouvert la bouche, le vieil horloger, ayant repris ses sens, lui disait :

« Je devine, ma vieille Scholastique, que tu m'apportes encore une de ces montres maudites qui s'est arrêtée !

— Jésus ! C'est pourtant la vérité, répondit Scholastique, en remettant une montre à Aubert.

— Mon cœur ne peut pas se tromper ! » dit le vieillard avec un soupir.

Cependant, Aubert avait remonté la montre avec le plus grand soin, mais elle ne marchait plus.

III

UNE VISITE ÉTRANGE

La pauvre Gérande aurait vu sa vie s'éteindre avec celle de son père, sans la pensée d'Aubert qui la rattachait au monde.

Le vieil horloger s'en allait peu à peu. Ses facultés tendaient évidemment à s'amoindrir en se concentrant sur une pensée unique. Par une funeste association d'idées, il ramenait tout à sa monomanie, et la vie terrestre semblait s'être retirée de lui pour faire place à cette existence extra-naturelle des puissances intermédiaires. Aussi, quelques rivaux malintentionnés ravivèrent-ils les bruits diaboliques qui avaient été répandus sur les travaux de maître Zacharius.

La constatation des dérangements inexplicables qu'éprouvaient ses montres fit un effet prodigieux parmi les maîtres horlogers de Genève. Que signifiait cette soudaine inertie dans leurs rouages, et pourquoi ces bizarres rapports qu'elles paraissaient avoir avec la vie de Zacharius ? C'étaient là de ces mystères que l'on n'envisage jamais sans une secrète terreur. Dans les diverses classes de la ville, depuis l'apprenti jusqu'au seigneur qui se servaient des montres du vieil horloger, il ne fut personne qui ne pût juger par lui-même de la singularité du fait. On voulut, mais en vain, pénétrer jusqu'à maître Zacharius. Celui-ci tomba fort malade — ce qui permit à sa fille de le soustraire à ces visites incessantes, qui dégénéraient en reproches et en récriminations.

Les médecines et les médecins furent impuissants vis-à-vis de ce dépérissement organique, dont la cause échappait. Il semblait parfois que le cœur du vieillard cessât de battre, et puis ses battements reprenaient avec une inquiétante irrégularité.

La coutume existait, dès lors, de soumettre les œuvres des maîtres à l'appréciation du populaire. Les chefs des différentes maîtrises cherchaient à se distinguer par la nouveauté ou la perfection de leurs ouvrages, et ce fut parmi eux que l'état de maître Zacharius rencontra la plus bruyante pitié, mais une pitié intéressée. Ses rivaux le plaignaient d'autant plus volontiers qu'ils le redoutaient moins. Ils se souvenaient toujours des succès du vieil horloger, quand il exposait ces magnifiques horloges à sujets mouvants, ces montres à sonnerie, qui faisaient l'admiration générale et atteignaient de si hauts prix dans les villes de France, de Suisse et d'Allemagne.

Cependant, grâce aux soins constants de Gérande et d'Aubert, la santé de maître Zacharius parut se raffermir un peu, et au milieu de cette quiétude que lui laissa sa convalescence, il parvint à se détacher des pensées qui l'absorbaient. Dès qu'il put marcher, sa fille l'entraîna hors de sa maison, où les pratiques mécontentes affluaient sans cesse. Aubert, lui, demeurait à l'atelier, montant et remontant inutilement ces montres rebelles, et le pauvre garçon, n'y comprenant rien, se prenait quelquefois la tête à deux mains, avec la crainte de devenir fou comme son maître.

Gérande dirigeait alors les pas de son père vers les plus riantes promenades de la ville. Tantôt, soutenant le bras de maître Zacharius, elle prenait par Saint-Antoine, d'où la vue s'étend sur le coteau de Cologny et sur le lac. Quelquefois, par les belles matinées, on pouvait apercevoir les pics gigantesques du mont Buet se dresser à l'horizon. Gérande nommait par leur nom tous ces lieux presque oubliés de son père, dont la mémoire semblait déroutée, et celui-ci éprouvait un plaisir d'enfant à apprendre toutes ces choses, dont le souvenir s'était égaré dans sa tête. Maître Zacharius s'appuyait sur sa fille, et ces deux chevelures, blanche et blonde, se confondaient dans le même rayon de soleil.

Il arriva aussi que le vieil horloger s'aperçut enfin qu'il n'était pas seul en ce monde. En voyant sa fille jeune et belle, lui vieux et brisé, il songea qu'après sa mort elle resterait seule, sans appui, et il regarda autour de lui et autour d'elle. Bien des jeunes ouvriers de Genève avaient déjà courtisé Gérande ; mais aucun n'avait eu accès dans la retraite impénétrable où vivait la famille de l'horloger. Il fut donc tout naturel que, pendant cette éclaircie de son cerveau, le choix du vieillard s'arrêtât sur Aubert Thün. Une fois lancé sur cette pensée, il remarqua que ces deux jeunes gens avaient été élevés dans les mêmes idées et les mêmes croyances, et les oscillations de leur cœur lui parurent « isochrones », comme il le dit un jour à Scholastique.

La vieille servante, littéralement enchantée du mot, bien qu'elle ne le comprît pas, jura par sa sainte patronne que la ville entière le saurait avant un quart d'heure. Maître Zacharius eut grand-peine à la calmer, et obtint d'elle enfin de garder sur cette communication un silence qu'elle ne tint jamais.

Si bien qu'à l'insu de Gérande et d'Aubert, on causait déjà dans tout Genève de leur union prochaine. Mais il advint aussi que, pendant ces conversations, on entendait souvent un ricanement singulier et une voix qui disait :

« Gérande n'épousera pas Aubert. »

Si les causeurs se retournaient, ils se trouvaient en face d'un petit vieillard qu'ils ne connaissaient pas.

Quel âge avait cet être singulier ? Personne n'eût pu le dire ! On devinait qu'il devait exister depuis un grand nombre de siècles, mais voilà tout. Sa grosse tête écrasée reposait sur des épaules dont la largeur égalait la hauteur de son corps, qui ne dépassait pas trois pieds. Ce personnage eût fait bonne figure sur un support de pendule, car le cadran se fût naturellement placé sur sa face, et le balancier aurait oscillé à son aise dans sa poitrine. On eût volontiers pris son nez pour le style d'un cadran solaire, tant il était mince et aigu ; ses dents, écartées et à surface épicycloïde, ressemblaient aux engrenages d'une roue et grinçaient entre ses lèvres ; sa voix avait le son métallique d'un timbre, et l'on pouvait entendre son cœur battre comme le tic-tac d'une horloge. Ce petit homme, dont les bras se mouvaient à la manière des aiguilles sur un cadran, marchait par saccades, sans se retourner jamais. Le suivait-on, on trouvait qu'il faisait une lieue par heure et que sa marche était à peu près circulaire.

Il y avait peu de temps que cet être bizarre errait ainsi, ou plutôt tournait par la ville ; mais on avait pu observer déjà que chaque jour, au moment où le soleil passait au méridien, il s'arrêtait devant la cathédrale de Saint-Pierre, et qu'il reprenait sa route après les douze coups de midi. Hormis ce moment précis, il semblait surgir dans toutes les conversations où l'on s'occupait du vieil horloger, et l'on se demandait, avec effroi, quel rapport pouvait exister entre lui et maître Zacharius. Au surplus, on remarquait qu'il ne perdait pas de vue le vieillard et sa fille pendant leurs promenades.

Un jour, sur la Treille, Gérande aperçut ce monstre qui la regardait en riant. Elle se pressa contre son père, avec un mouvement d'effroi.

« Qu'as-tu, ma Gérande ? demanda maître Zacharius.

— Je ne sais pas, répondit la jeune fille.

— Je te trouve changée, mon enfant ! dit le vieil horloger. Voilà donc que tu vas tomber malade à ton tour ? Eh bien ! ajouta-t-il avec un triste sourire, il faudra que je te soigne, et je te soignerai bien.

— Oh ! mon père, ce ne sera rien. J'ai froid, et j'imagine que c'est...

— Eh quoi, Gérande ?

— La présence de cet homme qui nous suit sans cesse », répondit-elle à voix basse.

Maître Zacharius se retourna vers le petit vieillard.

« Ma foi, il va bien, dit-il avec un air de satisfaction, car il est justement quatre heures. Ne crains rien, ma fille, ce n'est pas un homme, c'est une horloge ! »

Gérande regarda son père avec terreur. Comment maître Zacharius avait-il pu lire l'heure sur le visage de cette étrange créature ?

« À propos, continua le vieil horloger, sans plus s'occuper de cet incident, je ne vois pas Aubert depuis quelques jours.

— Il ne nous quitte cependant pas, mon père, répondit Gérande, dont les pensées prirent une teinte plus douce.

— Que fait-il, alors ?

— Il travaille, mon père.

— Ah ! s'écria le vieillard, il travaille à réparer mes montres, n'est-il pas vrai ? Mais il n'y parviendra jamais, car ce n'est pas une réparation qu'il leur faut, mais bien une résurrection ! »

Gérande demeura silencieuse.

« Il faudra que je sache, ajouta le vieillard, si l'on n'a pas encore rapporté quelques-unes de ces montres damnées sur lesquelles le diable a jeté une épidémie ! »

Puis, après ces mots, maître Zacharius tomba dans un mutisme absolu jusqu'au moment où il heurta la porte de son logis, et pour la première fois depuis sa convalescence, tandis que Gérande regagnait tristement sa chambre, il descendit à son atelier.

Au moment où il en franchissait la porte, une des nombreuses horloges suspendues au mur vint à sonner cinq heures. Ordinairement, les différentes sonneries de ces appareils, admirablement réglées, se faisaient entendre simultanément, et leur concordance réjouissait le cœur du vieillard ; mais, ce jour-là, tous ces timbres tintèrent les uns après les autres, si bien que pendant un quart d'heure l'oreille fut assourdie par leurs bruits successifs. Maître Zacharius souffrait affreusement ; il ne pouvait tenir en place, il allait de l'une à l'autre de ces horloges, et il leur battait la mesure, comme un chef d'orchestre qui ne serait plus maître de ses musiciens.

Lorsque le dernier son s'éteignit, la porte de l'atelier s'ouvrit, et maître Zacharius frissonna de la tête aux pieds en voyant devant lui le petit vieillard, qui le regarda fixement et lui dit :

« Maître, ne puis-je m'entretenir quelques instants avec vous ?

— Qui êtes-vous ? demanda brusquement l'horloger.

— Un confrère. C'est moi qui suis chargé de régler le soleil.

— Ah ! c'est vous qui réglez le soleil ? répliqua vivement maître Zacharius sans sourciller. Eh bien ! je ne vous en complimente guère ! Votre soleil va mal, et, pour nous trouver d'accord avec lui, nous sommes obligés tantôt d'avancer nos horloges et tantôt de les retarder !

— Et par le pied fourchu du diable ! s'écria le monstrueux personnage, vous avez raison, mon maître ! Mon soleil ne marque pas toujours midi au même moment que vos horloges ; mais, un jour, on saura que cela vient de l'inégalité du mouvement de translation de la Terre, et l'on inventera un midi moyen qui réglera cette irrégularité !

— Vivrai-je encore à cette époque ? demanda le vieil horloger, dont les yeux s'animèrent.

— Sans doute, répliqua le petit vieillard en riant. Est-ce que vous pouvez croire que vous mourrez jamais ?

— Hélas ! je suis pourtant bien malade !

— Au fait, causons de cela. Par Belzébuth ! cela nous mènera à ce dont je veux vous parler. »

Et ce disant, cet être bizarre sauta sans façon sur le vieux fauteuil de cuir et ramena ses jambes l'une sous l'autre, à la façon de ces os décharnés que les peintres de tentures funéraires croisent sous les têtes de mort. Puis, il reprit d'un ton ironique :

« Voyons, çà, maître Zacharius, que se passe-t-il donc dans cette bonne ville de Genève ? On dit que votre santé s'altère, que vos montres ont besoin de médecins !

— Ah ! vous croyez, vous, qu'il y a un rapport intime entre leur existence et la mienne ! s'écria maître Zacharius.

— Moi, j'imagine que ces montres ont des défauts, des vices même. Si ces gaillardes-là n'ont pas une conduite fort régulière, il est juste qu'elles portent la peine de leur dérèglement. Il m'est avis qu'elles auraient besoin de se ranger un peu !

— Qu'appelez-vous des défauts ? fit maître Zacharius, rougissant du ton sarcastique avec lequel ces paroles avaient été prononcées. Est-ce qu'elles n'ont pas le droit d'être fières de leur origine ?

— Pas trop, pas trop ! répondit le petit vieillard. Elles portent un nom célèbre, et sur leur cadran est gravée une signature illustre, c'est vrai, et elles ont le privilège exclusif de s'introduire parmi les plus nobles familles ; mais, depuis quelque temps, elles se dérangent, et vous n'y pouvez rien, maître Zacharius, et le plus inhabile des apprentis de Genève vous en remontrerait !

— À moi, à moi, maître Zacharius ! s'écria le vieillard avec un terrible mouvement d'orgueil.

— À vous, maître Zacharius, qui ne pouvez rendre la vie à vos montres !

— Mais c'est que j'ai la fièvre et qu'elles l'ont aussi ! répondit le vieil horloger, tandis qu'une sueur froide lui courait par tous les membres.

— Eh bien ! elles mourront avec vous, puisque vous êtes si empêché de redonner un peu d'élasticité à leurs ressorts !

— Mourir ! Non pas, vous l'avez dit ! Je ne peux pas mourir, moi, le premier horloger du monde, moi qui, au moyen de ces pièces et de ces rouages divers, ai su régler le mou-

vement avec une précision absolue ! N'ai-je donc pas assujetti le temps à des lois exactes, et ne puis-je en disposer en
souverain ? Avant qu'un sublime génie vînt disposer régulièrement ces heures égarées, dans quel vague immense était
plongée la destinée humaine ? À quel moment certain pouvaient se rapporter les actes de la vie ? Mais vous, homme
ou diable, qui que vous soyez, vous n'avez donc jamais songé
à la magnificence de mon art, qui appelle toutes les sciences
à son aide ? Non ! non ! moi, maître Zacharius, je ne peux
pas mourir, car, puisque j'ai réglé le temps, le temps finirait
avec moi ! Il retournerait à cet infini dont mon génie a su
l'arracher, et il se perdrait irréparablement dans le gouffre
du néant ! Non, je ne puis pas plus mourir que le Créateur
de cet univers soumis à ses lois ! Je suis devenu son égal, et
j'ai partagé sa puissance ! Maître Zacharius a créé le temps,
si Dieu a créé l'éternité. »

Le vieil horloger ressemblait alors à l'ange déchu, se redres-
sant contre le Créateur. Le petit vieillard le caressait du regard
et semblait lui souffler tout cet emportement impie.

« Bien dit, maître ! répliqua-t-il. Belzébuth avait moins de
droits que vous de se comparer à Dieu ! Il ne faut pas que
votre gloire périsse ! Aussi, votre serviteur veut-il vous donner le moyen de dompter ces montres rebelles.

— Quel est-il ? quel est-il ? s'écria maître Zacharius.

— Vous le saurez le lendemain du jour où vous m'aurez
accordé la main de votre fille.

— Ma Gérande ?

— Elle-même !

— Le cœur de ma fille n'est pas libre, répondit maître
Zacharius à cette demande, qui ne parut ni le choquer ni
l'étonner.

— Bah !... Ce n'est pas la moins belle de vos horloges...
mais elle finira par s'arrêter aussi...

— Ma fille, ma Gérande !... Non !...

— Eh bien ! retournez à vos montres, maître Zacharius !
Montez et démontez-les ! Préparez le mariage de votre fille
et de votre ouvrier ! Trempez des ressorts faits de votre meilleur acier ! Bénissez Aubert et la belle Gérande, mais
souvenez-vous que vos montres ne marcheront jamais et que
Gérande n'épousera pas Aubert ! »

Et là-dessus, le petit vieillard sortit, mais pas si vite que
maître Zacharius ne pût entendre sonner six heures dans sa
poitrine.

IV

L'ÉGLISE DE SAINT-PIERRE

Cependant l'esprit et le corps de maître Zacharius s'affaiblissaient de plus en plus. Seulement une surexcitation extraordinaire le ramena plus violemment que jamais à ses travaux d'horlogerie, dont sa fille ne parvint plus à le distraire.

Son orgueil s'était encore rehaussé depuis cette crise à laquelle son visiteur étrange l'avait traîtreusement poussé, et il résolut de dominer, à force de génie, l'influence maudite qui s'appesantissait sur son œuvre et sur lui. Il visita d'abord les différentes horloges de la ville, confiées à ses soins. Il s'assura, avec une scrupuleuse attention, que les rouages en étaient bons, les pivots solides, les contrepoids exactement équilibrés. Il n'y eut pas jusqu'aux cloches des sonneries qu'il n'auscultât avec le recueillement d'un médecin interrogeant la poitrine d'un malade. Rien n'indiquait donc que ces horloges fussent à la veille d'être frappées d'inertie.

Gérande et Aubert accompagnaient souvent le vieil horloger dans ces visites. Celui-ci aurait dû prendre plaisir à les voir empressés à le suivre, et certes il n'eût pas été si préoccupé de sa fin prochaine, s'il eût songé que son existence devait se continuer par celle de ces êtres chéris, s'il eût compris que dans les enfants il reste toujours quelque chose de la vie d'un père !

Le vieil horloger, rentré chez lui, reprenait ses travaux avec une fiévreuse assiduité. Bien que persuadé de ne pas réussir, il lui semblait pourtant impossible que cela fût, et il montait et démontait sans cesse les montres que l'on rapportait à son atelier.

Aubert, de son côté, s'ingéniait en vain à découvrir les causes de ce mal.

« Maître, disait-il, cela ne peut cependant venir que de l'usure des pivots et des engrenages !

— Tu prends donc plaisir à me tuer à petit feu ? lui répondait violemment maître Zacharius. Est-ce que ces montres sont l'œuvre d'un enfant ? Est-ce que, de crainte de me frapper sur les doigts, j'ai enlevé au tour la surface de ces pièces de cuivre ? Est-ce que, pour obtenir une plus grande dureté, je ne les ai pas forgées moi-même ? Est-ce que ces ressorts ne sont pas trempés avec une rare perfection ? Est-ce que l'on peut employer des huiles plus fines pour les imprégner ? Tu conviens toi-même que c'est impossible, et tu avoues enfin que le diable s'en mêle ! »

Et puis, du matin au soir, les pratiques mécontentes affluaient de plus belle à la maison, et elles parvenaient jusqu'au vieil horloger, qui ne savait laquelle entendre.

« Cette montre retarde sans que je puisse parvenir à la régler ! disait l'un.

— Celle-ci, reprenait un autre, y met un entêtement véritable, et elle s'est arrêtée, ni plus ni moins que le soleil de Josué !

— S'il est vrai que votre santé, répétaient la plupart des mécontents, influe sur la santé de vos horloges, maître Zacharius, guérissez-vous au plus tôt ! »

Le vieillard regardait tous ces gens-là avec des yeux hagards et ne répondait que par des hochements de tête ou de tristes paroles :

« Attendez aux premiers beaux jours, mes amis ! C'est la saison où l'existence se ravive dans les corps fatigués ! Il faut que le soleil vienne nous réchauffer tous !

— Le bel avantage, si nos montres doivent être malades pendant l'hiver ! lui dit un des plus enragés. Savez-vous, maître Zacharius, que votre nom est inscrit en toutes lettres sur leur cadran ! Par la Vierge ! vous ne faites pas honneur à votre signature ! »

Enfin, il arriva que le vieillard, honteux de ces reproches, retira quelques pièces d'or de son vieux bahut et commença à racheter les montres endommagées. À cette nouvelle, les chalands accoururent en foule, et l'argent de ce pauvre logis s'écoula bien vite ; mais la probité du marchand demeura à couvert. Gérande applaudit de grand cœur à cette délicatesse, qui la menait droit à la ruine, et bientôt Aubert dut offrir ses économies à maître Zacharius.

« Que deviendra ma fille ? » disait le vieil horloger, se raccrochant parfois, dans ce naufrage, aux sentiments de l'amour paternel.

Aubert n'osa pas répondre qu'il se sentait bon courage pour l'avenir et grand dévouement pour Gérande. Maître Zacharius, ce jour-là, l'eût appelé son gendre et démenti ces funestes paroles qui bourdonnaient encore à son oreille :

« Gérande n'épousera pas Aubert. »

Néanmoins, avec ce système, le vieil horloger en arriva à

se dépouiller entièrement. Ses vieux vases antiques s'en allèrent à des mains étrangères ; il se défit de magnifiques panneaux de chêne finement sculpté qui revêtaient les murailles de son logis ; quelques naïves peintures des premiers peintres flamands ne réjouirent bientôt plus les regards de sa fille, et tout, jusqu'aux précieux outils que son génie avait inventés, fut vendu pour indemniser les réclamants.

Scholastique, seule, ne voulait pas entendre raison sur un semblable sujet ; mais ses efforts ne pouvaient empêcher les importuns d'arriver jusqu'à son maître et de ressortir bientôt avec quelque objet précieux. Alors son caquetage retentissait dans toutes les rues du quartier, où on la connaissait de longue date. Elle s'employait à démentir les bruits de sorcellerie et de magie qui couraient sur le compte de Zacharius ; mais comme, au fond, elle était persuadée de leur vérité, elle disait et redisait force prières pour racheter ses pieux mensonges.

On avait fort bien remarqué que, depuis longtemps, l'horloger avait abandonné l'accomplissement de ses devoirs religieux. Autrefois, il accompagnait Gérande aux offices et semblait trouver dans la prière ce charme intellectuel dont elle imprègne les belles intelligences, puisqu'elle est le plus sublime exercice de l'imagination. Cet éloignement volontaire du vieillard pour les pratiques saintes, joint aux pratiques secrètes de sa vie, avait, en quelque sorte, légitimé les accusations de sortilège portées contre ses travaux. Aussi, dans le double but de ramener son père à Dieu et au monde, Gérande résolut d'appeler la religion à son secours. Elle pensa que le catholicisme pourrait rendre quelque vitalité à cette âme mourante ; mais les dogmes de foi et d'humilité avaient à combattre dans l'âme de maître Zacharius un insurmontable orgueil, et ils se heurtaient contre cette fierté de la science qui rapporte tout à elle, sans remonter à la source infinie d'où découlent les premiers principes.

Ce fut dans ces circonstances que la jeune fille entreprit la conversion de son père, et son influence fut si efficace, que le vieil horloger promit d'assister le dimanche suivant à la grand-messe de la cathédrale. Gérande éprouva un moment d'extase, comme si le ciel se fût entrouvert à ses yeux. La vieille Scholastique ne put contenir sa joie et eut enfin des arguments sans réplique contre les mauvaises langues qui accusaient son maître d'impiété. Elle en parla à ses voisines, à ses amies, à ses ennemies, à qui la connaissait comme à qui ne la connaissait point.

« Ma foi, nous ne croyons guère à ce que vous nous annoncez, dame Scholastique, lui répondit-on. Maître Zacharius a toujours agi de concert avec le diable !

— Vous n'avez donc pas compté, reprenait la bonne femme, les beaux clochers où battent les horloges de mon maître ? Combien de fois a-t-il fait sonner l'heure de la prière et de la messe !

— Sans doute, lui répondait-on. Mais n'a-t-il pas inventé des machines qui marchent toutes seules et qui parviennent à faire l'ouvrage d'un homme véritable ?

— Est-ce que des enfants du démon, reprenait dame Scholastique en colère, auraient pu exécuter cette belle horloge de fer du château d'Andernatt, que la ville de Genève n'a pas été assez riche pour acheter ? À chaque heure apparaissait une belle devise, et un chrétien qui s'y serait conformé aurait été tout droit en paradis ! Est-ce donc là le travail du diable ? »

Ce chef-d'œuvre, fabriqué vingt ans auparavant, avait effectivement porté aux nues la gloire de maître Zacharius ; mais, à cette occasion même, les accusations de sorcellerie avaient été générales. Au surplus, le retour du vieillard à l'église de Saint-Pierre devait réduire les méchantes langues au silence.

Maître Zacharius, sans se souvenir sans doute de cette promesse faite à sa fille, était retourné à son atelier. Après avoir vu son impuissance à rendre la vie à ses montres, il résolut de tenter s'il ne pourrait en fabriquer de nouvelles. Il abandonna tous ces corps inertes et se remit à terminer la montre de cristal qui devait être son chef-d'œuvre ; mais il eut beau faire, se servir de ses outils les plus parfaits, employer le rubis et le diamant propres à résister aux frottements, la montre lui éclata entre les mains la première fois qu'il voulut la monter !

Le vieillard cacha cet événement à tout le monde, même à sa fille ; mais dès lors sa vie déclina rapidement. Ce n'étaient plus que les dernières oscillations d'un pendule qui vont en diminuant quand rien ne vient leur rendre leur mouvement primitif. Il semblait que les lois de la pesanteur, agissant directement sur le vieillard, l'entraînaient irrésistiblement dans la tombe.

Ce dimanche si ardemment désiré par Gérande arriva enfin. Le temps était beau et la température vivifiante. Les habitants de Genève s'en allaient tranquillement par les rues de la ville, avec de gais discours sur le retour du printemps. Gérande, prenant soigneusement le bras du vieillard, se dirigea du côté de Saint-Pierre, pendant que Scholastique les suivait en portant leurs livres d'heures. On les regarda passer avec curiosité. Le vieillard se laissait conduire comme un enfant, ou plutôt comme un aveugle. Ce fut presque avec un sentiment d'effroi que les fidèles de Saint-Pierre l'aperçurent franchissant le seuil de l'église, et ils affectèrent même de se retirer à son approche.

Les chants de la grand-messe retentissaient déjà. Gérande se dirigea vers son banc accoutumé et s'y agenouilla dans le recueillement le plus profond. Maître Zacharius demeura près d'elle, debout.

Les cérémonies de la messe se déroulèrent avec la solennité majestueuse de ces époques de croyance, mais le vieillard ne croyait pas. Il n'implora pas la pitié du Ciel avec les cris de douleur du *Kyrie* ; avec le *Gloria in excelsis*, il ne chanta pas les magnificences des hauteurs célestes ; la lecture de l'Évangile ne le tira pas de ses rêveries matérialistes, et il oublia de s'associer aux hommages catholiques du *Credo*. Cet orgueilleux vieillard demeurait immobile, insensible et muet comme une statue de pierre ; et même, au moment solennel où la clochette annonça le miracle de la transsubstantiation, il ne se courba pas, et il regarda en face l'hostie divinisée que le prêtre élevait au-dessus des fidèles.

Gérande regarda son père, et d'abondantes larmes mouillèrent son missel !

À cet instant, l'horloge de Saint-Pierre sonna la demie de onze heures. Maître Zacharius se retourna avec vivacité vers ce vieux clocher qui parlait encore. Il lui sembla que le cadran intérieur le regardait fixement, que les chiffres des heures brillaient comme s'ils eussent été gravés en traits de feu, et que les aiguilles dardaient une étincelle électrique par leurs pointes aiguës.

La messe s'acheva. C'était la coutume que l'*Angelus* fût dit à l'heure de midi ; les officiants, avant de quitter le parvis, attendaient que l'heure sonnât à l'horloge du clocher. Encore quelques instants, et cette prière allait monter aux pieds de la Vierge.

Mais soudain un bruit strident se fit entendre. Maître Zacharius poussa un cri...

La grande aiguille du cadran, arrivée à midi, s'était subitement arrêtée, et midi ne sonna pas.

Gérande se précipita au secours de son père, qui était renversé sans mouvement, et que l'on transporta hors de l'église.

« C'est le coup de mort ! » se dit Gérande en sanglotant.

Maître Zacharius, ramené à son logis, fut couché dans un état complet d'anéantissement. La vie n'existait plus en lui qu'à la surface de son corps, comme les derniers nuages de fumée qui errent autour d'une lampe à peine éteinte.

Lorsqu'il reprit ses sens, Aubert et Gérande étaient penchés sur lui. À ce moment suprême, l'avenir prit à ses yeux la forme du présent. Il vit sa fille, seule, sans appui.

« Mon fils, dit-il à Aubert, je te donne ma fille », et il étendit la main vers ses deux enfants, qui furent unis ainsi à ce lit de mort.

Mais, aussitôt, maître Zacharius se souleva par un mouvement de rage. Les paroles du petit vieillard lui revinrent au cerveau.

« Je ne veux pas mourir ! s'écria-t-il. Je ne peux pas mourir ! Moi, maître Zacharius, je ne dois pas mourir... Mes livres !... mes comptes !... »

Et, ce disant, il s'élança hors de son lit vers un livre où se trouvaient inscrits les noms de ses pratiques ainsi que l'objet qu'il leur avait vendu. Ce livre, il le feuilleta avec avidité, et son doigt décharné se fixa sur l'un des feuillets.

« Là ! dit-il, là !... Cette vieille horloge de fer, vendue à ce Pittonaccio ! C'est la seule qui ne m'ait pas encore été rapportée ! Elle existe ! elle marche ! elle vit toujours ! Ah ! je la veux ! je la retrouverai ! je la soignerai si bien que la mort n'aura plus prise sur moi. »

Et il s'évanouit.

Aubert et Gérande s'agenouillèrent près du lit du vieillard et prièrent ensemble.

V

L'HEURE DE LA MORT

Quelques jours s'écoulèrent encore, et maître Zacharius, cet homme presque mort, se releva de son lit et revint à la vie par une surexcitation surnaturelle. Il vivait d'orgueil. Mais Gérande ne s'y trompa pas : le corps et l'âme de son père étaient à jamais perdus.

On vit alors le vieillard occupé à rassembler ses dernières

ressources, sans prendre souci des siens. Il dépensait une énergie incroyable, marchant, furetant et marmottant de mystérieuses paroles.

Un matin, Gérande descendit à son atelier. Maître Zacharius n'y était pas.

Pendant toute cette journée, elle l'attendit. Maître Zacharius ne revint pas.

Gérande pleura toutes les larmes de ses yeux, mais son père ne reparut pas.

Aubert parcourut la ville et acquit la triste certitude que le vieillard l'avait quittée.

« Retrouvons mon père ! s'écria Gérande, quand le jeune ouvrier lui apporta ces douloureuses nouvelles.

— Où peut-il être ? » se demanda Aubert.

Une inspiration illumina soudain son esprit. Les dernières paroles de maître Zacharius lui revinrent à la mémoire. Le vieil horloger ne vivait plus que dans cette vieille horloge de fer qu'on ne lui avait pas rendue ! Maître Zacharius devait s'être mis à sa recherche.

Aubert communiqua sa pensée à Gérande.

« Voyons le livre de mon père », lui répondit-elle.

Tous deux descendirent à l'atelier. Le livre était ouvert sur l'établi. Toutes les montres ou horloges faites par le vieil horloger, et qui lui étaient revenues par suite de leur dérangement, étaient effacées, toutes, excepté une !

« Vendu au seigneur Pittonaccio une horloge en fer, à sonnerie et à personnages mouvants, déposée en son château d'Andernatt. »

C'était cette horloge « morale » dont la vieille Scholastique avait parlé avec tant d'éloges.

« Mon père est là ! s'écria Gérande.

— Courons-y, répondit Aubert. Nous pouvons le sauver encore !...

— Non pas pour cette vie, murmura Gérande, mais au moins pour l'autre !

— À la grâce de Dieu, Gérande ! Le château d'Andernatt est situé dans les gorges des Dents-du-Midi, à une vingtaine d'heures de Genève. Partons ! »

Ce soir-là même, Aubert et Gérande, suivis de leur vieille servante, cheminaient à pied sur la route qui côtoie le lac de Genève. Ils firent cinq lieues dans la nuit, ne s'étant arrêtés ni à Bessinge, ni à Ermance, où s'élève le célèbre château des Mayor. Ils traversèrent à gué et non sans peine le torrent de la Dranse. En tous lieux, ils s'inquiétaient de maître Zacharius, et eurent bientôt la certitude qu'ils marchaient sur ses traces.

Le lendemain, à la chute du jour, après avoir passé Thonon, ils atteignirent Évian, d'où l'on voit la côte de la Suisse se développer aux regards sur une étendue de douze lieues. Mais les deux fiancés n'aperçurent même pas ces sites enchanteurs. Ils allaient, poussés par une force surnaturelle. Aubert, appuyé sur un bâton noueux, offrait son bras tantôt à Gérande et tantôt à la vieille Scholastique, et il puisait dans son cœur une suprême énergie pour soutenir ses compagnes. Tous trois parlaient de leurs douleurs, de leurs espérances, et suivaient ainsi cette belle route à fleur d'eau, sur ce plateau rétréci qui relie les bords du lac aux hautes montagnes du Chalais. Bientôt ils atteignirent Bouveret, à l'endroit où le Rhône entre dans le lac de Genève.

À partir de cette ville, ils abandonnèrent le lac, et leur fatigue s'accrut au milieu de ces contrées montagneuses. Vionnaz, Chesset, Collombay, villages à demi perdus, demeurèrent bientôt derrière eux. Cependant, leurs genoux fléchirent, leurs pieds se déchirèrent à ces crêtes aiguës qui hérissaient le sol comme des broussailles de granit. Aucune trace de maître Zacharius !

Il fallait le retrouver pourtant, et les deux fiancés ne demandèrent le repos ni aux chaumières isolées, ni au château de Monthey, qui, avec ses dépendances, forma l'apanage de Marguerite de Savoie. Enfin, vers la fin de la journée, ils atteignirent, presque mourants de fatigue, l'ermitage de Notre-Dame du Sex, qui est situé à la base de la Dent-du-Midi, à six cents pieds au-dessus du Rhône.

L'ermite les reçut tous trois à la tombée de la nuit. Ils n'auraient pu faire un pas de plus, et là ils durent prendre quelque repos.

L'ermite ne leur donna aucune nouvelle de maître Zacharius. À peine pouvait-on espérer le retrouver vivant au milieu de ces mornes solitudes. La nuit était profonde, l'ouragan sifflait dans la montagne, et les avalanches se précipitaient du sommet des rocs ébranlés.

Les deux fiancés, accroupis devant le foyer de l'ermite, lui racontèrent leur douloureuse histoire. Leurs manteaux, imprégnés de neige, séchaient dans quelque coin, et, au-dehors, le chien de l'ermitage poussait de lugubres aboiements, qui se mêlaient aux hurlements de la rafale.

« L'orgueil, dit l'ermite à ses hôtes, a perdu un ange créé pour le bien. C'est la pierre d'achoppement où se heurtent les destinées de l'homme. À l'orgueil, ce principe de tous vices, on ne peut opposer aucuns raisonnements, puisque, par sa nature même, l'orgueilleux se refuse à les entendre... Il n'y a donc plus qu'à prier pour votre père ! »

Tous quatre s'agenouillaient, quand les aboiements du chien redoublèrent, et l'on heurta à la porte de l'ermitage.

« Ouvrez, au nom du diable ! »

La porte céda sous de violents efforts, et il apparut un homme échevelé, hagard, à peine vêtu.

« Mon père ! » s'écria Gérande.

C'était maître Zacharius.

« Où suis-je ? fit-il. Dans l'éternité !... Le temps est fini... les heures ne sonnent plus... les aiguilles s'arrêtent !

— Mon père ! reprit Gérande avec une si déchirante émotion, que le vieillard sembla revenir au monde des vivants.

— Toi ici, ma Gérande ! s'écria-t-il, et toi, Aubert !... Ah ! mes chers fiancés, vous venez vous marier à notre vieille église !

— Mon père, dit Gérande en le saisissant par le bras, revenez à votre maison de Genève, revenez avec nous ! »

Le vieillard échappa à l'étreinte de sa fille et se jeta vers la porte, sur le seuil de laquelle la neige s'entassait à gros flocons.

« N'abandonnez pas vos enfants ! s'écria Aubert.

— Pourquoi, répondit tristement le vieil horloger, pourquoi retourner à ces lieux que ma vie a déjà quittés et où une partie de moi-même est enterrée à jamais !

— Votre âme n'est pas morte ! dit l'ermite d'une voix grave.

— Mon âme !... Oh ! non !... ses rouages sont bons !... Je la sens battre à temps égaux...

— Votre âme est immatérielle ! Votre âme est immortelle ! reprit l'ermite avec force.

— Oui... comme ma gloire !... Mais elle est enfermée au château d'Andernatt, et je veux la revoir ! »

L'ermite se signa. Scholastique était presque inanimée. Aubert soutenait Gérande dans ses bras.

« Le château d'Andernatt est habité par un damné, dit l'ermite, un damné qui ne salue pas la croix de mon ermitage !

— Mon père, n'y va pas !

— Je veux mon âme ! mon âme est à moi !...

— Retenez-le ! retenez mon père ! » s'écria Gérande.

Mais le vieillard avait franchi le seuil et s'était élancé à travers la nuit en criant :

« À moi ! à moi, mon âme !... »

Gérande, Aubert et Scholastique se précipitèrent sur ses pas. Ils marchèrent par d'impraticables sentiers, sur lesquels maître Zacharius allait comme l'ouragan, poussé par une force irrésistible. La neige tourbillonnait autour d'eux et mêlait ses flocons blancs à l'écume des torrents débordés.

En passant devant la chapelle élevée en mémoire du massacre de la légion thébaine, Gérande, Aubert et Scholastique se signèrent précipitamment. Maître Zacharius ne se découvrit pas.

Enfin le village d'Évionnaz apparut au milieu de cette région inculte. Le cœur le plus endurci se fût ému à voir cette bourgade perdue au milieu de ces horribles solitudes. Le vieillard passa outre. Il se dirigea vers la gauche, et il s'enfonça au plus profond des gorges de ces Dents-du-Midi qui mordent le ciel de leurs pics aigus.

Bientôt, une ruine, vieille et sombre comme les rocs de sa base, se dressa devant lui.

« C'est là ! là !... » s'écria-t-il en précipitant de nouveau sa course effrénée.

Le château d'Andernatt, à cette époque, n'était déjà plus que ruines. Une tour épaisse, usée, déchiquetée, le dominait et semblait menacer de sa chute les vieux pignons qui se dressaient à ses pieds. Ces vastes amoncellements de pierres faisaient horreur à voir. On pressentait, au milieu des encombrements, quelques sombres salles aux plafonds effondrés, et d'immondes réceptacles à vipères.

Une poterne étroite et basse, s'ouvrant sur un fossé rempli de décombres, donnait accès dans le château d'Andernatt. Quels habitants avaient passé par là ? On ne sait. Sans doute, quelque margrave, moitié brigand, moitié seigneur, séjourna dans cette habitation. Au margrave succédèrent les bandits ou les faux-monnayeurs, qui furent pendus sur le théâtre de leur crime. Et la légende disait que, par les nuits d'hiver, Satan venait conduire ses sarabandes traditionnelles sur le penchant des gorges profondes où s'engloutissait l'ombre de ces ruines !

Maître Zacharius ne fut point épouvanté de leur aspect sinistre. Il parvint à la poterne. Personne ne l'empêcha de passer. Une grande et ténébreuse cour s'offrit à ses yeux. Personne ne l'empêcha de la traverser. Il gravit une sorte de plan incliné qui conduisait à l'un de ces longs corridors, dont les arceaux semblent écraser le jour sous leurs pesantes retombées. Personne ne s'opposa à son passage. Gérande, Aubert, Scholastique le suivaient toujours.

Maître Zacharius, comme s'il eût été guidé par une main invisible, semblait sûr de sa route et marchait d'un pas rapide. Il arriva à une vieille porte vermoulue qui s'ébranla sous ses coups, tandis que les chauves-souris traçaient d'obliques cercles autour de sa tête.

Une salle immense, mieux conservée que les autres, se présenta à lui. De hauts panneaux sculptés en revêtaient les murs, sur lesquels des larves, des goules, des tarasques semblaient s'agiter confusément. Quelques fenêtres, longues et étroites, pareilles à des meurtrières, frissonnaient sous les décharges de la tempête.

Maître Zacharius, arrivé au milieu de cette salle, poussa un cri de joie.

Sur un support en fer accolé à la muraille reposait cette horloge où résidait maintenant sa vie tout entière. Ce chef-d'œuvre sans égal représentait une vieille église romane, avec ses contreforts en fer forgé et son lourd clocher, où se trouvait une sonnerie complète pour l'antienne du jour, l'angélus, la messe, les vêpres, complies et salut. Au-dessus de la porte de l'église, qui s'ouvrait à l'heure des offices, était creusée une rosace, au centre de laquelle se mouvaient deux aiguilles, et dont l'archivolte reproduisait les douze heures du cadran sculptées en relief. Entre la porte et la rosace, ainsi que l'avait raconté la vieille Scholastique, une maxime relative à l'emploi de chaque instant de la journée apparaissait dans un cadre de cuivre. Maître Zacharius avait autrefois réglé cette succession de devises avec une sollicitude toute chrétienne ; les heures de prière, de travail, de repas, de récréation et de repos se suivaient selon la discipline religieuse, et devaient infailliblement faire le salut d'un observateur scrupuleux de leurs recommandations.

Maître Zacharius, ivre de joie, allait s'emparer de cette horloge, quand un effroyable rire éclata derrière lui.

Il se retourna, et, à la lueur d'une lampe fumeuse, il reconnut le petit vieillard de Genève.

« Vous ici ! » s'écria-t-il.

Gérande eut peur. Elle se pressa contre son fiancé.

« Bonjour, maître Zacharius, fit le monstre.

— Qui êtes-vous ?

— Le seigneur Pittonaccio, pour vous servir ! Vous êtes venu me donner votre fille ! Vous vous êtes souvenu de mes paroles : "Gérande n'épousera pas Aubert."

Le jeune ouvrier s'élança sur Pittonaccio, qui lui échappa comme une ombre.

« Arrête, Aubert ! dit maître Zacharius.

— Bonne nuit, fit Pittonaccio, qui disparut.

— Mon père, s'écria Gérande, fuyons ces lieux maudits !... Mon père !... »

Maître Zacharius n'était plus là. Il poursuivait à travers les étages effondrés le fantôme de Pittonaccio. Scholastique, Aubert et Gérande demeurèrent, anéantis, dans cette salle immense. La jeune fille était tombée sur un fauteuil de pierre ; la vieille servante s'agenouilla près d'elle et pria. Aubert demeura debout à veiller sur sa fiancée. De pâles lueurs serpentaient dans l'ombre, et le silence n'était interrompu que par le travail de ces petits animaux qui rongent les bois antiques et dont le bruit marque les temps de l'« horloge de la mort ».

Aux premiers rayons du jour, ils s'aventurèrent tous trois par les escaliers sans fin qui circulaient sous cet amas de pierres. Pendant deux heures, ils errèrent ainsi sans rencontrer âme qui vive, et n'entendant qu'un écho lointain répondre à leurs cris. Tantôt ils se trouvaient enfouis à cent pieds sous terre, tantôt ils dominaient de haut ces montagnes sauvages.

Le hasard les ramena enfin à la vaste salle qui les avait abrités pendant cette nuit d'angoisses. Elle n'était plus vide. Maître Zacharius et Pittonaccio y causaient ensemble, l'un debout et raide comme un cadavre, l'autre accroupi sur une table de marbre.

Maître Zacharius, ayant aperçu Gérande, vint la prendre par la main et la conduisit vers Pittonaccio en disant :

« Voilà ton maître et seigneur, ma fille ! Gérande, voilà ton époux ! »

Gérande frissonna de la tête aux pieds.

« Jamais ! s'écria Aubert, car elle est ma fiancée.

— Jamais ! » répondit Gérande comme un écho plaintif.

Pittonaccio se prit à rire.

« Vous voulez donc ma mort ? s'écria le vieillard. Là, dans cette horloge, la dernière qui marche encore de toutes celles qui sont sorties de mes mains, là est renfermée ma vie, et cet homme m'a dit : "Quand j'aurai ta fille, cette horloge t'appartiendra." Et cet homme ne veut pas la remonter !

Il peut la briser et me précipiter dans le néant ! Ah ! ma fille ! tu ne m'aimerais donc plus !

— Mon père ! murmura Gérande en reprenant ses sens.

— Si tu savais combien j'ai souffert loin de ce principe de mon existence ! reprit le vieillard. Peut-être ne soignait-on pas cette horloge ! Peut-être laissait-on ses ressorts s'user, ses rouages s'embarrasser ! Mais maintenant, de mes propres mains, je vais soutenir cette santé si chère, car il ne faut pas que je meure, moi, le grand horloger de Genève ! Regarde, ma fille, comme ces aiguilles avancent d'un pas sûr ! Tiens, voici cinq heures qui vont sonner ! Écoute bien, et regarde la belle maxime qui va s'offrir à tes yeux. »

Cinq heures tintèrent au clocher de l'horloge avec un bruit qui résonna douloureusement dans l'âme de Gérande, et ces mots parurent en lettres rouges :

Il faut manger les fruits de l'arbre de science.

Aubert et Gérande se regardèrent avec stupéfaction. Ce n'étaient plus les orthodoxes devises de l'horloger catholique ! Il fallait que le souffle de Satan eût passé par là. Mais Zacharius n'y prenait plus garde, et il reprit :

« Entends-tu, ma Gérande ? Je vis, je vis encore ! Écoute ma respiration !... Vois le sang circuler dans mes veines !... Non ! tu ne voudrais pas tuer ton père, et tu accepteras cet homme pour époux, afin que je devienne immortel et que j'atteigne enfin à la puissance de Dieu ! »

À ces mots impies, la vieille Scholastique se signa, et Pittonaccio poussa un rugissement de joie.

« Et puis, Gérande, tu seras heureuse avec lui ! Vois cet homme, c'est le Temps ! Ton existence sera réglée avec une précision absolue ! Gérande ! puisque je t'ai donné la vie, rends la vie à ton père !

— Gérande, murmura Aubert, je suis ton fiancé !

— C'est mon père ! répondit Gérande en s'affaissant sur elle-même.

— Elle est à toi ! dit maître Zacharius. Pittonaccio, tu tiendras ta promesse !

— Voici la clef de cette horloge », répondit l'horrible personnage.

Maître Zacharius s'empara de cette longue clef, qui ressemblait à une couleuvre déroulée, et il courut à l'horloge, qu'il se mit à monter avec une rapidité fantastique. Le grincement du ressort faisait mal aux nerfs. Le vieil horloger tournait, tournait toujours, sans que son bras s'arrêtât, et il semblait que ce mouvement de rotation fût indépendant de sa volonté. Il tourna ainsi de plus en plus vite et avec des contorsions étranges, jusqu'à ce qu'il tombât de lassitude.

« La voilà montée pour un siècle ! » s'écria-t-il.

Aubert sortit de la salle comme fou. Après de longs détours, il trouva l'issue de cette demeure maudite et s'élança dans la campagne. Il revint à l'ermitage de Notre-Dame du Sex, et il parla au saint homme avec des paroles si désespérées, que celui-ci consentit à l'accompagner au château d'Andernatt.

Si, pendant ces heures d'angoisses, Gérande n'avait pas pleuré, c'est que les larmes s'étaient épuisées dans ses yeux.

Maître Zacharius n'avait pas quitté cette immense salle. Il venait à chaque minute écouter les battements réguliers de la vieille horloge.

Cependant, dix heures avaient sonné, et, à la grande épouvante de Scholastique, ces mots étaient apparus sur le cadre d'argent :

> *L'homme peut devenir l'égal de Dieu.*

Non seulement le vieillard n'était plus choqué par ces maximes impies, mais il les lisait avec délire et se complaisait à ces pensées d'orgueil, tandis que Pittonaccio tournait autour de lui.

L'acte de mariage devait se signer à minuit. Gérande, presque inanimée, ne voyait et n'entendait plus. Le silence n'était interrompu que par les paroles du vieillard et les ricanements de Pittonaccio.

Onze heures sonnèrent. Maître Zacharius tressaillit, et d'une voix éclatante lut ce blasphème :

> *L'homme doit être l'esclave de la science,*
> *et pour elle sacrifier parents et famille.*

« Oui, s'écria-t-il, il n'y a que la science en ce monde ! »

Les aiguilles serpentaient sur ce cadran de fer avec des sifflements de vipère, et le mouvement de l'horloge battait à coups précipités.

Maître Zacharius ne parlait plus ! Il était tombé à terre, il râlait, et de sa poitrine oppressée il ne sortait que ces paroles entrecoupées :

« La vie ! la science ! »

Cette scène avait alors deux nouveaux témoins : l'ermite

et Aubert. Maître Zacharius était couché sur le sol. Gérande, près de lui, plus morte que vive, priait...

Soudain, on entendit le bruit sec qui précède la sonnerie des heures.

Maître Zacharius se redressa.

« Minuit », s'écria-t-il.

L'ermite étendit la main vers la vieille horloge... et minuit ne sonna pas.

Maître Zacharius poussa alors un cri qui dut être entendu de l'enfer, lorsque ces mots apparurent :

> *Qui tentera de se faire l'égal de Dieu*
> *sera damné pour l'éternité !*

La vieille horloge éclata avec un bruit de foudre, et le ressort, s'échappant, sauta à travers la salle avec mille contorsions fantastiques. Le vieillard se releva, courut après, cherchant en vain à le saisir et s'écriant :

« Mon âme ! mon âme ! »

Le ressort bondissait devant lui, d'un côté, de l'autre, sans qu'il parvînt à l'atteindre !

Enfin Pittonaccio le saisit, et, proférant un horrible blasphème, il s'engloutit sous terre.

Maître Zacharius tomba à la renverse. Il était mort.

. . . .

Le corps de l'horloger fut inhumé au milieu des pics d'Andernatt. Puis, Aubert et Gérande revinrent à Genève, et, pendant les longues années que Dieu leur accorda, ils s'efforcèrent de racheter par la prière l'âme du réprouvé de la science.

VII. UNE EXPÉRIENCE DROLATIQUE
DE GALVANISATION

Comme Zacharius, Ox a fait son apparition dans Le Musée des familles *sous une forme moins sage que celle qu'il revêt à sa republication sous l'étiquette Hetzel. Cet enrôlement forcé n'enlève pas la force « poesque » de la « fantaisie ». Dès son essai de 1864, Verne avait eu l'œil attiré sur ce centre névralgique de l'œuvre de Poe qu'est son anthropologie de l'homme* nerveux *:*

> On a pu quelquefois le comparer à deux auteurs, l'un anglais, Anne Radcliff, l'autre allemand, Hoffmann ; mais Anne Radcliff a exploité le *genre terrible*, qui s'explique toujours par des causes naturelles ; Hoffmann a fait du fantastique pur, que nulle raison physique ne peut accorder ; il n'en est pas ainsi de Poe ; ses personnages peuvent exister à la rigueur ; ils sont éminemment humains, doués toutefois d'une sensibilité surexcitée, supra-nerveuse, individus d'exception, galvanisés pour ainsi dire, comme seraient des gens auxquels on ferait respirer un air plus chargé d'oxygène, et dont la vie ne serait qu'une active combustion. S'ils ne sont pas fous, les personnages de Poe doivent évidemment le devenir pour avoir abusé de leur cerveau, comme d'autres abusent des liqueurs fortes ; ils poussent à leur dernière limite l'esprit de réflexion et de déduction ; ce sont les plus terribles analystes que je connaisse, et, partant d'un fait insignifiant, ils arrivent à la vérité absolue. »

Comment réveiller l'Europe ? Prenez Quiquendone, comme qui dirait Amiens — une cité endormie derrière ses parapets, loin de toute passion, close sur une endogamie précautionneuse, silencieuse, éternelle, une ville morte. Et mettez-y, diaboliquement, à l'œuvre une expérience in vivo *de « galvanisation » accélérée. La réforme sociale par un programme de chimiothérapie sociale : Ardan en rêvait, à l'heure morose du voyage pour (presque) rien autour de la Lune, la voilà, réalisée en grand.*

Cela s'écrit la même année que le Tour du monde *: deux manières de penser l'ébranlement nécessaire d'un monde à qui le dehors fait peur.*

OÙ LES « ANDANTE » DEVIENNENT DES « ALLEGRO » ET LES « ALLEGRO » DES « VIVACE »

L'émotion causée par l'incident de l'avocat Schut et du médecin Custos s'était apaisée. L'affaire n'avait pas eu de suite. On pouvait donc espérer que Quiquendone rentrerait dans son apathie habituelle, qu'un événement inexplicable avait momentanément troublée.

Cependant, le tuyautage destiné à conduire le gaz oxyhydrique dans les principaux édifices de la ville s'opérait rapidement. Les conduites et les branchements se glissaient peu à peu sous le pavé de Quiquendone. Mais les becs manquaient encore car, leur exécution étant très délicate, il avait fallu les faire fabriquer à l'étranger. Le docteur Ox se multipliait ; son préparateur Ygène et lui ne perdaient pas un instant, pressant les ouvriers, parachevant les délicats organes du gazomètre, alimentant jour et nuit les gigantesques piles qui décomposaient l'eau sous l'influence d'un puissant courant électrique. Oui ! le docteur fabriquait déjà son gaz, bien que la canalisation ne fût pas encore terminée ; ce qui, entre nous, aurait dû paraître assez singulier. Mais avant peu — du moins on était fondé à l'espérer —, avant peu, au théâtre de la ville, le docteur Ox inaugurerait les splendeurs de son nouvel éclairage.

Car Quiquendone possédait un théâtre, bel édifice, ma foi, dont la disposition intérieure et extérieure rappelait tous les styles. Il était à la fois byzantin, roman, gothique, Renaissance, avec des portes en plein cintre, des fenêtres ogivales, des rosaces flamboyantes, des clochetons fantaisistes, en un mot, un spécimen de tous les genres, moitié Parthénon, moitié Grand Café parisien, ce qui ne saurait étonner, puisque, commencé sous le bourgmestre Ludwig van Tricasse, en 1175, il ne fut achevé qu'en 1837, sous le bourgmestre Natalis van Tricasse. On avait mis sept cents ans à le construire, et il s'était successivement conformé à la mode architecturale de toutes les époques. N'importe ! c'était un bel édifice, dont les piliers romans et les voûtes byzantines ne jureraient pas trop avec l'éclairage au gaz oxy-hydrique.

On jouait un peu de tout au théâtre de Quiquendone, et surtout l'opéra et l'opéra-comique. Mais il faut dire que les compositeurs n'eussent jamais pu reconnaître leurs œuvres, tant les *mouvements* en étaient changés.

En effet, comme rien ne se faisait vite à Quiquendone, les œuvres dramatiques avaient dû s'approprier au tempérament des Quiquendoniens. Bien que les portes du théâtre s'ouvrissent habituellement à quatre heures et se fermassent à dix, il était sans exemple que, pendant ces six heures, on eût joué plus de deux actes. *Robert le Diable, Les Huguenots,* ou *Guillaume Tell*, occupaient ordinairement trois soirées, tant l'exécution de ces chefs-d'œuvre était lente. Les *vivace*, au théâtre de Quiquendone, flânaient comme de véritables *adagio*. Les *allegro* se traînaient longuement, longuement. Les quadruples croches ne valaient pas des rondes ordinaires en tout autre pays. Les roulades les plus rapides, exécutées au goût des Quiquendoniens, avaient les allures d'un rythme de plain-chant. Les trilles nonchalants s'alanguissaient, se compassaient, afin de ne pas blesser les oreilles des dilettanti. Pour tout dire par un exemple, l'air rapide de Figaro, à son entrée au premier acte du *Barbier de Séville*, se battait au numéro 33 du métronome et durait cinquante-huit minutes —, quand l'acteur était un brûleur de planches.

On le pense bien, les artistes venus du dehors avaient dû se conformer à cette mode ; mais comme on les payait bien, ils ne se plaignaient pas, et ils obéissaient fidèlement à l'archet du chef d'orchestre, qui, dans les *allegro*, ne battait jamais plus de huit mesures à la minute.

Mais aussi, quels applaudissements accueillaient ces artistes, qui enchantaient, sans jamais les fatiguer, les spectateurs de Quiquendone ! Toutes les mains frappaient l'une dans l'autre à des intervalles assez éloignés, ce que les comptes rendus des journaux traduisaient par *applaudissements frénétiques* ; et une ou deux fois même, si la salle étonnée ne croula pas sous les bravos, c'est que, au XIIᵉ siècle, on n'épargnait dans les fondations ni le ciment ni la pierre.

D'ailleurs, pour ne point exalter ces enthousiastes natures de Flamands, le théâtre ne jouait qu'une fois par semaine, ce qui permettait aux acteurs de creuser plus profondément leurs rôles et aux spectateurs de digérer plus longuement les beautés des chefs-d'œuvre de l'art dramatique.

Or, depuis longtemps les choses marchaient ainsi. Les artistes étrangers avaient l'habitude de contracter un engagement avec le directeur de Quiquendone, lorsqu'ils voulaient se reposer de leurs fatigues sur d'autres scènes, et il ne semblait pas que rien dût modifier ces coutumes invétérées, quand, quinze jours après l'affaire Schut-Custos, un incident inattendu vint jeter à nouveau le trouble dans les populations.

C'était un samedi, jour d'opéra. Il ne s'agissait pas encore, comme on pourrait le croire, d'inaugurer le nouvel éclairage. Non ; les tuyaux aboutissaient bien dans la salle, mais, pour le motif indiqué plus haut, les becs n'avaient pas encore été posés, et les bougies du lustre projetaient toujours leur douce clarté sur les nombreux spectateurs qui encombraient le théâtre. On avait ouvert les portes au public à une heure après midi, et à quatre heures la salle était à moitié pleine. Il y avait eu un moment une queue qui se développait jusqu'à l'extrémité de la place Saint-Ernuph, devant la boutique du pharmacien Josse Liefrinck. Cet empressement faisait pressentir une belle représentation.

« Vous irez ce soir au théâtre ? avait dit le matin même le conseiller au bourgmestre.

— Je n'y manquerai pas, avait répondu van Tricasse, et j'y conduirai Mme van Tricasse, ainsi que notre fille Suzel et notre chère Tatanémance, qui raffolent de la belle musique.

— Mlle Suzel viendra ? demanda le conseiller.

— Sans doute, Niklausse.

— Alors, mon fils Frantz sera un des premiers à faire queue, répondit Niklausse.

— Un garçon ardent, Niklausse, répondit doctoralement le bourgmestre, une tête chaude ! Il faut surveiller ce jeune homme.

— Il aime, van Tricasse, il aime votre charmante Suzel.

— Eh bien ! Niklausse, il l'épousera. Du moment que nous sommes convenus de faire ce mariage, que peut-il demander de plus ?

— Il ne demande rien, van Tricasse, il ne demande rien, ce cher enfant ! Mais enfin — et je ne veux pas en dire davantage — il ne sera pas le dernier à prendre son billet au bureau !

— Ah ! vive et ardente jeunesse ! répliqua le bourgmestre, souriant à son passé. Nous avons été ainsi, mon digne conseiller ! Nous avons aimé, nous aussi ! Nous avons fait queue en notre temps ! À ce soir donc, à ce soir ! À propos, savez-vous que c'est un grand artiste, ce Fioravanti ! Aussi, quel accueil on lui a fait dans nos murs ! Il n'oubliera pas de longtemps les applaudissements de Quiquendone. »

Il s'agissait, en effet, du célèbre ténor Fioravanti, qui, par son talent de virtuose, sa méthode parfaite, sa voix sympathique, provoquait chez les amateurs de la ville un véritable enthousiasme.

Depuis trois semaines, Fioravanti avait obtenu des succès immenses dans *Les Huguenots*. Le premier acte, interprété au goût des Quiquendoniens, avait rempli une soirée tout entière de la première semaine du mois. Une autre soirée de la seconde semaine, allongée par des *andante* infinis, avait valu au célèbre chanteur une véritable ovation. Le succès s'était encore accru avec le troisième acte du chef-d'œuvre de Meyerbeer. Mais c'est au quatrième acte qu'on attendait Fioravanti, et ce quatrième acte, c'est ce soir-là même qu'il allait être joué devant un public impatient. Ah ! ce duo de Raoul et de Valentine, cet hymne d'amour à deux voix, largement soupiré, cette strette où se multiplient les *crescendo*, les *stringendo*, les *pressez un peu*, les *più crescendo*, tout cela chanté lentement, compendieusement, interminablement ! Ah ! quel charme !

Aussi, à quatre heures, la salle était pleine. Les loges, l'orchestre, le parterre regorgeaient. Aux avant-scènes s'étalaient le bourgmestre van Tricasse, Mlle van Tricasse, Mme van Tricasse et l'aimable Tatanémance en bonnet vert pomme ; puis, non loin, le conseiller Niklausse et sa famille, sans oublier l'amoureux Frantz. On voyait aussi les familles du médecin Custos, de l'avocat Schut, d'Honoré Syntax, le grand juge, et Soutman (Norbert), le directeur de la compagnie d'assurances, et le gros banquier Collaert, fou de musique allemande, un peu virtuose lui-même, et le percepteur Rupp, et le directeur de l'Académie, Jérôme Resh, et le commissaire civil, et tant d'autres notabilités de la ville qu'on ne saurait les énumérer ici sans abuser de la patience du lecteur.

Ordinairement, en attendant le lever du rideau, les Quiquendoniens avaient l'habitude de se tenir silencieux, les uns lisant leur journal, les autres échangeant quelques mots à voix basse, ceux-ci gagnant leur place sans bruit et sans hâte, ceux-là jetant un regard à demi éteint vers les beautés aimables qui garnissaient les galeries.

Mais ce soir-là, un observateur eût constaté que, même avant le lever du rideau, une animation inaccoutumée régnait dans la salle. On voyait remuer des gens qui ne remuaient jamais. Les éventails des dames s'agitaient avec une rapidité anormale. Un air plus vivace semblait avoir envahi toutes ces poitrines. On respirait plus largement. Quelques regards brillaient, et, s'il faut le dire, presque à l'égard des flammes du lustre, qui semblaient jeter sur la salle un éclat inaccoutumé. Vraiment, on y voyait plus clair que d'habitude, bien que l'éclairage n'eût point été augmenté. Ah ! si les appareils nouveaux du docteur Ox eussent fonctionné ! mais ils ne fonctionnaient pas encore.

Enfin, l'orchestre est à son poste, au grand complet. Le premier violon a passé entre les pupitres pour donner un *la* modeste à ses collègues. Les instruments à corde, les instruments à vent, les instruments à percussion, sont d'accord. Le chef d'orchestre n'attend plus que le coup de sonnette pour battre la première mesure.

La sonnette retentit. Le quatrième acte commence. L'*allegro appassionato* de l'entracte est joué suivant l'habitude, avec une lenteur majestueuse, qui eût fait bondir l'illustre Meyerbeer, et dont les dilettanti Quiquendoniens apprécient toute la majesté.

Mais bientôt, le chef d'orchestre ne se sent plus maître de ses exécutants. Il a quelque peine à les retenir, eux si obéissants, si calmes d'ordinaire. Les instruments à vent ont une tendance à presser les mouvements, et il faut les refréner d'une main ferme, car ils prendraient l'avance sur les instruments à cordes ; ce qui, au point de vue harmonique, produirait un effet regrettable. Le basson lui-même, le fils du pharmacien Josse Liefrinck, un jeune homme si bien élevé, tend à s'emporter.

Cependant Valentine a commencé son récitatif :

> *Je suis seule chez moi...*

mais elle presse. Le chef d'orchestre et tous ses musiciens la suivent — peut-être à leur insu — dans son *cantabile*, qui devrait être battu largement, comme un *douze-huit* qu'il est. Lorsque Raoul paraît à la porte du fond, entre le moment où Valentine va à lui et le moment où elle le cache dans la chambre *à côté*, il ne se passe pas un quart d'heure, tandis qu'autrefois, selon la tradition du théâtre de Quiquendone, ce récitatif de trente-sept mesures durait juste trente-sept minutes.

Saint-Bris, Nevers, Cavannes et les seigneurs catholiques sont entrés en scène, un peu précipitamment peut-être. *Allegro pomposo* a marqué le compositeur sur la partition. L'orchestre et les seigneurs vont bien *allegro*, mais pas *pomposo* du tout, et au morceau d'ensemble, dans cette page magistrale de la conjuration et de la bénédiction des poignards, on ne modère plus l'*allegro* réglementaire. Chanteurs et musiciens s'échappent fougueusement. Le chef d'orchestre ne songe plus à les retenir. D'ailleurs le public ne réclame pas, au contraire ; on sent qu'il est entraîné lui-même, qu'il est dans le mouvement, et que ce mouvement répond aux aspirations de son âme :

> *Des troubles renaissants et d'une guerre impie,*
> *Voulez-vous, comme moi, délivrer le pays ?*

On promet, on jure. C'est à peine si Nevers a le temps de protester et de chanter que, « parmi ses aïeux, il compte des soldats et pas un assassin ». On l'arrête. Les quarteniers et les échevins accourent et jurent rapidement « de frapper tous à la fois ». Saint-Bris enlève comme un véritable *deux-quatre* de barrière le récitatif qui appelle les catholiques à la vengeance. Les trois moines, portant des corbeilles avec des écharpes blanches, se précipitent par la porte du fond de l'appartement de Nevers, sans tenir compte de la mise en scène, qui leur recommande de s'avancer lentement. Déjà tous les assistants ont tiré leur épée et leur poignard, que les trois moines bénissent en un tour de main. Les soprani, les ténors, les basses, attaquent avec des cris de rage l'*allegro furioso*, et, d'un *six-huit* dramatique, ils font un *six-huit* de quadrille. Puis, ils sortent en hurlant :

> *À minuit,*
> *Point de bruit !*
> *Dieu le veut !*
> *Oui,*
> *À minuit.*

En ce moment, le public est debout. On s'agite dans les loges, au parterre, aux galeries. Il semble que tous les spectateurs vont s'élancer sur la scène, le bourgmestre van

Tricasse en tête, afin de s'unir aux conjurés et d'anéantir les huguenots, dont, d'ailleurs, ils partagent les opinions religieuses. On applaudit, on rappelle, on acclame ! Tatanémance agite d'une main fébrile son bonnet vert pomme. Les lampes de la salle jettent un éclat ardent...

Raoul, au lieu de soulever lentement la draperie, la déchire par un geste superbe et se trouve face à face avec Valentine.

Enfin ! c'est le grand duo, et il est mené *allegro vivace*. Raoul n'attend pas les demandes de Valentine et Valentine n'attend pas les réponses de Raoul. Le passage adorable :

> *Le danger presse*
> *Et le temps vole...*

devient un de ces rapides *deux-quatre* qui ont fait la renommée d'Offenbach, lorsqu'il fait danser des conjurés quelconques. L'*andante amoroso* :

> *Tu l'as dit !*
> *Oui, tu m'aimes !*

n'est plus qu'un *vivace furioso*, et le violoncelle de l'orchestre ne se préoccupe plus d'imiter les inflexions de la voix du chanteur, comme il est indiqué dans la partition du maître. En vain Raoul s'écrie :

> *Parle encore et prolonge*
> *De mon cœur l'ineffable sommeil !*

Valentine ne peut pas prolonger ! On sent qu'un feu inaccoutumé la dévore. Ses *si* et ses *ut*, au-dessus de la portée, ont un éclat effrayant. Il se démène, il gesticule, il est embrasé.

On entend le beffroi ; la cloche résonne ; mais quelle cloche haletante ! Le sonneur qui la sonne ne se possède évidemment plus. C'est un tocsin épouvantable, qui lutte de violence avec les fureurs de l'orchestre.

Enfin la strette qui va terminer cet acte magnifique :

> *Plus d'amour, plus d'ivresse,*
> *Ô remords qui m'oppresse !*

que le compositeur indique *allegro con moto*, s'emporte dans un *prestissimo* déchaîné. On dirait un train express qui passe. Le beffroi reprend. Valentine tombe évanouie. Raoul se précipite par la fenêtre !...

Il était temps. L'orchestre, véritablement ivre, n'aurait pu continuer. Le bâton du chef n'est plus qu'un morceau brisé sur le pupitre du souffleur ! Les cordes des violons sont rompues et les manches tordus ! Dans sa fureur, le timbalier a crevé ses timbales ! Le contrebassiste est juché sur le haut de son édifice sonore ! La première clarinette a avalé l'anche de son instrument, et le second hautbois mâche entre ses dents ses languettes de roseau ! La coulisse du trombone est faussée, et enfin, le malheureux corniste ne peut plus retirer sa main, qu'il a trop profondément enfoncée dans le pavillon de son cor !

Et le public ! le public, haletant, enflammé, gesticule, hurle ! Toutes les figures sont rouges comme si un incendie eût embrasé ces corps à l'intérieur ! On se bourre, on se presse pour sortir, les hommes sans chapeau, les femmes sans manteau ! On se bouscule dans les couloirs, on s'écrase aux portes, on se dispute, on se bat ! Plus d'autorités ! plus de bourgmestre ! Tous égaux devant une surexcitation infernale...

Et, quelques instants après, lorsque chacun est dans la rue, chacun reprend son calme habituel et rentre paisiblement dans sa maison, avec le souvenir confus de ce qu'il a ressenti.

Le quatrième acte des *Huguenots*, qui durait autrefois six heures d'horloge, commencé, ce soir-là, à quatre heures et demie, était terminé à cinq heures moins douze.

Il avait duré dix-huit minutes !

Le Docteur Ox (chapitre VII).

VIII. LE GRAND JEU

De la passion romantique du temps, que connaissait Zacharius vingt ans avant, Fogg faisait une gestion, haletante et flegmatique, mais finalement positive, avec la complicité des décalages horaires. De la course à travers l'espace, qu'accomplissait Fogg vingt ans avant, William J. Hypperbone vient faire une « martingale ». Le Testament d'un excentrique, ou l'excentricité poussée en effet à son degré américain, c'est-à-dire invraisemblable, entre « humbug » et « challenge », entre canular et jeu de rôles à coefficient de gigantisme. Vous mourez, vous faites tirer au sort six personnes pour les faire héritières de votre fortune — sous certaines conditions, évidemment...

1899 : l'espace est une table à jouer, les communications, un réseau à multiplier rencontres, chocs, compétitions, improvisations, le temps est un sport. Un rêve d'enfant, un enfantillage : l'époque des impatiences frénétiques d'un Hatteras, des abîmes d'un Lidenbrock, des libertés révoltées d'un Nemo, à quelle préhistoire appartient-elle donc ? N'empêche : il y a dans cette légèreté quelque chose comme l'envers des véhémences, par exemple, du jeune Claudel contre les portes closes, les bornes étroites de la vieille Europe : une jeunesse de l'esprit, une réjouissance farceuse, une complicité avec la Terre ouverte, offerte. Et le réel redevenu de la sorte patrie du dieu Hasard, cette aventure reconnue la somme d'infinies combinatoires capricieuses, la mort même transformée en revanche jubilante sur la vie banale, fabriquent à leur tour un texte libéré. La littérature à coups de dés : le Testament apparaît comme la réorchestration totalement ludique de la partition du Tour du monde, mais, ce faisant, il est aussi un peu plus que cela : l'une de ces œuvres depuis lesquelles on s'apercevra qu'une lignée de romans, de Raymond Roussel à Georges Perec, s'est développée, fictions joueuses, jouisseuses, cérébrales, d'un nouveau réalisme, assumant pleinement l'arbitraire de quelques petites règles intrinsèques de fonctionnement comme libérateur de complexités narratives sans pareilles.

Midi sonna. Il y eut un formidable souffle de « ah ! », qui s'échappa de l'Auditorium.

À ce moment, Me Tornbrock venait de se lever, et ce souffle agita, comme la brise qui traverse d'épaisses frondaisons, la foule de l'extérieur.

Puis un profond silence s'établit — tels ces silences émotionnants qui se produisent entre l'éclair et le fracas de la foudre, alors que toutes les poitrines sont péniblement oppressées.

Me Tornbrock, debout devant la table qui occupait le centre de la scène, les bras croisés, la physionomie grave, attendait que le dernier coup de midi fût sonné.

Sur la table était déposée une enveloppe, fermée de trois cachets rouges aux initiales du défunt. Cette enveloppe contenait le testament de William J. Hypperbone, et sans doute aussi, vu ses dimensions, d'autres papiers testamentaires. Quelques lignes de suscription indiquaient que ladite enveloppe ne devait être ouverte que quinze jours après le décès. Elles stipulaient, en outre, que l'ouverture en serait faite dans la salle du théâtre de l'Auditorium à l'heure de midi.

Me Tornbrock, d'une main un peu fébrile, rompit les cachets du pli, et en tira tout d'abord un parchemin sur lequel apparaissait la grosse écriture bien connue du testateur, puis une carte pliée en quatre, et enfin une petite boîte, longue et large d'un pouce sur un demi-pouce de hauteur.

Et alors, d'une voix forte, qui s'entendit des extrêmes coins de la salle, Me Tornbrock, après avoir promené ses yeux, armés de lunettes d'aluminium, sur les premières lignes du parchemin, lut ce qui suit :

« Ceci est mon testament, écrit entièrement de ma main, fait à Chicago, ce 3 juillet 1895.

» Sain de corps et d'esprit, dans toute la plénitude de mon intelligence, j'ai rédigé cet acte où sont libellées mes dernières volontés. Ces volontés, Me Tornbrock, auquel se joindra mon collègue et ami Georges B. Higginbotham, président de l'Excentric Club, les fera observer dans toute leur teneur, ainsi qu'il aura été fait relativement en ce qui concerne mes funérailles. »

Enfin, le public et les intéressés sauraient donc à quoi s'en tenir ! Elles allaient être résolues, toutes les questions posées depuis quinze jours, les suppositions, les hypothèses, qui avaient couru pendant ces deux semaines de fiévreuse attente !

Me Tornbrock continua de la sorte :

« Sans doute, jusqu'ici, aucun membre de l'Excentric Club ne s'est fait remarquer par de notables excentricités. Celui-là même qui écrit ces lignes n'est pas plus sorti que ses collègues des banalités de l'existence. Mais ce qui a manqué à sa vie va, de par son suprême vœu, se produire après sa mort. »

Un murmure de satisfaction courut à travers les rangs de l'auditoire. Me Tornbrock dut attendre qu'il se fût apaisé avant de prendre sa lecture interrompue pendant une demi-minute.

Et voici ce qu'il lut :

« Mes chers collègues n'ont pas oublié que, si j'ai éprouvé quelque passion, cela n'a jamais été que pour le Noble Jeu de l'Oie, si connu en Europe et particulièrement en France, où il passe pour avoir été renouvelé des Grecs, bien que l'Hellade n'y ait jamais vu jouer ni Platon, ni Thémistocle, ni Aristide, ni Léonidas, ni Socrate, ni aucun autre personnage de son histoire. Ce jeu, je l'ai introduit dans notre cercle. Il m'a procuré les plus vives émotions par la variété de ses détails, l'imprévu de ses coups, le caprice de ses combinaisons, où le pur et seul hasard dirige ceux qui luttent sur ce champ de bataille pour remporter la victoire. »

À quel propos le Noble Jeu de l'Oie intervenait-il de si inattendue façon dans le testament de William J. Hypperbone? ... Il y avait lieu de se poser cette question...

Le notaire reprit :

« Ce jeu — personne ne l'ignore maintenant à Chicago — se compose d'une série de cases, juxtaposées et numérotées de un à soixante-trois. Quatorze de ces cases sont occupées par l'image d'une oie, cet animal si injustement accusé de sottise et qui aurait dû être réhabilité depuis le jour où il sauva le Capitole des attaques de Brennus et de ses Gaulois. »

Quelques assistants, plus sceptiques, commencèrent à se demander si, décidément, feu William J. Hypperbone ne se moquait pas du public avec l'éloge intempestif de ce type de la tribu des ansérinés.

Le testatement se continuait ainsi :

« Par suite de la disposition susdite, en décomptant ces quatorze cases, il en reste quarante-neuf, dont six seulement astreignent le joueur à payer des primes, soit une prime à la sixième où il y a un pont pour se rendre à la douzième — deux primes à la dix-neuvième où il doit attendre dans l'hôtellerie que ses partenaires aient joué deux coups — trois primes à la trente et unième, où se trouve un puits au fond duquel il demeure jusqu'à ce qu'un autre y vienne prendre sa place — une prime à la quarante-deuxième, celle du labyrinthe qu'il est tenu de quitter aussitôt pour retourner à la trentième où s'épanouit un bouquet de fleurs — trois primes à la cinquante-deuxième où il restera en prison, tant qu'il n'y sera pas remplacé — et enfin trois primes à la cinquante-huitième case où grimace une tête de mort, avec obligation de recommencer la partie. »

Lorsque Me Tornbrock s'arrêta après cette longue phrase pour reprendre haleine, si plusieurs murmures se manifestèrent, ils furent promptement réprimés par la majorité de l'auditoire, évidemment favorable au défunt. Et, cependant, tout ce monde n'était pas venu s'entasser à l'Auditorium pour entendre une leçon sur le Noble Jeu de l'Oie.

Le notaire reprit en ces termes :

« On trouvera dans cette enveloppe une carte et une boîte. La carte est celle du Noble Jeu de l'Oie, établie suivant une nouvelle affectation de ses cases que j'ai imaginée et dont il devra être donné connaissance au public. La boîte renferme deux dés semblables à ceux dont j'avais l'habitude de me servir à mon cercle.

» La carte d'une part, les dés de l'autre, seront destinés à une partie qui sera jouée dans les conditions suivantes. »

Comment une partie ?... Il s'agissait d'une partie du Jeu de l'Oie ?... Décidément, on avait affaire à un mystificateur ! Ce n'était qu'un *humbug*, comme on dit en Amérique !

De vigoureux « silence ! » furent adressés aux mécontents, et Me Tornbrock poursuivit sa lecture :

« Or, voici ce que j'ai pensé à faire en l'honneur de mon pays que j'aime avec l'ardeur d'un patriote, et dont j'ai visité les divers États à mesure que leur nombre augmentait d'autant d'étoiles nouvelles le pavillon de la République américaine ! »

Ici, triple salve de hourrahs que répercutèrent les échos de l'Auditorium, et à laquelle succéda un calme profond, car la curiosité était portée au plus haut point.

« Actuellement, sans compter l'Alaska, située en dehors de son territoire, mais qui s'y rattachera bientôt, lorsque le Dominion of Canada nous aura fait retour, l'Union possède cinquante États, répartis sur près de huit millions de kilomètres superficiels.

» Eh bien ! ces cinquante États, en les rangeant par cases, les uns à la suite des autres, et en répétant quatorze fois l'un d'eux, j'ai obtenu une carte composée de soixante-trois cases, identique à celle du Noble Jeu de l'Oie, devenu par ce fait le Noble Jeu des États-Unis d'Amérique. »

Ceux des assistants qui étaient familiarisés avec le jeu en question comprirent sans peine l'idée de William J. Hypperbone. En vérité, c'était une heureuse circonstance qui lui avait permis de distribuer précisément en soixante-trois cases les États de l'Union. Aussi l'auditoire s'abandonna-t-il à de chaleureux applaudissements, et bientôt toute la rue acclama l'ingénieuse invention du testateur.

Me Tornbrock continua de lire :

« Restait à déterminer celui des cinquante États qui devait figurer quatorze fois sur la carte. Or, pouvais-je mieux choisir que celui dont les eaux du Michigan baignent les superbes rives, celui qui s'enorgueillit d'une cité telle que la nôtre, laquelle a ravi à Cincinnati depuis près d'un demi-siècle le titre de Reine de l'Ouest, cet Illinois, région privilégiée, que le Michigan borne au nord, l'Ohio au sud, le Mississippi à l'ouest, le Wabash à l'est, un État à la fois continental et insulaire, actuellement au premier rang de la grande République fédérale !... »

Nouveau tonnerre de hourrahs et de hips, qui firent trembler les murs de la salle, et dont les éclats emplirent tout le quartier, répétés par une foule au maximum de surexcitation.

Cette fois le notaire dut suspendre sa lecture quelques minutes. Lorsque le calme fut enfin rétabli :

« Il s'agissait maintenant, lut-il, de désigner les partenaires qui seraient appelés à jouer sur l'immense territoire des États-Unis, en se conformant à la carte renfermée sous cette enveloppe, et qui devra être tirée à des millions d'exemplaires, afin que chaque citoyen puisse suivre les péripéties de la partie qui va s'engager. Ces partenaires, au nombre de six, ont été choisis par le sort parmi la population de notre cité, ils doivent être réunis en ce moment sur la scène de l'Auditorium. Ce sont eux qui auront à se transporter, de leur personne, dans chaque État indiqué par le nombre de points obtenus, et à l'endroit même que leur fera connaître mon exécuteur testamentaire, d'après une note ci-jointe rédigée par mes soins. »

Ainsi donc tel était le rôle réservé aux « Six ». Le caprice des dés allait les promener à la surface de l'Union... Ils seraient les pièces d'échiquier de cette invraisemblable partie...

Si Tom Crabbe ne comprit rien à l'idée de William J. Hypperbone, il en fut autrement du commodore Urrican, de Harris T. Kymbale, d'Hermann Titbury, de Max Réal et de Lissy Wag. Tous se regardaient, et on les regardait déjà comme des êtres extraordinaires, placés en dehors de l'humanité.

Mais il restait à apprendre quelles étaient les dernières dispositions imaginées par le défunt.

« À dater de quinze jours après la lecture de mon testament, disait-il, tous les deux jours, dans cette salle de l'Auditorium, à huit heures du matin, Mᵉ Tornbrock, en présence des membres de l'Excentric Club, agitera de sa main le cornet des dés, proclamera le chiffre amené, et enverra ce chiffre par télégramme à l'endroit où chaque partenaire devra se trouver alors sous peine d'être exclu de la partie. Étant donné la facilité et la rapidité des communications à travers le territoire de la Confédération dont aucun des « Six » ne devra dépasser les limites sous peine d'être disqualifié, j'ai estimé que quinze jours devraient suffire à chaque déplacement, si lointain qu'il dût être. »

Il était évident que si Max Réal, Hodge Urrican, Harris T. Kymbale, Hermann Titbury, Tom Crabbe, Lissy Wag, acceptaient ce rôle de partenaires dans ce Noble Jeu, renouvelé non plus des Grecs mais des Français par William J. Hypperbone, ils seraient obligés à en suivre strictement les règles. Or, dans quelles conditions s'effectueraient ces courses folles à travers les États-Unis ?...

« C'est à leurs frais, dit Mᵉ Tornbrock, au milieu d'un profond silence, que les « Six » voyageront, et c'est de leur bourse qu'ils payeront les primes exigibles à l'arrivée dans telle ou telle case, autrement dit dans tel ou tel État, et dont le prix est fixé à mille dollars chacune. Faute du versement d'une seule de ces primes, tout joueur serait mis hors de concours. »

Mille dollars, et quand on était exposé à les verser plusieurs fois — si la malchance s'en mêlait — cela pouvait monter à une forte somme.

On ne s'étonnera donc pas que Hermann Titbury fît une grimace qui se reproduisit au même instant sur la face congestionnée de son épouse. Nul doute que l'obligation de verser cette prime de mille dollars, lorsque le versement en serait exigible, ne fût de nature à gêner, sinon tous, du moins quelques-uns des partenaires.

Il est vrai, il se rencontrerait assurément des prêteurs disposés à venir en aide à ceux des « Six » qui sembleraient présenter les meilleures chances. N'était-ce pas là un nouveau terrain offert à l'ardeur spéculative des citoyens de la libre Amérique ?...

Le testament contenait encore certaines dispositions intéressantes. Et d'abord cette déclaration relative à la situation financière de William J. Hypperbone :

« Ma fortune en propriétés bâties ou non bâties, en valeurs industrielles, en actions de banque ou de chemins de fer, dont les titres sont déposés dans l'étude de Me Tornbrock, peut être estimée à soixante millions de dollars. »

Cette déclaration fut accueillie avec un murmure de satisfaction. On savait gré au défunt d'avoir laissé un héritage de cette importance, et ce chiffre parut respectable même dans le pays des Gould, des Bennett, des Vanderbilt, des Astor, des Bradley-Martens, des Hatty Green, des Hutchinson, des Carroll, des Prior, des Morgan Slade, des Lennox, des Rockefeller, des Schemeorn, des Richard King, des May Gaclet, des Ogden Mills, des Sloane, des Belmont et autres milliardaires, rois du sucre, des blés, des farines, du pétrole, des chemins de fer, du cuivre, de l'argent et de l'or ! En tout cas, celui ou ceux des « Six » auxquels cette fortune échoirait en tout ou partie sauraient s'en contenter, n'est-ce pas ?... Mais dans quelle condition leur serait-elle attribuée ?...

C'est à cette question que répondait le testament par les lignes suivantes :

« Au Noble Jeu de l'Oie, on le sait, le gagnant est celui qui arrive le premier à la soixante-troisième case. Or, cette case n'est définitivement acquise que si le nombre des points fournis par le dernier coup de dés y aboutit juste. En effet, s'il le dépasse, le joueur est forcé de revenir en arrière en comptant autant de points qu'il en aura obtenu en trop. Donc, après s'être conformé à ces règles, l'héritier de toute ma fortune sera celui des partenaires qui prendra possession de la soixante-troisième case, autrement dit le soixante-troisième État, qui est celui de l'Illinois. »

Ainsi un seul gagnant... le premier arrivé !... Rien à ses compagnons de voyage, après tant de fatigues, tant d'émotions, tant de dépenses...

Erreur, le second devrait être dédommagé et remboursé dans une certaine mesure.

« Le second, disait le testament, c'est-à-dire celui qui, à la fin de la partie, sera le plus rapproché de la soixante-troisième case, recevra la somme produite par le versement des primes de mille dollars que les hasards du jeu peuvent porter à un chiffre considérable et dont il saura faire bon et profitable usage. »

Cette clause ne fut ni bien ni mal acceptée par l'assistance. Telle quelle, il n'y avait pas à la discuter.

Puis William J. Hypperbone ajoutait :

« Si, pour une raison ou une autre, un ou plusieurs des partenaires se retiraient avant la fin de la partie, elle continuerait d'être jouée par celui ou ceux qui seraient restés en lutte. Et, dans le cas où tous l'auraient abandonnée, mon héritage serait dévolu à la ville de Chicago, devenue ma légataire universelle, pour être employé au mieux de ses intérêts. »

Enfin le testament se terminait par ces lignes :

« Telles sont mes volontés formelles, à l'exécution desquelles veilleront Georges B. Higginbotham, président de l'Excentric Club, et mon notaire, Me Tornbrock. Elles devront être observées dans toute leur rigueur, comme j'entends que le soient aussi toutes les règles du Noble Jeu des États-Unis d'Amérique.

» Et, maintenant, que Dieu conduise la partie, détermine les chances et favorise le plus digne ! »

Un dernier hourrah accueillit cet appel final à l'intervention de la Providence en faveur de l'un des partenaires, et l'assistance allait se retirer, lorsque Me Tornbrock, réclamant le silence d'un geste impérieux, ajouta ces mots :

« Il y a un codicille. »

Un codicille ?... Allait-il donc détruire toute l'ordonnance de cette œuvre testamentaire, et dévoiler enfin la mystification que quelques-uns attendaient encore de l'excentrique défunt ?...

Et voici ce que lut le notaire :

« Aux six partenaires désignés par le sort sera joint un septième de mon choix, qui figurera dans la partie sous les initiales X K Z, jouira des mêmes droits que ses concurrents et devra se soumettre aux mêmes règles. Quant à son nom véritable, il ne sera révélé que s'il gagne la partie, et les coups le concernant lui seront envoyés uniquement sous ses initiales.

» Telle est ma volonté de la dernière heure. »

Cela parut singulier. Que cachait cette clause du codicille ? Mais il n'y avait pas à la discuter plus que les autres, et la foule, vivement impressionnée, comme disent les chroniqueurs, quitta l'Auditorium.

(Chapitre V)

[...] le 15 juillet, trois semaines après le dernier coup de dés, qui avait fait de l'homme masqué le gagnant du match, un incident des plus inattendus se produisit.

Ce jour-là, à dix heures dix-sept du matin, le bruit se répandit que la cloche sonnait à toute volée au monument funèbre de William J. Hypperbone, dans le cimetière d'Oakswoods.

(Chapitre XIV)

XV

DERNIÈRE EXCENTRICITÉ

On ne saurait imaginer avec quelle rapidité s'était répandue cette nouvelle. Chaque maison de Chicago eût été munie d'un timbre téléphonique en communication avec un appareil installé chez le gardien d'Oakswoods, que les dix-sept cent mille habitants de la métropole illinoise ne l'eussent appris ni plus promptement ni plus simultanément.

Et tout d'abord, en quelques minutes, le cimetière fut envahi par la population des quartiers voisins. Puis la foule afflua de toutes parts. Une demi-heure après, la circulation était absolument interrompue à partir de Washington Park. Le gouverneur de l'État, John Hamilton, prévenu en toute hâte, envoya de fortes escouades de la milice, qui pénétrèrent non sans peine dans le cimetière et en firent sortir nombre de curieux, de telle façon que l'accès en restât libre.

Et la cloche sonnait toujours au clocher du superbe monument de William J. Hypperbone.

On comprendra que Georges B. Higginbotham, le président de l'Excentric Club, et ses collègues, le notaire Tornbrock, fussent arrivés des premiers dans l'enceinte du cimetière. Mais comment avaient-ils pu y devancer l'énorme et tumultueuse foule, à moins d'avoir été prévenus d'avance ?... Ce qui est certain, c'est qu'ils étaient là dès les premiers coups de la cloche, mise en branle par le gardien d'Oakswoods.

Une demi-heure plus tard se présentaient les six partenaires du match Hypperbone. Que le commodore Urrican, Tom Crabbe, remorqué par John Milner, Hermann Titbury, poussé par Mrs Titbury, Harris T. Kymbale, se fussent empressés d'accourir, cela ne surprendra personne. Mais si Max Réal et Lissy Wag s'y trouvaient aussi, et Jovita Foley avec eux, c'est que celle-ci l'avait si impétueusement exigé, qu'il avait bien fallu lui obéir.

Tous les partenaires étaient donc là devant le monument gardé par un triple rang des soldats de cette milice, que les deux amies auraient eu le droit de commander, l'une comme colonel, l'autre comme lieutenant-colonel, puisque ces grades leur avaient été octroyés par le gouverneur de l'État.

Enfin la cloche se tut, et la porte du monument s'ouvrit toute grande.

Le hall intérieur resplendissait de l'éblouissante lueur des lampes électriques et des lustres de la voûte. Entre les lampadaires apparut le magnifique catafalque, tel qu'il était trois mois et demi avant, lorsque les portes s'étaient refermées à l'issue des obsèques auxquelles prit part la ville entière.

L'Excentric Club, son président en tête, pénétra dans le hall. Me Tornbrock, en habit noir, en cravate blanche, toujours lunetté d'aluminium, entra auprès d'eux. Les six partenaires les suivirent, accompagnés de tout ce que le hall funéraire pouvait contenir de spectateurs.

Un profond silence régnait au-dedans comme au-dehors de l'édifice — témoignage d'une émotion non moins profonde — et Jovita Foley n'était pas la moins émue de toute l'assistance. On sentait vaguement que le mot de l'énigme, en vain cherché depuis le tirage du 24, allait être enfin prononcé, et que ce mot serait un nom — le nom du gagnant du match Hypperbone.

Il était onze heures trente-trois minutes, lorsqu'un certain bruit se fit entendre à l'intérieur du hall. Ce bruit venait du catafalque, dont le drap mortuaire glissa jusqu'au sol comme s'il eût été tiré par une invisible main.

Et alors, ô prodige ! tandis que Lissy Wag se pressait au bras de Max Réal, le couvercle de la bière se soulevait, le corps qu'elle contenait se redressa... Puis, un homme apparut debout, vivant, bien vivant, et cet homme n'était autre que le défunt, William J. Hypperbone !

« Grand Dieu !... » s'écria Jovita Foley, dont le cri ne fut entendu que de Max Réal et de Lissy Wag, au milieu du brouhaha de stupéfaction qui s'éleva de toute l'assistance.

Et elle ajouta, les mains tendues :

« C'est le vénérable Mr Humphry Weldon ! »

Oui, le vénérable Mr Humphry Weldon, mais d'un âge moins vénérable que lors de sa visite à Lissy Wag... Ce gentleman et William J. Hypperbone ne faisaient qu'un...

Voici, en quelques mots, le récit que reproduisirent les journaux du monde entier, et qui expliquait tout ce qui paraissait inexplicable en cette prodigieuse aventure.

C'était dans la journée du 1er avril, à l'hôtel de Mohawk Street, pendant une partie du Noble Jeu de l'Oie, que William J. Hypperbone avait été frappé de congestion. Transporté à son hôtel de La Salle Street, il y était mort quelques heures après, ou plutôt, avait été déclaré tel par les médecins.

Eh bien ! en dépit des docteurs — et aussi de ces fameux rayons du professeur Frédérik d'Elbing, qui corroboraient leur dire — William J. Hypperbone n'était qu'en état cataleptique, rien de plus, mais ayant toutes les apparences d'un homme qui a passé de vie à trépas. En vérité, il était heureux qu'il n'eût point manifesté dans son testament la volonté d'être embaumé après sa mort, car assurément, l'opération faite, il n'en serait pas revenu. Après cela, un homme si chanceux...

Les magnifiques funérailles se firent comme chacun sait ; puis, à la date du 3 avril, les portes du monument se refermèrent sur le membre le plus distingué de l'Excentric Club.

Or, dans la soirée, le gardien, occupé à éteindre les dernières lumières du hall, entendit un remuement à l'intérieur du catafalque. Des gémissements s'en échappaient... une voix étouffée appelait...

Ce gardien ne perdit pas la tête. Il courut chercher ses outils, il dévissa le couvercle de la bière, et la première parole que prononça William J. Hypperbone, réveillé de son sommeil léthargique, fut celle-ci :

« Pas un mot... et ta fortune est faite !... »

Puis il ajouta, avec une présence d'esprit extraordinaire chez un homme qui revenait de si loin :

« Toi seul, tu sauras que je suis vivant... toi seul, avec mon notaire, Me Tornbrock, à qui tu vas aller dire de venir ici à l'instant... »

Le gardien, sans autres explications, sortit du hall et courut en toute hâte chez le notaire. Et quelle fut la surprise — oh ! des plus agréables — qu'éprouva Me Tornbrock, lorsque, une demi-heure plus tard, il se retrouva en présence de son client, aussi bien portant qu'il l'eût jamais été.

Et voici à quoi William J. Hypperbone avait réfléchi depuis sa résurrection, et le parti auquel il s'était arrêté — ce qui ne saurait étonner d'un pareil personnage.

Puisqu'il avait institué par testament la fameuse partie qui devait donner lieu à tant d'agitations, de déceptions, de surprises, il entendait que cette partie se jouât entre les partenaires désignés par le sort, et il en subirait toutes les conséquences.

« Alors, reprit Me Tornbrock, vous serez certainement ruiné, puisque l'un des six la gagnera... Il est vrai, puisque vous n'êtes pas mort — ce dont je vous félicite très sincèrement — votre testament devient caduc et ses dispositions sont de nul effet. Donc pourquoi laisser jouer cette partie ?...

— Parce que j'y prendrai part.

— Vous ?...

— Moi.

— Et comment ?...

— Je vais ajouter un codicille à mon testament et introduire un septième partenaire, qui sera William J. Hypperbone sous les initiales X K Z.

— Et vous jouerez ?...

— Je jouerai comme les autres.

— Mais vous devrez vous conformer aux règles établies...

— Je m'y conformerai...

— Et si vous perdez...

— Je perdrai... et toute ma fortune ira au gagnant.

— C'est résolu ?...

— Résolu... Puisque je ne me suis distingué par aucune excentricité jusqu'ici, au moins vais-je me montrer excentrique sous le couvert de ma fausse mort. »

On devine ce qui suivit. Le gardien d'Oakswoods, bien récompensé, avec promesse de l'être plus encore s'il se taisait jusqu'au dénouement de cette aventure, avait gardé le secret. William J. Hypperbone, en quittant le cimetière — avant le jour du Jugement dernier —, se rendit incognito chez Mᵉ Tornbrock, ajouta à son testament le codicille que l'on connaît, et désigna l'endroit où il allait se retirer pour le cas où le notaire aurait quelque communication à lui adresser. Puis il prit congé de ce digne homme, confiant en cette chance extraordinaire qui ne l'avait jamais abandonné pendant le cours de son existence, et qui allait lui demeurer fidèle, pourrait-on dire, même après sa mort.

On sait le reste.

La partie commencée dans les conditions déterminées, William J. Hypperbone put alors se faire une opinion sur chacun des Six. Ni ce mauvais coucheur d'Hodge Urrican, ni ce ladre d'Hermann Titbury, ni cette brute de Tom Crabbe, ne l'intéressèrent et ne pouvaient l'intéresser. Peut-être éprouvait-il quelque sympathie à l'égard d'Harris T. Kymbale, mais, à faire des vœux pour quelqu'un à défaut de lui-même, c'eût été pour Max Réal, Lissy Wag et sa fidèle Jovita Foley. De là, pendant la maladie de la cinquième partenaire, cette démarche sous le nom de Humphry Weldon, puis l'envoi des trois mille dollars dans la prison du Missouri. Aussi quelle première satisfaction pour cet homme généreux, lorsque la jeune fille fut délivrée par Max Réal, et quelle seconde satisfaction, lorsque celui-ci le fut à son tour par Tom Crabbe !

Quant à lui, il avait suivi d'un pas sûr et régulier les diverses péripéties du match, servi par cette inépuisable chance sur laquelle il comptait avec raison, qui ne le trahit pas une seule fois, et il était arrivé premier au poteau, lui, l'outsider, battant les divers favoris sur cet hippodrome national.

Voilà ce qui s'était passé, voilà ce qui se dit et se répéta presque aussitôt dans l'assistance. Et voilà pourquoi les collègues de cet excentrique personnage lui serrèrent affectueusement la main, pourquoi Max Réal en fit autant, pourquoi il reçut les remerciements de Lissy Wag et ceux de Jovita Foley — laquelle lui demanda et obtint la permission de l'embrasser — et comment, porté par la foule, il fut ramené à travers la grande cité chicagoise aussi triomphalement qu'il avait été conduit, trois mois et demi avant, au cimetière d'Oakswoods. [...]

IX. FANTAISIE SUR L'ÉTERNITÉ

Jules Verne ou pas Jules Verne ? On ne sait trop. Peut-être cette rêverie, publiée le 27 août 1893 dans les Annales politiques et littéraires *sous l'annonce de « Pages oubliées », est-elle bien de Verne, peut-être doit-elle être attribuée à son fils Michel, peut-être brode-t-elle sur quelque André Laurie ? Qu'importe, au fond. Au moins est-elle à prendre, parmi une myriade d'autres textes au recensement presque impossible, comme le signe de la formidable impulsion que le* Tour du monde *a donnée à l'invention romanesque en matière d'espace et de technique, pendant au moins quarante années, jusqu'à 1914, et même au-delà.*

Le rêve d'une abolition des contraintes matérielles, de la machine libératrice du réel, des perversions introduites dans l'ordre cosmique, prend ici le ton de la fantaisie. Pour autant, c'était trop une habitude, même une pratique, d'époque, pour qu'on n'y prête pas quelque intérêt. D'Offenbach à Méliès, il y a eu un espace, mental et formel, que le sérieux le plus intransigeant en matière de science a toujours su ou se permettre ou se faire octroyer, une manière de prendre l'air, le temps de rire et de rêver sur sa propre ambition, de s'installer dans une zone incertaine, quelque part du côté de la parodie, quelquefois du côté de l'utopie, de se faire plaisir à coups de variations en mineur sur les thèmes dominants de la société moderne.

Attention ! prononça mon guide. Il y a un pas.

Descendant heureusement la marche ainsi signalée, j'entrai dans une vaste salle, illuminée par d'aveuglants réflecteurs électriques, et dont nos pas, seuls, troublaient la silencieuse solitude.

Où étais-je ? Que venais-je faire là ? Quel était ce guide mystérieux ?

Questions sans réponse.

Une longue marche dans la nuit, des portes de fer ouvertes et bruyamment refermées, des escaliers descendus s'enfonçant, il me semblait, dans le sol, voilà tout ce que retrouvait mon souvenir.

Je n'eus pas d'ailleurs le loisir d'y penser.

— Vous vous demandez sans doute qui je suis ? reprit mon guide. Le colonel Pierce, votre serviteur. Où vous êtes ? En Amérique, à Boston, dans une gare.

— Une gare ?

— Oui, la gare de *Boston to Liverpool pneumatic Tubes Company*.

Et, d'un geste explicatif, le colonel me montra deux longs cylindres de fer, d'un mètre cinquante environ de diamètre, gisant sur le sol à quelques pas.

Je regardai ces deux cylindres, disparaissant à droite dans un massif de maçonnerie, et terminés sur la gauche par d'énormes obturateurs métalliques d'où un faisceau de tuyaux montait se perdre dans le plafond, et, tout à coup, je compris.

Peu auparavant, n'avais-je pas lu, en effet, dans un journal américain, un article racontant ce projet extraordinaire : relier l'Europe au Nouveau-Monde par deux gigantesques tubes sous-marins ? Un inventeur s'était trouvé qui prétendait le faire. Et cet inventeur, le colonel Pierce, je l'avais à cette heure devant moi.

Je relisais en pensée l'article du journal.

Complaisamment, le reporter entrait dans le détail de l'entreprise. Il disait ce qu'il fallait de fer : — plus de seize cent mille mètres cubes pesant treize millions de tonnes, — et le nombre de navires nécessaires au transport de ce matériel : — deux cents bâtiments de deux mille tonneaux faisant chacun trente-trois voyages. Il montrait cette *Armada* de la science apportant l'acier aux deux navires-maîtres, à bord desquels le bout des tubes était retenu. Il montrait ces tubes eux-mêmes s'allongeant sans cesse sous les flots par sections de trois mètres vissées les unes aux autres, raidis dans l'étreinte puissante d'un triple filet à mailles de fer recouvert d'un enduit résineux.

Abordant ensuite la question de l'exploitation, il emplissait les tubes, transformés en deux sarbacanes démesurées, d'une série de wagons emportés avec leurs voyageurs par de puissants courants d'air, à la façon des dépêches qu'une aspiration et un refoulement pneumatiques font circuler dans l'enceinte de Paris.

Un parallèle avec les chemins de fer terminait l'article, et l'auteur énumérait avec enthousiasme les avantages du nouveau et audacieux système. Dans les tubes, à l'entendre, suppression de l'énervante trépidation, grâce à la surface intérieure en acier poli ; égalité de la température, avec les courants d'air dont on pouvait modifier la chaleur suivant les saisons ; invraisemblable bon marché des places, motivé par l'économie de la construction et de l'exploitation. Et, à ce sujet, oubliant qu'en dépit des seize cent soixante-six kilomètres que la rotation diurne leur fait parcourir à l'heure, les corps situés à l'Équateur sont encore soumis aux lois de la gravité, oubliant qu'il leur faudrait, pour y être soustraits, une vitesse dix-sept fois plus grande, n'allait-il pas jusqu'à prétendre que les trains, en raison de la rapidité de leur marche et de la courbure de la Terre, tendraient à s'en écarter suivant la tangente, et feraient seulement éprouver un léger frottement à la surface supérieure des tubes ? De là, ne concluait-il pas à l'absence d'usure pour l'œuvre projetée, c'est-à-dire à son éternité ?

Tout cela me revenait à l'esprit maintenant.

Ainsi donc, cette utopie était devenue réalité, et ces deux cylindres de fer que je voyais naître à mes pieds s'en allaient par-delà l'Atlantique se souder à la côte d'Angleterre ? Malgré l'évidence, je ne pouvais m'en convaincre. Que les tubes fussent posés, soit ! mais que des hommes pussent voyager par cette route, cela, jamais !

N'était-il pas, du reste, impossible d'obtenir un courant d'air de cette longueur ? Je formulai tout haut cette opinion.

— Très facile, au contraire, protesta le colonel Pierce. Il suffit pour cela d'un grand nombre de soufflets à vapeur, analogues à ceux des hauts fourneaux. L'air est refoulé par eux avec une puissance pour ainsi dire sans limites, et c'est emportés dans un tourbillon effroyable animé d'une vitesse de dix-huit cents kilomètres à l'heure — presque celle d'un boulet de canon ! — que nos wagons et leurs voyageurs dévorent en deux heures quatorze minutes les quatre mille kilomètres étendus entre Boston et Liverpool.

— Dix-huit cents kilomètres à l'heure ! m'écriai-je.

Pas un de moins. Et quelles extraordinaires conséquences d'une pareille vitesse ! L'heure à Liverpool avançant de quatre heures quarante minutes sur la nôtre, un voyageur parti de Boston à 9 heures du matin arrive en Angleterre à 3 heures 54 du soir. N'est-ce pas là vraiment une journée vite passée ? Dans l'autre sens, au contraire, nos wagons, sous cette latitude, gagnant sur le Soleil plus de neuf cents kilomètres à l'heure, il battra cet astre main sur main, et, quittant Liverpool à midi, par exemple, il débarquera dans cette gare à 9 heures 34 du matin, c'est-à-dire avant d'être parti ! Eh ! eh ! voilà quelque chose de diablement original ! Avant d'être parti ! on ne peut guère aller plus vite, ce me semble !

Je ne savais que penser. Avais-je affaire à un fou ? Devais-je au contraire ajouter foi à ces fabuleuses théories, alors que les objections se pressaient dans mon esprit ?

— Eh bien ! soit, dis-je. Je veux admettre que des voyageurs prennent cette route insensée, que vous obteniez cette incroyable vitesse. Mais, cette vitesse, comment parvenez-vous à l'interrompre ? À l'arrêt, tout doit être fracassé !

— Nullement, me répondit le colonel en haussant les épaules. Entre nos tubes, l'un servant pour l'aller, l'autre pour le retour, et parcourus en conséquence par des courants d'air opposés, une communication existe aux abords de chaque rivage. Qu'un train s'approche, l'étincelle électrique nous en avertit, et vole en Angleterre paralyser la force qui le pousse. Abandonné à lui-même, il continue sa route en raison de la vitesse acquise, mais il nous suffit de manœuvrer une soupape pour que le courant contraire du tube parallèle se précipite à la rencontre, et, le retardant peu à peu, serve finalement de tampon amortissant le dernier choc.

» D'ailleurs, à quoi bon ces explications ? L'expérience ne vaut-elle pas cent fois mieux ?

Et, sans attendre ma réponse, le colonel Pierce tira brusquement une poignée dont le cuivre brillait au flanc de l'un des tubes. Un panneau glissa dans ses rainures, et par l'ouverture ainsi faite, j'aperçus une succession de banquettes sur chacune desquelles deux personnes auraient pu s'asseoir côte à côte.

— Le wagon, expliqua le colonel. Allons ! venez !

Je le suivis, docile, et aussitôt le panneau se referma.

À la lumière qu'une lampe Edison laissait tomber du plafond, j'examinai curieusement l'endroit où je me trouvais. Rien de plus simple. Un long cylindre à pans coupés, confortablement capitonné sur toutes ses faces, au travers duquel une cinquantaine de fauteuils reliés deux à deux s'alignaient

en vingt-cinq rangs parallèles. À chaque bout, une soupape
réglée à la tension d'une atmosphère, celle de l'arrière, laissant pénétrer l'air respirable, celle de l'avant lui offrant une
issue dès qu'il dépassait la pression normale.

Quelques instants passés à cet examen, je m'impatientai.

— Eh bien ! demandai-je, nous ne partons pas ?

— Partir ? Mais c'est fait, s'écria le colonel.

Partis, comme cela, sans secousse ? Était-ce vraiment
possible ?

Attentivement, j'écoutai, cherchant à percevoir un bruit
quelconque qui pût me renseigner. Si nous étions effectivement partis, si le colonel ne m'avait pas trompé en me parlant de dix-huit cents kilomètres à l'heure, nous devions nous
trouver déjà loin de toute terre, sous les flots. Au-dessus de
nos têtes les vagues heurtaient leurs crêtes bruyantes, et peut-
être même en ce moment, la prenant pour un monstrueux serpent d'une espèce inconnue, les baleines frappaient-elles de
leurs queues puissantes notre longue prison de fer !

Mais je n'entendais rien qu'un roulement sourd, produit
sans doute par les galets de notre wagon, et, plongé dans un
étonnement sans bornes, ne pouvant croire à la réalité de tout
ce qui m'arrivait, je laissai, silencieux, le temps s'écouler.

Une heure, à peu près, s'était ainsi passée, quand une subite
fraîcheur au front vint tout à coup me tirer de la torpeur où
je me glissais par degrés. Je portai la main à mon visage :
il était mouillé.

Mouillé ! Pourquoi cela ? Le tube avait-il donc crevé sous
la pression des eaux, pression qui devait être formidable,
puisqu'elle augmente d'une atmosphère par dix mètres de profondeur ? L'Océan allait-il l'envahir ?

La peur me saisit. Éperdu, je voulus appeler, crier, et...

Et je me retrouvai dans mon paisible jardin, généreusement
arrosé par une pluie battante dont les larges gouttes avaient
interrompu mon sommeil.

Je m'étais tout simplement endormi en lisant cet article
consacré par un reporter américain aux fantastiques projets
du colonel Pierce qui, je le crains bien, n'aura, lui aussi, fait
qu'un rêve [1].

___

1. Reproduit dans *Cahiers Jules Verne*, 1, *La Revue des Lettres
modernes*, Minard, Paris, 1976, par les soins de François Raymond.

X. LE RÉGIME DE L'EXCÈS

« *La quintuplette, la locomotive et le Pédard* » : *ne dirait-on pas un titre pour fable d'on ne sait quel La Fontaine surréaliste ? Il y a de cela, à dire vrai, dans l'extrait présenté ici du* Surmâle *d'A. Jarry. Roman de 1902 qui propulse en 1920 ses anticipations énergétiques, roman héritier du Verne maître fabuleux de l'aventure technique, fantaisiste et spirituelle, roman contemporain du Verne en passe de mourir, roman décidé à dire, à l'usage du XXᵉ siècle commençant, par hommage (ir)révérencieux, l'incomparable jeunesse des* Voyages extraordinaires.

Nul doute que Jarry ne se souvienne de Verne, à l'heure où il essaye de se faire comprendre des « gens d'intelligence moyenne », pour orchestrer comme une fable la course des Dix Mille Milles, cette épopée de la galvanisation et du dopage, cette folle compétition survoltée, bientôt entraînée dans le fantastique — un cadavre accroché à la machine, des brassées de fleurs insolentes autour des wagons, le tout à vitesse de TGV…

Qui mieux que Verne, en effet, pouvait « chapeauter » cette apologie de l'« au-delà des forces humaines » ? Que l'homme soit l'au-delà de l'homme, endiablé, déchaîné, souverain, off-limits ! Si l'on n'avait pas compris, il faudrait se dépêcher d'aller, à l'autre bout du roman, lire le second morceau de bravoure, pendant de celui de la course infernale — lorsque le Surmâle fait sauter les limites sexuelles comme il faisait sauter les limites musculaires, lorsqu'il entre, et fait entrer, dans cette zone sublime, contemplée par la « Science avec une grande Scie », où l'amour devient genèse de dieu, cantique des cantiques, pornographie poétique, incandescence inhumaine. Exploration « pataphysique », au sens propre, de ce qui se surajoute à la métaphysique, comme la métaphysique se surajoute à la physique, dans l'au-delà de l'au-delà, espace mortel de liberté.

En s'en inspirant, en l'appliquant, en le parodiant, en le dépassant, Jarry est fidèle à l'aventure vernienne. Splendidement, il en fait exploser les possibles, il donne à voir et à entendre ce qu'elle a rendu possible.

— Couchés horizontalement sur la quintuplette — du modèle ordinaire de course 1920, pas de guidon, pneus de quinze millimètres, développement de cinquante-sept mètres trente-quatre, nos figures plus bas que nos selles dans des masques destinés à nous abriter du vent et de la poussière ; nos dix jambes reliées, les droites et les gauches, par des tiges d'aluminium, nous démarrâmes sur l'interminable piste aménagée tout le long des dix mille milles, parallèlement à la voie du grand rapide ; nous démarrâmes, entraînés par un automobile en forme d'obus, à la vitesse provisoire de cent vingt kilomètres à l'heure.

Nous étions bouclés sur la machine pour n'en plus descendre, dans cet ordre : à l'arrière moi Ted Oxborrow ; devant moi, Jewey Jacobs, George Webb, Sammy White — un nègre — et le pilote de notre équipe, Bill Gilbey, que plaisamment nous appelions *Corporal* Gilbey parce qu'il était responsable de quatre hommes. Je ne compte pas un nain, Bob Rumble, brimballant dans une remorque à notre suite, et dont le contrepoids servait à diminuer ou augmenter l'adhérence de notre roue d'arrière.

Corporal Gilbey nous passait, à intervalles réguliers, pardessus son épaule, les petits cubes incolores et cassants, âcres au goût, de *Perpetual-Motion-Food*, qui furent notre seule nourriture pendant près de cinq jours ; il les prenait, cinq par cinq, sur une tablette ménagée à l'arrière de la machine d'entraînement. Au-dessous de la tablette luisait le cadran blanc de l'indicateur de vitesse ; au-dessous du cadran, un tambour suspendu et tournant était destiné à atténuer les chocs éventuels de la roue d'avant de notre quintuplette.

À la tombée de la première nuit, ce tambour, sans que les gens de la locomotive s'en aperçussent, fut embrayé avec les roues de l'automobile entraîneur, de façon à tourner en sens inverse de celles-ci. Corporal Gilbey nous fit avancer alors jusqu'à ce que notre roue d'avant fût appuyée sur le tambour, dont la rotation, comme un engrenage, nous entraîna, sans effort et frauduleusement, pendant les premières heures nocturnes.

Derrière l'abri de notre machine d'entraînement, bien entendu, il n'y avait pas un souffle d'air ; à droite, la locomotive, comme une bonne grosse bête, paissait la même place du « champ » visuel, sans avancer ni reculer. Elle n'avait d'apparence de mouvement qu'une partie un peu tremblotante de son flanc — où il paraît qu'oscillait la bielle — et quant à l'avant, on pouvait compter les rayons de son chasse-pierres, tout pareils à une grille de prison ou aux fermettes d'un barrage de moulin. Tout cela figurait assez bien un paysage de rivière fort calme — le cours silencieux de la piste polie était la rivière — et les gargouillements réguliers de la grosse bête étaient très semblables à un bruit de chute d'eau.

J'entrevis à diverses reprises, à travers les glaces du premier wagon, la longue barbe blanche de Mr. Elson, qui oscillait de haut en bas, comme si sa personne se balançait nonchalamment sur un rocking-chair.

Les grands yeux curieux de miss Elson apparurent aussi un instant à la première portière de la seconde voiture, la seule que je pusse apercevoir et encore au risque d'un torticolis.

La petite silhouette affairée, à moustaches blondes, de Mr. Gough ne bougeait pas de la plate-forme de la locomotive. Car si William Elson suivait la course dans le train, c'était toutefois avec le désir de voir le train battu ; mais quant à Mr. Gough, le gros pari engagé l'excitait à déployer toutes les ressources de sa compétence de chauffeur.

Sammy White fredonnait, en mesure avec nos coups de jambes, la petite chanson enfantine :

Twinkle, twinkle, little star...

Et, dans la nuit déserte, la voix de fausset de Bob Rumble, lequel avait la cervelle faible, glapissait derrière nous :

— Il y a quelque chose qui suit !

Aucune chose vivante ou mécanique, pourtant, n'eût pu suivre à de telles allures ; et d'ailleurs les gens du train pouvaient surveiller la piste unie et vide derrière Bob Rumble. Il est vrai qu'il était impossible d'apercevoir les quelques mètres de ballast derrière les wagons : ceux-ci n'avaient que des ouvertures latérales ; et nous autres nous ne pouvions regarder derrière nous. Mais il eût été bien invraisemblable que quelqu'un eût roulé sur le raboteux ballast ! Le nabot voulait exprimer sans doute sa fierté de sentir entraîner à notre remorque sa puérile personne.

Quand l'aube vint du deuxième jour, un ronflement strident et métallique, une vibration énorme dans laquelle nous étions comme baignés, me fit presque sortir le sang des oreilles. J'appris que le dernier automobile en forme d'obus avait été « lâché », puis remplacé par une machine volante en forme de trompette. Elle tournait sur elle-même et se vissait dans l'air au ras du sol devant nous, et un vent furieux nous aspirait vers son entonnoir. Le fil de soie de l'indicateur de vitesse tremblait toujours avec régularité, dessinant un fuseau vertical et bleu, contre la joue gauche de Corporal Gilbey, et je lus sur le cadran d'ivoire, ainsi qu'il était prévu pour cette heure-là quant au nombre de kilomètres à l'heure :

250

Le train avait conservé sa position précédente, toujours la même apparente immobilité, prodigieusement contrôlable par tous les sens et même par le toucher de ma main droite ; mais le bruit de chute d'eau s'était fait suraigu, et, à un millimètre du foyer incandescent de la locomotive, par l'effet de la vitesse, régnait un froid mortel.

Mr. W. Elson était invisible. Mes regards traversèrent sans obstacle, d'une glace à l'autre, son wagon. Quelque chose intercepta le coup d'œil que je voulais jeter dans l'intérieur du wagon de miss Elson. La première fenêtre du long compartiment d'acajou, la seule qui fût à ma portée, était obstruée, à ma grande stupéfaction, *à l'extérieur*, par un épais capitonnage écarlate. On eût dit que des champignons sanglants, dans l'espace de cette nuit-là, avaient crû sur la vitre...

Il faisait grand jour maintenant, je ne pus douter de ce que je vis : tout ce que j'apercevais du wagon disparaissait sous des roses rouges, énormes, épanouies, fraîches comme si elles venaient d'être cueillies. Le parfum s'en diffusait dans l'air calme, à l'abri du coupe-vent.

Quand la jeune fille baissa la glace, une partie du rideau de fleurs se déchira, mais elles ne tombèrent point tout de suite : pendant quelques secondes, elles voyagèrent dans l'espace à la même vitesse que les machines : la plus grosse s'engouffra, avec le courant d'air subit, à l'intérieur du wagon.

Il me sembla que miss Elson poussa un grand cri et porta

la main à sa poitrine, et je ne la vis plus pendant tout le reste monotone de cette journée. Les roses s'effeuillèrent peu à peu par la trépidation, s'envolèrent une par une ou par trois ou quatre, le bois verni du sleeping-car apparut immaculé, reflétant plus purement qu'une glace le vilain profil de Bob Rumble.

Le lendemain, la floraison incarnate s'était renouvelée. Je me demandai si je devenais fou et le visage anxieux de miss Elson ne quitta plus désormais la vitre.

Mais un incident plus grave réclama mon attention.

Ce matin du troisième jour, se produisit une chose terrible, terrible surtout parce qu'elle aurait pu nous faire perdre la course. Jewey Jacobs, à la place immédiatement devant moi et les genoux à un yard de mes genoux, reliés par les tiges d'aluminium ; Jewey Jacobs qui allait avec une vigueur fantastique depuis le départ, si bien qu'il donnait des à-coups propres à accélérer intempestivement le train prescrit par notre tableau de marche, et que j'avais dû le contrepédaler à diverses reprises ; Jewey Jacobs sembla soudain prendre un malin plaisir à raidir les jarrets à son tour, me renvoyant désagréablement mes genoux dans le menton, et je dus demander un sérieux travail à mes jambes.

Ni Corporal Gilbey, ni, derrière lui, Sammy White, ni George Webb n'étaient capables de se retourner dans leurs ligatures et leurs masques, pour voir ce qui prenait à Jewey Jacobs ; mais je pus me pencher un peu pour apercevoir sa jambe droite : les orteils toujours engagés dans le *toe-clip* de cuir, elle montait et descendait avec isochronisme, mais la cheville paraissait engourdie et l'*ankle-play* ne se produisait plus. En outre — détail peut-être trop technique — je n'avais point fait attention à une odeur particulière, l'attribuant à son caleçon de jersey noir, où comme nous, les quatre autres, il faisait l'un et l'autre besoin dans de la terre à foulon ; mais une idée subite me fit frémir et je regardai encore, à un yard de ma jambe et liée à ma jambe, la lourde cheville de marbre, et je respirai la puanteur *cadavérique* d'une décomposition incompréhensiblement accélérée.

À un demi-yard à ma droite, une autre sorte de changement me frappa : au lieu du milieu du tender, j'aperçus à ma hauteur la seconde portière du premier wagon.

— Nous grippons ! cria à cet instant George Webb.

— Nous grippons ! répétèrent Sammy White et George Webb ; et comme la stupeur morale coupe bras et jambes mieux qu'une fatigue physique, la dernière portière du second wagon parut contre mon épaule, la dernière portière fleurie du second et dernier wagon ; les voix d'Arthur Gough et des mécaniciens lancèrent des hurrahs.

— Jewey Jacobs est mort, criai-je lamentablement de toute ma force.

Le troisième et le second homme du team mugirent dans leurs masques, jusqu'à Bill Gilbey :

— Jewey Jacobs est mort !

Le son tourbillonna dans le courant d'air jusqu'au fond des parois de la machine volante en forme de trompette, qui répéta à trois reprises — car elle était assez énorme pour qu'il y eût deux échos dans sa longueur — qui répéta et jeta du haut du ciel sur la fabuleuse piste derrière nous, comme une convocation au Jugement dernier :

— Jewey Jacobs est mort ! mort ! mort !

— Ah ! il est mort ? Je m'en f..., dit Corporal Gilbey. Attention : ENTRAÎNEZ JACOBS !

Ce fut une énervante besogne, et telle que je souhaite n'en point revoir dans aucune course. L'homme récalcitrait, contrepédalait, *grippait*. C'est extraordinaire comme ce terme, qui s'applique aux frottements des machines, convenait merveilleusement au cadavre. Et il continuait à faire ce qu'il avait à faire sous mon nez, dans sa terre à foulon ! Dix fois nous eûmes la tentation de dévisser les écrous qui faisaient les cinq paires de jambes solidaires, y compris celles du mort. Mais il était bouclé, cadenassé, plombé, cacheté et apostillé sur sa selle, et puis... il eût été un poids... *mort,* je ne cherche pas le mot, et pour gagner cette dure course, il ne fallait pas de poids mort.

Corporal Gilbey était un homme pratique, comme William Elson et Arthur Gough étaient des gentlemen pratiques, et Corporal Gilbey nous ordonna ce qu'ils auraient eux-mêmes ordonné. Jewey Jacobs était engagé à marcher, lui quatrième, dans la grande et honorable course du *Perpetual-Motion-Food* ; il avait signé un dédit de vingt-cinq mille dollars, payables sur ses courses futures. Mort, il ne courrait plus et ne pourrait pas payer son dédit. Il lui fallait donc marcher, vif ou mort. On dort bien en machine, on peut bien mourir en machine et cela n'a pas plus d'inconvénient. Et puisque la course s'appelait la course *du mouvement perpétuel* !

William Elson nous expliqua plus tard que la rigidité cadavérique — qu'il nommait *rigor mortis,* je crois — ne signifie absolument rien et cède au premier effort qui la brise. Quant à la putréfaction subite, il avoua que lui-même ne savait à quoi l'attribuer... peut-être, dit-il, à l'abondance exceptionnelle de la sécrétion des toxines musculaires.

Voilà donc notre Jewey Jacobs qui pédale, d'abord avec mauvaise volonté, sans qu'on puisse voir s'il faisait des grimaces, toujours le nez dans son masque. Nous l'encourageons d'injures amicales, du genre de celles que nos grands-pères adressaient à Terront dans le premier Paris-Brest : « Va donc, eh, cochon ! » Petit à petit il prend goût à la chose, et voilà ses jambes qui suivent les nôtres, l'*ankle-play* qui revient, jusqu'à ce qu'il se mît à tricoter follement.

— Un volant, dit le Corporal : il régularise. Et je pense qu'il va s'affoler tout à l'heure.

En effet, non seulement il régularisa, mais il emballa, et le *sprint* de Jacobs mort fut un sprint dont n'ont point d'idée les vivants. Si bien que le dernier wagon, qui était devenu invisible pendant ce travail de maître d'école pour défunts, grossit, grossit et reprend sa place naturelle, qu'il n'aurait jamais dû quitter, quelque part derrière moi, le milieu du tender à un demi-yard à droite de mon épaule droite. Le tout ne se passa point, bien entendu, sans nos hurrahs à notre tour, tonitrués dans les quatre masques :

— Hip, hip, hip, hurrah pour Jewey Jacobs !

Et la trompette volante jeta par tout le ciel :

— Hip, hip, hip, hurrah pour Jewey Jacobs !

J'avais perdu de vue la locomotive et ses deux wagons, le temps d'apprendre à vivre au mort ; quand il put se tirer d'affaire tout seul, je vis l'arrière du dernier wagon grossir comme si c'eût été lui qui fût revenu prendre de nos nouvelles. Hallucination sans doute, reflet déformé de la quintuplette dans l'acajou du grand sleeping plus limpide qu'une glace, un aspect d'être humain bossu — bossu ou chargé d'un fardeau énorme — pédalait derrière le train. Ses jambes se mouvaient exactement à la vitesse des nôtres.

Instantanément, la vision disparut, masquée par l'angle de l'arrière du wagon, déjà dépassé. Il me parut très comique d'entendre glapir, comme précédemment, l'absurde Bob Rumble — lequel, affolé, sautait de droite et de gauche, sur son siège d'osier, comme un singe en cage :

— Il y a quelque chose qui pédale, il y a quelque chose qui suit !

L'éducation de Jewey Jacobs nous avait pris tout un jour ; c'était le matin du quatrième jour, trois minutes, sept secondes et deux cinquièmes après neuf heures ; et l'indicateur de vitesse était à son degré extrême, qu'il n'avait pas été construit pour dépasser : 300 kilomètres à l'heure.

La machine volante nous faisait un bon service ; et sans savoir si nous allâmes au-delà de la vitesse précédemment enregistrée, je suis sûr que grâce à elle nous n'avons pas ralenti, l'indicateur conservant toujours son aiguille au point extrême du cadran. Le train nous tenait toujours à bonne hauteur, sans varier, mais il n'avait pas dû prévoir de telles allures en s'approvisionnant de combustible, car les passagers — il n'y en avait pas d'autres que Mr. Elson et sa fille — se transportèrent par le couloir jusque sur la plate-forme de la locomotive, auprès du mécanicien, traînant après eux leurs victuailles et boissons. La jeune fille, l'air merveilleusement actif, portait une trousse de toilette. Tous s'employèrent — ils étaient cinq ou six en tout — à dépecer les wagons et à enfourner dans le foyer tout ce qui était brûlable.

La vitesse s'accéléra, il m'est impossible d'apprécier dans quelles proportions ; mais le vrombissement de la trompette volante monta de quelques demi-tons, et il me sembla que la résistance sous les pédales cessait absolument, chose absurde, avec mon effort plus accentué. Est-ce que cet étonnant Jewey Jacobs aurait fait encore des progrès ?

J'aperçus sous mes pieds non plus le bitume uniforme de la piste, mais... très loin... le dessus de la locomotive ! La fumée du charbon et du pétrole aveugla nos masques. La machine volante eut l'air de ramper.

— Vol de vautour, nous expliqua d'un mot, entre deux accès de toux, Corporal Gilbey. Gare la pelle.

On sait, et Arthur Gough expliquerait mieux que moi, qu'un mobile roulant animé d'une vitesse suffisante s'élève et plane, l'adhérence au sol étant, par la vitesse, supprimée. Quitte à retomber s'il n'est pas muni d'organes propres à le propulser sans point d'appui solide.

La quintuplette, en retombant, vibra comme un diapason.

— *All right,* dit tout à coup le Corporal, qui s'était livré à une gesticulation singulière, le nez sur sa roue d'avant. Tout se remit à rouler comme précédemment.

— Ai crevé pneu d'avant, dit Bill, d'une voix rassurante.

À droite, il n'y avait plus trace de wagons : d'énormes tas de bois et des bidons d'essence étaient empilés sur le tender ;

les trucks avaient été détachés et restaient en arrière : même s'ils avaient suivi quelque temps par l'élan acquis, ils avaient dû être ralentis par la trépidation. À présent, il était possible de suivre le mouvement de leurs roues. La locomotive était toujours à la même hauteur.

— Re-vol de vautour, dit Bill Gilbey. Plus de risque de pelle. Crevé pneu arrière. *All right*.

De stupeur je levai la tête de dessus mon masque horizontal et regardai en l'air : la machine volante avait disparu et s'espaçait sans doute là-derrière avec les wagons abandonnés.

Tout allait bien, pourtant, comme le disait le Corporal ; l'indicateur de vitesse marquait toujours, contre sa joue, en tremblant, un train uniformément accéléré, supérieur depuis longtemps à trois cents kilomètres à l'heure.

Le virage se dressait à l'horizon.

C'était une grande tour à ciel ouvert, en figure de tronc de cône, de deux cents mètres de diamètre à la base et haute de cent. Des contreforts massifs en pierre et en fer l'assuraient. La piste et la voie ferrée s'y engouffraient par une sorte de porte ; et dans l'intérieur, durant une fraction de minute, nous tourbillonnâmes, couchés sur le côté et maintenus par notre élan, sur les parois non seulement verticales, mais qui surplombaient et ressemblaient au-dedans d'un toit. Nous avions l'air de mouches courant sous un plafond.

La locomotive était suspendue au-dessus de nous, sur le flanc, comme un rayon d'étagère. Un bourdonnement remplissait le tronc de cône.

Or, pendant cette fraction de minute, nous entendîmes tous, au milieu de cette tour isolée dans la steppe du Transsibérien et dont nous venions de parcourir l'intérieur vide, une voix forte, répercutée par l'écho, et qui semblait être entrée immédiatement après la locomotive. Cette voix maugréait, jurait et sacrait.

Je perçus distinctement cette phrase saugrenue, proférée en bon anglais — sans doute pour qu'elle ne fût point perdue pour nous :

— Tête de cochon, tu me coupes l'épaule !

Puis un choc sourd.

Déjà nous sortions du virage, et, en travers de cette même espèce de porte que nous avions trouvée libre quelques secondes auparavant, une barrique, de la capacité que les Anglais appellent *hogshead* — soit en effet : « tête de cochon », et qui contient cinquante-quatre gallons, — percée à la place de la bonde d'une large ouverture rectangulaire et munie, vers le milieu, de deux courroies pareilles aux bretelles d'un sac de soldat — comme si on l'eût portée à dos d'homme, une barrique se balançait à la façon de tout objet rond que l'on vient de poser à terre avec brutalité — à la manière d'un berceau d'enfant.

Le chasse-pierres de la locomotive la lança ainsi qu'un ballon de foot-ball : elle éclaboussa sur la voie et sur la piste un peu d'eau et des gerbes de roses, dont quelques-unes tournoyèrent un certain temps, adhérant par leurs épines aux pneus déjà crevés de nos roues.

La nuit du quatrième jour tomba. Quoique nous eussions mis trois jours pour atteindre le virage, nous devions, si notre allure présente se maintenait, être à moins de vingt-quatre heures de l'arrivée des Dix Mille Milles.

Comme l'obscurité s'abattait, je donnai un dernier coup d'œil au cadran indicateur que je ne consulterais plus jusqu'à l'aube ; et comme je le regardais, le fil de soie tournant et vibrant sur la gorge bloquée de l'engrenage à son point extrême flamba en un grand fuseau bleu, puis tout fut noir.

Alors, comme une pluie d'aérolithes, des corps durs et doux à la fois, et aigus et duvetés et saignants et criants et lugubres nous lapidèrent, happés par notre vitesse ainsi qu'on attrape des mouches ; et la quintuplette fit une grande embardée et se cogna à la locomotive, toujours en apparence immobile. Elle y resta appliquée pendant quelques mètres sans que s'interrompissent nos jambes machinales.

— Rien, dit le Corporal. Oiseaux.

Nous n'étions plus abrités par le coupe-vent des machines d'entraînement, et il est extraordinaire que cet incident ne se soit pas produit plus tôt, dès le lâchage de l'entonnoir volant.

À ce moment, sans même un ordre du Corporal, le nabot Bob Rumble rampa vers moi sur la tige de sa remorque, afin d'appuyer de tout son poids sur la roue arrière et en augmenter l'adhérence. Cette manœuvre m'apprit que la vitesse s'accélérait encore.

J'entendis claquer ses dents et je compris que Bob Rumble ne s'était approché de nous que pour fuir ce qu'il appelait « quelque chose qui suit ».

Il alluma derrière mon dos, un peu à gauche, un fanal à l'acétylène, qui projeta bizarrement devant nous, un peu à droite (la locomotive était à gauche maintenant), l'ombre quintuple du team sur la piste blanche.

Dans la clarté gaie, le nain ne se plaignit plus. Et nous nous entraînâmes SUR NOTRE OMBRE.

Je n'avais plus aucune idée de notre allure. J'essayais bien de percevoir quelques bribes des petites chansons stupides que se fredonnait Sammy White afin de rythmer ses coups de pédale. Un peu avant que le fil de l'indicateur flambât, il bredouillait le refrain, semblable à un roulement de grêle, de son sprint final, tant entendu au cours de ses records du mile et du demi-mile lancés, sur les pistes en cerf-volant du Massachusetts :

Poor papa paid Peter's potatoes !

Au-delà il eût fallu inventer, mais ses jambes allaient trop vite pour son cerveau.

La pensée, du moins celle de Sammy White, n'est pas si rapide qu'on le dit, et je ne la vois pas faisant une « exhibition » sur n'importe quelle piste.

Il n'y a vraiment qu'un record que ni Sammy White champion du monde, ni moi, ni notre équipe à nous cinq, ne battrons pas de sitôt : le record de la lumière, et de mes yeux je l'ai vu battre : quand le fanal s'alluma derrière nous, balayant la piste, d'arrière en avant, de notre ombre, de notre ombre faite de nos cinq ombres si instantanément groupées et confondues à cinquante mètres devant nous qu'on eût dit vraiment un seul coureur, vu de dos, qui nous précédait — nos coups de pédale simultanés complétaient cette illusion que j'ai su depuis n'être pas une illusion — quand notre ombre se projeta en avant, notre sensation à tous fut si aiguë qu'un adversaire silencieux et irrésistible qui nous aurait guettés depuis des jours, venait de démarrer sur notre droite en même temps que notre ombre, caché en elle et gardant son avance de cinquante mètres ; notre émulation fut si aiguë que nos bielles se mirent à tourbillonner avec pas moins d'entrain qu'un chien enragé ne tournerait après sa queue s'il n'avait rien de mieux à mordre.

Cependant, la locomotive, brûlant ses wagons, se tenait toujours à même hauteur, donnant l'impression d'un grand calme auprès d'un geyser... Il semblait qu'elle ne portât d'autre être animé que miss Elson, laquelle suivait avec une curiosité surexcitée et peu explicable les contorsions, assez grotesques il est vrai, de notre ombre dans l'éloignement. William Elson, Arthur Gough et les mécaniciens ne bougeaient pas. Nous autres, à la file sous le jet de clarté blême de notre fanal et si aplatis dans nos masques qu'à peine étions-nous caressés du grand ouragan créé par notre vitesse, nous revivions, je pense, à en juger par mes sentiments personnels, les soirées d'enfance, sous la lampe, penchés sur la table des devoirs d'écolier. Et nous avions l'air de reconstituer une de mes visions de ces soirs-là : un grand sphinx atropos qui entra par la fenêtre, ne s'inquiéta pas — chose étrange — de la lampe, alla chercher, dans une passion guerrière, au plafond sa propre ombre projetée par la flamme, et la cogna, à heurts répétés, de tous les béliers de son corps velu : toc, toc, toc...

Dans ces pensées ou dans ce rêve, je ne m'aperçus pas que, par la trépidation de notre élan, le fanal était éteint, et pourtant, bien visible parce que la piste était très blanche et la nuit assez claire, la même découpure falote nous « menait le train » à cinquante mètres !

Elle ne pouvait être figurée par la lumière de la locomotive : jusqu'au pétrole des deux lanternes était passé depuis longtemps à surchauffer la chaudière obscure.

Pourtant, il n'y a pas de fantômes... qu'était-ce alors que cette *ombre* ?

Corporal Gilbey ne s'était pas aperçu de l'extinction de notre fanal, sans quoi il aurait sévèrement sermonné Bob Rumble : aussi jovial et pratique qu'à l'ordinaire, il nous encouragea par ses lazzis :

— Allons, enfants, rattrapez-moi ça ! Ça ne tiendra pas longtemps ! Nous gagnons dessus. Ça manque d'huile, ce n'est pas une ombre, c'est un tourne-broche !

Dans le grand silence de la nuit, nous nous hâtâmes davantage.

Soudain... j'entendis... je crus entendre comme des pépiements d'oiseau, mais d'un timbre singulièrement métallique.

Je ne me trompais pas : il y avait bien un bruit, quelque part en avant, un bruit de ferraille...

Sûr de sa cause, je voulus crier, appeler le Corporal, mais j'étais trop terrifié de ma découverte.

L'ombre grinçait comme une vieille girouette !

Il n'y avait plus à douter du seul événement vraiment un peu extraordinaire de la course : l'apparition du PÉDARD.

Et pourtant, jamais je ne croirai qu'un homme ou qu'un

diable nous ait suivis — et dépassés — pendant les Dix Mille Milles !

Surtout considérant la tournure du personnage ! Voici ce qui dut se passer : le Pédard, qui s'était laissé rattraper, naturellement, et se tenait à gauche, presque devant la locomotive ; le Pédard, survenant au moment où l'ombre disparut et se confondant une seconde avec elle, — traversa avec une maladresse incroyable, mais une chance providentielle pour lui et pour nous la piste devant la quintuplette. Il s'en vint buter avec sa machine apocalyptique contre le premier rail... On eût dit, ma foi, tant il zigzaguait, qu'il y avait bien trois heures, mais guère davantage, qu'il pratiquait le cycle. Il franchit donc le premier rail perpendiculairement, au péril de ses os, eut la mine désespérée de quelqu'un qui sait bien qu'il ne viendra jamais à bout de franchir le second ; hypnotisé par la manœuvre de son guidon, les yeux sur sa roue d'avant, il n'avait pas l'air de se douter qu'il se livrait à toutes ses petites évolutions imbéciles devant un grand express emballé sur lui à plus de trois cents kilomètres à l'heure. Il parut soudain frappé de quelque idée extrêmement prudente et ingénieuse, vira tout de travers à droite et partit sur le ballast droit devant lui, fuyant la locomotive. À ce moment précis l'éperon de la machine rattrapa sa roue d'arrière.

Pendant la seconde où il attendit l'écrabouillement, toute sa silhouette cocasse, jusqu'aux détails des rayons de sa bicyclette, resta photographiée dans ma rétine. Puis je fermai les yeux, ne désirant point compter ses dix mille morceaux.

Il portait lorgnon, n'était pas barbu si l'on veut, mais sali d'une barbe clairsemée et frisottée.

Il était vêtu d'une redingote et coiffé d'un chapeau haut de forme gris de poussière. La jambe droite de son pantalon était retroussée, comme s'il l'eût fait exprès afin d'avoir plus de chances de s'empêtrer dans sa chaîne ; et la jambe gauche serrée à l'aide d'une pince de homard. Ses pieds, sur leurs pédales en caoutchouc, étaient chaussés de bottines à élastiques. Sa machine était un corps-droit à caoutchoucs pleins, comme on n'en trouverait plus au poids de l'or... et elle devait peser lourd ! munie de garde-boue en fer avant et arrière. Bon nombre de ses rayons — des rayons directs — avaient été industrieusement remplacés par des baleines de parapluie, dont les fourchettes, qu'on n'avait point ôtées, ballaient au gré des roues en forme de 8.

Surpris d'en entendre le régulier cliquetis, ainsi que le

grincement des roulements usés, une bonne demi-minute après ce que je supposais devoir être la catastrophe, je rouvris les yeux et n'en pus les croire, ne pus même les croire ouverts : le Pédard se prélassait toujours à gauche, sur le ballast ! La locomotive était tout contre lui et il n'en paraissait d'aucune manière incommodé. J'eus l'explication du prodige : la misérable brute ignorait sans doute l'arrivée par-derrière du grand rapide, autrement elle n'eût pas fait preuve d'un aussi beau sang-froid. La locomotive avait tamponné la bicyclette et la poussait maintenant *par le garde-boue de la roue arrière* ! Quant à la chaîne — car bien entendu le ridicule et insensé personnage n'eût point été capable de mouvoir ses jambes à de telles allures — la chaîne s'était rompue net au choc, et le Pédard pédalait avec jubilation à vide — sans nécessité d'ailleurs, la suppression de toute transmission lui constituant une excellente « roue libre » et même folle — et s'applaudissait de sa performance, qu'il attribuait sans aucun doute à ses capacités naturelles !

Une lumière d'apothéose parut sur l'horizon, et le Pédard en eut l'auréole le premier. C'étaient les illuminations du point terminus des Dix Mille Milles !

J'eus l'impression de la fin d'un cauchemar.

— Allons ! un effort, disait le Corporal. À nous cinq, nous pouvons bien « gratter » le camarade !

Cette voix nette — comme un point de repère fixe accentue, pour celui qui, souffrant du mal de mer, gît dans une couchette suspendue à la Cardan, les oscillations d'un navire — cette voix du Corporal me fit comprendre que j'étais ivre, ivre mort de fatigue ou de l'alcool du *Perpetual-Motion-Food* — Jewey Jacobs en était bien mort ! — et me dégrisa en même temps.

Je n'avais pas rêvé pourtant : un coureur étrange précédait la locomotive ; mais il ne montait pas un corps-droit à caoutchoucs pleins ! mais il ne portait pas de bottines à élastiques ! mais sa bicyclette ne grinçait pas, sinon dans mes oreilles qui bourdonnaient ! Mais il n'avait pas cassé sa chaîne puisque sa bicyclette était une machine sans chaîne ! Les bouts d'une ceinture lâche et noire flottaient derrière lui et caressaient l'éperon de la locomotive ! C'était ce que j'avais pris pour un garde-boue et pour les pans d'une redingote ! Sa culotte courte était éclatée sur les cuisses par le gonflement de ses muscles extenseurs ! Sa bicyclette était un modèle de course dont je n'ai jamais vu le pareil, aux pneus microscopiques, au développement supérieur à celui de la quintuplette ; il l'actionnait en se jouant et en effet comme s'il eût pédalé à vide. L'homme était devant nous : je voyais sa nuque, houleuse de cheveux longs ; le cordon de son lorgnon — ou une boucle noire de sa chevelure — était rabattu en arrière par le vent de la course jusque sur ses épaules. Les muscles de ses mollets palpitaient comme deux cœurs d'albâtre.

Il y eut un mouvement sur la plate-forme de la locomotive, comme s'il allait s'y passer quelque chose de grand. Arthur Gough repoussa doucement miss Elson, qui se penchait pour contempler, avec amour, semblait-il, le coureur inconnu. L'ingénieur parut parlementer, de façon acerbe, avec Mr. Elson pour en obtenir quelque exorbitante concession. La voix suppliante du vieillard me parvint :

— Vous n'allez pas en faire boire à la locomotive ? Ça lui ferait mal ! Ce n'est pas une créature humaine ! Vous n'allez pas faire crever cette bête !

Après quelques phrases rapides et inintelligibles :

— Alors laissez-moi faire le sacrifice moi-même ! Que je ne m'en sépare qu'au dernier instant !

Le chimiste à barbe blanche soulevait dans ses mains, avec des précautions infinies, une fiole contenant, ai-je appris depuis, un rhum admirable qui aurait pu être son aïeul et qu'il avait réservé pour le boire seul ; il versa ce combustible ultime dans le foyer de la locomotive... l'alcool était sans doute trop admirable : la machine fit pschhchchhh... et s'éteignit.

C'est ainsi que la quintuplette du *Perpetual-Motion-Food* a gagné la course des Dix Mille Milles ; mais ni Corporal Gilbey, ni Sammy White, ni George Webb, ni Bob Rumble, ni, je pense, Jewey Jacobs dans l'autre monde, ni moi qui signe pour eux tous cette relation : Ted Oxborrow, nous ne nous consolerons jamais d'avoir trouvé, en arrivant au poteau — où personne ne nous attendait, car personne ne prévoyait une arrivée si prompte — ce poteau couronné de roses rouges, les mêmes obsédantes roses rouges qui avaient jalonné toute la course...

Personne n'a pu nous dire ce qu'était devenu le fantastique coureur.

XI. DE L'ÉTERNITÉ PLIÉE

Jean Cocteau, 1936. Refaire le Tour du monde. *Comme un périple de touriste, commencé tranquille, à tout seigneur tout repos... Et puis, vite, comme chez Verne, le rythme qui s'emballe, à peine passé les portes de notre Occident, les mêmes déconvenues que pour Fogg et Passepartout, avec le réel qui vous saute aux yeux, à la gorge, pour ne plus vous lâcher.*

Alors, c'était (et ici et là il se peut que ce soit encore) un voyage d'opérette, tellement « français », avec les « stations » du prédécesseur de fiction comme autant de visites dans un théâtre imaginaire de l'enfance qui planterait ses tréteaux n'importe où dans le Châtelet du monde. Mais la course à l'Est devient course à la vérité, à travers la fantasmagorie. Un prodigieux voyage chez les morts et chez les autres, parmi les beautés en ruine ou en chair et en os, entre les croyances défuntes et les désirs vivants. Foin des gloires officielles, des réceptions diplomatiques : avec un sens pervers du rendez-vous manqué, Cocteau, drôle de journaliste, s'abandonne aux hasards de carrefour, aux flâneries assoupies du jour, aux marches éperdues de nuit. Il se fait œil, qui engrange tout le provisoire du monde, le flash intense, trouant l'obscurité, d'une rencontre, telle silhouette, découpée entre deux rideaux cramoisis dans une fumerie d'opium : bref, la poésie triviale du monde — la seule poésie-phénix.

École du voir, école de l'âme. Le voyage dit l'Europe moribonde, quoique bien-aimée, proclame les ailleurs, dans leur étrangeté « tout compris », même l'éprouvant, même l'épouvante, chance inouïe d'intensité, d'éternité instantanée, de résurrection.

PENANG, 26 AVRIL. — ÉLOGE DES CAFÉS
DU SECOND EMPIRE. — LA NUIT, PENANG
EST MAGIQUE. — AVEC LE FUMIER, LA CHINE
FABRIQUE DE L'OR. — FUMERIE D'OPIUM
POPULAIRE. — UNE ÉNIGME DANS UN BAR.

Campagne luxuriante. Odeurs aussi compliquées que les
formes. Pelouse d'un vert fou. Orage. Flamboyants, arbres
de feu orange : par l'entremise des coloniaux, ils donnent leur
nom aux bordels de Marseille. Chalets bleus, chalets jaunes,
chalets roses. Dragons d'émail. Fleurs et parfums. Bœufs bos-
sus et pâles, le front décoré d'une lyre. Les coolies suent. Leur
trot est complètement différent de celui des coolies de Rangoon. Ils trottent en remuant les épaules et en levant les pieds
très haut en arrière.

Le *Temple des serpents.* Les serpents ont pris la couleur
des pierres. C'est un édifice machiné dont les motifs d'architecture vivent, se nouent, se dénouent et changent de dessins
sous nos yeux. Je pense à la grotte d'Aouda du *Tour du
monde.* Les machinistes aux bras habillés en serpents. Ils les
agitaient par des trous. L'acteur Pougaud, entraîné par son
rôle, donne un coup de bâton pour défendre la princesse, et
le serpent crie : « Nom de Dieu ! » les agrès, l'intensité douce
des lampes électriques qui s'allument et qui attendent que tout
sombre dans le noir pour éclairer le travail.

Les cris des chefs d'équipe. Les Chinois en casque colonial qui inscrivent des chiffres. Les chefs de service maho-
métans aux toques de velours noir, mordoré, grenat.

À 7 heures et demie, nous sommes pris d'une fringale de
ville chinoise. Nous descendons la coupée et nous laissons
tomber dans un sampan. Mer agitée, grosses gouttes de pluie.
Le ciel avec des plaques de lumière, des feux roses comme
des apparitions qui s'évanouissent. La buée dans laquelle on
baigne doit former des écrans sur lesquels se projettent des
mirages, des prismes. Le sampan, qui a la grossièreté d'un
accessoire de théâtre ou de manège à vapeur, saute dans
l'opale vers une côte de sépia. Autour de nous d'immenses
bacs transportent des automobiles, des girandoles électriques,
et nous basculent dans leur sillage.

Nos coolies nous attendent. Mais nous voulons marcher

sous cette grosse pluie dont les gouttes éclatent. Les hiron-
delles crient sous les arcades.

La nuit, Penang est magique. La rue est une scène de comédie interminable entre les coulisses des enseignes étroites et
hautes qui la bordent. Enseignes de bois et de papier. Le crime
y doit être tout naturel. Il est impossible d'imaginer ici une
des boîtes de Montmartre ou de Marseille. « Paris, dit Passepartout, de loin, c'est une boîte de nuit. » Elles ne peuvent
prendre place dans cette gravité où le spectacle résulte du fait
que rien ne se donne exprès en spectacle. Une singularité qui
se connaît et qui s'exploite donne naissance au pittoresque
et au manque de sérieux. Sérieux des villes chinoises, qui ne
savent rien d'autre qu'elles. Marécage à sec. Pilotis et per-
ches. Aspect lacustre de tout quartier chinois. Aucune bête.

Les porteurs stoppent et posent leurs brancards devant un
petit restaurant étroit comme un corridor, bariolé d'affiches
vertes et rouges, de chromos qui représentent des dames chinoises en 1900 et des marines de la guerre russo-japonaise.

Un bébé, qui mange sur les genoux de son père, hurle de
peur en nous voyant. Il est épouvanté comme un petit Blanc
par des Chinois. Départ de cette charmante famille que nous
retrouverons tout à l'heure après dîner.

Les Chinois croient toujours nous prendre beaucoup et
nous leur prenons bien davantage.

L'énorme coolie de Passepartout s'élance. Le mien emboîte
le pas. Nous les laissons aller où ils veulent. Brusque tournant dans une impasse que les birmans appelleraient être un
coupe-gorge. Escalier à pic et nous débouchons dans la fumerie des camarades de nos coolies. Le bébé qui hurle encore
d'épouvante. La petite sœur toute nue qui gesticule avec des
pieds gris perle ravissants. On la pose sur le bat-flanc recouvert d'une carpette de lattes rousses, patinées par les corps,
les coudes, la fumée. La fumerie est en façade et les Chinois
nus, aux caleçons roulés, s'y tiennent debout. Linges qui pen-
dent, calendriers. Belle lampe très haute, le verre recollé à
la cire rouge. Le reste de la maison, escaliers, chambres,
recoins, dans l'ombre. Seul éclairage de la lampe à opium.
Gentillesse des sourires. La charmante férocité chinoise. Peut-
être un Hindou serait-il mal reçu...

Notre gros coolie a été jadis vedette des poids lourds dans
un cirque. Il a voyagé. Il en a rapporté une sorte d'anglais
qui le fait prendre pour un savant. Il est entouré de respect

et nous consolidons ce mensonge en feignant de le comprendre et de parler avec lui. Nous finissons par deviner que la police pourchasse les fumeurs à Penang et les rationne. Ils nous montrent le carnet grâce auquel, selon les besoins, on leur vend de petites capsules d'opium poinçonnées. Les jours de prison couvrent des pages et des pages. Cela les amuse.

Je reverrai toujours cette espèce de haute alcôve rousse où se pressent des Chinois aux ossatures singulières, aux hanches huileuses, aux yeux gais, debout les uns derrière les autres, éclairés par-dessous, regardant passionnément cette chose incroyable : des Blancs qui respectent leurs habitudes.

Si la police arrive, un guetteur l'annonce. Dehors, un gosse crie un cri convenu de marchand ambulant. Un autre frappe des castagnettes de bambou. L'opium disparaît, le thé fume. On lave du linge, on gratte des cordes nasillardes. La police peut faire semblant de ne rien voir.

Il faut partir. Avant le port, halte dans un petit bar anglais. Nous voyons les premiers Blancs. Quatre Anglais attablés sous un ventilateur autour de verres de gin, dans lesquels ils pressent de minuscules tranches de citron.

À peine sommes-nous assis, que nous nous apercevons d'une atmosphère bizarre. Excepté le barman impassible, une femme qui avance une face plate entre des rideaux, et quelques sikhs nus, renouant leur chignon, qui entrent et qui sortent, il n'y a que nous d'assis et ces quatre Anglais de la table.

Jamais je n'ai senti une électricité pareille, une telle décharge de je ne sais quoi. On peut observer cette table. Elle ne distingue rien en dehors d'elle. L'homme qui tourne le dos est regardé passionnément dans les yeux par les trois autres ; surtout par celui qui fait face, un jeune Anglais blond, à tête rase, à figure ronde.

Parfois ses yeux se remplissent de larmes. Sont-ils saouls ? Le gin exalte la situation. Mais il y a autre chose. C'est la minute la plus intense de la vie de ces quatre personnes, j'en jurerais. Celui à droite de l'homme qui tourne le dos s'effondre, la tête entre les mains. Aussitôt l'homme lui caresse l'épaule et les deux autres, par-dessus la table, tendant leurs mains qu'il réunit et empoigne fortement dans sa main gauche. Il semble que le jeune homme à droite perd tout en perdant cet homme vu de dos qui les quitte. Une bande se défait par une malchance du sort. On dirait que, très bas, l'homme prêche et leur laisse une sorte de testament.

Ils en arrivent au point où l'on ne se gêne plus pour personne. C'est presque irrespirable.

Soudain Passepartout me montre, derrière la vitrine, entre les bouteilles et le petit Johnnie Walker en habit rouge qui lorgne, la figure noire de nos coolies qui dévorent la scène des yeux et nous font des signes.

Passepartout sort. Il rentre et me dit que les coolies l'ont supplié de se méfier des quatre Anglais. Ce seraient des voleurs très dangereux. Naturellement, la nouvelle nous décide à ne plus quitter le bar, et les figures de nos coolies s'aplatissent aux vitres.

Que de nuits dangereuses ces hommes ont dû vivre dans ce bar ! Que de rendez-vous après la chasse aux dupes.

Pendant que l'homme qui tourne le dos essaye de secouer doucement et de consoler celui de droite, Passepartout attrape au vol un échange de clins d'œil suspects entre les deux autres hommes. C'est donc encore plus compliqué que cela n'en a l'air. Si les coolies ont raison, et si ces Blancs sont des voleurs, l'un d'eux est obligé de quitter la ville et c'était leur chef. C'est lui l'origine du groupe. Lui la tête et l'âme. Peut-être un de ceux qui échangent des clins d'œil espère-t-il bénéficier de sa fuite et diriger l'entreprise. Mais quels regards ces individus posent sur le visage de celui qui nous tourne le dos et que l'on devine large, ravagé, tendre, dur. On dirait une vamp, une femme *fatale* qui les abandonne. Je me lève, suivi de Passepartout, et je quitte cette scène intime tendue à se rompre. Nos coolies nous poussent dans les charrettes et se sauvent à toutes jambes, comme s'ils nous arrachaient des griffes du diable.

Je pense à ces hommes. Déjà vivre à Penang représente de ne plus pouvoir vivre ailleurs... et ne plus pouvoir vivre à Penang ! Ce quatuor, cette mystérieuse musique de chambre, nous a marqué Penang de poésie lourde, résume avant le départ tout ce que nous sentions au-dessus de cette ville vaguement suspendu d'orageux.

Et je revois la tête de Chinoise qui soulève une portière, la figure impassible du barman, le ventilateur qui semblait soulever ces quatre hommes de terre, au-dessus du bien et du mal.

BIG CITY

Le whisky-soda du bar des aventuriers n'était point une farce. J'ai dormi. Je m'éveille. Le *Karoa* immobile, troué de sifflets aigus. Bruit de tonnerre du chargement qui se prépare. Fleuve immense.

Port Swettenham. Tout ici très *Tour du monde* à l'époque Verne. Le *Karoa* qui fume entre à reculons dans cette baie gris perle. La manœuvre approche le cargo d'un quai couvert de rails, d'un va-et-vient de locomotives basses qui crachent des gerbes d'étincelles.

Foule misérable. Ouvriers dockers en guenilles, squelettes herculéens. Tous portent plusieurs chapeaux de feutre les uns sur les autres. Parfois, ils les mettent comme les clowns, en forme de bicorne, de tricorne.

Contre le *Karoa*, côté fleuve, des poutres en bois de teck et en bambous se préparent pour les marchandises, ouvrent leurs cales. Écœurement doux. La péninsule malaise en forme de mangue. La première mangue est exquise, la deuxième trop exquise, la troisième on la jette sans la finir. Sueur parfumée.

La fumée des cargos et les nuages orageux se mêlent. Nuages au loin bordés d'un mince ourlet bleu sombre.

Descendons pour fuir le vacarme, les cris de singes, les tonnerres de chaînes. Tout a l'air d'avoir été trempé dans un bain de sépia rousse : cordages, bois, voiles, linges, corps.

Un jeune démon portugais nous offre sa Ford. Nous y montons. Impossible de se comprendre. Où est la ville ? Big City... Big City. Qu'il s'y rende ; on verra bien. Campagne riche, propre, grasse. On traverse de petites villes chinoises. L'auto roule à toute vitesse sur une route luisante. Orgueil nègre de se dépasser les uns les autres. Conduite à gauche. Pour nous, habitués à conduire à droite, nous croyons chaque fois que les voitures vont se broyer.

Petits temples entourés des sculptures d'un manège à vapeur. Bêtes cabrées, miroirs. Végétation lyrique. Parfois même la verdure s'exalte jusqu'à faire la roue (l'arbre éventail). Haies d'ibiscus rouges. L'eau, le sang, le sable mouillé de sang. Vertige de santé, comme lorsque l'on se porte bien et qu'on se coupe avec le rasoir. Le sang écarlate barbouille et ne fait pas mal. Les blessures cicatrisent vite. Caoutchoucs.

Forêts de caoutchoucs. Au bord de la blessure visqueuse de l'écorce un long ruban de caoutchouc se détache. Une mince bande de chewing-gum.

Des jeunes gens à bicyclette nouent leur chignon en lâchant les mains. Ils s'approchent de notre halte. Ils rient doucement. Un rien excite leur rire. La nuit tombe. Canonnade électrique. Buée qui buvarde les éclairs. À droite, à gauche de la route, des villas d'une élégance fabuleuse. Des chalets sur pilotis de style colonial.

Une phrase de *Bubu de Montparnasse* m'avait émerveillé jadis « *les bateaux-mouches éclairés jusqu'à l'âme* ». Les villas éclairées jusqu'à l'âme. On voit la vie et l'élégance comme dans le moulin transparent d'une pantomine.

Big City ! Big City ! La route n'en finit pas. Où allons-nous ? Il y a une heure qu'on roule. Le *Karoa* charge toute la nuit, repart demain matin. Big City... Le nom de cette ville... Nous croyons entendre : « *l'Impure* »[1]. Et nous en restons là.

L'Impure comment sera-t-elle ?... Nous croyons toujours que la ville approche. Ponts de fer. Fleuves. Quartiers à boutiques de barbiers, à épiceries mystérieuses. La campagne, la forêt recommencent. Rêves. Des rames de wagons les unes derrière les autres, sans fin. Et, tout à coup, une gare de plâtre, grande comme cinq fois le vieux Trocadéro, un Trocadéro plus léger, plus élancé, plus riche en tourelles, en colonnades, en flèches, en minarets, illuminé au magnésium. À gauche, sur une colline, les palaces-hôtels des villes de Rimbaud. Cent mille fenêtres étincelantes. Le Majestic, le Carlton, le Splendid-Hotel, le Continental. Pour qui ? Les singes entrent dans les chambres, emportent des objets et s'ouvrent la gorge avec les rasoirs. Pas un Blanc. Kiosques lumineux dans des fonds de verdure, sur des lacs, au milieu d'îles de fleurs. Boulevards. Cohues de rickshaws qui sont des merveilles légères en ferronnerie d'or et en laque rouge, leurs coolies couchés, étalant des jambes de bronze. Et toujours la buée laiteuse, les paquets d'ombre, la ville qui ne commence jamais.

Big City ! La voilà, tellement grande, étincelante, inattendue, que nous croyons rêver, dormir.

L'auto stoppe. Toute la ville pleine d'un ron-ron de ventilateurs et du clapotement des socques.

Les femmes plates à gros visages boudeurs, barbouillés de

1. Kuala Lumpur.

craie blanche, en pyjamas à col haut et dur. « Des amphibies », déclare Passepartout. Les hommes se tiennent par le pouce. Pas un seul Européen. Nous voulons dîner ; nous choisissons un restaurant chinois. Pour entrer il faut fendre l'attroupement qui entoure les camelots. Ils étalent par terre des jeux de hasard, des loteries à chiffres d'encre de Chine, sur des pancartes rouges.

Devant le restaurant je me retourne. Je cherchais Passepartout et le vois cloué sur place par un spectacle atroce. Près d'un monticule de petites choses grises qui sont des dents, un dentiste est accroupi, une flamme d'acétylène attachée au bout d'un tuyau à son épaule. En face de lui, dans la même pose, un vieillard, sa tête chauve renversée en arrière, la bouche large ouverte. Une flaque de sang sur le trottoir. Le dentiste manipule des pinces, arrache les dents du vieillard, en essaye de neuves, en ôte, en remet. Les tables de dîneurs contemplent. Je n'ose plus changer de restaurant.

Ici aucune langue ne peut servir. Les garçons, le patron nus nous entourent. Les tables voisines nous inspectent comme des bêtes curieuses. Les dîneurs se curent les dents. Nous essayons de dire : servez-nous n'importe quoi. Rires sans méchancetés. On n'apporte rien.

Nos tentatives les amusent beaucoup.

Ils se taisent, sauf lorsque nous regardons l'heure à notre montre ou renouons un lacet de soulier, ou nous mouchons. « *How much* » ? Combien la montre ? Combien les souliers, combien le mouchoir ? C'est l'unique préoccupation chinoise. La seule phrase anglaise qu'ils savent. Le dollar règne. Nous finissons par montrer ce qu'il nous faut sur les tables voisines, sans plus nous gêner que nos voisins ne se gênent en nous inspectant.

Dîner de riz, de sauces fortes, de poisson sec, de gélatine de vermicelle translucide, et cette petite verdure d'un goût que n'approche aucun autre et qui parsème toujours les plats. Le dentiste accroupi arrache et remet des dents au vieillard. Fuite. Cinéma colossal. *Les nuits de Moscou*, Harry Baur *(sic)*. Nous qui fuyons l'Europe nous y entrons pour nous rassurer. Mais on a rempli le litre parisien de sauce chinoise, sonorisé le film dans la langue de cette populace mystérieuse. Harry Baur parle avec des sonorités de gong, de guitare nasillarde, un dialecte qui épouse le mécanisme français de la bouche.

De nouveau les rues, le peuple qui flâne. Passepartout

achète un costume de grosse soie écrue. Il offre un dollar, on lui rend presque tout. Les enfants s'amusent avec une boîte qui les allume comme des vers luisants. C'est un théâtre, grand comme une boîte d'allumettes. On tourne une manivelle. Il s'éclaire et par un truc d'optique un cortège de monstres défile en gesticulant. Nous achetons ce jouet. Aubaine d'un marchand à bouche d'or qui parle chinois. Ici, pour se ratacher à quelque chose de réel, il nous faut regretter Penang, Rangoon, entendre parler chinois. L'Europe n'existe plus. Nous avons écrit des cartes, nous essayons de savoir quels timbres mettre pour la France. *La France est inconnue.* L'Impure... L'Impure... C'est vrai. Une atmosphère de luxe trop rapide, une atmosphère gorgée d'or, une ville poussée en hâte du sol imbibé d'un sang d'eau grasse, trop belle et trop rutilante comme un champignon vénéneux.

Le Blanc s'y cache. Où ? Dans les banques à façades de guipure d'or, couvertes de lettres chinoises rouges sur fond de laque crème. Dans les entrepôts, dans les usines de caoutchouc des environs, dans les villas aux stores clairs tigrés de rayures noires, aux tréteaux de bois précieux, aux pelouses d'émeraude, aux jardins anglais à barrières blanches. On dirait que la ville plane dans la nuit, ailée des cent mille élytres de ses ventilateurs. Vitrines de diamant, étalages d'étoffes, de fruits, de parfums. Barbiers aux fauteuils de paresse. *Big City, l'Impure* se ramifie à perte de vue, éreinte le flâneur, écrase nos dernières croyances naïves en une vague primauté d'Europe. Nous n'osons même plus penser à Paris.

Je dors à moitié. Les parfums des forêts nous droguent. Et cette brume d'eau tiède, cette vapeur de hammam, cette mollesse, ce malaise malais, ce malaise de Malaisie. Les poisons de cette ville où le faste des bâtisses, des marchandises, des feux, l'activité secrète ne correspondent pas au bétail nu qui la peuple. Bétail gracieux, esclaves d'un maître caché. Cette puissance occulte, impitoyable, m'évoque les gros yeux de la ventilation nouvelle tournant aux plafonds du *Strathmore* et qui semblaient surveiller chaque voyageur.

En route ! L'auto file. La brume qui brouille les jets des phares, la canonnade ininterrompue des éclairs de chaleur. Big City s'éloigne. Elle existe. Elle miroite, elle éclabousse. Nous nous la rappellerons dans la cité Berryer, ou celle du Retiro, vestiges d'un charme oriental que possédait notre pauvre petite ville.

Après une heure de Ford voici les docks, le fleuve, le quai, les appels lubrubres des vapeurs que les machinistes du *Tour du monde* imitent en soufflant dans un verre de lampe.

Dispute classique pour le prix. Figure d'assassin, tout à coup, de notre guide. Il grimpe à nos trousses sur le *Karoa*, nous persécute jusqu'à nos cabines. Nous retombons dans le tumulte du chargement, les appels, les sifflets. Passepartout déballe le jouet qui s'allume et le complet de tussor qui témoignent de la réalité de notre escapade.

Big City existe. Trop jeune pour notre vieil Atlas. Je ne veux même pas insister, apprendre l'orthographe exacte de son nom. Lorsque nos villes seront mortes et les villes qui se croient plus jeunes et ne furent que repeintes, elle régnera sur le monde inconnu qui nous dévore et balaiera les pourritures sublimes qui firent notre gloire.

Venise, l'Acropole, le Sphinx, Versailles, la tour Eiffel, bric-à-brac lyrique, poussières sacrées, carcasses d'anciens feux d'artifice. Plus nous retournerons à notre point de départ en nous éloignant de lui, plus le ciel changera ses étoiles de place, plus les heures actives correspondront à des heures de sommeil, plus nous verrons s'organiser les préparatifs de nos funérailles.

6 heures et demie du matin. — Le *Karoa* est reparti à 6 heures sans que je m'en aperçoive. Et toute la nuit les cris du sondeur. Debout à l'avant, à droite, il balance un filin que termine un poids. Le poids s'enfonce. Il donne du filin et pousse son cri sur trois notes hautes.

(...)

27 MAI. — LA SEMAINE DES DEUX MARDIS

C'est demain que se produit un phénomène que la science explique fort bien mais qui reste une énigme poétique comme la longueur d'onde et le pigeon voyageur. Demain mardi 28 au soir, les passagers s'endorment et... se réveillent mardi matin. Le 28 se prolonge jusqu'à devenir un jour anonyme. La semaine des deux mardis. La semaine des trois dimanches permet à un personnage d'Edgar Poe, capitaine de corvette, d'épouser une jeune fille. Le père refusait ce mariage. « Vous l'épouserez », criait-il, « la semaine des trois dimanches. » Grâce à ses calculs le capitaine parvint à rendre cette impossibilité possible. Il est à noter que Poe et Verne se ressemblent souvent. (Arthur Gordon Pym.)

Donc, demain, notre marche à la rencontre du soleil nous fera vivre un jour fantôme. Phénomène qui trompa Phileas Fogg et lui fit croire son pari perdu. On touche du doigt la notion conventionnelle du temps humain.

« Le temps des hommes est de l'éternité pliée », dit Anubis dans *La Machine infernale*.

Nos actes les plus gratuits ressemblent à l'encoche que les enfants découpent au bord de la pliure. Intérieurement la dentelle s'organise, et nos actes qui boitent le plus trouvent une symétrie.

Mardi 26, mardi 27. Ces deux mardis sont le fermoir de notre ceinture autour du monde.

La terre que je parcours a été une boule de feu. Ce feu diminuant, il s'est formé une croûte, et le feu chauffe cette croûte, et il en résulte une moisissure, et voilà les paysages que je traverse et les indigènes qui pullulent, et nous, et moi. « Il se pourrait que la vérité fût triste. » Ce mot de Renan est encore un point de vue de morale, c'est-à-dire un point de vue d'esthète. Le moraliste est un dilettante, un esthéticien de l'abstrait. Ni triste ni gaie, hélas ! Ni belle, ni laide. Le moraliste recule et cligne l'œil de l'amateur d'art.

Mardi, cette nuit. Mardi, demain. Mardi *bis*. Le 26 mai se prolonge et sort des règles. Notre système rassurant se détraque un peu. Les gens détestent ces notions qui les dérangent. Ils veulent oublier l'inconnu que le rêve et certains phénomènes les obligent à toucher du doigt. La dame qui regarde un magazine sur lequel cette même dame regarde un magazine sur lequel, etc., cette dame de plus en plus petite, ne s'arrête jamais de rapetisser. Petite ? Non.

Rapetisser, grandir, c'est encore de l'esthétique. C'est ainsi. Voilà tout. Le protoxyde d'azote nous introduit dans un monde fourmillant où l'unité n'a plus de sens. La surprise est extrême de revenir à l'unité, à une grosse main qui vous soigne, à une grosse figure de dentiste, à une lampe, une chambre, à un fauteuil. Le poète vit dans le monde *réel*. On le redoute parce qu'il met le nez de l'homme dans sa crotte. L'idéalisme humain cède en face de sa probité, de son inactualité (l'actualité véritable), de son réalisme que les gens prennent pour du pessimisme, de son ordre qu'ils appellent anarchie. Le poète est antiprotocolaire. On l'a longtemps cru le chef du protocole de l'inexact. Le jour où le public a compris son vrai rôle, il l'a craint.

POST-SCRIPTUM

Peut-être est-ce la place de dire qu'après un tour du monde rapide, l'idée de *vice* n'existe plus.

L'Europe n'a d'intensité que dans le vice, le crime. Hélas, sa vertu est platitude. La vertu intense est rare. C'est la vraie sainteté : celle du poète, de l'Oriental.

La chute des anges, ne serait-ce pas plutôt : la chute des angles ? (En hébreu il n'existe qu'un mot pour exprimer les deux choses.)

La force du vice c'est qu'il ne supporte pas la médiocrité. La faiblesse de notre vertu c'est qu'elle la supporte, qu'elle s'y condamne et en fait sa fin. Mariage, etc.

Une merveille de l'Orient c'est le vice vertueux ; la noblesse du vice ; son naturel. La vertu intense court les rues. Cela explique le respect du poète. Le poète : *Number One*.

Comment craindrait-on l'exactitude du poète dans un monde où le moindre détail de vêtement, d'hygiène, de coupe de cheveux, relève d'une syntaxe. Un poète respire, enfin, dans une ville orientale. Tout y est cortège ; en ordre et fou.

XII. ÉLÉMENTS BIBLIOGRAPHIQUES

I. Bibliographie

On retiendra celle, remarquable de clarté au regard de la complexité touffue de l'histoire des publications de J. Verne, que procure F. RAYMOND dans son anthologie *Jules Verne*, « Le livre d'or de la science-fiction », Presses Pocket, Paris, 1986 (p. 272 et suiv.).

II. Biographies

On retiendra celle due au président de la Société Jules Verne, O. DUMAS, La Manufacture, Lyon, 1988 (augmentée de la correspondance inédite de J. Verne avec sa famille).

H. LOTTMAN, *Jules Verne*, Flammarion, 1996.

III. Critiques

Hommage au pionnier des recherches verniennes que fut M. MORÉ, *Le Très Curieux Jules Verne*, Gallimard, Paris, 1960.

Salut à ces études qui, chacune dans ses choix méthodiques, ont contribué à ouvrir, à tout risque interprétatif, des pistes fertiles dans les *Voyages extraordinaires* :

J. CHESNEAUX, *Une lecture politique de Jules Verne*, Maspero, Paris, 1971.

D. COMPÈRE, *Jules Verne, l'arcary d'une œuvre*, Encrage, 1996.

M. SERRES, *Jouvences sur Jules Verne*, Minuit, Paris, 1974.

M. SORIANO, *Jules Verne*, Julliard, Paris, 1978.

S. VIERNE, *Jules Verne et le roman initiatique*, éd. du Sirac, 1973[1].

---

1. Simone Vierne a publié également : *Jules Verne, mythe et modernité*, P.U.F., 1989.

Mention à ces revues et collectifs qui, chacun à sa date, ont su marquer une étape dans la reconsidération de l'œuvre de J. Verne :

Europe, avril-mai 1955.

L'Arc, 1966.

Cahiers de l'Herne, 1974.

Europe, novembre-décembre 1978.

Colloque de Cerisy, « Jules Verne et les sciences humaines », U.G.E., « 10/18 », Paris, 1979.

Colloques d'Amiens, Minard, 1979-1980 ; P.U.F., 1988.

Remerciements au travail de fond conduit par les spécialistes verniens au sein de ces trois « institutions » :

Bulletin de la Société Jules Verne, trimestriel, 11 bis, rue Pigalle, 75009 Paris.

Cahiers du Centre d'études verniennes et du musée Jules Verne, annuel.

Revue des Lettres modernes, Minard, « série Jules Verne », sous la direction de F. Raymond.

IV. Dictionnaire

C. LENGRAND, *Dictionnaire des* Voyages extraordinaires, Encrage, 1998.

V. Sur *Le Tour du monde en quatre-vingts jours*

« Cahiers Jules Verne », *Revue des Lettres modernes*, Minard, n° 1, 1976, entièrement consacré au *Tour du monde*, avec études, textes de J. Verne, notes de recherche, bibliographie des études, adaptations, transpositions, etc. (Capital pour mesurer l'exceptionnelle fécondité littéraire de ce livre-phénomène.)

P. AVRANE, *Un divan pour Phileas Fogg*, Aubier, « Écrit sur parole », Paris, 1988.

VI. Édition thématique

C. AZIZA éd., *Jules Verne, les romans des quatre éléments*, 4 volumes, Omnibus, 2001 et 2002.

XIII. FILMOGRAPHIE [1]

1913   *Die Reise um die Welt oder Die Jagd nach der Hundert Pfundnote,* Willy Zeyn et Ernst Körner, All. (Pastiche du roman de J. Verne avec une allusion au capitaine Nemo.)

1918-1919   *Die Reise um die Erde in 80 Tagen / Die Reise um die Welt,* Richard Oswald, All. (Grand spectacle dont le titre est changé à sa sortie à cause des héritiers de Verne.)

1922-1923   *Around the World in 18 Days,* serial de 12 épisodes, B. Reaves Eason et Robert F. Hill, USA. (Variation du roman de Verne qui a pour héros le neveu de Phileas Fogg.)

1935   *Around the World in 80 Days,* René Clair, GB. (Projet inabouti.)

1936-1939   *Around the World in 80 Days,* Anthony Gross, GB/France, Dessin animé. (Inachevé.)

1948   *Around the World in 80 Days,* Orson Welles, GB. (Projet inabouti.)
N.B. 1 : O. Welles avait réalisé en 1938 une émission de radio et en 1946 une adaptation musicale, toutes deux tirées du roman.
N.B. 2 : 1948 : émission de radio, en France, avec un scénario de Jean Cocteau et une réalisation de Maurice Cazeneuve.

1956   *Le Tour du monde en quatre-vingts jours,*

1. On consultera, pour plus de détails, *L'Écran fantastique,* n° 9 (spécial Jules Verne au cinéma).

Michael Anderson (et John Farrow), USA.
(Tourné en Todd-Ao) ; Phileas Fogg : David
Niven. (Un documentaire sur le tournage a été
réalisé en 1968 par Saul Swimmer.)

1963 *The Three Stooges Go Around the World in a
Daze*, Norman Maurer, USA. (Pastiche : Phileas Fogg III fait le tour du monde avec ses trois
serviteurs, les Stooges.)

1972 *Around the World in 80 Days,* dessin animé, TV,
Aus.
Around the World in 80 Days, dessin animé, TV,
USA.

1975 *Le Tour du monde en quatre-vingts jours,* Pierre
Nivollet, Fr., TV, 2 parties ; Phileas Fogg : Jean
Le Poulain.

TABLE DES MATIÈRES

LES CLÉS DE L'ŒUVRE

I - AU FIL DU TEXTE

- La date
- Le titre
- Composition :
  - Point de vue de l'auteur
  - Structure de l'œuvre

- ➠ Droit au but
  - *La constitution du couple Phileas Fogg-Passepartout*
  - *L'apparition de Fix*
  - *L'enlèvement d'Aouda*

II - DOSSIER HISTORIQUE ET LITTÉRAIRE

Faites de nouvelles découvertes sur
www.pocket.fr

- Des 1ers chapitres à télécharger
- Les dernières parutions
- Toute l'actualité des auteurs
- Des jeux-concours

POCKET

Il y a toujours
un **Pocket** à découvrir

Impression réalisée sur Presse Offset par

BRODARD & TAUPIN

GROUPE CPI

39190 – La Flèche (Sarthe), le 12-01-2007
Dépôt légal : mai 1998
Suite du premier tirage : janvier 2007

POCKET – 12, avenue d'Italie - 75627 Paris cedex 13

Imprimé en France